Philipp Tingler · Doktor Phil

PHILIPP TINGLER

DOKTOR PHIL

ROMAN

KEIN & ABER

Für den besten Ehemann von allen.

Covergestaltung: Nicholas Ditzler
Satz: Dörlemann Satz, Lemförde
Druck und Bindung: CPI – Ebner & Spiegel, Ulm
ISBN 978-3-0369-5557-5

www.keinundaber.ch

Seelenleiden sind reinlich und wundervoll.

1. KAPITEL

Jeder kennt jeden

»Das darf doch nicht wahr sein!«, sagte Oskar gepresst. Und bei diesen Worten schien unsere kaum vierzigjährige Hauptfigur mit einem Mal ganz alt geworden zu sein; sogar Oskars Stimme hatte sich verwandelt, und zwar zu ihrem Nachteil, nämlich in eine Art hysterisches Krächzen. Obendrein sah er geradezu gebeugt aus.

»Es tut mir wirklich leid. Ich habs im Kühlschrank vergessen … in unserer Praxis am Flughafen«, erklärte Doktor Feingarten. Worauf eine Pause eintrat. Doktor Feingarten lächelte ein Arztlächeln. »Das ist überhaupt kein Problem«, stellte er fest und nahm einen Schluck Roederer Cristal, »ich kenne quasi den Botox-Oberverteiler von ganz Deutschland, es ist *überhaupt* kein Problem, morgen schnell die Dosis zu organisieren, und dann machen wir die Sitzung einfach bei Kitty zu Hause. Ich nehme an, alles andere käme Ihnen ungelegen?«

Die froissierte Miene Oskars machte eine Antwort überflüssig. Und Botox-Injektionen im Grunde ebenfalls. Allerdings konnte Oskar auch deswegen nicht mehr antworten, weil sich in diesem Moment jemand einmischte und nach seinem Befinden erkundigte. Es war eine Dame schwer bestimmbaren Alters mit teuer frisiertem, falschblondem Haar, einer Stumpfnase und einem selbstbräunerimprägnierten Silikondekolleté, das an zwei schlecht gewordene (und obendrein schlecht verpackte) Apfelsinen erinnerte. Oskar hatte nicht die geringste Ahnung, um wen es sich handelte, nicht zuletzt, weil es um ihn herum aussah, als wäre eine mit solchen Damen gefüllte Bombe explodiert: Die Gesellschaft, die ihn umgab, bestand augenblicklich zu einem überwiegenden Teil aus mageren, aschblonden, kunstbraunen, stupsnäsigen und kurzsichtigen Frauen in Chanel-Kostümen. Denn Oskar stand auf einem Stehempfang zur Feier des fünfzigsten Geburtstages des Bicolor-Schuhs bei Chanel am Kurfürstendamm in Berlin – ein Anlass, der, obschon er offenbar für gewisse Kreise eine gewisse Tragweite hatte, unserem Protagonisten bis vor kurzem noch unbekannt gewesen war. Er begleitete seine Tante Kitty, die wiederum ihre alte Freundin, Botschaftsrätin Bittenhumpler, begleitete.

Die blonde Dame sprach sehr leise. Wahrscheinlich drückte das Gewicht der Silikon-Kissen auf ihre Lungen. Oskar führte mit ihr fünf Minuten lang ein Gespräch von hoher Allgemeinheit über die faltenreduzierenden Vorzüge einer Tiefkühltherapie in der Slowakei (im Vergleich zu Kohlendioxid-Injektionen), und während er dieses Gespräch um des Gespräches willen unterhielt, betrachtete er mit seitwärts geneigtem Kopf die maskenhafte Starrheit des Gesichts der blonden Dame, das von Kälte und Fühllosigkeit wie von einer Kruste überzogen und von Weichheit, Träumerei und ähnlichen überholten Empfindungen nichts zu wissen schien.

»Jesus«, dachte Oskar, »ich bete, dass dieser Botox-Termin morgen zustande kommt.«

»Ich muss unbedingt mal ein Buch von Ihnen lesen, Herr Canow«, beabsichtigte die Dame, »alle hier sprechen über Ihren Essay in der letzten Ausgabe von *Mode.*«

»Ich bezweifle, dass sie irgendwas Längeres als eine Einladung lesen kann«, dachte Oskar, während er gleichzeitig sagte: »Das ist sehr freundlich von Ihnen, vielen Dank. Ich bin normalerweise nur von weitem beliebt.«

»Sie sind zu bescheiden«, sprach die Dame.

»Das«, erwiderte Oskar, »ist ein Vorwurf, den ich selten höre.«

»Ich dagegen habe viel Gutes über Sie gehört«, fuhr die Dame etwas unlogisch fort und vollführte dazu eine leicht ungebärdige Bewegung, die Oskar vermutlich Wohlwollen bedeuten sollte. Dabei verbreitete sie alle Wohlgerüche Arabiens um sich.

»Wie«, erwiderte Oskar etwas zu schnell, »– von den Leuten hier?«

»Verzeihung«, sagte er anschließend in die darauf entstandene kleine Pause hinein, »das sind die Entzugserscheinungen. Ich bin dem Alkohol verfallen, und es dauert hier so lange, bis die Gläser nachgefüllt werden. Da habe ich mich mit irgendeiner Tablette beruhigt, die ich auf dem Boden gefunden habe, in der Nähe der Handtaschen dort hinten.«

Und Oskar hob wie zum Beweis sein fast leeres Glas in die Höhe. Das Glas wurde sofort von einem der livrierten Kellner wieder aufgefüllt.

»Entschuldigen Sie!«, verlangte die Dame und verschwand.

Nunmehr erschien Oskars Tante Kitty. Kitty war Nervenärztin und hatte für Umständlichkeiten gar kein Organ. In der Hand trug sie auf einem winzigen Teller ein noch winzigeres Amuse-Gueule in der Form einer kleinen Palme. Mit Kokosnüssen.

»Kitty«, sagte Oskar leise, »du wirst nicht glauben, was ich eben gehört habe.«

»Es wird wohl kaum unglaublicher sein als die Geschichte mit dem Nierenstein, die mir dieser Werbefritze da hinten gerade erzählt hat!«, erwiderte seine Tante. Worauf sie das Amuse-Gueule inspizierend in die Höhe hob und sagte: »Das hier soll Schwarzbrot sein. Ist das nicht zum Totlachen?«

»Feingarten hat das Botox vergessen«, flüsterte Oskar, »am Flughafen!«

»Ach du liebe Zeit«, zischelte Kitty, indem sie die kleine Palme verschlang, »ich denke, er nimmt das Zeug immer mit ins Handgepäck?«

»Wo ist eigentlich Lauren?«, erkundigte sich an dieser Stelle höflich die ebenfalls in der Nähe stehende Botschaftsrätin Bittenhumpler, denn in ihren Kreisen machte man Konversation auf Partys und flüsterte nicht. Die Botschaftsrätin war nicht nur eine treue Freundin von Kitty, sondern auch eine nicht weniger treue Kundin bei Chanel. Im Moment trug sie ein rahmfarbenes Kostüm mit abgesetzten Kragensäumen, das ihren sportlich ertüchtigten, ebengewachsenen Leib vorteilhaft umschloss.

»In Zürich geblieben«, antwortete Oskar. »Genauer gesagt: Sie ist nach Lech gegangen, zum Skifahren.«

Dabei dachte er daran, wie er mit Lauren über diese Einladung verhandelt hatte. Das war nichts Ungewöhnliches, denn Oskar und seine Ehefrau pflegten eine pragmatische Einstellung zu gesellschaftlichen Verpflichtungen und taten also das, was die meisten Paare in ihrer Sphäre taten: Sie handelten sie aus. Zum Beispiel sagte Oskar: »Ich habe hier eine Einladung zu einer Schiffstaufe, und die Tochter des Eigners war damals meine Tischdame bei dieser Gartenparty in Küsnacht, you know, bei diesen Leuten, die wir auf diesem Hochzeitsempfang im Palace in Gstaad kennengelernt haben, du weißt schon, Kleines, diese Hochzeit von Dings, so, anyhow, would you please come?«, worauf seine Gattin erwiderte: »No way!« Manchmal fügte Lauren auch noch etwas hinzu wie: »Lieber stelle ich mich in den Garten und starre mit offenen Augen in die Sonne!«

Es verhielt sich nämlich, wie der Leser an dieser Antwort wohl schon ablesen kann, so, dass Oskars Ehefrau eine eher desinteressierte, um nicht zu sagen: streng distanzierte Haltung einnahm zu all den Modenschauen, Geschäftseröffnungen, Botschaftsempfängen, Filmpremieren, Wohltätigkeitsauktionen und ähnlichen Veranstaltungen, die auf der Agenda ihres Ehemannes standen und deren Publikum Lauren mit der ihr eigenen Prägnanz üblicherweise charakterisierte als »die perfekte Kombination aus nervtötend und langweilig«. Tatsächlich war Laurens Abneigung gegen derartige gesellschaftliche Termine von verbietender Ausgesprochenheit, und Oskar kannte genau das verächtlich angewiderte und abwehrende Sichverziehen ihres Gesichts, wenn eine Verhandlung über dergleichen Pflichten auch nur im Anzuge war, begleitet von einem leisen, aber deutlich hörbaren Ausstoßen der Luft durch Mund und Nase bei gleichzeitigem Zurückwerfen des Kopfes, knapp, kühl und geringschätzig.

Die Kundschaft bei Chanel hatte Lauren in ebendieser Art schlankweg als »blondiertes Kobold-Universum« bezeichnet, und als Oskar trotzdem versucht war, seiner Gattin einen Fünfzehn-Minuten-Auftritt schmackhaft zu machen, hatte diese erwidert: »Sweetness, die Minuten werden mir dort wie *Stunden* vorkommen! Hours of boredom. Interrupted by moments of unbelievable horror. Nein, danke.«

Dergestalt war also Laurens Erwiderung ausgefallen, wobei sie, wie es besonders bei Erregung ihrer Art entsprach, gelegentlich in ihre Muttersprache zurückfiel. Lauren war Engländerin, doch darüber werden wir später mehr erfahren. Jetzt wenden wir uns erst einmal wieder Oskar zu, der sich seinerseits Doktor Feingarten zuwandte, um eine weitere Frage bezüglich des Botox-Vorfalls an ihn zu richten – aber Feingarten wurde just in diesem Moment von einer Dame mit französisch manikürten Fingernägeln in Beschlag genommen. Die Dame, die sich mit den Worten »Herr Doktor, verzeihen Sie die Störung!« in die Runde warf, hatte ihren Pelzmantel anbehalten.

»Als Schönheitschirurg ist man hier unglaublich gefragt«, stellte Oskar fest.

»Ja«, erwiderte Kitty, »früher waren Dermatologen auf Partys populär. Aber Hautärzte rangieren offenbar heutzutage nur noch eine unmerkliche Stufe über dem Clinique-Stand. Es ist überhaupt fürchterlich, wie wenig Ärzte heute gelten. Früher waren wir Götter – oder wenigstens Abgötter. Und heute sind wir rezeptschreibende, wandelnde Kunstfehlerprozesse, die insgesamt wesentlich schlechter Bescheid wissen als jedes Mobiltelefon mit Internetzugang.«

»Andererseits«, gab Oskar zu bedenken, »sollten wir der plastischen Chirurgie dankbar sein. Immerhin werden wir dank der Errungenschaften in dieser Profession nicht länger durch den Anblick natürlich alternder Frauen terrorisiert. Das verdanken wir den Fortschritten in der Schönheitsmedizin und einigen Pionierinnen unter ihren Patienten, die sich für ebendiesen Fortschritt geopfert haben, wie zum Beispiel die Figur da hinten mit dem Gesicht wie aus dem Windkanal.«

»Wer?«

»Da drüben. Auf neun Uhr.«

»Wo?«

»Jetzt ist sie zwischen den Sonnenbrillen. Auf zwölf Uhr.«

»Oskar«, seufzte Kitty und atmete hörbar aus, »kannst du mit diesen Uhrzeiten aufhören? Wir stehen hier nicht auf der Kommandobrücke irgendeiner Panzerfregatte.«

»Okay«, sagte ihr Neffe, »ich meine die Person da hinten in dem schwarzen Kleid mit weißem Umlegekragen und Manschetten, zwischen dem fürchterlich lauten Wesen links mit der riesigen Handtasche und der Frau von diesem netten griechischen Waffenhändler … da hinter den blondierten Damen, die vor den rahmfarbenen Kostümen stehen und rauchen und geräuschvoller kreischen als eine Wagenladung chinesischer Affen.«

»Jesus!«, machte Kitty. »Jetzt sehe ich sie! Vierzig Prozent ihres Gesichtes sind hinter ihren Ohren versteckt!«

»Da wir von Ohren reden«, erwiderte Oskar, »wenn ich noch eine weitere Geschichte über die sogenannte Berliner Fashion Week hören muss oder über irgendein Ferienanwesen in Antibes, werde ich wohl anfangen, aus den Ohren zu bluten. Wie lange willst du noch hier bleiben?«

»Oh«, antwortete seine Tante nach einem kontrollierenden Blick auf ihre Tank Watch von Cartier, die sie von ihrer Mutter geerbt hatte, »wir können so lange bleiben, wie wir wollen. Ich habe meine Medikamente alle schon eingeworfen.«

»Ich sage Ihnen, einen echten Blasenstein auszuscheiden, ist das männliche Äquivalent des Gebärens!«, erklärte in diesem Moment ein Herr schwer bestimmbaren Alters, der über ein wenig glotzende Augen verfügte sowie über ein erfolglos auf Flottheit aspirierendes Schnurrbärtchen, das gestutzt war wie eine Hecke. Der Mensch hatte sich vor Kitty geschoben und fixierte sie begeistert. Das war der Werbefritze.

»Ahh-ha-ha-hah!«, machte Kitty.

»Du musst dein falsches Lachen trainieren«, wisperte Oskar, »das klingt ja grauenvoll.«

Dazu stellte er sein Glas auf der nächstbesten Fläche ab. Es war, wie immer, nicht ganz ausgetrunken.

Laut sagte er: »Wir müssen nun leider gehen. Wir haben Karten für die *Vagina-Monologe.*«

Der pelzverbrämten Dame, die sehr lieb dastand, kam ein klagendes Ach aus dem Munde.

Und so verließen Oskar und seine Tante Kitty den Anlass und traten hinaus in die winterliche Kühle auf den Kurfürstendamm (es war frisch draußen, obschon der Frühling vor der Tür stand), und dort trennten sie sich. Kitty fuhr zurück Richtung Westend, und Oskar war mit Gitta Blankenburg verabredet, der Kulturredakteurin der *Morgenzeitung*, die er neulich bei der Ausstellungseröffnung mit Herrn Lagerfeld in der Turnhalle des ehemaligen Postfuhramtes in Mitte getroffen hatte, wo sie in Begleitung von Julius Porz aufgetaucht war, dem Chefredakteur der Kunstzeitschrift *Monoman*, mit dem Oskar wiederum kurz zuvor im Restaurant Borchardt (oder, wie man neuerdings sagte: im Borchi) zu Mittag gegessen hatte, und zwar in Gesellschaft von Oskars alter Freundin Dagmar Freiin von Raute, der Chefreporterin der *Zeit am Sonntag*. Jeder kannte jeden. Die Welt war entsetzlich klein. Bei jenem Lunch hatte Julius Porz ausführlich über eine Literaturbeilage zur Frankfurter Buchmesse erzählt, in der die soundso viel wichtigsten Leute im deutschsprachigen Literaturbetrieb aufgelistet wurden und bei der es einen Eklat gegeben hatte, weil eine Autorin dort mit dem Satz »Ich schlafe mich durchs Alphabet« vorgestellt worden war (so lautete offenbar der erste Satz ihres letzten Buches), worauf ihr Ehemann, selbst Herausgeber einer anderen Zeitung, verlangte, dass für diese Apostrophierung jemand gefeuert würde. Während Oskar sich fragte: »Wieso bin *ich* eigentlich nicht auf der Liste der soundso viel wichtigsten Leute im deutschsprachigen Literaturbetrieb?«, und Dagmar von Raute den Maître d' heranwinkte und sich erkundigte: »Kann ich etwas Eis mitnehmen? Ich bin heute Abend eingeladen und muss das Dessert mitbringen.«

Ursprünglich hatte Oskar verabredet, mit Frau Blankenburg einen vom Hochganzmagazin *Architectural Finest* veranstalteten Cocktailempfang in der Villa Harteneck in Grunewald zu besuchen. Aber das schien ihm jetzt nach Chanel doch etwas viel zu sein. Deshalb rief er Frau Blankenburg an.

»Ich will nicht behaupten, dass ich irgendwelchen Tiefgang hätte«, sagte er, »aber mein Bedarf an Menschen, die, wo andere ein Herz haben, bloß ein verstärktes Dekolleté tragen, ist für heute erschöpft. Ganz zu schweigen von Personen, deren gebleichte Zähne im Dunkeln leuchten und die so viel Make-up auflegen, wie die Schwerkraft erlaubt. Und ich spreche hier von *Männern*. Ich würde gern einmal wieder ein paar normale Leute sehen. Vielleicht könnten wir irgendwo anders hingehen.«

»Das ist eine ganz fabelhafte Idee«, erwiderte Frau Blankenburg, »wir treffen uns in der Green Door Bar am Winterfeldtplatz!«

Als Oskar in Schöneberg aus dem Taxi stieg, winkte ihm Frau Blankenburg bereits zu. Genauer gesagt: Sie winkte ihn zu sich heran. Und zwar saß sie rauchend und telefonierend in einem flaschengrünen Mercedes, aus dem laute türkische Musik drang. Sie war bekleidet mit einer riesigen Sonnenbrille und einem nicht weniger riesigen Nerzmantel – was wenigstens Oskar immerhin etwas ungewöhnlich schien für die Redakteurin eines klassenkämpferischen Blattes wie der *Morgenzeitung*. »Aber vielleicht«, dachte Oskar, »ist die *Morgenzeitung* auch nur noch in meiner Welt klassenkämpferisch. Ich bin womöglich ein bisschen von gestern.«

»Sie sehen wunderbar aus«, sagte er zur Begrüßung.

»Danke«, erwiderte Frau Blankenburg, »das sag ich mir auch schon den ganzen Abend.«

»Der Nerz und der Merz sind Erbstücke«, erklärte Gitta Blankenburg einen Moment später, nachdem sie das Auto abgestellt, den Pelzmantel abgeworfen und sich an der Bar platziert hatte, »sie sind mir in den Schoß gefallen. Was trinken Sie?«

»Wodka Martini«, erwiderte Oskar.

»Das darf doch nicht wahr sein!«, krächzte eine heisere Stimme hinter ihm. Oskar drehte sich um – und sah in die Augen von Martin Krügchen. Er erkannte ihn augenblicklich, obschon er ihn Jahre nicht mehr gesehen hatte: die leicht gedrungene Statur, das ovale Gesicht mit den etwas fleischigen, apoplektisch bläulichen Wangen (wiewohl Krügchen für Apoplexie viel zu jung war), die kleinen Augen unter der niedrigen Stirn, die etwas Drohendes hatte, was gar nicht zu Krügchen passte, denn dieser war durch und durch jovial. Oskar hatte ihn an der Eidgenössischen Technischen Hochschule in Zürich kennengelernt, wo sie beide die Wirtschaftswissenschaften studiert hatten. Dann jedoch war Oskar nach England gegangen, und Krügchen hatte die Examen nicht bestanden und dies seiner Familie verheimlicht, auch als er die Schweiz verlassen musste und nach Berlin zog und dort vom Brötchenbacken und Zeitungsaustragen lebte. Er tat immer so, als würde er weiterhin studieren, worauf ihm seine armen Eltern auch noch ein Auto kauften – oder so ungefähr ging die Fama. »Verkracht« jedenfalls war das Prädikat, das mit Krügchen zu assoziieren war, wenigstens in Oskars Welt. Denn obwohl Oskar Canow sein Geld als Schriftsteller verdiente und damit eigentlich nicht weit von den Zigeunern im grünen Wagen entfernt war, so hatte er mit den Jahren doch zu jener Auffassung zurückgefunden, die ihm in der Kühle seines preußischen Elternhauses gepredigt worden war: Es gehört zu den wichtigsten Dingen im Leben, einen festen, achtunggebietenden Boden unter die Füße zu bekommen. Und aus dieser Überzeugung, aus einer gewissen bürgerlichen Rückständigkeit seines Lebensgefühls und etwas pathetischen Vorstellungen von Ordentlichkeit und So-hat-es-zu-sein, erklärten sich Oskars Vorbehalte gegenüber allem, was ihm leichtlebig, unseriös, tändelnd und zukunftslos vorkam. Oskar Canow hielt fest an seinen bürgerlichen Reservationen aus dem Bewusstsein heraus, dass das Aktive, Beherrschende und Ordentliche auch das Lebensnützliche war, um das er sich übrigens selbst, einer gewissen entgegengerichteten Neigung und Veranlagung zum Trotz, permanent zu bemühen hatte; und so achtete er auf einen aufgeräumten Schreibtisch und artige Umgangsformen, mit denen er es im Übrigen ganz wunderbar in Einklang zu bringen verstand, mitunter bis zum frühen Morgen in mehr oder weniger zweifelhaften Lokalen in mehr oder weniger dubioser Gesellschaft zu verkehren – solange man ihm dabei nicht zu nahe kam.

»Wir haben uns ewig nicht gesehen!«, krächzte Krügchen.

»Allerdings«, erwiderte Oskar, »wie geht es dir?«

»Danke«, erklärte Krügchen und schien ein wenig blau zu werden, »ich habe inzwischen eine Tochter. Wir wohnen jetzt in Zehlendorf. Ich bin Unternehmensberater. Unter anderem berate ich diese Bar hier.«

»Das ist ja auch ein Unternehmen«, konstatierte Frau Blankenburg und zündete sich eine Zigarette an.

»Ich habe neulich was von dir in *Park Avenue* gelesen«, fuhr Krügchen fort und klopfte Oskar jovial auf die Schulter, »es wäre mir ein Vergnügen, die Dame und dich einzuladen. Alle Drinks aufs Haus!«

»Das ist ja süß«, erwiderte Oskar, »danke sehr.«

»Einen Doppelten, Smitty!«, rief Frau Blankenburg, an den Barmann gewandt. »– Und streuen Sie ein bisschen Muskat drüber!«

»Ich heiße nicht Smitty«, antwortete der Barmann.

»Wir sehen uns«, sagte Oskar zum Abschied zu Krügchen, der sich entschuldigte, womöglich, um ein anderes Unternehmen zu beraten. Und dabei dachte unser Held ungefähr das Folgende: »Nun bezahlt also jemand, der nach allen bürgerlichen Kategorien verkracht und gescheitert ist und dessen geplatzte Kapillaren auf der Nasenspitze ein wenig seinen Behauptungen vom Glück widersprechen, meine Wodka Martinis. Was mir im Übrigen gelegen kommt, denn ich glaube nicht, dass noch besonders viel auf der American-Express-Karte ist. Schließlich haben wir die gesamte neue Küche für die Wohnung in Barcelona damit bezahlt. Hoffentlich hat Lauren ihren Vater nach den zweihunderttausend gefragt.«

Gitta Blankenburg war blond und braunäugig, sehr schlank, hochgewachsen und agil. Sie rauchte unentwegt und hatte die Angewohnheit, beim Zuhören manchmal ein wenig das Kinn zu heben und ihr Gegenüber aus halb geschlossenen Lidern zu fixieren, als prüfe sie den Wert der an sie gerichteten Worte.

»Wir machen gerade so eine Art Gruppentherapie mit dem Redaktionskollektiv von der *Morgenzeitung*«, erklärte sie und blies den Rauch ihrer Zigarette in die Luft, »dabei lernen wir, miteinander zu reden.«

»Oho«, erwiderte Oskar, »das ist mal was anderes.«

»Allerdings«, seufzte Frau Blankenburg, »ich bin auch gar nicht mehr daran gewöhnt. Sämtliche meiner Freunde und Bekanntschaften sind entweder tot oder schlafen ein, wenn wir uns unterhalten. Das gilt auch für meinen Therapeuten.«

»Ja«, sagte Oskar, »ich hatte auch mal einen Therapeuten. Was soll man machen? Man kann ja nicht dauernd seine Freunde mit diesem ganzen Schrott behelligen. Zuerst versuchte er ständig, mich zu verbessern, dann ist irgendwas in ihm gestorben, und der Rest der Therapie verlief völlig problemlos. Wobei ich immer noch – oder besser gesagt: wieder – der Auffassung bin, dass einem eine Flasche Gin und eine Packung Taschentücher genauso weiterhelfen können. Ich meine, Sie wissen schon, all diese Leute, die immer sofort irgendjemanden *konsultieren* müssen, das ist doch albern. All diese Leute, die plötzlich feststellen: Mein Gott, ich habe verlernt, wie man aufrichtig und loyal eine Beziehung zu anderen Menschen aufbaut, also brauche ich sofort einen Therapeuten, Medizinmann, Sherpa, Swami oder wenigstens einen vernarbten Schamanen mit Tellern in den Ohrläppchen. Als müsste man sein Seelenheil nach allen Richtungen absichern. Ein bisschen Buddhismus mit Kabbala und Beruhigung von Indianergeistern, ein kleiner Ausflug in die Welt der katholischen Ikonen, so vorsichtshalber, falls von oben wirklich jemand zusieht. Oder von sonst wo. Als ob der Himmel eine Party wäre und man unbedingt auf die Gästeliste wolle. Das endet dann mit einem einzigen makropsychotischen Karmadesaster. So viel steht wohl fest.«

»Genau!«, rief Frau Blankenburg, vielleicht eine Spur zu laut. »Man kommt Gott sowieso nicht näher mit diesem Esoterik-Mist!«

»Gott?«, sagte Oskar erschrocken. »Wieso Gott?«

»Vielmehr: der Erleuchtung«, verbesserte sich Frau Blankenburg unter Zuhilfenahme einer etwas fahrigen Geste, »oder – irgendeinem Ziel. Sie wissen schon. Irgendwas. Man könnte es ja auch erst mal mit Tabletten probieren. Ich bin ja völlig unbescholten auf diesem Gebiet. Früher hieß das auch nicht Drogen. Soweit ich mich erinnere, hieß das Hausapotheke. Tranquilisan, Captagon, Repressitol, für jede Gelegenheit die passende Pille. Runtergespült mit Wodka Martini. Das ist Ihr Stichwort, Smitty – und ich pass auf, dass Sie nichts Billiges reinschütten!«

Mit diesen letzteren Worten präsentierte Frau Blankenburg dem Barmann ihr leeres Martini-Glas.

»Mein Name ist nicht Smitty«, erwiderte dieser.

2. KAPITEL

Schätze und Hasen

Oskar durchquerte den Flughafen in Berlin mit einem Iced Triple Venti Latte von Starbucks in der Hand. Er war auf dem Weg zu seinem Flugsteig und fühlte sich frisch und zuversichtlich, was einerseits daran lag, dass er froh war, wieder nach Zürich, also nach Hause zu kommen, zu Lauren, die er immer vermisste, wenn er sie länger als drei Tage nicht sah. Und andererseits ging es Oskar stets ganz hervorragend nach Botox-Injektionen. Dieses Gift war famos, denn es schien die Zeit aufzuhalten. Jedenfalls machte es deren Spuren ungeschehen. »Ein bisschen wie ein Handel mit dem Teufel«, dachte Oskar, »bloß ohne Preis.« Abgesehen von ein paar hundert Euro und einer eventuellen Gesichtslähmung, aber nur, wenn Feingarten den falschen Nerv traf, und Feingarten traf selbstverständlich nie den falschen Nerv. Und so ein winziges, vernachlässigbares Risiko war wohl überhaupt kein zu hoher Tarif dafür, dass vergangene Sünden ausradiert wurden.

»Andererseits«, so dachte Oskar weiter, »andererseits: Was für Sünden? Ich mache doch eigentlich nur noch harmlose

Sachen. Oder habe ich im Grunde immer nur harmlose Sachen gemacht?«

Und er erinnerte sich daran, was er hinter sich gebracht hatte, in den letzten paar Tagen: Einen Lunch im Restaurant San Nicci mit seiner Freundin Anne Stefani von *Vanity Fair*, die ihm erzählte, wie sie in Kitzbühel in Manolo Blahniks und Pailletten durch den Schnee gestakst war und so gefroren hatte wie noch nie. Darüber hinaus war es noch um die letzte Mailänder Fashion Week gegangen, und Mailand war auch Thema bei Dagmar von Rautes Geburtstagsparty im Grill Royal gewesen, sowie bei Oskars Lunch mit Simone Groll, Stilchefin der Illustrierten *Komet*, die zu ihrer Verabredung im Borchardt etwas verspätet erschien, weil sie als junge Mutter vorher unbedingt noch diesen Spielwarenladen hatte aufsuchen müssen, in dem neulich erst Brad Pitt und Angelina Jolie eingekauft hatten. Darauf war Frau Groll, kaum dass sie sich gesetzt hatte, auch noch ein Knopf von ihrer Chloé-Bluse abgefallen, und Oskar half ihr, provisorisch die Manschette mit einer Haarspange zu fixieren. Anschließend hatte er erneut ein Taxi Richtung San Nicci genommen, wo er zum Abendessen die Drehbuchautorin Anika Becker traf, die er über ihren gemeinsamen Freund Oliver Ross kannte, den Kreativchef der Werbeagentur Jung Bingo Schach.

»Ich geh mal Zigaretten holen«, sagte Anika nach dem Salat.

Ein paar Minuten später war sie zurück und legte fünf Packungen Marlboro Rot auf den Tisch.

»Ich rauche so viel, bis die Leute sagen: ›Mein Gott, bist du dünn‹«, erklärte Anika, »dann höre ich wieder auf und nehme fünf Kilo zu.«

»Klingt vernünftig«, sagte Oskar.

Ungefähr so hatte Oskar seine Tage in Berlin verbracht, und schließlich hatte er in Gesellschaft seiner Tante Kitty einer weiteren Premiere der *Dreigroschenoper* beigewohnt und war bei dieser Gelegenheit unter anderem Julia Klinkenbach begegnet, der Stilchefin der *Zeit am Sonntag*.

Frau Klinkenbach sagte: »Wir müssen unbedingt mal wieder Mittag essen gehen.«

»Sehr gerne«, erwiderte Oskar, »aber bitte nicht schon wieder ins Borchardt.«

Das war die Art von Gesellschaft, von der Oskar in den letzten Tagen umgeben gewesen war und mit der er sich überhaupt häufig umgab. Jene Sorte von Gesellschaft, wo sich »junge Mutter« in erster Linie auf das Alter des Kindes bezog. Wo man das Taxi mit laufendem Motor vor dem Spielwarenladen warten ließ, weil Angelina Jolie da eingekauft hatte. Jene Sorte von Gesellschaft, die das Eis bei Borchardt holte und in der man sich darüber unterhielt, welches Geräusch idealerweise beim Öffnen von Crèmedosen entstehen sollte, welcher Bürgermeister ein Alkoholproblem hatte und wer bei welchem Verlagshaus in Schwierigkeiten geraten war, weil er seinen iMac vor allem zum Pornografiekonsum genutzt hatte. Jene Sorte von Gesellschaft, wo man Spesen verrechnete und niemals Bargeld mit sich führte, wo man »Schatz« und »Hase« zueinander sagte, und wo man auf Komplimente wie »Hübsche Jacke!« erwiderte: »Michael Kors.« Wo gespenstisch aufgestutzte homosexuelle Lebegreise in jammervollem Übermut mit Jungmännerfrisuren und Louis-Vuitton-Umhängetaschen herumstolzierten – oder sogar mit Birkin Bags. Wo manche Dame im Laufe der Nacht dramatisch verfiel und schließlich die Reste ihrer aufgemalten

Jugend auf irgendeinem Fünf-Sterne-Kopfkissen zurückließ. Wo Gesichter, gefangen im ewigen Kreislauf aus Detox und Retox, wenn sie sich unbeobachtet glaubten, von Langeweile entstellt wurden und ihre Blicke so vakant wie bei lebenslänglich Inhaftierten. Wo Gestalten, die für geschmackssicher und unkonventionell gelten wollten, in der Tat aussahen wie Schießbudenfiguren – um ein Urteil von Livia Hegtaler zu zitieren, einer der reichsten Stützen der Zürcher Gesellschaft und einer alten Freundin von Oskar, die jene Feststellung anlässlich eines der diversen von PR-Agenturen organisierten Dinners getroffen hatte, bevor sie sich ihr Päckchen Mentholzigaretten zurück in den Ausschnitt steckte und darüber fortfuhr, wie figurschädigend die Wickelkleider von Diane von Fürstenberg seien.

Derart also verfasst war die Gesellschaft, in der Oskar sich bewegte und in der die meisten Leute ihrer eigenen Meinung keinerlei Wert beimaßen, aber vor den Ansichten einiger Dummköpfe zitterten. In der viel zu viel geredet wurde, denn die Menschen hatten Angst vor dem Schweigen, weil jeder die Gedanken des anderen fürchtete wie eine Beleidigung, vor der man sich nur durch pausenloses Sprechen schützen konnte. Wo jedes Geheimnis immer mindestens einer Person weitererzählt wurde, wo man die Fehltritte flüchtigster Bekanntschaften kannte (und noch mehr Transgressionen von Leuten, mit denen man überhaupt nicht bekannt war); Verfehlungen, die zu anderen Zeiten als Sünden durchgingen und neuerdings höchstens Ausrutscher waren. Klatsch wurde hier als Purgatorium und Gesellschaftsspiel betrieben, und die Lebensdauer der Wahrheit hing davon ab, wie viel man redete.

»Aber so«, dachte Oskar, »so funktioniert wohl jede Gesellschaft, oder jedenfalls jede, die ich kenne, ob sie sich nun im Borchardt trifft, an der London School of Economics oder auf der Frankfurter Buchmesse. Die Menschen sind manipulierbar und leicht zu beeindrucken, und sie glauben, was man sie glauben macht.« So ungefähr dachte Oskar. Und wenn die Leute, die ihn umgaben, auch über viele Dinge im Irrtum waren, so teilten sie doch eine bestimmte Geistigkeit, eine Auffassung der Welt. Nicht selten kann ja gerade die objektive Irrigkeit von Ansichten jene andere Wahrheit, nämlich die über den geistigen Typus, der sie trägt, umso tiefer und deutlicher offenbaren, das typische Sein, das in diesen Behauptungen lebt und sich offenbart. Was aber hatte diese Gesellschaft für ein typisches Sein? Dass man erst mal alle Einladungen akzeptierte und sich dann die beste raussuchte? Dass man umso beliebter wurde, je weniger man zurückrief? Dass unter diesem dünnen Belag von Oberflächlichkeit eine Schicht verborgen lag, die noch viel dünner war?

»Diese Leute verwechseln ständig Inhalt und Form«, dachte Oskar, »wenn man ihre geistige Bewegung und Verfassung auf den einen Punkt bringen will, aus dem man alles andere ableiten kann, dann ist es wohl dieser.«

In diesem Moment wurde er abgelenkt, und zwar durch eine Erscheinung, die seinen Gedanken eine völlig andere Richtung gab. Denn soeben passierte er die große Anzeigetafel für die An- und Abflüge, und direkt darunter, mitten in der Halle, war eine Bühne aufgebaut, ein kleines, behelfsmäßiges und ziemlich armselig verbrämtes Konstrukt, auf dem sich verschiedenste Gegenstände befanden: eine Art Stehpult, ein paar großformatige, kartonierte Bilder von Flugzeugen und einige nicht sehr liebevoll eingepackte Geschenke. Der Flughafen beging irgendein Jubiläum oder eine sonstige Festlichkeit, und auf der kleinen Bühne agierte ein Conférencier, der das mehr oder weniger geschäftig vorbeieilende Publikum zur Teilnahme an kleinen Ratespielchen zu animieren hatte, bei denen man zur Feier des Tages etwelche Einkaufsgutscheine gewinnen konnte oder, falls man besonderes Glück hatte, eines der lieblos verpackten Geschenke.

Dieser Conférencier war wohl ungefähr so alt wie Oskar, vielleicht sogar etwas jünger. Er trug einen fadenscheinigen Anzug von billigster Güte und eine leicht zerknitterte, schlecht gebundene Krawatte und bemühte sich insgesamt, wichtig, frisch und angeregt zu wirken, indem er sich mit etwas krähender Stimme pflichtschuldig hervortat. Etwas an seinem Auftritt fesselte Oskar auf eine seltsame und unschöne Weise. So blieb er, trotz des regen Betriebs in der Halle, einen Augenblick lang stehen und sah der Sache zu.

Er stand zwischen einer überelegant gekleideten Frauensperson mit gewaltsam gezogenem Mittelscheitel und zwei skandinavischen Geschäftsreisenden mit trockenen und langen Mienen, und vorbei strömte das internationale Reisepublikum, eine ganz besondere Form der menschlichen Gesellschaft, der vielfältiges exotisches Zubehör ein Gepräge des Fremdländischen und Weitherkommenden verleiht. Trotz des Massenaufkommens hatte es der Conférencier, der auf der Bühne mit den Floskeln seines Fachs und etwas meckerndem Gelächter um Aufmerksamkeit buhlte, nicht leicht. Nur wenige Passanten blieben stehen, die meisten beschleunigten in der üblichen zivilisierten Reaktion auf ein derartiges Spektakel gar den Schritt oder wichen weitestmöglich aus. Eventuell hatte es dieser Mensch auf der Bühne überhaupt noch nie leicht gehabt, denn als Oskar den Animateur ein wenig genauer ins Auge fasste, erkannte er, dass sein Haar gefärbt und sein Hals schon im Ansatz verfallen und sehnig war. Das Gesicht wirkte verlebt und unangenehm, und dazu kam, dass sein Ausdruck etwas Skurril-Wildes und Lächerlich-Dämonisches an sich hatte, die Augen waren milchig und blutunterlaufen und der Zahnbestand ganz offenbar gewaltig, so dass sich der Mund überhaupt nie richtig zu schließen vermochte, sondern der Mensch vielmehr ständig seine Zähne bleckte, gelb und lang und bis zum Zahnfleisch bloßgelegt. Mit einem Überbiss, mit dem man eine Dose Motoröl aufmachen konnte. Und mit einer Art von Entsetzen stellte Oskar fest, dass der Figur auf der Bühne an prominenter Stelle ein Zahn fehlte. Dies alles erschien merkwürdig, und unserem Helden war für einen Moment, als beginne eine träumerische Entfremdung, eine Entstellung der Welt ins Sonderbare um sich zu greifen, der vielleicht Einhalt zu tun wäre, wenn er sein Gesichtsfeld ein wenig verdunkelte, die Augen mit der Hand beschattete und aufs Neue um sich schaute. Er hatte manchmal solche Anwandlungen, obschon er zimperliche Schriftsteller hasste. (Oskar konnte Schriftsteller sowieso nicht gut leiden. Jedenfalls die, die am Leben waren.)

Doch als er wieder hinsah, wurde er schauerlich angemutet Zeuge, wie das Antlitz des Conférenciers, der sich einen Sekundenbruchteil unbeobachtet glaubte, in einem Ausdruck grauenvollen Überdrusses entgleiste. Seine falsche Fröhlichkeit war dem Menschen zwar zweite Natur geworden, er belog sich und die Welt damit, aber offensichtlich beide Parteien nicht sehr überzeugend. Doch umso forcierter hielt er fest an seinem erbärmlichen Überschwang, hielt jeden, der sich ihm auch nur vage näherte, zum Mitspielen an, zwinkerte, lachte meckernd, hob seinen beringten Zeigefinger zu alberner und ein wenig widerlicher Neckerei, mit Schweißperlen auf der Stirn und Knechtung im milchigen Blick.

Übrigens war es wohl möglich, dass Oskar bei seiner halb forschenden, halb irritierten Musterung des Conférenciers es an Rücksicht hatte fehlen lassen, denn plötzlich ward er gewahr, dass jener seinen Blick erwiderte, und zwar so kriegerisch, so gerade ins Auge hinein, so offenkundig gesonnen, die Sache aufs Äußerste zu treiben, dass unser Held augenblicklich alarmiert war. Schließlich stand der andere auf einer Bühne und konnte ihn jederzeit aufrufen. Das passierte Oskar sowieso dauernd. Also versteckte er sich hinter einem Herrn, der links neben ihm aufgetaucht war (die Geschäftsreisenden mit den trockenen Mienen hatten sich längst entfernt). Der Herr war vielleicht Mitte siebzig und verfügte über weiches, kurz gehaltenes Haar und recht große Ohren. Groß war auch sein Krawattenknoten. »Ich kenne ihn«, dachte Oskar, »ich erinnere mich an das plastische Muttermal auf dem Scheitel des linken Tränensacks.«

Allein, für Randprobleme war jetzt keine Zeit, die Lage war zu ernst, um einen Katalog von Bekanntschaften mit dem krawattierten Herrn abzugleichen, denn Oskar hatte das bestimmte Gefühl, dass das krähende Lachen immer näher kam, dass es sozusagen längst bloß noch ihm galt, und so warf er den Starbucksbecher in den nächsten Abfalleimer und begab sich raschen Schrittes zu seinem Flugsteig. Die girrenden und schäkernden Berufsäußerungen des Animateurs in seinem Rücken wurden leiser und verhallten, und Oskar hatte den Menschen im nächsten Moment vergessen.

***

Als Oskar sein Zuhause am Fuße des Zürichbergs betrat, stolperte er beim Hereinkommen über eine riesige, pokalförmige Bodenvase aus preußischem Porzellan, die zwar zum Inventar gehörte, aber gewiss nicht hierher, direkt neben die Türe. Oskar fing sich im letzten Augenblick, verursachte jedoch erhebliches Geräusch.

»Hallo, Kleines«, sagte Lauren, die, angelockt durch den Lärm, in den Eingang trat, »bist du okay? Es tut mir leid. Die Leute von der Inneneinrichtungszeitung waren hier und haben alles umgeräumt. Und Consuela kommt erst morgen.«

Oskar gab Lauren einen Kuss, und sie klopfte ihm liebevoll auf den Rücken.

»Alles bestens. Ich bin froh, dass ich wieder hier bin«, sagte er.

»Ich auch, Chickie«, sagte sie.

Lauren war außerordentlich hübsch, aber die Schönheit war nicht ihr hervorstechendstes Merkmal. In Gesellschaft konnte sie, wenn sie sich langweilte, wortkarg und kalt auftreten, aber dennoch lag nicht nur in ihrem Äußeren, sondern auch in ihrer Haltung und in ihrem Wesen etwas Anziehendes, etwas schwer zu Fassendes, das viele Leute für sie einnahm. Ihr schmales Gesicht, bleich und anmutig verschlossen, von brünettem Haar eingefasst, das Lauren entweder zurückgenommen oder zur Seite gescheitelt trug, wirkte mit den mandelförmigen Augen, der gerade abfallenden Nase und den hohen Wangenknochen vollkommen symmetrisch und erinnerte an griechische Bildwerke aus klassischer Zeit. Aber nur auf den ersten Blick, denn bei Vollendung der Form war es von so einmalig persönlichem Reiz, dass dem Schauenden Laurens Schönheit nicht kühl und ebenmäßig vorkam, sondern ein wenig undurchsichtig und abgeklärt.

Etwas Verneinendes, etwas Spöttisches und Distanziertes umgab ihr Wesen und war offenbar der Mittelpunkt ihrer Seele, das, was sie ausmachte. Denn die Seele hat zwar vielfältige Fähigkeiten, aber es ist ein Kern in ihr, eine Essenz, die sie bestimmt und die von keiner kreatürlichen Mannigfaltigkeit berührt wird, das Fünkchen, der eigentliche Geist, wenn man so will, und dieser Geist hieß bei Lauren: Abstand, Abstand zur Welt und ihren Erscheinungen, Abstand auch zu sich selbst, Abstand zu allem. Eine Allüre der Distanz ging von ihr aus, die manche Leute als entschieden eisig bezeichnet hätten – als würde sie das Geschehen von außen betrachten, als verfügte sie über Standpunkte und Verankerungen jenseits der Wirklichkeit. Dazu passte es, dass Laurens Haltung und Bewegungen ihrer gesamten Gestalt etwas Reiches und Verwöhntes verliehen, so wie man Privilegiertheit den Menschen eben immer anmerkt, selbst wenn die Umstände sie ganz woanders hinversetzt haben (was bei Lauren gar nicht der Fall war). Und mit ebendieser Haltung setzte sich Lauren nun in einen schweren, unbequemen Barcelona-Sessel, der in jenem Zimmer stand, das man in diesem Milieu »Drawing Room« nennt. Sie setzte sich, einen Fuß in den Zehn-Zentimeter-Absätzen leicht vor den anderen gestellt, einen Ellenbogen aufs Knie gestützt, die Wange an die geschlossene Hand geschmiegt, und fragte: »Wie war die Reise, Kleines?«

»Okay«, erwiderte Oskar, »aber irgendwie klingen an deutschen Flughäfen auch freundlich gemeinte Durchsagen immer ein bisschen martialisch.«

»Aww, the Germans«, machte Lauren und zündete sich eine amerikanische Mentholzigarette an, »they can't fake polite.«

»Und wie lief hier alles?«, erkundigte sich Oskar.

»Fabelhaft«, antwortete Lauren und blies den Rauch ihrer Zigarette in die Luft, »ich hatte heute einen ruhigen, netten Lunch mit vier Anwälten meines Vaters in einem geschmackvollen Konferenzzimmer bei Jacob Safra am Paradeplatz.«

»Oh«, sagte Oskar, »was ist dabei rausgekommen?«

»Nun«, erwiderte seine Ehefrau, nachdem sie hörbar Luft geholt hatte, »zunächst ist rausgekommen, dass mein Vater erwägt, sich als Zweit- oder Dritt- oder Viertwagen einen Toyota Prius anzuschaffen. Für Moskau. Oder eher für London oder Lugano, das weiß ich jetzt nicht mehr so genau. Ich nehme aber an, in Moskau sind die verboten. Was ich übrigens gutheiße. Während meine russische Stiefmutter für Erhalt, Wartung und Ausbau ihrer Garderobe soeben einen Wardrobe Organizer angeheuert hat. Namens Melissa. Anscheinend kann in South Kensington niemand mehr leben ohne Melissa. Sie arbeitet mit einem Softwareprogramm, das sämtliche Ankleidezimmer erfasst und fotografisch katalogisiert. Auf diese Weise, und ich zitiere hier Ivana, auf diese Weise wird meine arme Stiefmutter nie wieder in die nervtötende Situation kommen, der Idiotin Encarnación am Telefon erklären zu müssen, welches der zwanzig nahezu identischen roten Valentino-Kleidchen sie ihr per Fed Ex nach Sardinien schicken soll.«

»Das klingt wie eine Erlösung«, sagte Oskar, »sonst noch was?«

»Ja«, sagte Lauren. »Was den Erbvorbezug angeht – das sieht schlecht aus.«

»Aber«, versetzte Oskar und ließ sich rücklings auf ein großes kalifornisches Sofa fallen, »aber … das sollten doch nur zweihunderttausend sein … was machen wir dann mit Barcelona?«

Lauren seufzte. Sie löschte die Zigarette in einem quadratischen Porzellan-Aschenbecher mit Kurländer Muster, der neben ihr auf einem kleinen Glastisch stand.

»Wasweißich«, sagte sie dann, »meinen Vater plagen möglicherweise wieder einmal akute Verarmungsängste. Offenbar kostet es schon so annähernd zweihunderttausend, wenn der Prius neue Reifen braucht. Was weiß ich.«

»Wir werden sparen müssen«, stellte Oskar mit Grabesmiene fest.

»Was denn«, entgegnete Lauren, und ihre Stimme wurde eine Idee heller, was, wie Oskar wusste, kein gutes Zeichen war, *»wir werden sparen müssen?* Darum geht es hier? *Das* ist das Traurige daran? Mein Vater interessiert sich nicht für mich. Und wenn ich deswegen mal Michael Douglas heirate, darf sich niemand beschweren. Aber das Einzige, was du feststellst, ist: Wir werden sparen müssen?«

»Kleines«, sagte Oskar und bemühte sich, seiner Stimme einen besänftigenden Klang zu geben, »nur mit der Ruhe.«

Aber Lauren war nicht zu beruhigen. Sie schob die Füße in den Zehn-Zentimeter-Absätzen nach vorn, pochte mit dem sorgfältig manikürten und dschungelrot lackierten Zeigefingernagel auf die Platte des Glastischchens und blickte ihren Ehemann herausfordernd an.

»Ich dachte«, fuhr sie fort, »ich dachte, die Tragik läge darin, dass ich gezwungen bin, als Anwältin für einen Pharmakonzern zu arbeiten, obschon so was wie ich eigentlich *gar nicht* arbeiten sollte, sondern in Harmlosigkeit und stillem Frohsinn von einem hübschen Trust Fund leben, was ich auch würde, wenn mir nicht das Schicksal vor fünfzehn Jahren eine russische Stiefmutter serviert hätte, die nicht nur aussieht wie ein Teenager, sondern auch mit Geld so um sich wirft wie einer. Wie ein *arabischer* Teenager, um genau zu sein. Ich will dir mal was sagen, Sweetcakes: Arbeit ist nichts für mich, denn Arbeit ist was für arme Leute. Ich hingegen – bin ein reiches Mädchen, dem das Geld fehlt! Das ist ein Riesenunterschied. Ich brauche einfach einen gewissen Standard, eine gewisse Atmosphäre; ich brauche Platz, ein paar Antiquitäten, ein bisschen Gold und Silber und meinetwegen einige Duftkerzen von Diptyque, bevor ich sterbe. Das ist wie Heroin. Und was aber ist aus mir geworden? Ein Corporate Lawyer! The world of business, logical destiny of bores! Das ist eine der niedrigsten Daseinsformen, jedenfalls in my book, if you catch my drift!«

»Kleines«, sagte Oskar besänftigend, »du musst nicht sterben.«

»Irgendwann schon.«

»Alles ist sterblich.«

»Nein.«

»Und du musst nicht Michael Douglas heiraten. Denn du bist schon verheiratet. Und zwar mit mir.«

»Ja«, erwiderte Lauren, indem sie sich den Rock glattstrich, »du bist der Erste gewesen, der nicht meines Geldes wegen mit mir geschlafen hat.«

»Das ist Unsinn.«

»Inwiefern?«

»Weil du hübsch bist.«

»Wie du meinst«, sagte Lauren und erhob sich, »du jedoch hast nicht mit mir geschlafen, weil ich reich bin, oder hübsch, sondern weil du betrunken warst.«

»Und wie war ich?«

»Fine. You did just fine. Und, da wir von Trunkenheit sprechen: Ich könnte jetzt ein Glas vertragen.«

Lauren erhob sich und ging in die Küche. Während sie dort wirtschaftete, hörte Oskar das Ticken ihrer Absätze auf dem polierten Granitfußboden, und er rief in Richtung des Tickens: »Ich meine ja nur, Chickie, bitte, könntest du vielleicht wenigstens aufhören, immer das Kleingeld wegzuwerfen? Du hast auf diese Weise letztes Jahr bestimmt dreitausend Franken vernichtet.«

»Was soll ich machen?«, rief Lauren zurück, »– Spardosen anschaffen?«

Der Korken knallte.

»Oder wie wäre es, wenn *du* mal richtig arbeiten würdest?«, erkundigte sich Lauren, nachdem sie, ein Tablett mit Steuben-Kristall und einem Neuosier-Schälchen mit Käsebällchen balancierend, zurück ins Zimmer gekommen war und Oskar sein Glas ausgehändigt hatte. »Du bist der Mann, den ich liebe. Deshalb will ich, dass du reich bist.«

»Wieso, ich verdiene doch prima«, erwiderte Oskar, »so gut, dass ich glücklicherweise nicht gezwungen bin, jeden Mist zu machen. Oder willst du, dass ich Hintergrundkommentare für Heimvideo-Shows schreibe? Oder Sketche mit einem stotternden Käsebällchen für die Molkereimesse? Ich meine, wir lassen immerhin schon irgendwelche Stylisten von Inneneinrichtungsmagazinen unser Zuhause umräumen. Was mich daran erinnert: Soll ich jetzt nächste Woche lieber *Style Your Life* für das *Sonntagsblatt* machen oder besser zehn Tage später *Sonntagsbesuch* für die *Sonntagspost*?«

»Furchtbares Dilemma«, sagte Lauren und platzierte sich wieder im Sessel, »darauf trinke ich.«

»Auf uns, Kleines!«

Und sie hoben die Gläser und tranken.

»Ich weiß nicht«, sagte Lauren nach einer kleinen Pause, »ist es sonntags bei uns nicht ein bisschen traurig? Wir liegen in Jogginghosen vor dem Fernseher und essen aus PVC-Behältern.«

»Das kann sich die Welt aber nicht vorstellen«, entgegnete Oskar. »Du wirst natürlich in ein paar Schuhe schlüpfen und mir das Alphabet ins Ohr sagen müssen, damit es so aussieht, als unterhielten wir uns.«

»Ich werde nicht da sein.«

»Das war klar.«

»Halt!«, sagte Lauren, steckte sich eine weitere Mentholzigarette in den Mund und hob anschließend den Zeigefinger der linken Hand. »Vielleicht werde ich doch da sein.«

Dies stellte eine alarmierende Wendung dar.

»Was ist los, Kleines?«, fragte Oskar besorgt und musterte seine Gattin eindringlich.

»Ich habe die Stelle nicht bekommen.«

»Das weißt du jetzt schon? Wieso hast du nichts gesagt?«

»Ich wollte dir die Reise nicht verderben«, murmelte Lauren mit einer wegwerfenden Handbewegung, »und es ist ja auch egal. Ich bin seit Ewigkeiten Deputy Vice President im Legal Department, und ich werde es wohl auch bis in alle Zeit bleiben. Das war jetzt meine dritte Chance, zur Vizepräsidentin aufzusteigen, und wieder haben sie jemand anderen genommen. Ich wusste es. Ich wusste es von Anfang an. Gott lässt mich nie erfolgreich sein. Eher würde er mich töten. Und zufrieden darf ich auch nicht sein. Was solls. Wenigstens hat mein Mann keine Glatze.«

»Kleines«, flüsterte Oskar, mit unvernünftigem Erschrecken aufsehend, »wie kannst du so was Furchtbares sagen?«

»Wieso?«, erwiderte Lauren und nahm ihre Perlen ab, die sie auf den Glastisch neben den Aschenbecher legte. »So schrecklich ist das nicht. Das ist unser Schicksal. Gott kann uns einfach nicht leiden. Aber deswegen sind wir keine schlechten Menschen.«

»Wie kannst du so was sagen?«, wiederholte Oskar entgeistert. Er starrte seine Frau an, wobei er seine Lippen auf das Entschiedenste zusammenpresste.

»Das ist meine Art, die Sache mit Humor zu bewältigen«, stellte Lauren fest und blies den Rauch ihrer Zigarette Richtung Zimmerdecke, »Sweetums, du weißt wohl, dass ich nicht an solche Sachen glaube, oder doch höchstens unverbindlich und gewissermaßen von weitem: Gott, Schicksal, Vorsehung … das ist mir alles einerlei, und der Himmel ist leer, wenn du mich fragst. Was auch ganz gut so ist. Denn wenn es Gott gäbe, hätte ich im Moment ein ziemlich fettes Hühnchen mit ihm zu rupfen!«

»Aber es *gibt* ihn!«, erwiderte Oskar, bebend vor Überzeugung. »Ich spreche jeden Tag mit ihm. So wie mit dir. Er trennt Inhalt und Form, Gut und Böse, Ordnung von Chaos. Und er hat seine Lieblinge, bei denen er ein Auge zudrückt.«

»Oho«, machte Lauren, »deine Religion scheint voller Wunder zu sein.«

»Ja«, erklärte Oskar, wozu er seinen Oberkörper im Sitzen stramm emporrichtete, als spreche er vor Publikum, »ja, so ist es, du kannst dich ruhig lustig machen, aber ich glaube an einen gütigen Gott, an einen Gott, der mit milder Hand Früchte austeilt, auch für die Verzweifelten, die Gnadenlosen, für die Letzten der Letzten noch.«

»Du meinst die drängenden Massen?«, erkundigte sich Lauren und betrachtete ihn interessiert. »Die Unzufriedenen, Langsamen, Hässlichen?«

»Ja … genau!«, erwiderte Oskar ein wenig überrumpelt.

»Menschen, die nicht Auto fahren können?«, fuhr Lauren fort. »Die nicht die Spur halten, die vor einem die Rolltreppe blockieren, weil sie in der Nase bohren; Menschen, die schlecht schreiben, die nicht zurückrufen, die Essensreste zwischen den Zähnen haben – verhaltensgestörte, lebensuntüchtige Tölpel? Meinst du die?«

Nun war es an Oskar, auf den Tisch zu pochen. Es verhielt sich nämlich so, dass Oskar Canow, erzogen in einem Elternhaus, in dem es keine Wunder gab, und gebildet an den besten Hochschulen und Akademien, wo man lernte und lehrte, dass den Menschen wahres Heil unerreichbar bleibe, weil dessen Vorhandensein die menschliche Vollkommenheit bedinge, und dies sei Unsinn vom Standpunkt der Logik – Oskar Canow also hatte sich die Zuversicht, in einer höheren Sphäre für die Zumutungen und Ungerechtigkeiten des Daseins entschädigt zu werden, hartnäckig und trotzig in ernstlichen kleinen Kämpfen bewahren müssen. Wohl hatte er mit der Ökonomie die gottloseste aller Wissenschaften studiert und dann später mit der Philosophie die gottkritischste zu seiner Doktordisziplin gemacht, doch stets bewahrt und verteidigt hatte Oskar Canow sich den Glauben an die wohlmeinende Absichtlichkeit des Schicksals, daran, dass alles seinen Sinn und seine Ordnung habe und im Übrigen schon glimpflich abgehen werde. Und er war, gelegentlichen Zweifeln und Einbrüchen zum Trotz (und obschon er nicht einmal getauft war), bislang Sieger geblieben in diesem guten Streite, den er sein Leben lang gegen die Anfechtungen vonseiten seiner preußischen Bodenständigkeit und Ökonomenvernunft und kantischen Nüchternheit geführt hatte, und er würde sich diesen Sieg nun nicht mir nichts, dir nichts von seiner geliebten Frau Lauren zerreden lassen, einem sarkastischen Phänomen auf Sergio-Rossi-Absätzen, das den lieben Gott offenbar als eine Art Flaschengeist betrachtete, oder höchstens als Lückenfüller vor dem Urknall.

»Kleines«, sagte Oskar, und er sprach mit lebhafter Bewegung des Unterkiefers und einem schnellen, eindringlichen Kopfschütteln, »du hast Gott nie gebraucht. Du bist niemals auf einen Zweifel gestoßen, du hast niemals einen Kampf zu bestehen gehabt, du bist im Grunde glücklich …«

»Hast du ’nen Knall?«, erkundigte sich seine Ehefrau an dieser Stelle. Dazu stellte sie ihr Steuben-Glas mit hörbarem Geräusch auf dem Glastischchen ab, bevor sie fortfuhr: »Ich bräuchte Gott zum Beispiel – *jetzt*! Now. Wo ist er denn jetzt? Hm?«

»Er kümmert sich um die wichtigen Sachen.«

»Um die *wichtigen Sachen*? Like, what – den Weltfrieden? Chickie, das ist ridiculous. Ich meine, bevor er sich dem Weltfrieden widmet, könnte er vielleicht erst mal an Einzelschicksalen üben? Ein bisschen Übung würde ja offenkundig nicht schaden, wenn man nach den Ergebnissen urteilt. You know, ich bin kein schwieriger Fall. Gott könnte mein Leben in fünf Minuten wieder in Ordnung bringen.«

»Hast du das Gefühl, dass du notleidend bist, Kleines? Fühlst du dich bedürftig? Mit deiner Public-School-Jugend, deinem regen Verstand, deinem Spott? Ganz zu schweigen von deinem millionenschweren Vater und einer Figur, für die andere Frauen auf eine Niere verzichten würden? Von deiner perfekten Ehe erst recht nicht zu reden.«

»Ja, ich weiß«, sagte Lauren, »man soll auch für kleine Sachen dankbar sein. Aber ich kriege leider nur kleine Sachen.«

»Es ist kaum zu glauben«, erwiderte Oskar, »dass du in die Kirche gehen kannst, ohne dass Flammen dich umzingeln und verbrennen.«

Seine Gattin warf den Kopf zurück und stieß leise die Luft durch Mund und Nase.

»Ich gehe, wie du, nie in die Kirche«, stellte sie fest und zündete sich eine neue Zigarette an, »aber ich sehe jeden Tag müßige, eitle und satte Menschen, die dem Leben ständig noch mehr zu entreißen versuchen, als es zu geben vermag, und abgesehen davon, dass dieser Anblick nicht gesund sein kann, fördert er auch nicht eben die religiöse Erbauung. Ich sehe keinen Gott, ich sehe nicht mal einen Mechanismus oder Automatismus, der sich als Gottheit aufspielt. Das Einzige, was ich sehe, ist, wie die ewige Sanduhr des Daseins immer wieder umgekehrt wird, und in dieser Beständigkeit, der unaufhörlichen Bewegung des Lebens auf der Erde, der unaufhörlichen Vollendung und vollkommenen Gleichgültigkeit gegenüber Leben und Tod eines jeden von uns ist möglicherweise das Unterpfand unserer ewigen Erlösung enthalten; so viel kann ich gerne zugestehen, wenn es dir hilft, Sweetums. Mir jedenfalls hilft es nicht viel, ich verstehe es nicht, und es verhindert auch nicht, dass ich morgens aufwache und schlechte Laune habe, bloß weil die Sonne scheint.«

»Sag nicht so was.«

»Wieso?«

»Na ja«, murmelte Oskar und zog in einer Anwandlung von Verlegenheit mit der Fingerkuppe eine unsichtbare Spur auf seiner linken Kniescheibe, »ich dachte … dachte immer, unsere … Zweisamkeit sei für die Ewigkeit, aber wenn du nicht an die Ewigkeit glaubst, werde ich irgendwann allein sein.«

Lauren seufzte.

»Kleines«, sagte sie, und in ihrer Stimme war kein unschöner Ton mehr, »lass uns darüber ein andermal weitersprechen. Konzentrieren wir uns für den Augenblick auf die Gegenwart.«

»Okay«, erwiderte Oskar.

Pause.

Worauf er wiederholte: »Wir werden sparen müssen.«

»Ach du lieber Gott«, sagte Lauren, »heißt das, wir werden in Barcelona auf den gitarrenförmigen Pool verzichten müssen?«

»Nicht nur das. Wir sollten uns auch überlegen, ob wir dieses Jahr in Kalifornien lieber nicht im Beverly Hills Hotel wohnen. Sondern im Beverly Hilton.«

»Vielleicht wäre es billiger, wenn du mich auf einer Eisscholle im Meer aussetzen würdest«, schlug Lauren vor, »sonst noch was?«

»Vielleicht sollten wir Personal entlassen. Die Haushälterin oder den Physiotherapeuten oder den Trainer.«

»Wie wäre es mit deiner Assistentin? Du erklärst mir doch ständig, dass sie im Grunde gar nichts tut.«

»Was denn, ich soll Kelly feuern? Nein, Kleines, das geht auf gar keinen Fall! Das wäre ja, als würde ich mir den Arm abschneiden. Meinen nutzlosen, unpünktlichen und vorlauten Arm! Das wäre ganz unwirtschaftlich. Wir können woanders besser sparen. Wir könnten zum Beispiel nach Kalifornien Business Class fliegen statt First.«

»Ich wusste gar nicht, dass ich in meinem Leben noch Freude hatte, die man mir nehmen kann.«

»Oder wir fragen diese Management-Type von American Airlines, Lauren, du erinnerst dich, dem wir neulich hinter der Bühne bei dieser Talkshow vorgestellt wurden.«

»Dieses doppelzüngige asthenische Scheusal? Danke für Backobst. Lieber fliege ich im Radkasten!«

3. KAPITEL

Unglück auf hohem Niveau

Am nächsten Tag erwachte Oskar wie üblich gegen elf Uhr dreißig. Er richtete sich auf und saß zunächst noch eine Zeitlang unbeweglich gegen die blau-weiß karierte Lehne seines schwedischen Bettes gelehnt, nicht verschlafen, sondern eher vom Schlaf ermattet, starrte auf einen Punkt und schien keinesfalls befriedigt über sein Erwachen. Oskar hatte schlecht geträumt. Das lag nicht an einem Incubus, sondern an Opipramol. Diesmal war ihm im Traum auch noch seine Mutter erschienen.

Schließlich erhob er sich, denn seine Assistentin Kelly war für elf angemeldet. Was bedeutete, dass sie gegen zwölf Uhr dreißig auftauchen würde – es war also Zeit, aufzustehen. Und gerade als Oskar in der Küche aus einem Becher mit Kurländer Muster seinen starken schwarzen Frühstückstee von Fortnum & Mason schlürfte und durch die neueste Ausgabe von *Fancy Living* blätterte, erschien Kelly im Gang. Er hörte sie von weitem, denn sie gehörte zu jenen Personen, bei denen jede Lebensäußerung mit erheblichem Geräusch verbunden war.

»Kelly«, sagte Oskar, und er bemühte sich, den Namen gleichzeitig als Begrüßung und als Rüge auszusprechen, »Sie sind zu spät!«

»Das tut mir leid!«, rief Kelly. »Ich musste zum Hautarzt! Es war ein Notfall! Ich hatte mir aus Versehen einen Schönheitsfleck im Reißverschluss eingequetscht. Ich wollte anrufen, aber mein Telefon ist hin. Ein riesiger Abschleppwagen ist darüber gefahren … gefolgt von einem Geländewagen … der abgeschleppt wurde.«

»Ich muss betrunken gewesen sein, als ich sie eingestellt habe«, stellte Oskar fest (mehr für sich selbst, weshalb wir das »sie« hier kleinschreiben), dann blickte er von seiner Lektüre auf und erkundigte sich bei seiner Assistentin, die soeben die Küche betrat: »Was kommt als Nächstes? Werden Sie mir morgen erklären, Sie hätten Ihr kleines weißes Kaninchen mit der Uhr verloren? Sie müssen sich Pünktlichkeit angewöhnen, Kelly! Oder glauben Sie, dass ich so weit gekommen bin, indem ich ständig überall zu spät war?«

»Nein«, antwortete Kelly und stellte ihre Handtasche mit einem schweren Ausatmer direkt vor Oskars Nase auf die Tischplatte, »Sie sind durch Intrigen und Beziehungen so weit gekommen. Oder durch sonst was Dubioses.«

»Mag sein«, erwiderte Oskar und erhob sich, »aber ich habe täglich um Punkt elf damit angefangen.«

»Pah!«, machte Kelly. »In letzter Zeit liegen Sie doch um elf noch im Bett und grämen sich wegen Ihrer Mutter, die nach Cointreau und Parfüm roch und irgendwas als Liebe bezeichnete, was in Wahrheit der auf Feindseligkeit und Misstrauen beruhende Zwang war, andere zu unterwerfen!«

Hier entstand eine kleine Pause, die allein dadurch ausgefüllt wurde, dass Oskar seine Assistentin entgeistert anstarrte.

Diese aber klopfte ihm jovial und ein bisschen rabiat auf die Schulter und sprach: »Gut, Sie zu sehen. Wie geht es Ihnen?«

Kelly gehörte zum rothaarigen Typ und besaß dessen milchige und sommersprossige Haut – wobei sie die Zartheit und Blässe ihrer Komplexion mit Vorliebe dadurch aufzuwiegen trachtete, dass sie großen und lauten Schmuck trug, oder, wie Lauren es ausdrückte, aussah wie die Attraktionen in Dollywood oder Dolly Parton selbst: von weitem lustig, von nahem furchteinflößend. Vom Standpunkt des Massengeschmacks wirkte Kelly offenbar ziemlich verführerisch – mit ihren dichtbewimperten, lichtgrünen Augen, der kleinen, aufgeworfenen Nase, den herzförmigen Lippen, einem wogenden Dekolleté und einer Körperfülle, die schon an Üppigkeit grenzte. Genau genommen konnte sie sich vor Verehrern kaum retten.

Für Oskar hingegen war eher die Robustheit ihres Auftretens ausschlaggebend für Kellys Anstellung gewesen. Mit einer etwas ruppigen Herzlichkeit organisierte seine Assistentin den geschäftlichen Teil seines Lebens (wobei sie oft genug, anscheinend ungeniert und mit einem gewissen Vergnügen auch in andere Teile übergriff); sie sortierte die Termine und Pendenzen, Anfragen und Antragsteller, und wenn Oskar dann und wann schwankend war zwischen Tun oder Lassen – dann hatte Kelly eine Art, die Zimmerdecke zu betrachten, mit einer Hand auf der Schreibtischplatte Klavier zu spielen und zu sagen: »Oh, ja, ach so, gewiss, es wäre wirklich eine Überlegung wert, nach Berlin zu fliegen zur Premiere eines holländischen Schneiderduos bei einer schwedischen Billigtextilkette, ich meine, wir machen ja augenblicklich wirklich nicht genug Rummelplatzkram«, dass Oskar ein bisschen rot wurde und die Entscheidung schleunigst ihr überließ.

Nun also saßen Kelly und Oskar in seinem Arbeitszimmer. Dort stand sein Schreibtisch, groß und verlässlich, und all die kleinen Dinge waren in alter Weise auf ihm angeordnet: die Papiergewichte und die Fotografien, das silberne Papiermesser (ein spielzeughaftes und albernes Ding in Form eines Kavalleriesäbels), der schmucklose Leuchter aus dem Hause seiner Großeltern und eine gigantische Figur von Beaker, dem Assistenten von Doktor Bunsen Honeydew aus den Muppet-Laboratorien, die Oskar von Lauren zu Weihnachten bekommen hatte. Sowie eine russische Zigarettendose, die er für nützlich hielt, ohne sie je zu benutzen. Darüber hinaus hatte Kelly während seiner jüngsten Abwesenheit auf der Schreibtischplatte kleine systematische Stapel von Zeitungsausschnitten und Korrespondenzen gebildet, derer sich Oskar nun annahm, allerdings in einer etwas unbeteiligten und angespannten Manier; er überflog die Kritiken, die sie ihm angestrichen hatte, las ein paar freundliche Zuschriften aus dem Publikum, die seine Laune stets hoben, beantwortete eine Rundfrage, sagte den *Schweizer Wochenheften* ab und unterschrieb einen Aufruf gegen den Umsturz der Rechtschreibung. Beziehungsweise den Umsturz der umgestürzten Rechtschreibung. Dann wurde ihm das zu mühsam und er fragte seine Assistentin: »Was ist sonst noch so los?«

»Wir haben eine mittelmäßige Besprechung von *Nachtwind* in der *Frankfurter Zeitung*«, antwortete Kelly.

Oskar seufzte.

»George Burns hatte recht«, sagte er, »das Showgeschäft ist eine hässliche Hexengöttin.«

»Es verkauft sich nicht schlecht«, bemerkte Kelly.

»Dem Himmel sei Dank«, erwiderte Oskar, »wenigstens funktioniert der Markt. Was sonst?«

»Frau Gunnarsson hat angerufen.«

»Der Name kommt mir bekannt vor.«

»Frau Gunnarsson verkauft Betten bei Hästens. Die neue Schabracke ist da. Die längere, Modell *König von Schweden.* Auf Ihrem Bett befindet sich im Augenblick versehentlich *Astrid Lindgren.*«

»Fabelhaft.«

»Da wir vom Mobiliar sprechen: Wollen Sie, dass ich den neuen Schreibtisch bestelle?«

»Ich fürchte, das wird noch ein wenig warten müssen«, erwiderte Oskar, »ich werde wohl noch ein Weilchen an diesem Monstrum hier sitzen bleiben. Sie werden lachen, Kelly, aber ich kann mir augenblicklich keinen neuen Schreibtisch für knapp fünfzehntausend Franken leisten.«

»Vielleicht doch!«, entgegnete Kelly und begann, in einem der Stapel auf dem Schreibtisch zu suchen, auf dessen oberstem Couvert eine Notiz mit der Aufschrift »Anfragen« klebte.

»Ich habe hier ... eine Einladung«, fuhr sie fort, wobei sie einen Bogen Papier entfaltete und vorlas: »›Wir würden Sie sehr gerne zur Hugo-Show in der Westhafenstraße einladen. Die Hugo-Show ist die Eröffnungsshow der Fashion Week in Berlin.‹«

»Fashion Week? Die ist doch längst vorbei!«

»Verzeihung. Die meine ich ja gar nicht. Falsche Einladung. Eine Sekunde!«, erklärte Kelly und befasste sich eingehender mit dem Stapel. »Also, was haben wir hier ... eine Umfrage der Zeitschrift *Stil und Etikette* ... Anfrage einer Buchhandlung aus Wien, die Ihr Bild aufs Cover ihres Kataloges drucken möchte ... dann irgendjemand namens Wayland, der ein Foto von sich schickt und behauptet, er habe schon zweimal angerufen, dann ... dann ... Augenblick ... eine Rechnung von Pertusini für Rahmungen, was macht die denn hier, die gehört in den anderen Stapel ... Hier! Hier ist es! Eine Einladung in den *Nachtclub*, die beliebte Talkshow des Südwestrunkfunks in Deutschland. Es geht um ... um die Mentalitätsunterschiede zwischen Deutschland, Österreich und der Schweiz. Mit dabei sind außerdem unter anderem: irgendeine Wiener Operettenkönigin, der Stanglwirt aus Tirol und DJ Bobo.«

»Klingt prima.«

»Gezahlt wird eine verhandelbare öffentlich-rechtliche Aufwandsentschädigung.«

»Klingt prima. Nicht unbedingt nach einem neuen Schreibtisch, aber prima. Zusagen. Da fällt mir ein: Bestätigen Sie noch die Termine für *Style Your Life*, Kelly, und den *Sonntagsbesuch*, wir werden beides machen.«

»Okay.«

»Und sagen Sie den Leuten vom *Sonntagsblatt*, sie sollen einen anderen Fotografen schicken. Der letzte hat mich ständig aufgefordert, nicht so verführerisch zu gucken, dabei bin ich bloß kurzsichtig.«

»Okay.«

»Außerdem sollten wir bei diesem Radioquiz zusagen, Sie wissen schon, dem *Wettstreit der Kantone.*«

»Unbedingt!«, erwiderte Kelly, lehnte sich zurück, ließ ihren Blick gegen die Zimmerdecke wandern und machte

Miene, mit den Fingerspitzen zum Pianissimo auf der Tischplatte anzusetzen, tat aber der Bewegung ihrer Hand dicht über dem polierten Kirschholz Einhalt. Denn diesmal überließ Oskar die Entscheidung nicht seiner Assistentin, sondern vollführte seinerseits eine beengte Handbewegung und sagte mit einer Stimme, der man den Willen zum Entschluss anhörte: »Wir brauchen Publicity. Ich will einen neuen Schreibtisch. Und noch ein paar andere Sachen. Ansonsten wars das für heute. Den Rest schaffen Sie allein. Ich muss mich verdrücken, bevor Consuela kommt. Übrigens, Kelly, wenn Sie Consuela treffen, könnten Sie ihr bitte so schonend wie möglich beibringen, die Handtücher in den Badezimmern nicht immer in Diagonalen auszulegen. Die Handtücher und überhaupt *alles*. Ich weiß nicht, wieso, aber Consuela hat eine Schwäche für Diagonalen. Ich hoffe nicht, dass das damit zusammenhängt, dass sie bei der Arbeit ständig Kokablätter kaut. Sie behauptet, in Bolivien täten das alle.«

»Apropos Publicity«, erwiderte Kelly und begann, in einem anderen Stapel von Papieren zu suchen, »wir haben hier noch so eine … eine Art Reklamation. Jemand hat sich in der Figur des erfolglosen, pathetischen Schriftstellers in *Nachtwind* wiedererkannt …«

»Lassen Sie mich raten«, sagte Oskar, »war es vielleicht – ein erfolgloser, pathetischer Schriftsteller?«

»Gion Küngels«, antwortete Kelly, die einen Briefbogen entfaltet hatte, von dem sie den Namen ablas.

»Mein Gott«, seufzte Oskar, »dieser Trottel! Ich hatte schon Krämpfe, die länger gedauert haben als seine Karriere.«

»Herr Küngels behauptet, er sei ohne weiteres erkennbar als Vorbild für die Figur des willensschwachen, geltungssüchtigen und opportunistischen Schriftstellers, der am Ende des Buches seine eigene Mutter mit dem Auto überfährt, um ins Fernsehen zu kommen …«

»Ach ja«, seufzte Oskar, »noch nie habe ich eine Imagination so sehr geliebt!«

»Hier wird die Möglichkeit irgendwelcher Konsequenzen angedroht«, schloss Kelly und wedelte mit dem Brief.

»Küngels glaubt allen Ernstes, er sei das Vorbild für den Schriftsteller in *Nachtwind*, bloß weil der ebenfalls Ringe um die Augen und eine Wampe hat?«, fragte Oskar mit aufrichtiger Verwunderung.

»Nein«, erwiderte Kelly, »Küngels glaubt, er sei das Vorbild für den Schriftsteller in *Nachtwind*, weil der Schriftsteller in *Nachtwind* Max Müngels heißt.«

»Na wunderbar«, sagte Oskar, »man schilt mich also herzlos und einen Egoisten, weil ich dafür sorge, dass ich mein Werk vollenden kann.«

»Wie bitte?«

»Es ist komisch und lästig. Ich nehme irgendeine harmlose Anregung – und dann kommen die Beschwerden aus der Wirklichkeit. Und je unbedeutender die Charaktere sind, desto lauter reklamieren sie.«

»Ich vermute«, sagte Kelly, »die Leute erwarten irgendwie, dass Sie sich was ausdenken. Dass Sie Ihre Schöpfungen weniger in der Realität verankern, meine ich.«

»Ausdenken?«, erwiderte Oskar grimmig und begann, mit dem Papiermesser herumzufuchteln. »Das glauben Sie doch selber nicht! Nein, Kelly, Sie glauben doch nicht im Ernst, dass Erfinderei irgendwas mit Dichtung zu tun hat? Das Talent der reinen Erfindung ist ja für sich allein eine ganz untergeordnete Gabe. Die Guten und Besten sind immer ohne

Ausdenken ausgekommen und waren mit Recht stolz darauf. Man braucht ja nichts Spektakuläres. Es geht nicht ums Erfinden, sondern ums Finden. Es geht nicht ums Ausdenken, sondern ums Ausschmücken. Es ist nicht die Gabe der Erfindung – die der *Beseelung* ist es, die den Dichter macht!«

»Sehr schön. Fällt jetzt noch ein Vorhang, oder soll ich Doktor Martersteig anrufen?«, fragte Kelly.

»Meinen Therapeuten?«

»Ihren Anwalt. Und würden Sie bitte das Messer wieder hinlegen. Danke.«

»Nein. Wir ignorieren Küngels natürlich«, beschloss Oskar, »das ist bei solchen Leuten immer das Beste. Der kann sich gar keine Konsequenzen leisten. Er lebt von Stipendien. Und zwar von denen seiner Frau. Und nun muss ich wirklich gehen.«

Oskar scheute den Lärm und Aufruhr, der entstand, wenn seine Haushälterin Consuela ihre Arbeit verrichtete. Sie war zudem hochgradig redselig und berichtete mit Vorliebe vom aktuellen Stand ihres offenbar seit Jahren fortschreitenden Gelenkverschleißes, übrigens in einer recht anklagenden Art, die nahelegte, dass ihr wohl im Grunde die Haus- und Putzarbeit nicht mehr länger zugemutet werden durfte … welche Schlussfolgerung Consuela freilich nie aussprach, denn bei Canows verlangte niemand Unmögliches von ihr, versehentliche Zerstörungen des Hausrats wurden ihr stets nachgesehen, und sie verdiente, wie Lauren es ausdrückte, mehr als ein bolivianischer Plantagenbesitzer.

Also pflegte sich Oskar an jenen Tagen, an denen Consuela zum Dienst erschien, zum Lunch zu verabreden (Consuela hatte strikte Order, nicht vor ein Uhr aufzutauchen).

Und sonst ging er zu Starbucks. Oskar konnte auch bei Starbucks arbeiten, jedenfalls an den, wie er es nannte, kleineren Sachen, der Forderung des Tages, den Essays, Gesellschaftsberichten, Kolumnen und Stellungnahmen. Die konnte er bei Starbucks verfassen oder während er auf ein Flugzeug wartete oder sogar im Fond des BMW, während Lauren am Steuer saß und sich gelegentlich umdrehte und fragte: »Wohin, Miss Daisy?«

In diesem Sinne arbeitete Oskar eigentlich unentwegt und gab damit jenem Feuilletonisten recht, der einmal über ihn geschrieben hatte: »Oskar Canow ist eine Schreibmaschine, und zwar in jenem Sinn, in dem ein Hai eine Tötungsmaschine ist.«

Allerdings brauchte auch Oskar für die, wie er es nannte, größeren Sachen ein Refugium. Nahezu jeder Mensch, und sei er auch ohne großen künstlerischen Belang, benötigt doch irgendein Rückzugsgebiet: ein paar hoch gelegene Stätten, wo eine reinere Luft weht. Die Katholiken haben die Kirche, übergewichtige Leute haben Las Vegas, und Oskar Canow hatte – sein Arbeitszimmer. Und indem er am Schreibtisch Platz nahm, regelmäßig in den Abendstunden und nicht selten bis tief in die Nacht, um in strenger Trennung und Zurückgezogenheit die Flucht und Frucht seiner Gedanken für das Publikum aufzuzeichnen – spürte Oskar Canow, tröstlich, mahnend und urvertraut, den sanften Anhauch der Dichtung und war mit seinem Leben ganz zufrieden. Was nicht heißt, dass das Ganze ein Vergnügen war, oh nein.

In der Regel war das Schreiben für Oskar ein langsames Vorwärtsschreiten, ein zähes Marschieren und stetes Auf-dem-Posten-Bleiben, bisweilen auch ein Schlendern oder gar Kriechen, wider die Versuchung, am Wegesrand zu rasten, und zwar für immer. Es war Mühsal – und auch Glück. Aber nicht unbedingt ein Vergnügen. Man erledigte am Schreibtisch die Sehnsucht nach Tat, Sieg und Macht; die Begier, das Leben auf die Knie zu zwingen. Man probte den Willen. Und wenn Oskar am Schreibtisch saß, so musste er, um bei der Sache zu bleiben, in der Tat seinen ganzen Willen aufbieten, einen möglicherweise fragwürdigen, jedenfalls durch Disziplin und Reflexion erlangten Willen, der ihn im Übrigen auch sonst leidlich durchs Leben brachte und immerhin für die Hinnahme einer höheren Gerechtigkeit gereicht hatte – sowie für den Führerschein (trotzdem war es besser, wenn Lauren am Steuer saß).

Mit Oskars Willen aber, so fragwürdig er sein mochte, verband sich eine redliche Geringschätzung jener Mittelmäßigkeit, die ein leichtes Leben führt. Er war empfindlich gegen Modeerzeugnisse in allen Sparten der Kunst; und er war geradezu allergisch gegen denjenigen modernen Schriftstellertyp, der ihm, ob er sich nun als gemütsseliger Phlegmatiker oder popkulturelle Banalität manifestierte, immer derselbe zu sein schien: kurzatmig, undistanziert, talentlos. Er verabscheute schlaffe Naturen, die im Grunde faul und unbegabt waren bis zur völligen Gleichgültigkeit gegen sich selbst – auch wenn sie sich mit nichts und niemandem sonst zu beschäftigen schienen.

Oskar Canow hingegen war ein Mann der kunstreinen Strenge, des kalten Ebenmaßes und der eisernen Reserve. Ein Mann der geduldigen Pflege und nicht des raschen Handstreichs. Dabei wusste er wohl, dass immer, wo eine Kultur die Höhen der Seligen beschreitet, dies auf dem Untergrunde chaotischer Gärung geschieht, ja, dass der große innere Widerspruch von Kunst als metaphysischer Instanz gerade darin liegt, dass sie den Morast und Eiterherd von Hass, Missgunst und kommunen Verbrechen geradezu mästet durch nichts als ihr feenhaftes Dasein – und gerade weil Oskar dies wusste, akzeptierte er keine mittelmäßige Prosa als Entschuldigung für mittelmäßige Eskapaden. Und umgekehrt noch viel weniger. Denn so wie sein kleiner, dubioser Wille täglich erneut über die Ablenkungen und Zerstreuungssucht eines wandernden Gemüts triumphierte, so war der künstlerische Ausdruck, durch den Oskars Seele über das Ungemach, die Beleidigungen des Lebens obsiegte: die Form. Oskar wusste ebenfalls, dass das Prinzip der Schönheit und Form nicht der Sphäre des Lebens entstammt, dass dessen Beziehung zum Leben höchstens die eines rigorosen, ironischen und melancholischen Kritizismus ist, denn dergestalt ist das Verhältnis des Geistes zur kraftstrotzenden Gesundheit. Und trotzdem kämpfte man für dieses Prinzip, denn das war Pflicht. Unbeirrt ging man in vielen kleinen Schritten vorwärts, bis eines Tages der Augenblick kam, wo man der Welt ein Werk überreichen konnte, dessen allmähliches Werden ihr gänzlich entgangen war.

Oskars letztes Buch, seine letzte große Sache und in der Tat sein bisher aufwendigstes und umfangreichstes Werk, war vor sechs Monaten erschienen und trug den Titel *Nachtwind*. Es handelte sich um eine Familiengeschichte über mehrere Generationen, freilich nicht in der Manier esoterischer Innerlichkeit, sondern im Stile des distanzierten psychologischen Raffinements verfasst. Worauf ihm natürlich einige Feuilletonisten vorwarfen, zum Schöpfertum in großem Stil fehle dem preußischen Großbürgerspross der Segen mächtiger und ausdauernder Vitalität; Oskar, überfeinert und verfallen wie seine Helden, würde für eine Pointe seine Figuren opfern, ein ironisches Glanzlicht sei ihm mehr wert als jede Handlung.

Aber Oskar Canow hatte sich im Laufe einer Karriere, obgleich diese sich erst über eine Dekade erstreckte, bereits viel anhören müssen von Feuilletonisten: von bedingungsloser Verehrung bis hin zu dem Vorwurf, er gebrauche zu viele Adjektive. Sein Werk hatte eine gewisse polarisierende Wirkung; es ließ die Schwachen schwächer werden und die Starken stärker. Vor allem aber die Schwachen schwächer. Und nun musste Oskar schleunigst das Haus verlassen, denn Consuela konnte jeden Augenblick auf der Schwelle stehen.

»Nein«, sagte Kelly, »Sie können nicht zu Starbucks.«

»Wieso?«

»Sie treffen Ihren Hedge-Fonds-Manager zum Lunch im Saint Germain. Ich habe extra den spätestmöglichen Termin angesetzt: Viertel vor zwei. Das schaffen Sie noch. Ich rufe ein Taxi. Und keine Sorge. Ich kümmere mich hier um alles.«

»Und dann?«, fragte Oskar.

»Dann treffen Sie Ihren Personal Trainer um vier Uhr dreißig.«

»Und dann?«

»Dann haben Sie einen Termin beim Physiotherapeuten. Um achtzehn Uhr dreißig.«

»Fabelhaft«, sagte Oskar, »das nenne ich Armut auf hohem Niveau.«

»Vielleicht hätte ich doch eine Karriere in der Welt der Wirtschaft anfangen sollen«, dachte Oskar eine halbe Stunde später, als er bei kalorienreduziertem Mineralwasser und Crawfish Etouffée Viktor Hasenclever gegenübersaß, seinem Hedge-Fonds-Manager, der eigentlich vor allem ein Studienkollege an der Hochschule St. Gallen gewesen war, und sich mit ihm über Private Equity unterhielt. Oskar hatte dies Thema angesteuert. Er traf Hasenclever regelmäßig, wenn dieser in Zürich war, und nach dem umgehenden Austausch von Studienerinnerungen und anderen Reminiszenzen brachte Oskar das Gespräch gerne auf Themen aus der ökonomischen Sphäre. Nicht, weil der Geist unverbrüchlicher Freundschaft auf seiner Seite wesentlich schwächer ausgebildet gewesen wäre als auf der Hasenclevers, sondern weil er unter dem anfallartigen Ehrgeiz litt, die ökonomische Sphäre, die er studiert hatte und die er für die herrschende hielt, vollends zu durchdringen und zu durchschauen, obschon er wusste, dass sich sein Verstand im Grunde dafür nicht eignete. Oskars Verstand eignete sich für Anekdoten und für große Zusammenhänge, für die interessante, skurrile Petitesse und für den grundlegenden, weitschweifenden Entwurf – aber nicht für die mikroökonomischen Subtilitäten von Hedge-Fonds und Unternehmensfinanzierung. Derartige Phänomene dargelegt zu bekommen, wie jetzt, während Hasenclever auf Oskars Anstoß hin über Private Equity und Mergers & Acquisitions referierte, erforderte bei Oskar die völlige Anspannung all seiner Konzentration und Geisteskräfte; es war, als ob diese Gegend seines Gehirns träge und unlustig war und womöglich irgendeine höhere Instanz die ganze Sache für Verschwendung hielt – jedenfalls dachte Oskar an andere Dinge, zum Beispiel daran, dass Lauren diese

Konversation als »Horse Tranquilizer« bezeichnen würde und wie Hasenclevers gesamtes Leben eigentlich mit einer stupenden Gradlinigkeit und Bestimmtheit verlaufen war, jedenfalls von außen, und ob dies nun gut oder schlecht sei, und während er diese Gedanken anstellte, betrachtete Oskar fernerhin, wie man es in leicht zerstreuter innerer Verfassung manchmal tut, anscheinend neugierig die verschiedensten Phänomene, derer seine wandernde Aufmerksamkeit habhaft werden konnte: den Salzstreuer auf dem Tisch, die eisigen Lüster an der Decke, den flachsblonden jungen Mann, der hier mit knappen, festen Bewegungen als Kellner waltete, eine gewisse Zurückhaltung im Blick und ein gemessenes Lächeln auf den Lippen, und bei nächster Gelegenheit, die er vielleicht sogar ein wenig skrupellos herbeiführte, hielt Oskar den Kellner an mit den Worten: »Sagen Sie, gibt es heute Hai? Ausgezeichnet, den nehme ich. Ohne Knorpel.«

Der Kellner verriet nicht, was er dachte, verneigte sich stattdessen und verschwand.

»Verzeihung«, fügte Oskar aus Gründen der Plausibilität gegenüber Hasenclever hinzu, »ich muss noch verdauen, bevor ich meinen Trainer treffe.«

Nachdem Viktor Hasenclever den Lunch mit seiner schwarzen American-Express-Karte bezahlt hatte und Oskar anschließend (glücklicherweise nicht mehr in Gesellschaft seines Hedge-Fonds-Managers) feststellen musste, dass seine eigene American-Express-Karte, die nicht schwarz, sondern bloß aus Platin war, nicht einmal mehr für einen Iced Triple Venti Latte bei Starbucks reichte, machte er sich auf den Weg ins Gym.

Oskar traf seinen Personal Trainer drei Mal die Woche, und wenn es ihm sein Zeitplan erlaubte, absolvierte er darüber hinaus noch zwei Mal wöchentlich ein einstündiges Ausdauertraining, denn er glaubte an körperliche Ertüchtigung, oder jedenfalls daran, ertüchtigt auszusehen. Im Grunde war natürlich die Ertüchtigung wie das Ökonomische gegen seine eigentliche Neigung gerichtet; Oskar war zeitlebens kein großer und schon gar kein begeisterter Sportler gewesen (und für Mannschaftssport eignete er sich überhaupt nicht), im Gegenteil, er war körperlich bisweilen ein bisschen linkisch und ungeschickt, aber er wusste, dass er zur Erfüllung der Aufgaben, mit denen sein Talent ihn belud, der physischen Basis von Kraft und Robustheit bedurfte. Und so wie Oskar Canow seine Kunst in vielen kleinen Tagewerken beharrlich zur Größe emporzuschichten pflegte, in einer dem Verzagen abgetrotzten Leistungsseligkeit, so gelang es ihm auch auf diesem Feld, dem Feld der körperlichen Erscheinung (auf dem, das muss gesagt werden, die meisten Schriftsteller recht kläglich versagen), trotz seiner Ungeschicklichkeit und wiewohl bloß durchschnittlich von Wuchs und ein wenig spröde von Mitteln, durch Zielsetzung, Disziplin und kluge Verwaltung (und ein bisschen Nachhilfe von verschiedenen Präparaten), sich wenigstens eine Zeitlang die Wirkungen der Größe abzugewinnen, der alten Weisheit folgend, dass beinahe alles Große, was dastehe, als ein Trotzdem dastehe. Durchhalten war sein Befehlswort und ein robustes, kräftiges, gesundes Erscheinungsbild dessen Apotheose. Das war Oskars Art der Lebensbejahung, eine Art, die nicht primär und naiv, sondern Überwindung ist. Auch hier obsiegte: die Form.

Oskars Trainer, der Aaron hieß und ganz fabelhaft in

Form war, verbrachte natürlich noch viel mehr Zeit zwischen Hanteln und Treppenstufensimulatoren, so ungefähr fünfundachtzig Prozent seiner Wachzeit, während er die restlichen fünfzehn Prozent mit dem Verzehr von Hüttenkäse verbrachte. Aaron war braungebrannt, unbekümmert und mit Hormonen vollgepumpt wie ein Mastochse. Er verfügte nebst einem unerschütterlichen Gemüt über Arme, mit denen man Sterne aus ihrer Bahn reißen, und Oberschenkel, mit denen man Armeen aus dem Boden stampfen konnte, sowie über Bauchmuskeln, für die Oskar seine Geschwister an die Häscher des Höllenfürsten verkauft hätte. Letztere, also die Bauchmuskeln, betrachtete Oskar nun aus der Madenperspektive, während er versuchte, auf einer kornblumenblauen Schaumstoffmatte einen Satz Reverse Crunches zu absolvieren, und sich dabei von einem makellos gebauten Fünfundzwanzigjährigen, den er auch noch dafür bezahlte, anhören durfte, dass er viel zu fett sei.

»Hast du Ephedrin genommen?«, fragte Aaron.

»Nein«, erwiderte Oskar.

»Wieso nicht? Du kannst härter trainieren und hast weniger Appetit.«

»Es ist praktisch Speed. Du hättest hören sollen, wie ich neulich nach dem Training die Brotverkäuferin am Globus Bellevue angeschrien habe. Außerdem: Was ist falsch mit Appetit?«

»Was ist mit Stanozolol?«

»Das nehme ich nicht.«

»Wieso wolltest du's dann haben?«

»Ich wollte es nur *besitzen*. Das beruhigt mich.«

»Genug für heute«, entschied Aaron und schlug Oskar leutselig auf den Oberschenkel, »ruh dich aus.«

»Ich kann nicht«, erwiderte Oskar, »ich muss weiter zum Physiotherapeuten.«

Auf dem Weg zu seinem Physiotherapeuten, der Lars hieß, strohblond und einen Meter fünfundachtzig groß war, weshalb Lauren ihn als lebendes Klischee bezeichnete, erreichte Oskar folgende Textnachricht von Frau Blankenburg: »Lieber Oskar Canow, ich musste den ADAC rufen, weil ich die Wegfahrsperre des Mercedes nicht deaktivieren konnte. Mein eigenes Auto dachte, ich wollte es stehlen! Indessen hat der Hund sich heute mein Portemonnaie vorgeknöpft und dabei einen Fünfziger, nun, nicht gerade gefressen, aber weitestgehend kaputtgebissen. Ich muss also dringend den Nerz außer Reichweite bringen. Ich hoffe umgekehrt, dass bei Ihnen alles in bester Ordnung ist. Ganz herzlich, G. B.«

»Die Kabinen hier sind entschieden zu hellhörig, Lars!«, konstatierte Oskar eine Dreiviertelstunde später, als er bäuchlings auf der Liege in der Praxis seines Physiotherapeuten platziert war. Mit dieser Feststellung zog er das Fazit der vorangegangenen Diskussion, die seine Nackenmassage begleitet hatte und in der es darum gegangen war, ob er einer ihm völlig unbekannten Dame aus der Nachbarkabine antworten sollte, die unlängst während einer Behandlung eine seiner Unterhaltungen mit Lars mitgehört, daraus aus Oskars Beruf geschlossen und ihm anschließend über Lars ein Brieflein hatte zukommen lassen, in dem sie nach Arbeit für ihren Mann, einen stellungslosen Journalisten, fragte.

»Es ist kein Zustand, dass hier bloß Vorhänge die Kabinen abtrennen«, ächzte Oskar, während Lars seinen Schultergürtel mit gezielten Pressuren bearbeitete, »und auch wenn

Regula die Dame diese Woche auf Freitag umgelegt hat, so kann ich mich wohl nicht darauf verlassen, dass das von nun an in alle Ewigkeit so funktioniert. Das reicht nicht, Lars. Du musst – Au! Bist du verrückt geworden?«

Mit diesen letzten Worten schlug Oskar seinem Physiotherapeuten auf den Unterarm, denn dies war der einzige Teil von Lars, den er augenblicklich aus seiner Bauchlage heraus erreichen konnte. Der Schlag war übrigens nicht der erste und hatte nicht viel zu bedeuten: Oskar biss auch seiner Dentalhygienikerin in die Finger, wenn er ihre Behandlung zu unangenehm fand.

»Da haben wir eine kleine Verspannung«, stellte Lars fest, indem er zwei Finger der linken Hand auf der neuralgischen Stelle in Oskars unterer Nackengegend hielt.

»Sieh zu, wie du das lösen kannst!«, keuchte Oskar.

»Die Verspannung?«

»Nein. Die Terminkollision. Die Kabinen hier sind entschieden zu hellhörig, Lars!«

»Du bist die einzige Person, die während der Behandlung permanent redet«, gab Lars zu bedenken. Worauf Oskar augenblicklich nichts erwidern konnte, weil sein Therapeut gleichzeitig einige abgestimmte Kunstgriffe auf etwelche Nackenwirbel anwandte, die unerhört schmerzhaft waren. So entstand eine Pause. Bis Lars plötzlich und unvermittelt und aus dem Nichts heraus fragte: »Was hältst du eigentlich von Botox?«

Oskar richtete sich abrupt auf.

»Ist noch jemand da?«, fragte er.

»Nein, niemand.«

»Und die Putzfrau ist taub?«

»Das nicht. Aber aus Ecuador.«

»Okay. Also, ich will dir mal was sagen zu Botox: Ich würde das natürlich nie nehmen. *Nie.* Ich meine, das Schlimmste sind diese südamerikanischen Discountportionen, so wie Massimo sie sich in Venezuela verabreichen lässt, weil das billiger ist. Du kennst doch Massimo? Der hier gegenüber diese ambulante Schönheitsklinik betreibt?«

»Massimo Grasmück? Natürlich kenn ich den! Der hat sich zu seinem Chihuahua kürzlich noch einen Hummer angeschafft.«

»Das Schalentier?«

»Das Auto. Er behauptet, er habe den Hummer von einem Kunden übernommen, der die Laser-Totalverjüngungsbehandlung nicht bezahlen konnte. Aber irgendwie glaube ich, er hat ihn gekauft.«

»Ist er gelb?«

»Ja. Woher weißt du das?«

»Dann hat er ihn gekauft. Aber egal. Was ich meine, ist: Hast du ihn mal angesehen? Massimo, meine ich. Er ist praktisch *gefroren.* Aber er hat sich ja da auch die Nase operieren lassen, in Venezuela, weil das billiger war, und offensichtlich war es ihm egal, dass die seinerzeit nur das La-Toya-Jackson-Modell im Programm hatten.«

Nebenan kicherte jemand.

Oskar sprang von der mit lindgrünem Leder bespannten Liege.

»Hast du nicht gesagt«, fragte er leise, aber mit so sorgfältiger Betonung jeder einzelnen Silbe, als säße er in einem Improvisations-Workshop bei Herrn Strasberg, »hast du nicht gesagt, niemand wäre hier? Niemand außer der tauben Putzfrau aus Costadelajara?«

Dabei aber sah er sein Konterfei im Spiegel an der Wand,

und er dachte bei sich: »Ich muss aufpassen, dass ich mein Gesicht hier beim Liegen nicht zu fest auf das Handtuch drücke. Durch die Lähmung meiner Stirnmuskulatur bleiben solche Drucknarben ewig. Ich muss dann immer mit der Hand mein Gesicht wieder zurechtknautschen.«

Laut aber beschloss Oskar: »Die Kabinen hier sind entschieden zu hellhörig, Lars!«

Zu Hause traf er Lauren. Sie stand in der Küche und rauchte. Und zwar mit einer Miene, als hätte man sie zur Strafe in die Küche geschickt.

»Wie läuft alles, Kleines?«, fragte Oskar und küsste seine Frau mit einem kleinen knallenden Geräusch auf die Schläfe.

»Pretty entsetzlich«, antwortete diese, »keine Karte funktioniert. Ich stand unten bei den Lebensmitteln im Globus und konnte drei Müesli nicht bezahlen! Okay – drei Müesli und eine Dose Beluga. Die habe ich dann zurückgetragen. Eigenhändig.«

»Tell me about it«, erwiderte Oskar, »ich hatte heute nicht mal mehr für einen Iced Latte Kredit.«

Lauren warf den Kopf zurück und stieß hörbar die Luft durch Mund und Nase.

»Und dann hat mich noch der Bauleiter angerufen«, fuhr sie fort, »Jesús.«

»Wie bitte?«

»So heißt er. Der Bauleiter. Jesús. Und Jesús sagt, das Penthouse in Barcelona braucht ein neues Dach. Diese spanischen Handwerker machen mich wahnsinnig.«

»Vielleicht hätten wir uns doch besser für ein polnisches Fertighaus als Feriendomizil entschieden«, murmelte Oskar und öffnete den Kühlschrank, was möglicherweise einen sublimierten Fluchtversuch darstellte, denn seine Frau reagierte auf diesen Einwurf gar nicht gut.

»Vielleicht hätten wir uns für *gar nichts* entscheiden sollen!«, konstatierte Lauren mit einem sehr konventionellen Lächeln und drückte die Zigarette in einem schweren Waterford-Kristall-Aschenbecher aus, bevor sie mit einer Stimme, der man die Beherrschung anhörte, die Fragen anhängte: »Warum müssen wir eigentlich ständig irgendwas kaufen? Wieso musst du zwanghaft Gegenstände um dich versammeln?«

»Das sagt gerade die Richtige«, erwiderte Oskar, griff nach der Ampulle eines probiotischen Verdauungstrunks und ließ die Kühlschranktür hinter sich zufallen. »Wer gibt denn hier Geld aus wie ein betrunkener Seemann? Ich meine: Kein Wunder, dass die Kreditkarten nichts mehr taugen! Das kommt doch wohl wahrscheinlich daher, dass jemand – und damit, Kleines, meine ich: *dich* – alles per Karte bezahlt. Du hast doch sogar die Kreditkartenrechnungen mit der Kreditkarte bezahlt! Ich meine, mein Gott, Lauren, du würdest selbst Geiseln mit der Kreditkarte auslösen!«

»Wieso nicht? Das gibt Meilengutschriften.«

»Wir hätten auch mit Private Equity verlieren können.«

»What? What are you talking about?«

»Ich meine: Vielleicht können wir ja einfach nicht besonders gut mit Geld umgehen. So dass wir jede Menge davon brauchen. So wies mir meine Mutter immer prophezeit hat.« Hier hielt Oskar einen Moment inne, stürzte den Inhalt der Ampulle hinunter, warf dieselbe in den Abfall, seufzte tief und setzte hinzu: »Du lieber Himmel, das wäre ja furchtbar, wenn Gott auf meine Mutter hören würde!«

»Möchtest du unsere kleine Diskussion von gestern fortsetzen?«, erkundigte sich Lauren. »Über Gott als Geisel der Vernunft?«

»Oder Gott als Geisel meiner Mutter.«

»Well, wenigstens hast du keine russische Stiefmutter namens Ivi, deren gigantomanische Brüste eine Quelle von Silikon und sibirischem Wodka sind; nicht zum Stillen geeignet, aber der Hit auf Partys! Wenigstens bist du nicht das Ergebnis einer Härtefallscheidung, aufgewachsen in einer dieser Einstweiligen-Verfügungs-Familien!«

»Nein«, stellte Oskar fest, »ich bin das Ergebnis dessen, dass meine Eltern zusammengeblieben sind. Das war auch kein Vergnügen. Außerdem war ich auch noch der Älteste: das Übungskind. Das hat meine gesamte Kindheit überschattet.«

»Kindheit? Welches Kind legt denn bitte Wert auf seine Kindheit? Und warum ist es dir überhaupt so wichtig, dass dein Desaster schlimmer ist als meins?«

»Weil ich ein ewiger Übertrumpfer bin, Kleines. Woran natürlich ebenfalls meine Eltern schuld sind. Ich wünschte, wir könnten Gott fragen. Er wäre auf meiner Seite.«

»Okay, Sweetcakes«, sagte Lauren, wobei sie eine schwungvolle kleine Drehung in Richtung ihres Ehemannes vollführte, »da es offenbar nicht anders geht, weil du schon wieder Gott ins Spiel bringst, einigen wir uns darauf: Wir glauben nun an ihn – aus Gründen der Vernunft. Meinetwegen, bitte sehr. Weißt du was? Gehen wir einfach davon aus, dass der allwissende alte Mann dort oben für die Schöpfung verantwortlich ist, indem er den ersten Anstoß gab – und sich dann zurückgezogen hat. Gott ist quasi nach Hause gegangen. Leider. Nicht tot, aber nach Hause gegangen. Ein Uhrmacher, der das von ihm hergestellte Uhrwerk nur in

Gang setzte, worauf dieses dann von selbst weiterlaufe. So dachte er sich das. Bitte sehr. Und nun Ende.«

So schloss Lauren und zündete sich eine Zigarette an.

»Wieso plötzlich dieses Entgegenkommen?«, fragte Oskar mit aufrichtiger Verwunderung.

»Zeitnot«, antwortete seine Frau. »Wie du weißt, bin ich mit Luella verabredet. Ich bin, du siehst es vielleicht, bereits umgezogen.«

»Richtig«, stellte Oskar fest, wobei nicht ganz deutlich wurde, ob sich diese Bestätigung auf die erste oder zweite Aussage seiner Ehefrau bezog, »und wer ist schon wieder Luella? Ist das die, die aussieht wie Little Richard?«

»Be nice«, sagte Lauren, »du weißt genau, wer Luella ist, und sie sieht *nicht* aus wie Little Richard. Sie trägt bloß gelegentlich etwas viel Make-up und ist ganzjährig durchgängig sprühdüsengebräunt – aber obschon niemand genau weiß, wie alt sie ist, hat sie im Grunde den Körper einer Vierzigjährigen.«

»Einer *toten* Vierzigjährigen«, verbesserte Oskar, »ihre falschen Brüste sehen aus wie zwei versteinerte Sofakissen. Zwei große tote Steine mit Brustwarzen.«

»Don't be rude. Luella ist … umgänglich. Unter den drei Zentimetern Dior-Foundation und der stellenweise mit Hyaluronsäure unterspritzten Haut steckt im Grunde ein verängstigtes, unsicheres Mädchen.

»Ein verängstigtes, *betrunkenes* Mädchen.«

»Wenn du meinst.«

»Wieso ich? Warst du nicht diejenige, die Luella ›Hypocrite Barbie‹ genannt hat?«

»Das war Loretta.«

»Wenn du meinst. Und was habt ihr vor?«

»Wir gehen erst zu diesem Handtaschenpräsentationsdinner bei Trudie Schmötz, und wenn dann noch Zeit ist, werden wir ein paar Schokoladenmartinis im Terrasse runterstürzen, und Luella erzählt mir von ihren Zagliani-Handtaschen aus Eidechsenleder, die sich so wahnsinnig weich anfühlen, weil sie mit Botox und Silikon vollgespritzt sind.«

»Die Handtaschen?«

»Yes.«

»Dann passen sie ja prima zu Luella. Ich wundere mich nur ein wenig, dass du bei Trudie auf der Liste stehst.«

»God, no. Luella steht bei Trudie auf der Liste.«

»Plus one?«

»Plus siebzehn. Wasweißich. Ich kann mit dieser Gesellschaft nicht so furchtbar viel anfangen.«

»Wieso triffst du dich dann mit Luella?«

»Luella ist anders, und das weißt du ganz genau, Kleines. Ich kenne sie seit Ewigkeiten. Seit meinen Schultagen in Frensham Heights, wie du ebenfalls weißt.«

»Lovely«, behauptete Oskar. »Ich werde dann heute Abend ein bisschen arbeiten.«

Er hielt einen Moment inne und fügte hinzu: »Mein Gott. Ich könnte nicht langweiliger sein.«

»Doch«, erwiderte Lauren und küsste ihren Mann auf die Wange, wozu sie seinen Kopf mit Daumen und Zeigefinger am Kinn fasste und zu sich herumdrehte, »du könntest Golf spielen. Übrigens trittst du heute Abend auf dieser Podiumsdiskussion im Schauspielhaus auf, wenn ich mich richtig erinnere. Dieses Thomas-Mann-Dings.«

»Jesus! Das hätte ich beinahe vergessen.«

»Dafür bin ich da. Bye now, Sweetness. Und könntest du

bitte den Namen Jesus heute nicht mehr erwähnen. Thank you.«

»Bye, Kleines. Nimm einen Schirm mit. Es wird ein Unwetter geben.«

In der Tat schien ein Gewitter aufzuziehen. Endlich! Es hatte seltsamerweise in Zürich wochenlang nicht geregnet, und dies Gewitter nun erschien als die ersehnte Reinigung, um die behütete Siedlung an der Limmat, in der Herr Zwingli eine der strengsten Formen des Protestantismus gepredigt hatte, von Staub und trockener Mattigkeit und jener dumpfen, fiebernden Überreizung zu erlösen! Anthrazitfarbene Wolken zogen drohend und grollend herauf über der niedlichen Seekopfstadt, die, in reizvoller Landschaftskulisse gelegen und ausgestattet mit einem internationalen Flughafen, von mancher Seite mit Blick auf die (nicht vorhandene) Größe des Landes bereits als eine das gesunde Verhältnis übersteigende Metropole betrachtet wird. Und als wollte jemand Oskars liebevolle Mahnung an seine Ehefrau unterstreichen, ertönte in diesem Moment ein fernes Donnerpoltern, was allerdings, wie die meisten dramatischen Effekte, seinen Eindruck auf Lauren gänzlich verfehlte.

»Danke, Chickie«, sagte diese, »aber du weißt, dass ich Schirme nicht leiden kann und außerdem immer vergesse. Falls es ganz unerträglich werden sollte, ziehe ich mir einfach Luellas mit Collagen behandelte Eidechsentasche über den Kopf. Bye now.«

Nachdem die Türe hinter Lauren ins Schloss gefallen und das Ticken ihrer Absätze auf den Marmorstufen verhallt war, setzte sich Oskar an den Schreibtisch. Unser Held gehörte, so viel wird der Leser bereits vermerkt haben, nicht zu jenem Schriftstellertypus, in den eigentlich nur ein Anflug von Leben fährt, wenn er am Schreibtisch sitzt. Nein, Oskar war ebenso lebendig an der Seite von Lauren, die für ihn eine vollkommen unverzichtbare Komplettierung seines Wesens und Daseins darstellte. Seine Sinne lebten ebenfalls auf, wenn er sich in der Gesellschaft bewegte, deren Vergnügungen er sich mit der distanzierten Anteilnahme widmete, die zu ihrer Rechtfertigung stets die Rückkehr an den Schreibtisch anführen kann. Oskar amüsierte sich mit dem Bewusstsein, dass man sich gewissen, mehr oder weniger fragwürdigen Amüsements nicht leichtfertig hingab, sondern, gerade im Gegenteil, dass man sich ihnen *unterzog*, aus einer Art Pflichtgefühl, einem Imperativ zu Leben und Geschehen, den Oskar zunächst als eine Form der Liederlichkeit gefürchtet hatte, dessen Notwendigkeit und Recht für seinen seelischen Haushalt er aber doch mit der Zeit anzuerkennen lernte. Und in dieser Art hätte Oskar wohl auch geantwortet, wenn ihn jemand gefragt hätte, wieso er gelegentlich (und, das müssen wir zugeben, gar nicht so selten) eben *nicht* am Schreibtisch anzutreffen war. »Ich muss das tun«, hätte er wohl gesagt, »denn es ist Chronistenpflicht.« So hätte unser Held geantwortet, mit dem Quäntchen Mogelei, das der Teufel auch in die reinsten Absichten zu mischen pflegt. Doch selten oder nie wurde die Frage gestellt, und schon gar nicht in einer Gesellschaft, in der Fragen wie »Wie geht es Ihnen?« überhaupt keine Fragen waren, sondern eine Form der Begrüßung. Gleichrangig neben »Du siehst fabelhaft aus!«.

So also, auf die übliche Art, mit ein paar Stunden Arbeit am Schreibtisch, schien dieser Tag zu Ende zu gehen, dieser Tag, von dem unser Held dachte, es handelte sich um einen typischen, durchschnittlichen Zürich-Tag, wie sie sich freundlich aneinanderreihten und in der Summe sein Leben ergaben, worüber er ganz zufrieden war. Und dergestalt also hatte Oskar sich bereits eingerichtet, hatte ein wenig die kleinen und größeren Dinge zurechtgerückt, die auf seiner Schreibtischplatte angeordnet waren – als die Türglocke ertönte. Oskar, der damit rechnete, dass Lauren auf dem Absatz umgedreht war und zurückkam, weil sie irgendetwas liegengelassen hatte, stand ein wenig mechanisch und geistesabwesend auf, begab sich zur Haustür und öffnete dieselbe.

Vor der Tür stand der bekannte italienische Modeschöpfer Roberto Cavalli.

»Roberto Cavalli!«, konstatierte Oskar, was vielleicht ein bisschen unangebracht war. Aber einerseits war er in diesem Moment nun tatsächlich ein wenig erstaunt – und andererseits, vor allem im physischen Sinne, geschockt, denn mit dem Öffnen der Tür fühlte er sich jählings von einem Strahl schneidender Kälte getroffen. Es war aber nicht kalt draußen. Es war immerhin kurz vor Ostern. Gleichzeitig mit dem schneidenden Kältestrahl erschütterte ein mächtiger Donnerschlag, grausamer Begleiter des reizenden, gedankenschnellen Blitzes, Entsetzen verbreitend, die Luft. Der Boden wackelte ein bisschen.

»Du liebe Zeit«, sagte die Person vor der Tür und hüstelte verlegen, »*deshalb* haben mich die Leute so angestarrt! Ich muss gelegentlich ein Wort mit Hilda vom Kostümdepartment wechseln. Gestatten Sie, dass ich eintrete?«

»Bitte sehr«, erwiderte Oskar, immer noch erstaunt und ein bisschen mechanisch, und trat einen Schritt zur Seite, um den Herrn, den er nicht kannte, hereinzulassen.

»Bitte schön, beziehen Sie meine Aufmachung nicht auf sich«, sprach dieser indessen weiter, indem er mit gespreizten Armen an sich herunterblickte, als wäre er in einen Morast gefallen und würde nun den Schaden besichtigen. »Wie denn, wie denn?«, murmelte er dazu. »Wie seh ich denn aus?«

Der Herr war ganz in Schwarz gekleidet – machte deshalb aber keinen zurückhaltenden Eindruck. Zu einem reichlich flamboyanten Schal, der ihm einigermaßen dramatisch über die Schulter drapiert war, trug er eine Art Dinner Jacket mit samtbezogenen Knöpfen und Aufschlägen und darunter ein Hemd aus glänzender Ballonseide, das ziemlich weit offen stand und den Blick auf zwei oder drei dickgliedrige funkelnde Goldketten freigab, die schwer auf der Mündung des Schlüsselbeins lagen. Der Hals darüber wirkte verfallen und sehnig, und wie unter einer fremden, heißeren Sonne verdorrt erschien auch das Gesicht. Wiewohl leicht amorph (offenbar durch schönheitschirurgische Eingriffe), wirkten dessen zerfurchte Züge vorzeitig gealtert, möglicherweise durch übertrieben viel Bewegung im Freien, wahrscheinlich aber durch den übermäßigen Genuss geistiger Getränke. Für Letzteres immerhin legte die Nase ein Zeugnis ab, die – will man sich eines musikalischen Ausdrucks bedienen – ein Lied davon singen konnte. Sie erinnerte an Frostbeulen. Besagte Nase trug eine Brille mit rauchblau getönten Gläsern, von der ein bisschen unklar blieb, ob sie dem Schutze vor der Sonne (beziehungsweise jedweder Form von Helligkeit – es war immerhin Abend) oder der Korrektur einer Sehschwäche diente.

»Päh!«, machte die Gestalt und strich sich augenscheinlich ein wenig verlegen durch das dicke, anthrazit schillernde, im Nacken für einen Herrn entschieden zu lange Haar. »Ich sehe ja aus wie ein Strizzi, wie ein frecher Abschaum! Ein

Mannsluder! Ich kann nicht glauben, dass die mich so rausgehen lassen! Nein, es ist wirklich gut, dass Sie mir das zur Beachtung gebracht haben, denn, seien Sie versichert, ich selbst schenke meinem Äußeren gar keine Aufmerksamkeit, und das ist womöglich ein Fehler, gerade heutzutage. Die Methoden von gestern sind heute nicht mehr anwendbar, das zeigt sich ja immer wieder und auf allen Feldern. Für mich freilich ist die Umstellung nicht leicht, denn seit jeher war es reiner Zufall, wie ich aussah, oder vielmehr, es stellte sich nach den Umständen her, ohne dass ich auch nur darauf achtgab. Anpassung, Mimikry, Mummenschanz, Sie kennen das, Verwirr- und Vexierspiel von Mutter Natur, die immer die Zunge im Mundwinkel hat. Mutter Natur und Hilda vom Kostümdepartment, um genau zu sein. Da gehe ich also hinaus und wähne mich in meinem liebsten Kostüm, meinem George Everyman, oder, wie ich ihn nenne: Ahriman, unauffällig, dezent, ein Körnchen im Mahlstrom – und in Tat und Wahrheit ... trage ich Goldketten um den Hals wie eine Knallcharge! Es ist nicht zu fassen!«

So also sprach die Figur in Schwarz, und ihre Stimme war recht angenehm, ein bisschen nasal, aber deutlich und wohlartikuliert wie die eines Schauspielers. Allerdings ließ die Gestalt beim Sprechen unangenehme spitze kleine Zähne sehen, und ihren Kleidern schien mysteriöserweise unentwegt ein eisiger Dunst zu entströmen. Jedenfalls schauderte Oskar in einer Welle von Frost, die von dem schwarz behosten Mannsluder auf ihn eindrang. Besagtes Mannsluder indes stellte soeben die Füße über Kreuz und stieß dabei versehentlich gegen die riesige, pokalförmige Bodenvase aus preußischem Porzellan, die immer noch nicht wieder an der richtigen Stelle stand und deshalb störend sich bemerkbar machte.

»Entschuldigung«, sagte Oskar, »die Vase gehört im Grunde woanders hin. Wer sind Sie übrigens?«

»Mea culpa«, erwiderte die Gestalt, »hinter diesen blauen Brillengläsern sieht man ja nichts.«

»Wollen Sie die Brille nicht abnehmen?«

»Das geht nicht; ich würde Sie mit meinen Blicken versengen. Verzeihen Sie. Ich will mich ohne Umschweife vorstellen. Ich bins, Meister Klepperlin.«

»Wie belieben?«

»Der große Drache, die uralte Schlange, die Widerwirker und Satan heißt, Fürst des Vollmachtsgebiets der Luft, erster Bannerträger der Höllenarmeen, Anführer der gefallenen Engel.«

»Ach.«

»Der Schwarze Kasper, Engel des Gifts, kurz: der Teufel. Der Teufel persönlich.«

»Ja, danke, ich habs verstanden. Und Sie klingeln?«

»Was?«

»Ich meine: Sollten Sie nicht mit Rauch und Getöse und argem Gestank aus einer Schwefelwolke fahren oder was in dieser Art?«

Sofort nachdem Oskar diese Frage gestellt hatte, rief er sich innerlich zur Ordnung, denn bei Rekapitulation kam ihm eine derartige Erkundigung, die ihm ungeprüft und abrupt über die Lippen geglitten war, doch reichlich unhöflich vor. Indes bemerkte er, dass der Teufel ihn musterte und milde belächelte, als gelte es etwas zu verzeihen.

»Keine Sorge«, erwiderte Meister Klepperlin und schien nicht im Mindesten gekränkt, »ich bin keine Metapher. Ich rieche nicht nach Pech und Schwefel, sondern nach *Happy* von Clinique.«

»Kann ich Ihnen irgendwas anbieten?«, fragte Oskar. »Wir haben noch Käsebällchen von Sprüngli, die allerdings von gestern sind – aus denen gestern genau genommen unser Abendessen bestand. Sie müssen entschuldigen, ich war auf Besuch gar nicht vorbereitet.«

»Ach, was solls!«, erwiderte der Teufel und vollführte eine launige Geste mit seiner etwas plumpfingrigen Hand. »Ich nehme ein paar! Und dazu – dazu hätt ich gern, sofern es keine Umstände bereitet, ein großes Glas Leitungswasser. Und ein weiteres großes Glas ohne was drin. Damit ich mein Aspirin-Granulat auflösen kann. Ich schwöre auf Aspirin. Das habe ich mir von Sunny von Bülow abgeschaut. Die arme Sunny. Nun ist sie da, wo sie hingehört. Jaja, auch ich kann immer noch was lernen. Sie werden das wahrscheinlich erstaunlich finden. Obschon Sie, sofern ich das beurteilen kann, nicht gerade erstaunt aussehen. Nanu. Keine großen Augen, kein Stirnrunzeln? Das hab ich selten, fürwahr und potz Stern!«

»Das hat nichts mit Ihnen zu tun«, versicherte Oskar, »ich habe meine Stirn nicht mehr gerunzelt seit Februar 2006. Aber kommen Sie doch bitte und setzen Sie sich. Wir gehen am besten in den Drawing Room.«

»Drawing Room?«, wiederholte der Teufel und kicherte hoch und gieksend. »Ich Glücklicher – ich bin bei Krystle Carrington gelandet!«

4. KAPITEL

Sirenen des Bösen

Oskar und der Teufel saßen sich im Drawing Room gegenüber. Der Leibhaftige hatte sich mit übergeschlagenem Bein auf dem Barcelona-Sessel platziert; so bequem, wie es das Möbel eben gestattete. Er wippte etwas mit dem freien Fuß und vertilgte im Übrigen Sprünglis Käsebällchen, dass es nur so eine Art hatte. Mit einer Freude, als kennte er nur irdische Genüsse, stopfte sich der Fürst der Finsternis das zierliche Backwerk ein wenig unmanierlich in den breiten Mund, drin kleine scharfe Zähne sich sehen ließen, und schien sich insgesamt redlich zu Hause zu fühlen.

Oskar indes war ein wenig unbehaglich zumute; nicht unbedingt in erster Linie, weil Satan hier vor ihm saß und Käsebällchen vertilgte, sondern weil er sich, wenn nicht gesprochen wurde, in Gesellschaft stets unwohl fühlte. Und der Frost, von Luzifer her, drang ihn an, fortwährend, schneidend und herzlos, so dass Oskar, den sonst nicht leicht fror, sich schutzlos und bloß davor fühlte, denn er trug nur seine Arbeitskleidung: ein Paar Fat Pants und ein T-Shirt von Niketown in Beverly Hills.

Der Teufel seinerseits war soeben damit beschäftigt, durch Gerühre im Glas sein Aspirin-Granulat aufzulösen. Anschließend begutachtete er, in einer gleichermaßen glücklichen Ruhe, das Resultat, indem er das Glas prüfend gegens Licht hielt, und schien zufrieden. Er nahm ein paar Schlückchen unter Hervorbringung genüsslicher Schmatzer, und wieder wirkte er wie eingehüllt in wohlige Zufriedenheit. Da hielt es Oskar nicht mehr aus. Er nahm sich gewissermaßen innerlich zusammen, räusperte sich leise, und dann fragte er mit etwas verschnürter Kehle: »Was führt Sie zu mir?«

»Ich wollte eine meiner besten Arbeiten sehen!«, erwiderte der Teufel mit seiner nasalen Schauspielerstimme und lachte kurz und quiekend, wobei sich Grübchen in seinen Wangen bildeten.

»Dann sollten Sie meine Mutter kennenlernen«, sagte Oskar.

»Haha!«, quiekte der Teufel und strampelte mit den Beinen. »Sie sollten Komiker werden, köstlich, Sie sind mir ja 'ne Nummer! Potz hundert Gift, na ja, wenn Sie kein Talent hätten, wäre ich ja schließlich gar nicht hier, um mich mit Ihnen ins rechte Verhältnis zu setzen; wir wollen mal offenlassen, wem Sie das zu verdanken haben, das Talent, das führt zu weit und zu nichts …«

»Dann kommen Sie also auch nicht im Auftrag meiner Mutter?«, fragte Oskar sicherheitshalber.

»Natürlich nicht!«, antwortete der Höllenfürst und wischte sich eine Lachträne aus dem Augenwinkel. »Ich komme, wie Sie sich denken können, um Geschäfte zu besprechen. Doch zunächst – und ich bin hier völlig aufrichtig –, zunächst möchte ich Ihnen sagen, wie ausnehmend gut mir mein Besuch bei Ihnen bisher gefällt! Es ist sehr angenehm mit Ihnen. Sie müssen wissen, die meisten Leute benehmen sich mehr oder weniger hysterisch und denken an Visionen oder Fieberphantasien oder wenigstens nervöse Attacken und Halluzinationen, wenn ich aufkreuze; sie folgern aus meiner Informiertheit über ihr Dasein und über schlechthin *alles*, dass ich gar nicht leibhaftig sein dürfe … als ob mich nicht jeder sehen könnte! Als ob meine Existenz an irgendeinen Schlag oder Schwips gebunden wäre! Sie hingegen bieten mir Käsebällchen an. Das liegt sicher daran, dass Sie sich eine gewisse naive Frömmigkeit bewahrt haben und gerne mit dem Herrgott reden und so Sachen.«

Oskar hatte sich nie weiter Gedanken darüber gemacht, doch zu seinem durchgehaltenen Glauben an eine höhere Instanz gehörte mit einer unbewussten Selbstverständlichkeit wohl auch der an deren Kehrseite, wenn man es ein bisschen lapidar formulieren wollte. In der Tat war unser Held im Augenblick nicht besonders konsterniert, dem ewigen Versucher und der Idee des absoluten Egoismus gegenüberzusitzen. Es handelte sich hier um eine Ungerührtheit, zu der auch seine Lebenserfahrung an der Peripherie jenes Geschäfts beigetragen haben mochte, das man »Show« nennt, und überhaupt die Gesellschaft, in der er sich bewegte. Laurens alte Freundin Luella beispielsweise schien ihm weitaus näher an der Idee des absoluten Egoismus als jenes aspirinschluckende, redselige und joviale Faktotum, das er nun vor sich hatte.

»Ja«, sagte er jetzt, »ich spreche jeden Tag mit –«

»Ich weiß, ich weiß«, unterbrach ihn der Teufel und winkte leicht enerviert ab, »wieso spricht eigentlich niemand mit *mir*? Dabei bin ich viel zugänglicher und tauche dauernd bei den Leuten auf. Aber nein, mit mir will keiner reden –

höchstens ein paar Freaks! Das belastet mich manchmal, ich bin ja auch nur ein Mensch. Und dann auch wieder nicht. Na ja. Jedenfalls ist das ebenfalls Teil dessen, was Sie reizend und für uns interessant macht, diese kindliche Frömmigkeit, die ist ja gewissermaßen ein Stück Ihrer Begabung, wenn Sie so wollen. Wirklich begabt. Das ist es ja, was wir beizeiten erkannt und weshalb wir von früh an ein Auge auf Sie gehabt haben – wir sahen, dass Ihr Fall ganz ausgesprochen der Mühe wert, dass es ein Vorgang von günstiger Lagerung war, aus dem sich, nur ein bisschen von unserem Feuer darunter gebracht, nur ein bisschen Anheizung, Beschwingung und Beschleunigung vorausgesetzt, etwas Glänzendes, etwas Fabelhaftes würde machen lassen …«

»Wer ist ›wir‹?«, fragte Oskar.

Der Teufel lachte wieder geübt und kopfschüttelnd, wie über eine köstliche Kinderei.

»Das ist doch bloß ein Personalpronomen«, versetzte er dann, »entscheidend ist lediglich, dass unser Verhältnis dann doch einmal nach einer Aussprache drängte, wie Sie sehr wohl wussten oder ahnten, denn schließlich empfangen Sie mich beinahe, als ob Sie mich erwartet hätten.«

»Das kann ich nun nicht gerade behaupten«, versetzte Oskar. »Ich will Sie wirklich nicht enttäuschen – aber ich dachte, es wäre meine Frau.«

Der Teufel nahm sich sichtlich zusammen, aber er *war* enttäuscht – und ziemlich schlecht darin, dies zu verbergen. Er schob ein bisschen die breite Unterlippe vor, verschränkte die Fingerspitzen im Schoße, beide Daumen starr davon wegstreckend, und schien hinter den blauen Brillengläsern seine solcherart gefalteten Hände zu betrachten, als sähe er sie zum ersten Mal (was eventuell auch der Fall war). Es war aber genauso gut möglich, dass er Oskar gar nicht aus den Augen ließ.

»Nun ja«, seufzte er dann, »da denkt man, man wäre populär, und man lässt sie sich gefallen, die Popularität, nicht wahr, auch wenn man sie nicht gesucht hat und im Grunde überzeugt ist, dass sie auf einem Missverständnis beruht. Wissen Sie, über mich wird so viel Unfug verbreitet – aber so ist es wohl, wenn man quasi von Natur aus mit den Gefühlen der Leute auf konträrem Fuße steht und immer versucht ist, zu lachen, wenn sie weinen, und zu weinen, wenn sie lachen. Nun, ich nehme einstweilen noch ein Käsebällchen.«

Der Teufel pausierte. Er sah Oskar mit offenbar feuchten, geröteten Augen durch die getönte Brille an, hob mit beinahe zarter Bewegung die etwas plumpfingrige Hand und begann, nun spähend vorgebeugt, sich ein paar Käsebällchen aus dem Schälchen mit Kurländer Muster zu angeln, das neben ihm auf einem kleinen Glastisch stand.

»Vielleicht ist er ein wenig kurzsichtig«, dachte Oskar.

»Fest steht«, fuhr indes der Teufel schmatzend fort, »dass viel zu viel Gewese veranstaltet wird. Ich meine, die Spitznamen, Euphemismen und allerlei geflügelten Worte, die im Volke im Umlauf sind, seit Anbeginn der Zeit und wohl bis zu ihrem Ende – aber dann, wenns drauf ankommt, dann kommen sie nicht drauf, dann erkennen sie einen nicht, selbst wenn man direktemang vor ihnen steht, selbst so ein phantasievoller Geist wie Sie. Nein, dann plötzlich ist die Überraschung groß, auch wenn man vorher nahezu nach mir gerufen hat. Doch ich erscheine, wenn man nach mir ruft, auf mich ist überhaupt Verlass, ich halte aufs Tüpfelchen meine Versprechen, das ist geradezu mein Geschäftsprinzip, wenn ich mir selbst dies Zeugnis ausstellen darf, weil es ja sonst keiner tut … und wenns zum Betruge und zur Enttäuschung kam, nun, so ist ja sprichwörtlich, dass immer ich, der ich an Treu und Redlichkeit glaubt', der Betrogene war.«

In diesem Moment flog Oskar für einen Augenblick unaussprechlicher Ekel an, so dass er schauderte und bis ins Mark erschrak; er hörte das Schmatzen, begleitet von einem widerwärtigen, rasselnden Keuchen und, weit in der Ferne, ein entsetzliches Girren, Heulen und Betteln, Folterjubel und Höllengejauchz; er sah die haarige plumpe Hand von ungesunder Röte, die ein zernagtes Käsebällchen hielt, alles drehte sich ihm vor Augen, kleine Strudel, Pulssturm, Schwindel, eine grausige Nervenaffektion; er spürte, wie ihm der Schweiß auf die gelähmte Stirn trat, sein Hals war ganz nass.

»Wieso gerufen?«, fragte er heiser zwischen den Zähnen, die übrigens nicht recht aufeinanderbleiben wollten. »Wer hat Sie denn gerufen?«

Doch der Teufel antwortete nicht; er schwieg, eine wohlkalkulierte Kunstpause lang, wie nachdenkend in Pose gesetzt, indem er die Wange bei auf dem Knie gestütztem Ellbogen gegen die offene Hand gelehnt hielt und sich in aller Ruhe mit seinem Käsebällchen beschäftigte.

»Es ist die Kälte!«, dachte Oskar. »Ich zittere ja wie Espenlaub! Wirst du wohl parieren, verdammtes Gerippe!«

Laut sagte er: »Können Sie diesen eisigen Zug nicht abstellen?«

»Dies werde ich häufig gefragt«, erwiderte der Teufel ohne die geringste Rührung. »Leider nein. Ich bin nun einmal so kalt. Wie sollte ich's sonst in der Hölle aushalten? Holen Sie sich doch eine Decke. Ich mach solange Musik! Sie gestatten?«

Oskar erhob sich, am ganzen Körper zitternd, und ging in sein Arbeitszimmer, wo auf einem Sessel mit schneckenförmig aufgerollten Armlehnen eine Wolldecke lag, ein lächerlich teures Exemplar aus dem Hause eines französischen Sattelmachers, das er sich um die Schultern zog. Als er zurückkam, saß der Teufel wie zuvor auf dem Sessel und wippte mit der Fußspitze zu *Like a Virgin.*

»Was macht eigentlich Gott?«, erkundigte sich Oskar, um die Stimmung auf Konversationsniveau zurückzuführen, indem er wieder auf dem Sofa Platz nahm. »Man hört nicht mehr viel von ihm.«

»Verwaltet die Welt aufgrund eines vorgefassten Superplans«, erwiderte der Teufel und lachte hoch und gieksend, bevor er plötzlich damit aufhörte und hinzusetzte: »Wieso fragen Sie mich? Ich denke, Sie sprechen täglich mit ihm. Er antwortet wohl nicht, was?«

»Sind Sie nun ein Widersacher Gottes oder im Grunde sein Angestellter?«, fragte Oskar weiter.

»Man erhofft so vieles, was übrigens nie eintritt«, erwiderte Luzifer vage und griff beiläufig nach einem weiteren Käsebällchen. »Jesus zum Beispiel hat seinen Job im Grunde auch nur seines Vaters wegen bekommen. Genau wie Tori Spelling.«

»Warum sind Sie hier?«

»Um Ihnen mitzuteilen, dass manche Ihrer Befürchtungen grundlos sind und die meisten Ihrer Beschwerden hysterisch. Und um Ihnen einen Deal anzubieten.«

»Oho, sind Sie hinter meiner Seele her? Ist es das, was Sie wollen? Meine Seele?«

»Du liebe Zeit! Nein, danke!«, ließ sich der Teufel darauf spontan vernehmen und hustete, als habe er sich verschluckt – worauf er, Oskars leicht pikiertem Blicke begegnend, also wohl im Bewusstsein, möglicherweise eine Unhöflichkeit begangen zu haben, murmelte: »Mal sehen …«

So war es nun an Oskar, ein wenig beleidigt zu sein.

»Bedaure«, sagte er, »über meine Seele verhandle ich nicht.«

Da aber taumelte der Teufel geradezu auf die Sessellehne zurück, als hätte er diese Erwiderung nicht im Entferntesten erwartet.

»Sieh an, sieh an!«, rief er krähend, und für diesen Augenblick lag in seiner Stimme keine Spur von Schulung oder angenehmer Nasenresonanz. »Sieh an, was wir hier haben!« Und damit drehte er den Kopf, als spräche er zu einem unsichtbaren Publikum. »Ist das nicht rührend? Der Mangel an Gelegenheit, verbrämt als edles Motiv! So werden Tugenden geboren! Potz hundert Gift! So mancher meint, ein gutes Herz zu haben, und hat nur schwache Nerven. Jaja, die Welt ist voller schlaffer und untauglicher Naturen – zu denen *Sie* natürlich nicht gehören. Sonst wäre ich ja nicht hier. Ich habe, wie Sie sich vielleicht vorstellen können, alle Hände voll zu tun, und verfolge daher bloß die aussichtsreichsten Fälle. Nein, mein Lieber, ich werde Ihnen nichts anbieten, was Ihrerseits verlangt, Ihre Seele zu verhökern oder auf Liebe zu verzichten. Das würde ich wohl auch gar nicht schaffen, denn nach allem, was ich hörte, sind Sie …« (Und hier schien es Oskar wahrhaftig, als schauderte der Teufel kurz zusammen.) »… sind Sie in überaus festen Händen. Ich bin schließlich Geschäftsmann, kein Phantast. Ich werde Ihnen auch keine Genialität oder irgendeine vermeintlich goldene Phase krankhaft überkochenden Talents anbieten, denn erstens ist so was heutzutage gar nicht mehr gefragt, und zweitens brauchen Sie's ja auch nicht. Sie sind ja begabt. Wirklich begabt, wie ich schon sagte. Deshalb sind wir auf Sie aufmerksam geworden; weil wir sahen, dass Sie alle Voraussetzungen und Vorzüge mitbringen, ein seltener Fall, deswegen aussichtsreich, eine Konstellation, aus der sich, wie ich ebenfalls schon sagte, mit ein klein wenig Anstoß und Anleitung etwas ganz und gar Umwerfendes würde machen lassen, etwas Triumphales und Ungeheuerliches, etwas Grandioses und Glänzendes ...«

»Etwas Glänzendes?«, fragte Oskar verwirrt.

»Ich meine: Kunst«, sagte der Teufel, und seine Stimme klang wieder sehr angenehm. »Das ist doch Ihr Metier, nicht wahr?«

»Kunst?«

»Jaja, Kunst!«, erwiderte der Teufel einigermaßen emphatisch. »Und wie traurig es um die Kunst heutzutage bestellt ist, das muss ich Ihnen nicht sagen! Besonders auch um Ihre Sparte, also um das, was man früher Dichtung nannte. Es ist ja weder sentimental noch boshaft, wenn man die Tatsachen der Weltstunde anerkennt: Die heutige Literatur ist voller Trivialitäten und Abscheulichkeiten, sie ist nichts als ein Denkmal der Ohnmacht, der Unfähigkeit zur Formbildung – wobei Ihre Werke, lieber Freund, zu den wenigen gehören, die ich hier ausrücklich ausnehme. Aber der große Rest ist so ziemlich den Bach runter; Schriftsteller, die diesen Titel nicht verdienen, die darauf spekulieren – und nicht selten mit Erfolg –, dass man ihnen die Unzulänglichkeiten ihrer Feder verzeihe, weil man doch die Antriebe ihrer Herzchen verstehe, und seien die Herzchen auch öde und leer. Dilettanten auf Weltmission, Betroffenheitsduselei und Popgeschwafel, höherer und tieferer Schwindel, gegen den Sie, lieber Freund, ja immer aufgestanden sind; wie oft haben Sie Brandreden gehalten gegen Heulsusengeschreibsel und Allerweltsprosa, gegen eine Prosa, in der die Kunstlosigkeit eine so hohe Stufe erreicht hat, dass die Wirklichkeit selbst daneben artifiziell und karikaturistisch erscheint! Nun, damit könnte es vorbei sein!«

»Womit? Wie meinen Sie das?«, fragte Oskar, und ein Zittern fuhr ihn an in seiner Frostvermummung, worauf er es, obschon die äußere Situation im Grunde seine vollständige Aufmerksamkeit erforderte, nicht unterdrücken konnte, sich selbst noch etwas anderes zu fragen, nämlich wieso eigentlich eine Decke, die Hunderte und Aberhunderte von Franken gekostet hatte, nicht einmal imstande war, ein bisschen Höllenkälte fernzuhalten.

»Ich meine: Die Sache hat sich erschöpft!«, schnarrte der Teufel. »Gewisse Dinge sind nicht mehr möglich. Wir leben in einer Zeit des Zwielichts von hyperrealistischer Skepsis auf der einen Seite und einem neu aufkommenden Idealismus auf der anderen; einer Zeit von ganz neuen Möglichkeiten der Ehrfurcht und Form! Der Taumel treibt der Richtstatt zu! Ich meine: Sie könnten die Welt verbessern!«

»Moment mal«, sagte Oskar, »– der Teufel schlägt mir die Weltverbesserung vor? Das ist ein bisschen … seltsam. Ich meine … ich … ich bin nicht einmal getauft …«

»Ich weiß«, erwiderte Luzifer und lächelte verzeihend, wobei sich die Grübchen in seinen Wangen zeigten, »aber deswegen bin ich nicht hier. Sie haben sich – und mich – ja schon gefragt, wieso ich zu Ihnen komme, ausgerechnet zu Ihnen, das war Ihre Frage vorhin, die ich sehr wohl verstanden, wenn auch nicht beantwortet habe, und, in der Tat, die Frage scheint naheliegend. Sie leben immerhin recht komfortabel und haben sich eingerichtet in einer Sphäre, in der man sich über den Bugatti Veyron und begehbare Pelzkühlschränke unterhält; Sie bewegen sich in den sogenannten besseren Kreisen – von denen Sie sich gleichzeitig wohltuend abheben, weil Sie deren Mangel an natürlicher Selbstverständlichkeit im Zwischenmenschlichen nicht teilen.«

»Danke schön!«, sagte Oskar aufrichtig erfreut.

»Dies liegt freilich daran«, versetzte der Teufel, »dass Sie im Grunde auch nicht der Upper Class, sondern lediglich der oberen Mittelklasse angehören; der oberen Mittelklasse mit ihrer Erziehung und Kultur, ihrem gepflegten Sinn für Ironie und ihrem bourgeoisen Schamgefühl. Womit Sie übrigens noch meilenweit über dem größten Teil der sogenannten besseren Gesellschaft von heute stehen, die im Grunde nichts als emporgekommene mittlere Mittelklasse ist, wenn auch einige ihrer Vertreter tapfer die Stigmata der Upper Class imitieren. Und einige kommen weit damit, aber, lieber Freund, machen wir uns nichts vor, es gilt immer noch die alte Regel: Falls man Besitz und Vermögen überhaupt für klassenrelevant erachtet – und je höher man selbst klassenmäßig steht, desto weniger tut man dies –, so ist jedenfalls für die Zugehörigkeit zu einer Klasse sehr viel weniger die Höhe des Vermögens ausschlaggebend als vielmehr dessen Quelle.«

»Das ist interessant«, behauptete Oskar höflich.

»Finden Sie?«, seufzte der Teufel, bevor er mit der Artikulation eines Schauspielers fortfuhr: »Die meisten Mitglieder der sogenannten besseren Gesellschaft leben in Statuspanik, in der Angst, anzuecken, in Konventionalität und Unsicherheit, in mühsam angequälten Manieren und Manieriertheiten – und wer so auf die Welt kam, der nimmt das mit, der bleibt so, egal was für Unsummen er später verdient, weil er eine Zeitung gekauft hat oder einen Hedge-Fonds verwaltet oder Software erfindet. Vor allem aber fehlt all diesen Charakteren das typische Kennzeichen der Upper Class: die völlige Unempfindlichkeit Ideen gegenüber, das Fehlen jeglichen Interesses am Geistigen. Was nicht heißt, dass die wahre Upper Class nicht angenehm lebte, im Gegenteil, die Abstinenz vom Geistigen hat Gemütsfrieden und Heiterkeit zur Folge, eine Seelenruhe, die sich nicht imitieren lässt …«

»Ja«, sagte Oskar.

»Verzeihen Sie«, hüstelte der Teufel, und sein durchdringender, blau gefärbter Blick, der bisher fast ununterbrochen auf Oskar gerichtet schien, senkte sich wohl für einen Wimpernschlag wie erschöpft zu Boden, »ich bin etwas vom Thema abgekommen. Die Klassengesellschaft ist mein Steckenpferd. Was ich sagen wollte, ist: Es gibt genug schlechte Schriftsteller, die ihre Mutter ans Fegefeuer verscherbeln würden für einen kleinen Blick in elysische Höhen. Aber die interessieren uns nicht. Das sind matte, langweilige Seelen – und das Geschäft muss ja auch für uns interessant sein. Wir sind schließlich keine Wohltätigkeitseinrichtung, sondern – nun ja, die Hölle. Wenn Sie mich also fragen, warum wir auf Sie aufmerksam wurden, so kann ich Sie insofern beruhigen: Wir reagieren nicht auf das, was Joe Shmoe oder Lieschen Müller die Sünde nennen. Dann wäre die Hölle ja voller Deppen. Und mieser Literaten.«

»Da Sie die Hölle erwähnen«, flocht Oskar ein, »da hätte ich spontan noch ein paar Fragen …«

»Sssschhhht«, machte der Teufel und lächelte, wobei er seine kleinen scharfen Zähne entblößte, »wir kommen dazu. Später. Wo war ich? Richtig: Bei Ihrer Qualifikation! Nun, abgesehen von Ihrer wohl verständlichen, aber ein wenig knabenhaften Neugier auf Carcer und Condemnatio haben Sie im Allgemeinen keinen Drang nach Erkenntnis – oder jedenfalls keinen krankhaft-unverhältnismäßig-überausgeprägten. Auch gerade das hat Sie prädestiniert für unser kleines … Experiment.«

»Experiment?«, fragte Oskar besorgt.

»Dieser grüblerische, introspektive, auf letzte Dinge gerichtete Erkenntnisdrang, den manche Leute, gerade hier in der schönen Schweiz, wohl als spezifisch deutsch bezeichnen würden, hält sich bei Ihnen in Grenzen«, fuhr der Teufel fort, in geschulter Modulation, jedoch nun mit dem sanften Anklang einer Tonlage, die signalisierte, dass er Oskars ständige Unterbrechungen nicht besonders schätzte, »und ebenso begrenzt ist Ihr Wille zum Ruhm, Ihr Ringen um den Durchbruch zur Außergewöhnlichkeit, zur exponierten Existenz – all das bewegt sich in zivilisierten Maßen, die Sie umgänglich und angenehm erscheinen lassen. Reiche Leute mögen Sie.«

»Ich weiß«, erwiderte Oskar – und als er für diesen erneuten Einwurf einen leicht tadelnden Blick durch die blauen Brillengläser kassiert zu haben vermeinte, setzte er rasch in geschäftsmäßigem Ton hinzu: »Sie wollen mir also Zeit verkaufen?«

»Was denn, Zeit? Bloß so Zeit? Nein, mein Guter, das ist keine Teufelsware. Reine Zeit an sich ist, wie jede Form der Puritát, gar nichts, eine leere Kategorie, eine Hülle. Dafür verdienten wir nicht den Preis, dass das Ende uns gehöre.«

»Wieso das Ende? Welches Ende? Was heißt das? Komme ich dann später in die Hölle?«

»Hahaha! Sie sind ja drollig. Lassen Sie mich ausreden, lieber Freund. Eins nach dem anderen. Immer hübsch der Reihe nach. Nun nehme ich erst noch einen Schluck Wasser. Das viele Reden trocknet meine Kehle aus. So. Sie haben übrigens Ihr Glas gar nicht ausgetrunken. Das tun Sie nie, stimmts? Eine Angewohnheit von Ihnen, was? Seis drum. Wo waren wir? Genau! Bei der Zeit! Zeit, Schmeit! Pah! Darum geht es nicht. Ich muss Ihnen nicht erklären, dass ein Leben nicht viel hergibt, dessen einziger Wert in seiner Länge liegt. Pfff – wie dumm und unökonomisch! Was für 'ne Sorte Zeit, darauf kommts an! Ich biete Ihnen nicht mehr Zeit, ich biete Ihnen auch nicht ewige Jugend, da tut bereits Doktor Feingarten sein Möglichstes, noch biete ich Ihnen irgendwelche Eskapaden und Exzesse, dafür sorgen Sie in Ihren Grenzen schon selbst. Sie neigen ja von jeher ein wenig zur Ausgelassenheit, und zwar nach beiden Seiten, also mit Blick auf Pflicht und Vergnügen; das gehört zur Konstitution des Künstlers, jedenfalls des Typen, den Sie geben, da schlägt das Pendel hin und her zwischen Aufgeräumtheit und Arbeitsseligkeit, bei Ihnen natürlich in gewissermaßen bürgerlichen oder großbürgerlichen Grenzen, da gehört die Sünde zum sittlichen Haushalt. Aber ich, lieber Freund, ich biete Ihnen das Beste, das, was alle wollen, auch die, die vermeintlichen Exzessen hinterherjagen – ich biete Ihnen: das Angenehme.«

So sprach der Sohn der Verdammnis. Dann lehnte er sich zurück und nahm einen erneuten kleinen Schluck von seinem aufgelösten Aspirin. Anschließend musterte er mit beneidenswerter Zufriedenheit die samtbezogenen Knöpfe seines Dinner Jackets; und wieder wirkte er wie eingehüllt in wohliges Behagen, ganz so, als hätte er Oskar Canow soeben die Welt zu Füßen gelegt.

Niemand sagte ein Wort. Man hörte das leise Ticken einer kleinen silbernen Tischuhr, im Hintergrund sprach jemand auf den Telefonbeantworter, im Salon fiel ein kleiner Gegenstand vom Gesimse und zerbrach, und vor dem Fenster ließ, obschon es stockdunkel war und ein gewaltiges Gewitter immer noch unmittelbar bevorzustehen schien, irgendein ordinärer Singvogel seinen Ruf hören. Vielleicht eine Amsel. Oskar hatte nicht die geringste Ahnung von Singvögeln.

»Das … Angenehme?«, resümierte Oskar schließlich (ein wenig enttäuscht).

»Ja!«, erwiderte der Teufel, und erhobenen Hauptes – so dass an seinem sehnigen Hals der Adamsapfel stark und nackt hervortrat – fixierte er sein Gegenüber ein bisschen von oben herab. »Stellen Sie sich vor: Nie wieder Widrigkeiten! Alles löst sich auf wunderbare Weise wie von selbst.«

»Aber«, sagte Oskar, »mein Leben *ist* doch ganz angenehm.«

»Bravo!«, erwiderte der Teufel und kicherte zufrieden. »Das ist genau die richtige Einstellung! Wenngleich ein Irrtum. Sie sind zu sehr darauf gedrillt, mein Lieber, sich in Gesellschaft zu bewegen, wo die Fassade über alles geht. Und dagegen ist nichts einzuwenden – aber, überlegen Sie einmal, es könnte besser sein. Viel, viel besser!«

»Viel besser?«

»Ja. Nichts wird Ihnen mehr auf die Nerven fallen.«

»Ist das wie so 'ne Art endlose Prozac-Kur?«, erkundigte sich Oskar. »Dafür muss ich nämlich keinen Pakt mit dem Herrn der Finsternis schließen.«

»Ja-ja«, seufzte der Teufel und lehnte sich zurück, »an Prozac haben wir einige verloren. Aber sie kommen wieder. Es ist, sozusagen, ein Teufelszeug, hihi. Verzeihung. Man wird etwas selbstreferenziell. Zurück zu Ihnen. Zu uns. Wo waren wir? Richtig: Nichts wird mehr lästig und bedrückend sein in Ihrem Leben. Bis auf jene pittoresken Widrigkeiten, die Ihnen als Inspiration dienen, und, wie wir beide wissen, ziemlich harmlos sind, zum Beispiel Terminkollisionen beim Physiotherapeuten oder das notorisch unhöfliche Personal bei Bucherer, wo man vergisst, das Armband Ihrer Rolex zu polieren; aber so was dient schließlich der Anregung und Eingebung, und es werden nur handelbare Übel sein, die gelegentliche Beschwerde, Peinlichkeit, Erkältung und Migräne, mehr muten wir Ihnen nicht zu, garantiert. Ein bisschen miserabel aber muss es dann und wann zugehen, das räume ich nicht nur ein, ich betone es sogar mit Stolz, die gelegentliche kleine Malesche muss sein, das erhöht die Glaubwürdigkeit, und außerdem sind ja Schwankungen nicht nur recht und billig, sondern eben auch anfeuernd. Sie wissen schon: damit im Kampf der Wallungen in der Brust eines einzelnen Charakters dessen Ganzheit zu leuchten beginne. So ists doch Künstlerart und -natur; jedenfalls, was *Ihren* Typus betrifft. Ich muss es wissen. Es sollte der Teufel wohl was von Dichtung verstehen.«

Und er kicherte wieder auf eine etwas widerliche und anbiedernde Art.

Hier nun ward Oskar erneut von Ekel überwältigt, ein nie gekanntes Missbefinden bemächtigte sich seiner; nebst der Kälte, die ihm unvermindert zusetzte und ins Mark der Knochen schnitt. Magensäfte schienen ihm bis ans Ende der Speiseröhre aufzusteigen und verursachten ein Brennen, furchtbarer als tausend Feuer. Oskar fasste sich an die Kehle, klopfte sich zur Beruhigung auf die Brust und nahm schnell einen Schluck Wasser, bevor er sagte: »Ich glaube nicht, dass mich das interessiert.«

»So, so?«, machte der Teufel, richtete sich im Sitzen auf,

und wieder lag plötzlich ein widriger Anklang von Hohn und Kreischen in seiner Stimme. »Sooooh? So ist das? Und ich glaube, wenn ich so frei sein darf, lieber Freund, dass Sie schon halb hinüber sind! Halb besudelt, halb versunken! Oder glauben Sie etwa an irgendeine Begabung, die nichts mit der Hölle zu tun hat? Pah-hah! Der Künstler ist der Bruder des Verbrechers und des Verrückten, wie denn das Leben ohne das Krankhafte sein Lebtag nicht ausgekommen ist. Und wenn diese Zeit an irgendetwas irre ist, dann vor allem anderen daran, dass sie das zu vergessen scheint und ihn, den Künstler, zum Bruder des Durchschnitts machen will, ihn rekrutieren will aus Telefonverkäufern oder der Mariendorfer Mittelklasse! *Damit* haben wir nichts zu tun! Denn was wäre das für eine Hölle, die nicht mehr als Versuchung an dich herantritt – sondern als schmerbäuchiger Mittdreißiger im Adidas-T-Shirt, um dir ein paar abgeschmackte Witze über Männer und Frauen zu erzählen? Hm?«

Luzifer schien nun richtig in Fahrt zu geraten; man merkte, dass der Gegenstand ihm von Bedeutung war. Er sprach animiert und mit einer Miene, als handelte es sich nicht um eine geschäftliche Unterredung, sondern um etwas weit Umfassenderes, wozu seine roten, plumpfingrigen Hände mit Gesten von feinem Ungeschick seine Ausführungen begleiteten.

»Ihr ganzes Wesen ist Distanz«, sagte er zu Oskar, »und Distanz ist gut, hervorragend, eine ausgezeichnete Voraussetzung, doch Sie brauchen, mein Lieber, auch ein bisschen Enthemmung, Anfachung, höllisches Feuer. Denn Distanz und Kühle, deren Kleid die Ironie ist, bedürfen doch ein wenig der Passion und Entfesselung, damit die keuschen Skrupel und Zweifel zum Teufel gehen! Doch die Voraussetzungen für diese unsere Zugaben sind, wie gesagt, bei Ihnen ausgezeichnet, und das ist wichtig, denn auch wir können schließlich die guten Dinge nicht dem Nichts aus der Nase ziehen. Creatio ex nihilo, das gibt es bei uns nicht. Wir schaffen nichts Neues – das ist anderer Leute Sache. Wir entbinden nur und setzen frei. Dafür machen wir auch nichts Fremdes aus Ihnen, keine Sorge, niemand wird Argwohn schöpfen, nur Ihre eigene Perspektive könnte sich mit der Zeit allenfalls ein bisschen drehen, das ist so üblich, denn wir verstärken und übertreiben sinnreich alles, was Sie sind. Denn Sie haben ja recht: Ihr Leben *ist* angenehm, den äußeren Umständen nach, aber Sie, Sie sorgen sich, nie dem Glücke trauend, und *dies* nehmen wir Ihnen, und wenn sich auch äußerlich nicht viel zu ändern scheint, so werden doch innerlich neue Kulissen aufgezogen. Sie werden sich vollends konzentrieren können und der Sprache mit herrlichem Erfolg unerhörte Formen aufzwingen; Sie werden höchste und geheimnisvollste Schneegipfel des Dichterischen berühren, denn von nun an haben Sie Sicherheit, Sicherheit über Ihr Dasein, Sicherheit bei der Arbeit und obendrein die Sicherheit über die kolossale Bewunderung für das Gemachte, die von außen kommt, wenn Sie das Frische und Unverbrauchte liefern, das Besondere, die Idee von Originalität, nach der andere lechzen, das könnten Sie bringen, denken Sie nur!«

»Meine Assistentin wird sich freuen«, sagte Oskar.

Der Teufel aber befand sich offenbar in einer Art Stimmungsrausch, er richtete sich im Sitzen auf, indem er den Rücken durchdrückte, und hob außerdem den Zeigefinger, während draußen der Donner, der sich eine Zeitlang zurückgehalten hatte, mit zwei krachenden Schlägen die Amsel zum Schweigen brachte. Der Nachthimmel wechselte von

Schwarz zu einem fliehenden Dunkelgrau, und stürmisch aufbrausende Böen zerzausten die dressierten Buchsbäumchen, die hohen Pappeln und kahlen Tannen weiter oben auf den Hügeln der lieblichen Stadt Zürich, wo aus den heranbrandenden Nebelschwaden erstklassige Spitäler, Sanatorien und psychiatrische Anstalten ragten. Denn Zürich ist eine Schönheit, die ein bisschen kränkelt. Oh, nichts Ernstes, ein kleines Leiden nervöser Art, eine feine Überreizung und Erschöpfung, Nervenexzentrizität, seelische Zustände, Sie wissen schon. Bloß Leute, die abgehärtet genug sind, um Dinge namhaft zu machen, vor deren Nennung ein zarteres Empfinden zurückbebt, würden sagen: Siech! Hinfällig! Todgeweiht! Größe aus Erschöpfung, Schwäche in Form von Kraft, viel Wille, viel Ehrgeiz, viel Zucht und Form, aber krank, krank, krank!

»Allein die Form«, sprach der Teufel emphatisch, »bietet Sicherheit! Und Sie können endlich dem billigen Trick und der plumpen Mache, dem Ramsch, Tand und Plunder noch mächtiger und triumphaler das kunstrein Gestaltete entgegenstellen, also – und ich weiß, ich sollte dieses Wort vielleicht nicht in den Mund nehmen, aber, sehen Sie, ich tue es trotzdem – die heilige Form als das Wahre und Unverlierbare! Wundervoll, nicht wahr? Ja, der Sieg wird süß und köstlich sein, das kann ich Ihnen versprechen, und ich halte meine Versprechungen, wie ich schon sagte.«

»Vielleicht sollten Sie selbst mal ein Buch schreiben!«, schlug Oskar vor.

»Da!«, quiekte Satan, und es blitzte wieder vor dem Fenster. »Genau! Genau das meine ich: diesen feinen Unernst, die heitere Reserve, die Ihr Markenzeichen ist! Das alles wird erhalten und blühen und wie von Feenstaub garniert mit dem leisen, zarten, arglistigen Zauber der Ironie, genau wie bisher, so dass niemand darauf kommen wird, dass es neuerdings diese klitzekleine Verbindung zur Hölle gibt! Hihi. Sie aber, mein Lieber, Sie werden ein Idol werden, ein Idol der Vollkommenheit, das aus dem goldenen Schild der Sprache das Schwierigst-Herrliche getrieben, das Wunder an geistig formender Vollendung vollbracht hat, ein Idol, vor dem andere in Zerknirschung und unendlichem Sehnsuchtsschmerz knien!«

So sprach der Teufel, warf sich ordentlich in Positur dabei, riss sich zum Abschluss zur dramatischen Unterstreichung eine der funkelnden Goldketten vom mürben Halse und schleuderte sie auf den Boden, indes vor den auffliegenden Fenstern der Donner fanfarengleich aufbrandete und eine gewaltige Böe sich erhob und wie ein dunkler Schwarm schwarzer Vögel raste und rauschte durch die Kronen der Pappeln.

»Brauchen Sie jetzt 'ne Zigarette?«, fragte Oskar. Dann stand er auf und schloss die Fenster.

Worauf der Teufel, irritiert, so im Schwunge angehalten worden zu sein, nun mit Gewittermiene seine Hand hob und sie mit ausgespreizten Fingern dem Widersetzigen entgegenhielt.

»Warum so unwirsch?«, zischte er, indem er mit der anderen Hand die Goldkette zusammenklaubte und unter den samtenen Aufschlägen in der Tasche des Dinner Jackets verschwinden ließ. »Warum so schnippisch? Weil ich Ihnen ein paar freundschaftliche Gewissensfragen antrage, im trauten Zwiegespräch, unter vier Augen? Weil ich Ihnen mit der Einsicht des Kenners die Lage der Kunst vorstellte und Ihren eigenen Bezug, Ihr eigenes Verhältnis dazu vor Augen rückte?

Als ob Sie die Lage nicht kennten! Sie wissen schließlich ganz genau, wo Sie stehen – oder, besser: *sich bewegen*, wo Sie sich bewegen, lieber Freund, nämlich zwischen den Sphären, weshalb Sie dem sogenannten Betrieb, dem Literaturgeschäft und Feuilletonismus, noch nie geheuer waren und an all die provinziellen Ressentiments der kleinen Geister appellieren, die sich für aufgeklärt und welterfahren halten und nicht verstehen können, wie man sich gleichzeitig für den Umfang seiner Oberarmmuskeln, Anzüge von Henry Poole, Donatellas Gartenparty sowie das Schöne, Wahre, Gute interessieren kann! Nun, *ich* verstehe das. Ich verstehe auch, lieber Freund, dass es Ihre Überzeugung ist, dass die Provinz den Leuten, die sie hervorbringt, immer anhaftet, stimmts?«

»Ja«, sagte Oskar.

»Das war eine rhetorische Frage!«, seufzte der Teufel. »Wie geht es Donatella übrigens?«

»Hervorragend«, antwortete Oskar, »sie ist dünner als jemals zuvor.«

»Das höre ich gern«, versetzte Satan, »und was Sie selbst betrifft, nun, so ist Ihr nächstes Werk ja schon in Vorbereitung, wie ich ebenfalls mit Freuden höre, nicht nur in Vorbereitung, sogar bereits in der Entstehung und Abfassung, eine große, funkelnde Abhandlung wird es und soll es werden, klar und mächtig, es geht um Geist und Kunst, um Kunst und Leben und um die Schönheit; es geht um die Wiedergewinnung von gewissen, früher wohl bürgerlich genannten Spezialisierungen und Besonderungen; es geht darum, dass die guten Dinge eine Renaissance erleben, dass das Schöne wiederaufersteht, um die Kunst vom Leben zu trennen – beziehungsweise um an deren ewige Trennung zu erinnern; denn Kunst ist, wie wir beide wissen, selbstverständlich immer von gegenweltlicher Substanz durch und durch.«

»Ich bin beeindruckt«, sagte Oskar, »Sie wissen mehr von meiner Arbeit als ich.«

»Verzeihen Sie«, bat der Teufel, »ich bin wohl ein wenig hingerissen worden. Ich gebrauche auch normalerweise gar keine Wörter wie ›gegenweltlich‹. Fest steht, lieber Freund, dass dieser Essay, Ihr gegenwärtiges Werk, eine triumphale Rechtfertigung zugleich der Kunst wie auch Ihres Daseins durch die Arbeit bedeuten könnte, ein Gitter wohlgeschliffener Adjunktionen und Bestimmungen – und dies kommt uns nun gerade recht, da blüht unser Weizen! Gerade vorhin, als ich geklingelt habe, wollten Sie ein Stückchen daran weiterkommen, nicht wahr? Sie sind an einer schwierigen Passage, der Rolle des Schriftstellers, und es hakt ein bisschen, richtig, denn Sie *selbst* befinden sich mittenmang in einer schwierigen Passage, Ihres Daseins, sozusagen. Ja, ich weiß es: Sie stehen in Wahrheit an einem Scheitel- und Scheidepunkt, Oskar Canow, Sie dürfen den Bogen nicht überspannen und die Balance nicht verlieren im täglich sich erneuernden Kampf zwischen Ihrem zähen, stolzen, so oft erprobten Willen und der wachsenden Largesse, Indifferenz und Müdigkeit, von der niemand (außer Ihrer Gattin) wissen und die die Schöpfung durch kein Anzeichen, keine Nachlässigkeit, nicht die kleinste Flickerei und Fahrlässigkeit verraten darf. Sie sind ein bisschen müde und angeekelt, Sie leiden ein wenig an Reiz-Hyperämie, einer leichten Entzündung der Nerven, und außerdem wissen Sie nicht, wie Sie das Penthouse in Barcelona bezahlen sollen und ob Sie überhaupt wirklich den ganzen Krempel brauchen, den Sie permanent anhäufen in Ihrem Drang nach Besitz, der Sie so angenehm betäubt … diesem Drang, sich zu verwöhnen und allem nachzugeben, die Weichlichkeit, die in Ihrer Selbstverliebtheit die Kehrseite der Zucht und Strenge mit sich selbst ist; denn das ist Ihr Archetypus – ich meine, haben Sie sich hier mal umgesehen? Allein dieser Raum sieht aus wie eine Abschlussarbeit der Imelda-Marcos-Schule für Inneneinrichtung!«

»Consuela hat eine Schwäche für Diagonalen«, murmelte Oskar verlegen.

Doch der Teufel überhörte das. Er hatte sich ziemlich in Rage geredet.

»Wollen Sie sich in dieser Situtation vielleicht wieder mit Provinzlern und Kleingeistern und ridikülen praktischen Widerständigkeiten herumschlagen?«, rief er, und es blitzte krachend vor dem Fenster. »Oder wollen Sie Ruhe, Frieden – das Angenehme? Wollen Sie nicht Ihr Werk blühen sehen und verfolgen, wie es den Glauben des breitesten Publikums gewinnt ebenso wie die fordernde Teilnahme der wenigen Wählerischen? Sie, mein Freund, Sie verbinden innere Geistigkeit mit einem einigermaßen üppigen Leben, und das hasst die feuilletonistische Mittelklasse, die nicht einmal weiß, dass man zum Smoking keine Armbanduhr trägt oder wer Brooke Astor war oder Dominick Dunne. Und deshalb offeriere ich Ihnen hiermit noch eine andere Verbindung, nämlich die Vermählung dienstlich nüchterner Gewissenhaftigkeit mit dunkleren Impulsen, mit rascherem, sinnlicherem Esprit und Blute, kurz: Sie und ich! Sie und ich! Haha!«

Dieser letzte, ein wenig kreischende Lacher des Teufels kollidierte mit einem gewaltigen Blitz, der den gesamten Drawing Room für einen schier endlosen Moment in gleißendes eisblaues Licht tauchte. Oskar, der die Situation als peinlich empfand, räusperte sich geräuschvoll. Hierauf trat Stille ein. Die Sachlage war nicht einfach. Oskar suchte den Raum nach Konversationshilfen ab. Er war ratlos, denn er war wohl gewohnt, innerhalb feststehender Formen ohne weiteres ein nichtssagendes Gespräch mit Scheingegenstand in Gang zu halten, nicht aber, neuartige und verwirrende Umstände zu ordnen, wie sie eine geschäftliche Auseinandersetzung mit Meister Klepperlin zweifellos darstellte.

»Ich weiß nicht«, flüsterte er schließlich, zitternd vor Kälte und mit einem Schauder des Widerwillens, »das Ganze … klingt so … surreal.«

»Ach du grüne Neune!«, seufzte der Teufel und beugte sich vor, um ein weiteres Käsebällchen auszulesen, welches er augenblicklich verschlang. »Sie zieren sich ja schlimmer als Michelangelo! Nun gut, dann muss ich ein wenig deutlicher werden, lieber Freund, nichts für ungut, aber Sie zwingen mich dazu, so denn: Sie erinnern sich an den Conférencier? Die Gestalt am Flughafen in Berlin, die dort auf einer recht traurigen kleinen Bühne stand und wie ein Marktschreier ein flüchtiges Publikum umwarb? Nun, ich sehe, Ihr Gesicht verliert ein wenig an Farbe, also erinnern Sie sich, aber die Farbe weicht wohl deswegen auch aus Ihrem Antlitz, weil Sie wussten und wissen: Das sind im Grunde *Sie*! Eine fahrende Seele, *das* sind Sie – obschon Sie sich mit der Entschiedenheit aller bürgerlichen Reserve fürchten vor den Zigeunern im grünen Wagen; eine fahrende Seele, vagabundierend, begeistert und getrieben von sublimer Narrheit, die sich, ein Kind des Glücks, stets in leidlich komfortablen Verhältnissen wiederfand, weshalb sie nichts – oder doch beinahe nichts – wirklich ernst nehmen kann. Das ist ja geradezu Programm bei Ihnen! Doch Sie wissen, lieber Freund, dass Ungenügsamkeit das Wesen und die innerste Natur des Talentes darstellt, und deshalb können Sie nicht ewig in der Parodie verharren. Es ist das angenehme Leben, die Garantie der Unbeschwertheit, die *wir* Ihnen bieten, die Sie in Stande setzt, Ihre Furcht vorm grünen Wagen zu überwinden und zur Wahrheit vorzudringen, wobei die Wahrheit, ein Lebenskind, der Schönheit irdische Schwester, sich freilich auch auf die komische Seite der Dinge versteht …«

So und weiter sprach der Verführer, wohl ohne Oskar aus den Augen zu lassen, wozu seine roten, plumpfingrigen Hände in etwas linkischer Gestik seine Ausführungen begleiteten. Und manche seiner Worte und Setzungen kamen Oskar sehr bekannt vor, als habe er sie bereits einmal gehört, gelesen oder gedacht, und, das jedenfalls musste man dem Teufel lassen: Er sprach wie jemand, der seiner Sache sicher ist und einen guten Grund vertritt. Und wenn nur etwas störte, dann war es (neben der von ihm ausgehenden fürchterlichen Eiseskälte) dieses Kichern, ein ziemlich hässliches, jauchzendes Gieksen und Quieken, das die eckig herausspringenden Wangenknochen zum Bersten zu bringen schien und schwarze Löcher in die tiefen, zerfurchten Backentaschen grub, wobei gleichzeitig eine ganze Armee von kleinen spitzen Zähnen auf unschöne Weise zwischen den Lippen eingeklemmt wurde …

»… und Sie müssen endlich dies Geschäft schon nur deshalb eingehen, weil Sie, wie gesagt, sowieso bereits halb darin verstrickt sind«, erklärte der Teufel soeben, »und wenn ich Ihnen auch keine Erlösung oder irgend so was ziemlich Obskures versprechen kann – dafür bin ich ganz und gar nicht die richtige Adresse, und das Religiöse ist gewiss nicht mein Fach –, so verheiße ich doch die Kraft einer kunstgeläuterten Existenz ohne jede Besorgnis und Beschwernis, kurz eben: das Angenehme, und falls Sie mich jetzt, wie ich Ihrer Miene entnehme, schon wieder fragen wollen, was denn das sei, konkret und anschaulich, das Angenehme, so erwidere ich Ihnen schlankweg: Probieren Sie's aus! Das muss man erleben! Es gibt keinen Knall und keinen Zauber, Sie hören keinen Theaterdonner, und es rieseln keine Sternchen, nein, wir räumen bloß die Müdigkeit hinweg – die kleine und die große, die private und die der Zeit, wir räumen Ihnen die Unsicherheiten und Unannehmlichkeiten diskret aus dem Weg, bevor Ihnen das Stundglas gestellt und die Rechnung präsentiert wird, hihi. Verzeihen Sie, wenn ich manchmal etwas leichtherzig wirke. Das kommt mit der Zeit. Erfahrung macht reaktionär, wie meine Tante Kitty immer zu sagen pflegt – Verzeihung: *Ihre* Tante Kitty.«

Damit lehnte der Teufel sich zurück, atmete hörbar aus und fügte an: »Ich hoffe, dies beantwortet Ihre Frage.«

Oskar zögerte einen Moment, als ob er überlegte, wie er antworten solle.

»Nein«, sagte er dann, »nein, das war gar nicht meine Frage. Meine Frage ist eine andere: Was verlangen Sie dafür?«

5. KAPITEL

Der Preis

Der Teufel atmete erneut hörbar aus. Darauf nahm er ein wenig Wasser und schien seine kleinen spitzen Zähne damit zu spülen, bevor er es hinunterschluckte. Anschließend fischte er aus der Innentasche seines Dinner Jackets ein Etui aus Gold oder einem sehr ähnlichen Material, klappte es auf und ergründete in einem darinnen offenbar verborgenen winzigen Spiegel kritisch sein Gesicht, wobei er sich mit seinen plumpen Fingern ein bisschen an den Haaren herumzupfte, nachdem er zuvor abrupt das Kinn auf sein welkes Schlüsselbein gepresst hatte. (Oskar hatte derartige Routinen zu oft in Gesellschaft gesehen, um ein derartiges Verhalten noch bei irgendjemandem seltsam zu finden, und sei es beim Leibhaftigen persönlich.)

»Wissen Sie«, begann Luzifer schließlich ein wenig stockend und fast verschämt, als gebe er eine Schwäche zu (indem er gleichzeitig mit einem kleinen Knall das Etui zuklappen und verschwinden ließ), »ich will mich nicht beklagen, aber meine Aufgabe ist keine leichte. Ich bin gebunden, gesteinigt und in die Finsternis geworfen worden – aber höre ich jemals ein Dankeschön? Niemals. Die Leute pflegen Gott zu danken. Dabei werden mehr Tränen über erhörte Gebete vergossen als über nicht erhörte. Bekanntlich. Aber so sind die Leute. Der Teufel mag den freien Willen haben – und sogar weitherum anbieten, wie sauer Bier –, aber die Menschen? Pah! Pa-hah! Der Mensch, von seiner eigenen Wissenschaft in den Stand frugaler Erkenntnis versetzt, dass sein Leben bloß Teil eines natürlich-kreatürlichen Werdens und Vergehens sein könnte und nichts weiter, der Mensch, ach, er hängt an seiner vermeintlichen geistigen und sittlichen Über-Natur, die zu beweisen ihm keine Spekulation zu entlegen, keine Konstruktion zu gewagt erscheint! Deshalb gibt es wohl keine Notwendigkeit des Denkens und Vorstellens, derer er sich – obgleich sie weder logischen Zwang noch den der fühlbar gegebenen Tatsächlichkeit enthält – so wenig enthalten kann wie die einer Zerlegung und Scheidung der Erscheinungen in Gut und Böse. Der Mensch denkt, wenn er die Welt in Gut und Böse teile oder in Schön und Hässlich – was, nebenbei erwähnt, nicht dasselbe ist, zum Glück –, so spräche er sozusagen eine Idee und Formgebung Gottes aus.«

Diese letzten Worte hatte der Teufel durch einen verächtlichen Ausatmer untermalt, und er behielt jenen abschätzigen Unterton bei, als er fortfuhr: »Ich nehme an, auch in Ihnen lebt ein felsenfester Glaube an eine erhabene Vernunft, die diese irdische Welt nach wundervollem Plane leitet? An einen ordnenden Logos, meinetwegen eine schöpferische Urkraft, beseelte Energie, die die Keimkräfte aller Dinge in sich trägt und aus deren Vernünftigkeit eine zweckmäßige und planvolle Ordnung aller Dinge und Ereignisse, von Schicksal und Vorsehung folgt?«

»Ja«, antwortete Oskar.

»Das war eine rhetorische Frage!«, seufzte der Teufel.

Oskar fühlte sich in die Enge getrieben, und das ärgerte ihn.

»Ich könnte Ihnen stundenlang zuhören. Und ich habe in der Tat das Gefühl, ich hätte das bereits getan«, sagte er, »aber wenn Sie vielleicht so freundlich wären und auf Ihr Angebot zurückkämen. Ich habe keine Ahnung, wie spät es ist, und … und außerdem fühle mich nicht recht wohl. Bitte fassen Sie das nicht persönlich auf, aber mir ist ja nun fürchterlich kalt, und ich erlebe die eigenartigsten Zustände. Meine Körperchemie ist wohl ein wenig merkwürdig. Das ist wahrscheinlich ein Berufsrisiko.«

»Was – so wie sich dann und wann mal an einem Blatt Papier zu schneiden?«, erwiderte der Teufel und quiekte vor Vergnügen.

»Wissen Sie«, sagte er anschließend, indem er sich weit zurücklehnte, durch Berührung der gespreizten Fingerspitzen eine hohle Kugel formte und dies Werk behaglich betrachtete, »das wird Sie jetzt vielleicht überraschen, aber …« (Und hier schnellte er plötzlich erhobenen Hauptes nach vorn, so dass an seinem welken Hals der Adamsapfel stark hervortrat, blickte hinter den blau getönten Brillengläsern Oskar starr ins Gesicht und flüsterte beinahe.) »*Wir glauben nicht an das Böse*. Schon lange nicht mehr. Wir glauben an – Anreize. Das müsste Ihnen als Ökonom doch einleuchten. Die freie Wahl kann nicht bewiesen werden, noch nicht einmal deren Möglichkeit, wohl aber die Wirksamkeit von Reizen, Lockungen, Gratifikationen! Damit beschäftigt sich die Ökonomie, und nicht zuletzt deswegen habe ich ein besonderes Interesse an dieser Disziplin, die ja die Antriebe des Menschlichen besser als jede andere erklärt und ordnet, und zwar mit einem

Minimum an ideologischem Aufwand, weshalb sie bei den Klugen und Vorurteilslosen auch wohlgelitten, bei Engstirnigen und Spießern hingegen missliebig ist. Ich selbst verfolge auf ökonomischem Gebiet beständig mit größter Aufmerksamkeit die letzten Forschungsergebnisse, und ich erkenne eine gewisse Tragik darin, dass die Wirtschaftswissenschaft viel zu oft von Ignoranten verteufelt wird, genau wie – nun: ich.«

»Okay.«

»Wo waren wir?«

»Das Böse … der allgemeine kulturelle Niedergang … irgendwas von Uhren, durch die der Sand rinnt …«

»Was? Richtig. Erm, das Böse. Das Böse ist – eine licentia poetica, genau wie das Ende der Welt. Wie die ganze Welt mit ihren sämtlichen Enden … Das Böse, müssen Sie wissen, das wirklich Böse, das unsühnbar Schlechte, ist ungeheuer selten auf der Welt, noch seltener als, zum Beispiel, ein Dichter, der was taugt. Das meiste ist bloß ordinäres Pech und durchschnittliche Gemeinheit und beleidigt jeden anspruchsvolleren Geschmack als eine Banalität. Inzwischen dürfte dieser arme gestauchte Planet wohl genügend Kreaturen gesehen haben, die das sogenannte Böse vollkommen diskreditierten. All diese Diktatoren und Terroristen, von denen sich die meisten dadurch auszeichnen, dass sie jeden Tag dasselbe anhaben. Mit dem Auftritt solcher Geschöpfe hat sogar das Banale die Eigenschaft verloren, an der die meisten Menschen es bisher erahnten: Es wirkt nicht mehr verführerisch. So. Ha! Jetzt bin ich wieder in Fahrt!«

»Das sind alles Plattitüden«, sagte Oskar, der ungeduldig wurde, »wir wollten doch über den Preis sprechen.«

»Nach dem letzten Fairness-in-der-Hölle-Erlass ist das

Überspringen von Erläuterungen auch auf Verlangen unzulässig.«

»Was?«

»Ja. Ich zitiere hier das Reglement in Bezug auf das Standard Diabolical Exchange Agreement, kurz STADEA.«

»Was?«

»Früher hieß es lediglich Diabolical Exchange Agreement, aber dessen Abkürzung war DEA, und das ging natürlich nicht, wie Sie sich vorstellen können. Jedenfalls bin ich verpflichtet, Sie über sämtliche Hintergründe des Geschäfts aufzuklären. Wir hatten zu viele Reklamationen. Und das ist die verhüllende Umschreibung für: Wir hatten genug Ärger mit Yves Saint Laurent!«

Oskar war perplex und schwieg.

»Keine Sorge«, beruhigte ihn der Teufel, und seine Stimme war wieder ganz angenehme Nasenresonanz, »Sie dürfen sich des Wörtchens ›Standard‹ wegen nicht beunruhigen. Für Sie, Herr Canow, ist selbstverständlich was Besonderes vorgesehen. Doch ich will gern konkreter werden. Nehmen wir also Ihr Leben. Sie bewegen sich in einer Gesellschaftssphäre, die man gemeinhin die bessere nennt. Und wie sieht die aus? Hm? Ich muss es Ihnen nicht sagen: Mit einigen wenigen Ausnahmen sind die in diesem Milieu auftretenden Charaktere sonderbar und absolut nicht vertrauenswürdig. Sie kennen ja die Leute. Leute, die ihrerseits nur einen einzigen Standard kennen: den des Vergleichs. Snobs, die gewissenlose Lügen über sich selbst verbreiten, die ihren eigenen Schwächen, ihrer Verderbtheit, ihrer Sattheit schmeicheln, die, um zu gefallen, sich als Spötter und Atheisten aufspielen und andere Menschen kritisieren, vor denen sie dann an anderer Stelle nach Sklavenart scheinheilig tun.

Bah! Die bessere Gesellschaft! Widerwärtigkeiten auf diesem Niveau kommen nicht mal im Showbusiness vor! Wenn die Seele, wie die fortgeschrittensten Gelehrten behaupten, wirklich nichts weiter ist als eine Summe chemisch-physikalischer Reaktionen, dann steht man hier ohne Frage am Ende aller Weisheit. Aber die Gelehrten irren sich, selbstverständlich. Denn sobald es um die innere Verfassung eines Menschen geht, sind wissenschaftliche Vokabeln doch nur Hilfsannahmen, wie für den Steinmetz die geometrischen Punkte am unbehauenen Marmor. Um hingegen das wirkliche Wesen und Wollen des Einzelnen zu bewirken – da walten Gesetze, die zu geheimnisvoll sind, als dass des Menschen kurzer Sinn sie ergründen könnte. Das ist das Rätsel des Lebens. Nur so viel steht fest: Nicht in jedem rohen Marmorblock ruht eine anmutige Gestalt, da kann der Künstler meißeln, wie er will. Aber wem sage ich das!«

Der Teufel seufzte affektiert und nahm einen Schluck Wasser. Oskar fühlte sich wie hypnotisiert; der Raum verschwamm ganz leicht vor seinen Augen, dann wieder schien er mit einem einzigen Blick unendlich weit sehen zu können, als seien ihm die Sinne unnatürlich geschärft. Offenbar hatte die wunderbare Chemie seiner Lebensvorgänge einmal mehr einen entkräftigenden Stoß erhalten und war aus dem Gleichgewicht geraten: Momentane Unterzuckerung also. Oder Überzuckerung. Er verwechselte das immer. So hörte er Luzifers sonore Stimme wie durch Watte: »In Ihrer Sphäre, mein Lieber, – ich meine im Grunde: überall, aber *vor allem* in Ihrer Sphäre – gibt es eine besondere Gattung Mensch, bereit, jeden Preis für jedes Ding zu bezahlen – achthundert Franken für eine Hundeleine von Gucci, ich *bitte* Sie –, aber wahre Kostbarkeiten, die sogenannten edleren Regungen wie Glaube, Liebe, Hoffnung gehen unter diesem Schlag völlig sinnlos zugrunde und sterben dort regelmäßig, kaum entstanden, kraftlos ab, ohne einen Zweck erfüllt zu haben, verkannt oder banalisiert. Womit ich natürlich nicht sagen will, dass arme Leute die besseren Menschen wären. Das wäre ja absurd!«

»Was hat eigentlich genau diese Decke gekostet?«, fragte sich Oskar im Stillen und zog das Tuch fester um seine Schultern.

»Sie fallen natürlich aus dem Rahmen«, versicherte der Teufel, als hätte er Oskars Bedenken erraten, »Sie sind anders, und Sie stehen draußen, auch wenn Sie bei der Wohltätigkeitsauktion zugunsten der Nachkommenschaft von Mopswaisen des Herzogs und der Herzogin von Windsor zwischen Meanissa Strudelneck und Buzz Killington in der Mitte der Tafel sitzen. Sie sind das Monster, das zusieht; Sie sind ausgesondert, erhoben und gebrandmarkt, denn Sie haben Talent, deshalb sind Sie uns ja aufgefallen, was ich hiermit zum letzten Mal sage, andernfalls steigt es Ihnen noch zu Kopf; ich weiß ja, dass Sie für Komplimente empfänglich sind, egal, woher sie kommen, haha. Anyways, wie der Engländer sagt, Sie haben Talent, und Talent stimmt aufsäßig und ironisch gegen die gesellschaftliche Ordnung und lässt seinen Träger Schutz suchen beim vermeintlich freien Geist, beim Gedanken – oder bei Amphetaminen, wie Herrn Selznick. Guter Mann. Benzedrin in der Tasche wie Wechselgeld. Das Talent schafft, wie die Krankheit unter Umständen (aber beileibe nicht jede), also einen gewissen kritischen Gegensatz zur Welt, zum Lebensdurchschnitt, der doch heute mehr denn je allenthalben das Ruder übernommen hat. Bekanntlich.«

»Ich hasse Seefahrtsmetaphern«, sagte Oskar.

»Ich auch!«, girrte der Teufel begeistert.

Und hierauf lachte der Fürst der Finsternis eine knappe halbe Minute lang krähend und bebte dabei am ganzen Leib. Oskar hatte währenddessen das Gefühl, er hätte jeden Augenblick den Niedergang sämtlicher Funktionen seines Geistes und Körpers zu gewärtigen, er hörte das Schwirren der Dämonen, und für kurze Zeit verlor er das Gliedergefühl, die Gelenke lockerten sich in den Pfannen. Sein linker Arm schien sich unwillkürlich zu bewegen, in kleinen, zuckenden Spasmen, er hatte sich vorhin den Ellbogen am Schreibtisch gestoßen, möglicherweise lag es daran. Oskar war Linkshänder.

»Nun gut«, resümierte der Teufel, nachdem er sich gefangen hatte, »Sie haben mich nach dem Preis gefragt, und ich komme zur Sache, wie es sich ziemt zwischen Leuten, die quasi im Vertrage sind und in der Abrede auf Zeit und Ewigkeit.«

»So weit sind wir doch noch gar nicht!«, reklamierte Oskar entsetzt.

»Keine Bange. Niemand wird Sie übervorteilen. Die Hölle ist kein Call-Center. Es war doch immerhin gut, dass wir geredet haben, schließlich mussten wir irgendeinmal miteinander zusprach kommen und uns zusammensetzen und rätig werden über das Ganze. Es ist alles eine Frage der Anreize, wie ich schon sagte. Das heißt: Die Versuchung muss zum Charakter passen. So ist es hübsch. Wer hat schon wieder gesagt: ›Ich kann allem widerstehen, außer der Versuchung?‹ War das nicht Jesus?«

»Das war Oscar Wilde«, sagte Oskar.

»Oh. Den haben wir abgelehnt. Wäre gerne reingekommen. War uns aber zu dick und zu tantenhaft. Und nun zum Preis. Ich werde Ihnen also nicht mehr Zeit anbieten, und ich werde auch keine Zeit von Ihnen verlangen – das könnte ich gar nicht. Für jeden ist die Uhr gestellt, und da mischen wir uns grundsätzlich nicht ein. Wir haben zwar geringfügige Einflussmöglichkeiten, doch diese werden oftmals überschätzt. Nur eben dass das Stundglas gestellt ist, der brandrote Sand immerhin zu rinnen begonnen hat, zu rinnen durch die fein-feine Enge, darüber wollt ich mich gern mit Ihnen, lieber Freund, verständigen. Es ist noch nicht allzu viel, was unten liegt – aber das verrät uns leider rein gar nichts über die obere Menge. Üblicherweise. Es geht aber auch anders. Drum hier mein Preis, der eigentlich viel weniger ein Entgelt ist als ein Gewinn: Ich nehme Ihnen keine Zeit ab; ich gebe Ihnen das Maß.«

»Was meinen Sie?«

»Ich meine: Das Maß ist der Preis. Sie kriegen ein angenehmes Leben; ein Dasein ganz ohne Leere, Verzagnis, Öde und unvermögende Traurigkeit, ohne Zweifel und Bangen, noch nicht einmal mit Grippe, ab und zu etwas Migräne, das ist alles, die vertrauten Übelkeiten, die schon immer da waren, die zur Anlage gehören, aber ansonsten: *vollkommen angenehm*, und kein bisschen kürzer, keine Sekunde zwacken wir Ihnen ab, das garantiere ich. Und dafür … erfahren Sie das Ende.«

»Das Ende?«

»Jaah, das Ende! Denken Sie nur, wie praktisch, wie effizient, wie ökonomisch, möcht ich beinahe sagen, das im Grunde ist! Ach, welche Genauigkeit der Planung und Voraussicht Sie dadurch gewönnen! Nicht mehr die vage Annäherung an einen Zeitpunkt, der scheinbar der Willkür, den

Genen und dem Temperament überlassen ist, nichts mehr von der Unsicherheit und Beliebigkeit des Augenblicks, wo es Zeit wird, ans Ende zu denken, nichts mehr von der Überraschung und Überforderung, wenns plötzlich, ganz zuletzt, auf einmal schnell zu gehen und schnell, zu schnell gegangen zu sein scheint, keine unerledigten Hinterlassenschaften, keine offenen Geschäfte, keine Bedauernisse – nichts davon! ›Memento mori‹ und ›Respice finem‹ und all diese braven Parolen, die man sonst gerade dem Schriftsteller entgegenzurufen pflegt, weil Schriftsteller sich doch sowieso immer für Gott halten und denken, für sie gäbe es keine Befristung und kein gesetztes Ende – nun, all diese Mahnungen brauchen Sie gar nicht und können sie, wie man so sagt, als gegenstandslos betrachten; das haben Sie erledigt, und bis zum Augenblick selbst ist es also der Rede und des Darandenkens nicht wert, eine weitere Sorge weniger, und Sie können sich wunderbar auf Ihre Arbeit konzentrieren.«

Oskar war speiübel, was noch gelinde ausgedrückt war für jenes tiefe Missgefühl von Körper und Geist, das ihn bei den letzten Sätzen des Teufels überkommen hatte, einen Ekel, der in alle Grade stieg bis zu konvulsivischen Schaudern, eine Mischung aus Schrecklähmung und einer offenbar bedrohlichen Stoffwechselentgleisung. Sein Herz schlug wie eine kleine Pauke, der ohnehin kurze Atem wollte ihm völlig versagen, während er fühlte, dass seine Wangen trotz der Eiseskälte in Hitze standen. Die Decke rutschte ihm von der Schulter, und unter der Decke befühlte er heimlich seinen Puls. Hundertfünfundneunzig.

Er straffte sich, atmete tief, lächelte betreten und sagte mit vorletzter Kraft: »Wenn ich das zusammenfassen darf: Sie bieten mir ein angenehmes Leben, und der Preis dafür ist, dass ich von Ihnen erfahren muss, wann genau ich das Zeitliche segnen werde.«

»Exakt!«, jubelte Luzifer. »Besser hätt ich's selbst nicht treffen können!«

Nun trat Stille ein. Bloß das Radio lief. Der Teufel hatte sich für einen kommerziellen Sender entschieden, im Moment wurde *Left To My Own Devices* gespielt. Das Wetter vor den Fenstern hatte sich seltsamerweise beruhigt – sehr im Gegensatz zu Oskar. Dieser konnte nicht nachdenken, hatte aber naheliegenderweise das Gefühl, dass von ihm eine Antwort erwartet würde. Für die Dauer endloser Sekunden war sein Kopf leer wie eine Blase, nur Bruchstücke irgendwelcher Gedanken schwirrten ihm durchs Hirn, doch er vermochte keinen festzuhalten, bei keinem zu verweilen, so große Mühe er sich auch gab. Die Kehle war ihm abgeschnürt, er fühlte sich dehydriert wie ein Bodybuilder vor dem Auftritt, die Zunge taub, das Antlitz fühllos, und in seinen Ohren sauste es, wie wenn er neben einem Wasserfall stünde. Der Blick war stier. Vor den Augen tanzten zahllose geeckte schwarze Würmchen.

»Das wars«, dachte Oskar, »ich dekompensiere. Anaphylaktischer Schock. Das wars dann.«

Doch seine gesellschaftliche Routine kam ihm einmal mehr zu Hilfe. Mit aufs Letzte gestraffter Selbstzucht und quasi mechanischer Fertigkeit ordnete Oskar Canow unter der Übung jahrelanger Schulung seine Miene zu einem unverbindlichen Lächeln und gleichzeitig seine zerstückten Gedanken zu einer Frage: »Erfahre ich auch, wie?«

»Sie meinen: *Wie* Sie enden?«, erwiderte der Teufel. »Nein. Das erfahren Sie nicht. Sie können es sich aber anhand des Termins möglicherweise zusammenreimen. Vielleicht aber auch nicht. Wozu sind Sie schließlich Dichter? Darin liegt ein Teil des ... Vergnügens.«

»Ich weiß nicht«, flüsterte Oskar, »ich weiß nicht.«

Der Teufel seufzte hierauf liebevoll, und mit jener gutmütigen Nachsicht, mit der erfahrene Ärzte hypochondrisch gestimmten Patienten begegnen, sagte er: »Okay, Hamlet, wollen Sie einen Rat von mir?«

»Gott steh mir bei: Ja!«

»Probieren Sie's aus! Selbstverständlich bieten wir einen Probelauf an. Dies hier ist schließlich kein Tauschhandel mit irgendwelchen lauwarmen Interessen; das hier ist eine Vereinbarung, keine Verführung, ich bin doch schließlich nicht irgendein Hintertreppenhändler. Obschon ich augenblicklich ein bisschen so aussehe. Ich meine, ich würde mir ja gegenwärtig selbst auf keinen Fall einen Gebrauchtwagen abkaufen, geschweige denn ein neues Leben. Jesus, aus den Poren auf meiner Nase könnte man Suppe trinken! Selbstverständlich bieten wir einen Probelauf an. Probieren Sie's aus, junger Freund! Dadurch geschieht niemandem ein Leid. Es sei denn, Sie wünschen dies, hihi. Testen Sie Ihr neues Leben, und bezahlen Sie bei Gefallen erst später. Ohne Risiko.«

Etwas in diesem prompten, routinierten Entgegenkommen beunruhigte Oskar; er vermeinte dahinter eine aufgestaute übermenschliche Geduld zu spüren, die sich den stärksten Willen unterwerfen kann.

»Es gibt immer ein Risiko«, entgegnete er deshalb.

»Da spricht der Ökonom! Und als solcher wissen Sie ein gutes Geschäft zu schätzen.«

»Ist das so eine Art Wettstreit mit Gott?«

»Gott«, erwiderte der Höllenfürst, »Gott hat ein enges Budget. Er könnte es sich wohl gar nicht leisten, Sie zu verführen.«

»Ich denke, das ist keine Verführung?«

»Dann lassen Sie's mich so ausdrücken: Es braucht mehr, eine Hure zu korrumpieren als eine Heilige.«

»Danke schön.«

»Ich meine: Kein Heiliger ist ohne Vergangenheit. Probieren Sie's aus!«, gurrte der Teufel. »Sie wollen es doch! Sie wissen es doch! Jeder wird mit seinem Fatum geboren, kommt es denn wirklich so sehr darauf an, zu leben oder nicht zu leben? Das Leben ist eine Fiktion, so gut, wie der Tod eine ist, vielleicht kommt es bloß darauf an, was man dafür erkauft, denn etwas, was besser ist, muss es ja geben! Vergessen Sie Gut und Böse – die Wirklichkeit verhält sich gegenüber der Sphäre der Idee doch sowieso nur wie eine unvollkommene Übung! Und endlich erhebt sich über alle einzelnen Inhalte und variierenden Formen eine höchste Einheit: Die Ganzheit des Daseins. Die *Welt* als Inhalt der künstlerischen Existenz! Na los! Seien Sie kein Frosch! Der einzige Preis für ein unbeschwertes Leben besteht darin, dass Sie das Datum seines Endes erfahren; denken Sie an die Macht, die Ihnen das verleiht! Macht – das ist doch was Attraktives!«

»Ich nehme an, deswegen träumen auch so viele Jungs nachts von Madeleine Albright«, erwiderte Oskar.

Pause.

»Ich will nur wissen«, fragte Oskar, »ob das Ganze eine Art Experiment ist. Ich meine, bin ich so eine Art psychologisches Versuchskaninchen für übersinnliche Mächte?«

»Ihre Neugier ist indiskret«, antwortete der Teufel, »und

ich kann darauf nur mit einer etwas abgegriffenen Metapher reagieren –«

»Schon wieder?«

»Das Leben ist eine Achterbahn, und …«

»Und?«

»… und ich sitze im Häuschen und kassiere den Eintritt.«

»Okay«, sagte Oskar und erhob sich, »Probelauf also. Nur auf Probe!«

Mit diesen Worten streckte er die Hand zur Vereinbarung aus, worauf der Teufel, ängstlich beinahe, in die Höhe fuhr, und, ohne die Hand zu nehmen, schnarrte: »Nun gut! So ists also besprochen. Überlassen Sie alles Weitere uns. Ich bin bald wieder da.«

»Darf ich Sie hinausbegleiten?«

»Na was glauben Sie denn? Dass ich hier mit einem Knall und Pulverdampf verschwinde oder einfach plötzlich weg bin und dann an meiner statt jemand anderer dasitzt? So was machen wir schon lange nicht mehr. Stößt auch viel zu viel Kohlendioxid aus. Ja, begleiten Sie mich zur Türe, das ist freundlich.«

In der Tür drehte Luzifer sich um.

»Meine Empfehlung an die Frau Gemahlin«, krächzte er, »ich hoffe, sie bald einmal kennenzulernen. Sie hat Klasse, sie interessiert sich nicht wirklich für die Zukunft, und das, mein Lieber, ist *truuuly* Upper Class! Wie es überhaupt nur die Engländer können. Das Mutterland der guten Form.«

»Ich werde es ausrichten«, versprach Oskar, »auf Wiedersehen.«

»Davon bin ich überzeugt«, kicherte der Teufel. »Habe die Ehre. Hoffe, Sie nicht zu sehr aufgehalten zu haben. Eigentlich wollte ich ja gar nicht mehr vor die Tür; heute ist nämlich mein Tag für Masken und Kompressen. Apropos: Erschrecken Sie nicht. Sie werden sich in nächster Zeit in jedem Spiegel einen Augenblick lang grausig unbekannt sein. Das ist völlig normal. Das sogenannte Lisle-Von-Rhuman-Syndrom. Wie gesagt: Ich bin bald wieder da.«

Und damit machte Herr Urian eine hässliche Bewegung mit den Schultern, und mit einem letzten gieksenden Auflacher und einem zwischen den spitzen Zähnen gemurmelten »gute Nacht« verließ er Oskar Canows Zuhause.

Oskar schloss die Türe hinter dem unangemeldeten Besucher. Draußen herrschte das, was man landläufig Totenstille nennt, bis auf den einsamen Schrei einer offenbar hysterisch gewordenen Eule. Aus dem Radio klang *Time To Pretend*. Anschließend setzte, beschleunigt heraufdonnernd aus untersten Tiefen, der Bassstrich zu *Jaws* ein, das mörderische Zwei-Noten-Ostinato, und dazu befiel Oskar jählings derart starkes Herzklopfen, dass er innehalten und sich mit der Stirn an die Wand lehnen musste. So stand er mit am Leibe herunterhängenden Armen ein wenig vorgebeugt, seine Lippen waren zusammengepresst, und seine Augäpfel zitterten unheimlich in ihren Höhlen. Er atmete schwer. Unser Held sah mit einem entsetzten und angstvollen Blick in sich hinein, wie sein Empfinden, das er so sanft gepflegt, so milde und klug stets zu behandeln geglaubt hatte, nun emporgerissen war, aufgewirbelt, zerwühlt, zuschanden … Sein Nervensystem, das infolge glücklich vererbter Anlage bei höchster Empfindlichkeit über ein großes Maß an Zähigkeit und Widerstandskraft verfügte, schien nunmehr zerrüttet, zermürbt, in Trümmern – und dies alles durch eine kleine Begegnung mit dem Teufel. Die einen eigentlich nicht so schockieren sollte, wenn man Luella van Osburgh kannte.

Oskar aber tastete sich – förmlich mit einer gewaltigen Muskelanstrengung alles in sich unterdrückend, was angstvoll schreiend in ihm warnte – zurück an seinen Schreibtisch, in einem Zustande von Schwindel, Trunkenheit, Sehnsucht und Qual, indes seine Augen unter heftig zusammengezogenen Brauen mit dem Ausdruck entsetzter Abwehr geradeaus starrten. Dabei passierte er den hohen, von einem Mahagoni-Frontispitz bekrönten Biedermeier-Spiegel, ein Erbstück seiner Großeltern, sah hinein, hielt inne, sah wieder hinein und kam sich, wie Luzifer es prophezeit hatte, einen Augenblick lang grausig unbekannt vor.

»Wieso kann ich eigentlich die Brauen zusammenziehen?«, fragte Oskar sein Spiegelbild. »Ich muss Feingarten anrufen. Er hat mir zu wenig Botox gegeben.«

Er setzte sich an seinen Schreibtisch, die Alltagsstätte seines starren und leidenschaftlichen Dienstes, auf dem all die vertrauten kleinen Dinge in alter Weise angeordnet waren: die Papiergewichte und die Fotografien, der Leuchter und die russische Zigarettendose. Doch er konnte sich nicht sammeln, an Arbeit war gar nicht zu denken. Oskar saß dort wie angeschraubt – als er plötzlich vermeinte, jemanden zu hören.

Er fuhr in die Höhe.

»Lauren!«, rief er, »Lauren?«

Keine Antwort.

»Ach du liebes bisschen«, durchfuhr es ihn, und gleichzeitig durchschauerte ihn eine Empfindung, als ob er an einer senkrechten Wand mit schwerkraftloser Langsamkeit hinunterglitte, »nicht schon wieder der Teufel!«

Er erhob sich wie gegen einen Widerstand und trat aus dem Arbeitszimmer – wo er beinahe mit Kelly zusammengeprallt wäre.

»Mein Gott, Kelly, *Sie* sind es!«, keuchte Oskar. »Was machen Sie denn hier?«

»Guten Abend auch für Sie!«, erwiderte Kelly. »Wie sehen Sie denn aus? Was ist Ihnen denn passiert?«

An dieser Stelle bemerkte Oskar, dass ihm noch die Decke um die Schulter hing.

»Verzeihen Sie meinen Aufzug, aber ich hatte gerade den Teufel zu Besuch.«

»Diese Freundin von Ihrer Frau?«

»Luella? Nein. Den richtigen Teufel.«

»Der macht Hausbesuche?«

»Andauernd.«

»Was denn, der echte Teufel mit Hörnern und Bocksfuß? Mit 'ner Mistgabel und in roter Strumpfhose?«

»Das ist keine Strumpfhose, das ist seine Haut.«

»Au weia.«

Es entstand eine Pause.

»Vergessen Sie's«, sagte Oskar mit einer wegwerfenden Handbewegung, wobei er gleichzeitig mit der anderen Hand die Decke abnahm, »wissen Sie was, Kelly, vergessen Sie's einfach, nichts passiert, ich bin zuwege und ich lebe, und was wollen Sie eigentlich hier? Es muss doch mitten in der Nacht sein.«

»Es ist kurz nach halb neun, und ich bin hier aus zwei Gründen.«

»Kurz nach halb neun? Wie kann das sein?«

»Zwei Gründe.«

»Muss ich beide hören?«

»Ja.«

Pause.

»Also was?«, fragte Oskar ungeduldig. »Was sind die Gründe?«

»Was sind Sie denn so fahrig?«

»Die Gründe, Kelly, die Gründe!«, rief Oskar und rüttelte seiner treuen Assistentin am Arme.

»Wie Sie wünschen. Erstens habe ich hier das Call Sheet –«

»Das was?«

»Das Call Sheet für *Style Your Life*. Die Leute vom *Sonntagsblatt* kommen nächste Woche Dienstag.«

Kelly zog ein Blatt Papier aus ihrer gigantesken Handtasche, entfaltete es und las vor: »›Atmo: szenig und hip. Doppelseite: Dichter bei der Arbeit, dieses Bild faken wir wie geplant. Aufmacher: Airstream vor einer Hausfassade, Location muss noch gescoutet werden; vorher checken wegen Property Release‹ –«

»Glücklicherweise hindern mich schwerwiegende semantische Schwierigkeiten am Verständnis großer Teile Ihres Vortrags«, unterbrach Oskar, »sind Sie mitten in der Nacht hierher gekommen, um mir ein erschütterndes Beispiel für die Verhunzung der deutschen Sprache in unserer übermedialisierten Spektakelgesellschaft zu geben?«

»Es ist nicht mitten in der Nacht. Es ist kurz nach halb neun. Übrigens läuft da hinten das Radio.«

»Das hat der Teufel angemacht.«

»Na klar. Nebenbei bin ich nicht hauptsächlich wegen des Call Sheets hier. Ich bin hauptsächlich hier, weil sonderbarerweise keines Ihrer Telefone funktionierte und ich Sie an die Podiumsdiskussion erinnern wollte. Die heute Abend stattfindet. In knapp dreißig Minuten, um genau zu sein. Wir haben heute Nachmittag nicht mehr darüber gesprochen, und weil der Termin schon so lange gebucht ist, beschlich mich die Ahnung, Sie könnten ihn vergessen haben.«

Oskar wurde fahl.

»Du liebe Zeit!«, stammelte er und presste sich die flache Hand gegen die Stirn. »Lieber Himmel! Die Podiumsdiskussion! Die hab ich in der Tat vollkommen vergessen! Wie spät ist es?«

»Machen Sie Witze?«

Knapp fünfzehn Minuten später saß Oskar neben Kelly in deren Auto, auf dem kurzen Weg zum Zürcher Schauspielhaus. Seine Assistentin lenkte den Wagen, und Oskar gab die ganze Zeit über Hinweise von sich wie »Kelly, es ist rot. *Rot!*« oder »In welchem Gang fahren Sie eigentlich?« oder »Achtung, Achtung – phew, das war knapp!«

»Das war ein Kleinbus voller Nonnen«, korrigierte Kelly ungerührt, »– sind Sie überhaupt vorbereitet?«

»Worauf?«

»Auf das Podium. Ich habe Ihnen das Buch doch besorgt.«

»Ja, Kelly, das war ausgesprochen rührend von Ihnen. Danke schön. Was würde ich nur ohne Sie machen? Hier ist fünfzig. Sie fahren neunzig. Ich habe es auch angeschaut. Das Buch, um das es heute Abend gehen soll, meine ich. Diese Doktorarbeit. Das Thema ist ›Thomas Mann und die bürgerliche Kultur‹.«

»*Deutsche*«, verbesserte Kelly, »Thomas Mann und die *deutsche* Kultur.«

»Was immer. Ich werde einfach die üblichen sieben Sachen dazu sagen. Man braucht nicht mehr als eine Grundüberzeugung und ein paar Anekdoten zur Illustration. Bei

Thomas Mann kommt es sowieso nur darauf an, dass man ihn *versteht.*«

»Wundervoll«, sagte Kelly, »wir sind da. Hals- und Beinbruch!«

Oskar war zu jener Podiumsdiskussion ins Zürcher Schauspielhaus gebeten worden von einem Journalisten namens Oskar Boes, vormals Kulturredakteur bei der Zürcher Lokalzeitung *Lokal-Anzeiger*, nun Inlandredakteur bei der Wochenzeitung *Neue Woche*. Das Podium diente im Wesentlichen der Vorstellung von Boes' Dissertation, die ebenjenen Titel trug: *Thomas Mann und die deutsche Kultur* – eine rund vierhundertseitige Fleißarbeit, die soeben erschienen war. Oskar, dessen eigene Dissertation über Thomas Mann und seine Beeinflussung durch den transzendentalen Idealismus im Wesentlichen auf Interkontinentalflügen und bei Starbucks geschrieben und von ihm nach einhundertfünzig Seiten beendet worden war, weil er längere Doktorarbeiten für eine Zumutung hielt – Oskar also war nicht ganz klar, warum man ihn überhaupt eingeladen hatte, denn er kannte Herrn Boes überhaupt nicht und hatte mutmaßlich auch nicht viel mehr als den Vornamen mit ihm gemein. Die anderen beiden Diskutanten waren Urs Klötzli, emeritierter Geschichtsprofessor der Universität Zürich und Verfasser einer Biografie über Golo Mann, sowie Doktor Markus Greifer, der als Literaturkritiker und Privatdozent an der Universität Innsbruck wirkte und dessen jüngste Publikation den Titel trug: *Die Versiegelung der diogenesischen Tonne. Roman und Philosophie im Widerstreit.*

Oskar traf die Herren in der Kantine des Schauspielhauses. Moderiert wurde die Veranstaltung von Marcel Kippel, dem Chefredakteur und Verleger der *Neuen Woche*, den Oskar noch aus Studienzeiten kannte und seither duzte und von dem Lauren immer sagte, er sähe aus wie Herr Flick aus der beliebten BBC-Sitcom *'Allo 'Allo*. Herr Kippel war in einigen Kreisen der obersten Sphären der Limmatstadt aufgrund eines ihm attestierten nationalkonservativen Gesinnungsrutsches zur Persona non grata deklassiert worden. Livia Hegtaler beispielsweise, die erfrischenderweise selten ein Blatt vor den Mund nahm (und reich genug war, sich das leisten zu können), pflegte zu sagen: »Als Gastgeberin muss ich manches Zugeständnis machen. Aber bei Kippel ziehe ich einen Strich. *Vor* Kippel, um genau zu sein.«

In der Kantine besprach man den Ablauf der Veranstaltung. Herr Kippel hatte sich dazu in einem kleinen schwarzen Büchlein Notizen gemacht, die er nun ergänzte. Boes war nervös und rückte an seiner Krawatte. Professor Klötzli, jovial und leutselig, war von massiger Gestalt und mit allem einverstanden. Er hatte ein freundliches, fleischiges Gesicht mit einer gewölbten, mächtigen Stirn, aus der das mit Silberfäden untermischte Haar in peinlicher Glätte zurückfrisiert war, und lächelte geduldig, nach Art der Riesen, die gegen die Zwerge von traditioneller Gutmütigkeit sind. Sein Haar war so scharf gescheitelt, dass man deutlich die gelbliche, trockene Kopfhaut sah, die porös war wie Stramin. Der Privatdozent Doktor Markus Greifer hingegen rauchte unentwegt, wobei er den Qualm seiner starken Importzigaretten beim Sprechen verschlang und dazu ein wenig das Gesicht verzerrte, wie jemand, den die Sonne blendet. Er war schlank und klein wie ein Ausrufezeichen und sah dazu ein bisschen blutarm aus, abgesehen von ungesund wirkenden apoplektischen Rötungen auf der Höhe der Wangenknochen. Sein geschorenes, mausgraues Haar wuchs in Form eines spitzen Winkels sonderbar weit in die ohnedies niedrige und gefurchte Stirn hinein. Er hatte mittelmäßige schwarze Augen und zart geformte, nervige und unruhige Hände, und er fragte Oskar: »Sind Sie auch immer so aufgeregt vor solchen Auftritten?«

»Es hält sich in Grenzen«, erwiderte Oskar wahrheitsgemäß.

»Ich muss zweimal die Woche eine Vorlesung vor Studenten in Innsbruck halten«, erklärte Doktor Greifer und schlang Zigarettenrauch, »und man sollte erwarten, dass ich mich mittlerweile daran gewöhnt hätte. Aber es ist jedes Mal die Hölle für mich.«

Danach schwieg er mit einer vagen und anheimgebenden Geste.

Derartig vorbereitet und eingestimmt, machte man sich alsbald auf den Weg zur Bühne – die streng genommen gar keine rechte Bühne war, sondern ein Halbkreis von Sitzgelegenheiten im schmucklosen Kellerraum des Schauspielhauses, der für etwa einhundert Personen bestuhlt worden war. Zunächst las Herr Boes aus seinem Buch vor. Oskar konnte sich grundsätzlich nicht besonders gut über längere Zeit konzentrieren, wenn jemand vorlas (sogar, wenn er selbst vorlas, schweiften seine Gedanken oft ab) – und an jenem Tage ging dies begreiflicherweise besonders schlecht. Während also Herr Boes las und dabei wieder und wieder an seiner Krawatte rückte, dachte Oskar an dies und das, an Gut und Böse, Schön und Hässlich, an Imelda Marcos und die bessere Gesellschaft; daran, was Lauren dazu sagen würde, dass vorhin der Leibhaftige bei ihnen zu Hause vorstellig geworden war … und währenddessen wanderte sein Blick das größtenteils bürgerliche Publikum der Veranstaltung ab, unstet und ohne Fokus, wie man in abwesender und doch gespannter innerer Verfassung seine Mitgeschöpfe eben manchmal mustert, und bisweilen stockte sein Auge bei dem einen oder anderen reichlich flamboyanten Schal, bei einem Hemd aus Ballonseide, das ziemlich weit offen stand, oder bei übertriebenem Goldschmuck, der schwer auf der Mündung des einen oder anderen Schlüsselbeins lag … Indessen hatte der Inlandredakteur der *Neuen Woche* seinen Vortrag über Thomas Mann und die Idee einer deutschen Kultur beendet. Höflicher Applaus war der Dank. Und dann erteilte Herr Kippel nach ein paar überbrückenden Floskeln das Wort dem Privatdozenten Doktor Greifer.

Oskar, der im Halbkreis von Greifern am weitesten entfernt saß, wunderte sich darüber, dass dieser, als er anhob zu reden, sehr schwer atmete, als ob er sich soeben nach besten Kräften verausgabt hätte. Auch schien er Oskar noch schmächtiger, schmaler und knochenschwächer auszusehen als vor einer halben Stunde in der Kantine, dazu tiefblass, mit ganz eigentümlich stumpf karmesinroten Wangen. Greifer sagte ein paar Worte und verzerrte nach seiner Art beim Sprechen ein wenig das Gesicht. Dann gab es einen Knall, und ein Ruck ging durch seinen Körper. Oskar erschrak und dachte zunächst, Greifers Stuhl wäre eingebrochen, und der Umstand, dass Greifer weitersprach, schien diese Vermutung zu bestätigen – allein, in welcher Form er weitersprach! Man sah ihn bis unter die Fingernägel weiß werden. Darauf schoss ihm jählings und sichtlich das Blut zu Kopfe und wollte gar nicht damit aufhören, er geriet in unbegreifliche Erregung, griff sich mit beiden Händen an die Brust, hockte verkrümmt auf seinem Platze, die Ellbogen im Schoß, und erläuterte dem verdutzten Publikum röchelnd und gezwungen lächelnd: »Ich muss mich beruhigen, ich muss mich beruhigen!«

Es folgte ein weiterer Ruck, der Greifern im Sitz nach vorne schießen ließ und in der ersten Reihe einer beleibten Dame einen Schrei des Entsetzens abrang. Der Privatdozent bot in der Tat ein Bild des Schreckens. Die Adern auf seiner zerfurchten Stirn waren zum Platzen geschwollen, sein mausgraues Haar ragte bürstenartig in die Höhe, und mit Augäpfeln wie Wattebäuschen stammelte er – möglicherweise in andere Sphären entrückt, möglicherweise um die Peinlichkeit, derart ins Zentrum der Aufmerksamkeit geraten zu sein, durch ein Scherzwort zu zerstreuen: »Das ist wahrscheinlich Thomas Mann selbst, der mich hier –«

Dann kam der letzte Ruck, und der Privatdozent endete unter Augenrollen und konvulsivischem Sichwinden auf dem Fußboden.

Für einen Augenblick herrschte Totenstille.

Marcel Kippel stand auf und rief: »Haben wir einen Arzt im Saal?«

Tatsächlich gab sich ein Mediziner zu erkennen; Doktor Greifer wurde aus dem Saal getragen und im Foyer auf den Boden gebettet, während das konsternierte Publikum durch Seufzer, Raunen und Bemerkungen seine Teilnahme an dieser unerwarteten Wendung des Programmes zu erkennen gab. Nach einigen Minuten kehrte Herr Kippel, der draußen die Notfallmaßnahmen übersehen hatte, auf die Bühne zurück. Der Platz des Privatdozenten indes blieb leer. Herr Kippel unternahm ein paar sachliche, zusammenfassende Bemerkungen zum Stand der Dinge: ein Herzvorfall sei diagnostiziert worden, erschreckend, aber doch wohl nicht lebensbedrohlich, der Patient sei die gesamte Zeit über ansprechbar gewesen, und nur im Sinne einer Vorsichtsmaßnahme habe sich der anwesende Arzt entschlossen, Greifers Einweisung ins Triemli-Spital zur weiteren Beobachtung zu verfügen, was, wie gesagt, lediglich eine vorausschauende Vorkehrung sei, alsdenn, und nun wolle man fortfahren. Worauf sich, als sei nichts geschehen, eine Debatte über Thomas Mann und die Idee einer deutschen Kultur anschloss. In deren Verlauf vermochte Oskar all jene Anekdoten zur Geltung zu bringen, die den Kaufmannssohn aus Lübeck als Advokaten jener Schönheit schaffenden Ungerechtigkeit ins Licht rückten, die nun einmal die Voraussetzung jeder Kunst ist. Einschließlich des Hinweises, Thomas Mann habe damals in Palestrina den Teufel auf dem Sofa sitzen sehen. Das kam immer besonders gut an.

Nach Ende der Veranstaltung begab sich das Podium, wie es nach derlei Anlässen üblich ist, auf ein paar Erfrischungen in ein benachbartes Restaurant, wo aus irgendwelchen Gründen nahezu die gesamte Redaktion der *Neuen Woche* bereits versammelt war. Hauptgesprächsstoff bildete natürlich die Attacke auf Doktor Greifer, die unbestreitbar etwas Nacktes und Abscheuliches hatte, ausgeführt durch sein eigenes Herz. Man erfuhr von Herrn Kippel, dass der Privatdozent bereits aufgrund einer längeren Krankengeschichte über einen implantierten Defibrillator in der Brust verfügte, also über ein Gerät, welches vermittels der Aussendung eines gezielten Stromstoßes eine Rhythmusstörung des Herzens zu beheben imstande war – und ebendiese Stöße der lebensrettenden Maschine waren es gewesen, die Greifern im Stuhle hatten nach vorne schießen lassen. Denn der Defibrillator war unverhältnismäßig eingestellt gewesen, jedenfalls nach Auffassung des Arztes, der überzeugt gewesen war, das Gerät habe auf Greifers konstitutionelle Nervosität überreagiert, und nicht zuletzt deshalb die Einweisung des Patienten ins Spital verfügt hatte.

»Kennen Sie das Triemli-Spital?«, fragte Herr Boes.

»Nein«, erwiderte Oskar, »aber ich kenne Gloria von Castelburg, eine der Chefärztinnen dort. Ich saß neulich neben ihr, im Borchardt, beim Dinner zum Geburtstag von Livia Hegtaler.«

Kippels Gesicht verdunkelte sich für den Bruchteil einer Sekunde.

»Es gibt eine Selbstentzündlichkeit von latenten Krankheiten durch Furcht«, bemerkte Professor Klötzli und sprach dem Weine zu, »die Natur erschafft ein wundervoll zartes Gefäß und lauert tückisch darauf, an welcher Stelle es den ersten Sprung bekommt, um es wieder in amorphen Stoff zu verwandeln.«

Oskar hörte die Worte, und wiederum kam ein Gefühl von Benommenheit ihn an, so, als zeige die Welt eine leichte, doch nicht zu hemmende Neigung, sich ins Sonderbare und Fratzenhafte zu entstellen; gleichzeitig fühlte er sich entnervt und müde und sehnte sich nach Ruhe, eine Sehnsucht, der nachzuhängen freilich die Umstände ihn abhielten, da eben nämlich Herr Kippel, das Gespräch auf andere Dinge lenkend, begann mit den Worten: »Du solltest unbedingt für uns schreiben.«

»Dann müsstest du erst Thorsten Dussling rausschmeißen«, erwiderte Oskar.

Worauf ein paar der Redakteure erschrocken aufblickten.

Thorsten Dussling war ein flachbrüstiger, hagerer Mensch mit geringer Breiten- und Tiefenwirkung. Auch sein Charakter und Talent waren nach Oskars Dafürhalten durch und durch leptosom. Da es ihm kein anderer bescheinigte, attestierte sich Dussling selbst, die gewagteste Gesellschaftskolumne deutscher Zunge zu schreiben, was ungefähr so aussah, dass er Anlässe besuchte, wo er sich ein paar Leuten vorstellte, dann über diese Leute etwas schrieb, was er für gewagt hielt, und dieselben Menschen später anrief und sich für Lunchvorträge gegen Honorar empfahl. Außerdem hatte er Oskars Verleger eine Sammlung seiner gewagtesten Gesellschaftsberichte in Buchform angeboten und war abgelehnt worden.

»Nichts, was du für uns machen würdest, würde über Dusslings Schreibtisch gehen«, versprach nun Marcel Kippel, »er wäre völlig außen vor. Und es müsste doch mit dem Teufel zugehen, wenn –«

Da aber pochte Oskar Canow auf den Tisch und sagte mit einer lebhaften Bewegung des Unterkiefers und einem schnellen, eindringlichen Kopfschütteln: »Sprich nicht vom Teufel, Marcel! Sprich ansonsten, was du willst, und formuliere deine Weisheiten nach Gefallen, das hier ist ein freies Land. Nur den Teufel, wenn ich bitten darf, lass für heute beiseite. Das liegt jenseits deiner Sphäre.«

Worauf Kippel innehielt und Oskar verwundert anblickte. Jeder vernünftige Mensch hätte dies getan.

»Ich habe Ihnen ein Glas Honig mitgebracht«, sagte in diesem Augenblick Herr Boes, der von hinten an Oskar herangetreten war, »mein Vater ist Imker.«

»Herzlichen Dank!«, erwiderte Oskar, was sich augenscheinlich auf den Honig, in Wahrheit mehr auf den Themenwechsel bezog.

Damit verließ unsere Hauptfigur den Anlass, und zwar in Begleitung von Professor Klötzli, der die Gelegenheit nutzte und sich ebenfalls empfahl. Als Oskar aber sein mit Besitztümern zugestopftes Zuhause am Fuße des Zürichbergs betrat, erschöpft und entnervt und mit dem vertrauten, durch Reiz-Hyperämie verursachten leichten Kopfschmerz, da war es ihm für einen Moment, als spüre er einen bösen, gletscherkalten, phantasmagorischen Hauch. Und vor Schreck ließ er das Honigglas fallen.

6. KAPITEL

Tempus fugit

Der nächste Tag und die Tage danach verliefen eintönig, in dumpfer Erwartung von etwas Ungutem, und wenn Oskar Canow probeweise eine Besserung und Glättung seines gesamten Daseins versprochen worden war, dann vollzog sich diese jedenfalls einigermaßen unmerklich – oder war höchstens insofern spürbar, als er besser schlief als früher. Er schlief genauer gesagt ausgezeichnet, ohne dafür auf Opipramol zurückgreifen zu müssen. Auch Oskars Arbeit an seinem Essay über Kunst und Leben machte rasche Fortschritte, er schrieb ohne weitere Verzögerung eine wortgewaltige Passage darüber, wie die Verbreitung von kulturellem Snobismus notwendig mit der Demokratie einhergehe. Denn der Wunsch nach Distanz wachse mit der Nähe, ein gewisses Aneinanderrücken der Klassen sei Voraussetzung für das Gedeihen der Missgunst zwischen ihnen, oft verbrämt als der Ruf nach Gerechtigkeit, der schließlich zum Diktat der Gleichmacherei werde, wenn er verlange, dass alle nicht nur gleich beginnen, sondern auch gleich ankommen müssten. Dies sei die Bedrohung der Freiheit und des Geistes durch die Gleichheit, die schon Tocqueville erkannt habe mit seinem Wort von der Tyrannei der Mehrheit, die den Einzelnen notfalls gegen seinen Willen glücklich zu machen beabsichtige. Wenn die gesellschaftlichen Grenzen sich auflösten, lichte auch der Snobismus den Anker, verliere die Form und stürze sich auf alles Mögliche, zum Beispiel auf die Kunst. Die literarische Folge davon sei Allerweltsprosa, beladen mit schiefer Bedeutung und danebengehenden Referenzen, das doppelte Verlangen der feuilletonistischen Mittelklasse nach Tiefgang und Vagheit bedienend. – So schrieb Oskar Canow, beseelt von frischen Eingebungen, voll ordnender Kraft und antithetischer Beredsamkeit, und er hatte das Gefühl, dass ihm etwas gelänge, das zu den Fachleuten sozialen und kulturellen Geschehens in gleich fesselnder Weise sprach wie zu jedem auf Bildung und Kultur Anspruch erhebenden Menschen.

Ja, Oskar schlief ausgezeichnet in jenen Tagen. Bloß in der Nacht nach seiner Unterredung mit dem Teufel und der verunglückten Veranstaltung im Schauspielhaus hatte er einen langen, schweren Traum, finster, sehr finster und gleichsam von Fiebern durchzuckt, eines jener Gespinste des Geistes, aus denen nur einige Bilder deutlich hervortreten, Bilder allerdings, die jede rechtschaffene Seele erwachen lassen – und so schrak Oskar verwirrt und verhetzt gegen sechs Uhr morgens auf, jählings senkrecht in seinem blau-weiß karierten schwedischen Bette sitzend, welches er alsbald verließ, um sich in der Küche eine Tüte Fruchtgummi zu holen und sich damit vor den Fernseher zu begeben. Draußen wurde es hell. Das Morgenrot kroch auf unangenehme Weise durch die Lamellen der großen Fensterläden.

Plötzlich stand Lauren hinter ihm, barfuß und in einem weich fließenden Nachthemd von Porthault.

»Kleines«, sagte sie und legte Oskar die Hand auf die Schulter, »was tust du hier?«

»Du lieber Himmel!«, rief Oskar erschrocken und fuhr herum. »– Habe ich dich geweckt?«

»Nein, Sweetums«, erwiderte Lauren und lächelte, »es ist sieben Uhr dreißig. Ich bin berufstätig, remember? Aber wieso bist du wach?«

»Ich habe schlecht geträumt.«

»Das tut mir leid. So was ist grässlich. Fernsehen ist das Beste dagegen. Was schaust du?«

»Eine Dokumentation über Ostpreußen.«

»Na ja«, sagte Lauren, indem sie sich auf dem Barcelona-Sessel niederließ und die Beine anzog, »immer noch besser als diese Dokumentation neulich über die beiden männlichen Laufstegmodelle, die ihr eigenes Granola lancierten. Apropos: Wir haben Honig auf dem Fußboden, Caligula.«

Oskar betrachtete liebevoll seine Frau; ihr wohlgeschnittenes, schmales Gesicht mit den mandelförmig umrissenen Augen und den hohen Wangenknochen, ihre nackten schlanken Arme und feingliedrigen Hände, deren Gebärdenspiel nervös und von verwöhnter Anmaßung war. In ihrer zierlichen Figur und allen ihren Äußerungen lag ein Nachdruck, der zwar elegant und reizend, aber durchaus respektgebietend wirkte.

»Sie ist die einzige Person, die ich kenne, die noch im Sitzen stolzieren kann«, dachte er.

Laurens Begabung für den Ausgleich gesellschaftlicher Schwächen bei anderen Menschen war übrigens sehr einseitig, das heißt, sie konnte zwar Schüchternheit bei den Verwegensten inspirieren, niemals aber Verwegenheit bei den Schüchternen. Kein Wunder, dass sie schnell gelangweilt war.

Laut sagte Oskar: »Das tut mir leid. Ich habe ein Honigglas fallen lassen. Die Einzelheiten erzähle ich dir später. Wie war dein Abend mit Luella?«

»Fabelhaft«, erwiderte Lauren und streckte ihre Hand nach einem Fruchtgummi aus, »sie hat mir alles von dieser gloriosen neuen Crème mit Platinpartikeln und Haifisch-DNA berichtet. Sowie von diesem famosen neuen Kompaktüberholungsprogramm namens LIBSOR.«

»LIBSOR?«

»Das ist das Akronym für Liposuction plus Bone Shaving plus Organ Reduction. Man wird offenbar so dünn wie Teri Hatcher. Die einzige Klinik, die das bisher anbietet, operiert allerdings aus juristischen Gründen auf einer Art Mehrzweck-Fregatte, die ständig in internationalen Gewässern kreuzt. Na ja. Du kennst ja Luella.«

»Du meinst die gute alte Luella, die den Besuch im Theater neulich als ›expensive nap‹ bezeichnet hat und jeder Peinlichkeit ins Gesicht starrt und sagt: ›Do I know you?‹?«

»Right. Und wie liefs bei dir? Wie war das Podium?«

»Der Gast aus Österreich erlitt auf der Bühne eine Herzattacke.«

»Jesus!«

»… und ich bin mir nicht sicher, ob das nicht irgendwie damit in Zusammenhang steht, dass ich hier zuvor am Abend den Teufel zu Besuch hatte.«

»Du meinst den Teufel aus Film und Fernsehen?«

»Möglicherweise.«

»Den ersten Bannerträger der Höllenarmeen, Anführer

der gefallenen Engel, mit Bockshörnern, Pferdefuß und Habichtsnase? Satan in roter Strumpfhose und mit 'ner Mistgabel?«

»Das ist keine Strumpfhose, das ist seine Haut! Was seid ihr eigentlich alle für Ignoranten?«

»Wieso ›alle‹?«

»Ich habs Kelly erzählt.«

»Ach so, du hast es Kelly erzählt.«

»Lauren, ich sage dir, ich sah Satan vom Himmel fallen wie einen Blitz –«

»Bollocks!«

»– okay, nicht ganz, aber er *war* hier; dort hat er gesessen, genau da, wo du jetzt sitzt!«

»Eww! Danke, dass du mir das mitteilst, *nachdem* ich mich platziert habe. Wie sah er aus?«

»Wie Roberto Cavalli. Aber wesensmäßig würde ich ihn eher beschreiben als eine Mischung aus dem Fliegenden Holländer von *Spongebob Squarepants*, Him von den *Powerpuff Girls* und der Mutter von Jack Donaghy aus *30 Rock*.«

»Eine Sekunde, Sweetness. Du willst mir erklären, Luzifer hätte eine Psyche wie ein Cartoon-Charakter und eine Frisur wie Roberto Cavalli?«

»Er kann aussehen, wie er will. Er kann in jeder Form agieren. Er könnte genauso gut als Frau auftreten.«

»Sieht er dann aus wie Sylvia Miles?«

»Woher soll ich das wissen? Könntest du mich bitte ernst nehmen? Und nebenbei ist Luzifer die Bezeichnung des Morgensterns, nicht des Teufels. Der Teufel ist ein eigenständiges Geistwesen, ein aus dem Himmel gefallener Engel, der gegen Gott rebellierte und seitdem als Wandercharismatiker die Welt heimsucht.«

»What – so eine Art James Dean der höheren Sphären? Wie gut du informiert bist. Hat dir das alles wieder der vorlaute Kolkrabe mit Stock und Zylinder erzählt?«

»Es war eine Nebelkrähe mit Brille und Melone! Und ich hab dir schon tausendmal gesagt, das lag an den Schmerzmitteln! Zudem ist es Monate her und hat nichts damit zu tun, dass gestern der Leibhaftige hier war, Lauren, please believe me, er *war* hier!«

Oskar Canows Gattin warf den Kopf zurück und stieß leise die Luft durch Mund und Nase aus.

»Du willst mir also weismachen«, sagte sie anschließend überaus ruhig, »dass gestern der Teufel, die Schlange im Garten in Eden, deren Lügen mutmaßlich zur Erbsünde der Menschheit geführt haben, dass also gestern die Ursache des Übels in der Welt, die Personifikation des Bösen hier bei uns zu Hause in diesem Sessel gesessen hat und ein paar Käsebällchen aß?«

»Woher weißt du das?«

»Was?«

»Das mit den Käsebällchen!«

»Das sollte ein Witz sein.«

Oskar stand auf, ging hinüber, setzte sich neben seine Frau auf den breiten Sessel und legte ihr seinen Arm um die Schulter.

»Lauren«, sagte er, »ich scherze nicht. Er war hier. Und ob er als Wesen mit übermenschlicher Macht und freiem Willen gegen Gott arbeitet oder vielleicht auch nur dessen höherer Angestellter ist, das ist mir nicht ganz klargeworden, es war alles ziemlich verwirrend, wie du dir vorstellen kannst, aber fest steht: Er *war* hier … und das hat nun gestern vielleicht zu einer Herzattacke bei einer vollkommen unbeteiligten Drittperson geführt, auf irgendwelchen Wegen, die ich nicht nachvollziehen kann, eine Herzattacke womöglich sogar nur zu Demonstrationszwecken …«

Lauren betrachtete ihren Mann kurz von der Seite. Aus ihren Zügen war jede Spur von Amüsement verschwunden. Sie atmete erneut hörbar aus. Es war ein leises Ausstoßen der Luft durch Mund und Nase bei gleichzeitigem Zurückwerfen des Kopfes, knapp, kühl, ja, geringschätzig, oder höchstens so, als wollte sie sagen: »Gut das, drollig, kurios!« Aber ihre Lider verengten sich, und ihre Augen merkten eigentümlich auf dabei, suchten im Fernen, und ihre metallisch gesprenkelte Dämmerung verschattete sich tiefer.

»Was wollte er?«, fragte sie dann. »Worüber hat er gesprochen?«

»Im Wesentlichen über den allgemeinen kulturellen Niedergang, das Böse und das Klassenproblem«, antwortete Oskar, »ich konnte mir nicht alles merken und habe auch nicht alles verstanden. Irgendeine Suada über Schicksal und Strammheit. Er neigt ein wenig zur Redseligkeit. Oniomanie hat er mir auch noch bescheinigt …«

»Klingt indecent.«

»Schließlich hat er mir ein Geschäft angeboten.«

»Das war zu befürchten«, konstatierte Lauren, indem sie sich eigentümlicherweise an dieser entscheidenden Stelle abrupt erhob, ihrem Mann auf die Schulter klopfte und anfügte: »Das tut er immer. Wir besprechen das in Ruhe heute Abend. Ich habe in einer Stunde einen Conference Call mit meinem Gegenstück in Sydney. Dolores Yellowstone. Sie hat den Charme und Elan einer jungen Leona Helmsley. Die Hölle muss warten. Oder …« (Und hier drehte sich Lauren im Türrahmen um und fixierte ihren Ehemann ernst und dunkel.) »– oder ist schon so viel geschehen, dass es unaufschiebbar ist?«

»Nein«, stammelte Oskar, »nein, nein, ich denke nicht. Gott bewahre!«

»Zurzeit würde ich mit Anrufungen von Gott zurückhaltend sein«, erwiderte seine Frau, »das macht die Sache nur verworrener. Well then. Was ist dein Programm heute?«

»Also«, antwortete Oskar, »es geht los mit dieser Show bei Agent Provocateur …«

Die Vorführung der neuen Kollektion im Zürcher Geschäft des Miederwarenherstellers Agent Provocateur war ein sogenannter Shop-Anlass und fiel damit in eine Kategorie von Veranstaltungen, über die die meisten Leute, die Oskar kannte, die Nase rümpften. Man ging eigentlich nicht dahin. Obschon alle dahin gingen. Oskar fungierte immerhin bloß als Begleitung, und zwar für Victoria Husselbladt, die für das Gesellschafts-Ressort der *Zürcher Zeitung am Sonntag* schrieb und die er kannte, seitdem sie einmal ein Porträt über ihn verfasst hatte.

»Liebes«, sagte Oskar zur Begrüßung, »du siehst fabelhaft aus! Irre dünn.«

»Das ist wahrscheinlich immer noch dank dieser großartigen Parasiten vom Sushi-Fest bei Yamamoto neulich«, erwiderte Victoria und gab dabei nach helvetischer Manier drei Luftküsse in Richtung von Oskars Wangen ab. »Schatz, ich bin so froh, dass du da bist! Es ist immer so lustig mit dir. Wie in den guten alten Zeiten!«

»In welchen guten alten Zeiten?«, fragte Oskar, doch Victoria war abgelenkt, denn sie begrüßte soeben einen gespenstisch aufgestutzten homosexuellen Lebegreis, der sich in jammervollem Übermut mit einem viel zu langen Schal und einer Louis-Vuitton-Umhängetasche ausstaffiert hatte.

An der Türe des Geschäfts waren zwei gutgebaute junge Damen in Lingerie postiert, welche die Gäste empfingen und Champagner servierten. Oskar betrachtete die Gesellschaft. Man grüßte sich oder sah durch einander hindurch. Es gibt ja eine Menge kleiner Unarten und Rücksichtslosigkeiten, die an und für sich nicht viel bedeuten, aber furchtbar sind als Kennzeichen der Beschaffenheit einer Seele. Ansonsten sprach man darüber, dass es ein Mythos wäre, dass man am Tag soundso viel Liter Wasser trinken solle. Und darüber, ob Lichtfasten nun gut für die Atemseele sei oder nicht, ferner darüber, dass es im Zuge des neuen Rettet-die-Erde-Bewusstseins unerlässlich wäre, seine eigene Windturbine samt Feuchtbiotop und Wurmkomposter zu unterhalten. So sprach man und fächelte sich dabei Luft zu mit den Kollektionsprogrammen, obschon das Lokal ausgezeichnet klimatisiert war. Die Tatsache, dass sich diese Leute mit Haut und Haaren der gesellschaftlichen Geltung verschrieben hatten, schürte ihr Grauen davor, aus der Mode zu geraten. In allen Stücken zogen sie ihre Eitelkeit zu Rate und fanden alles, was ihr nicht schmeichelte, unerträglich. Die meisten anwesenden Damen trugen eine wilde Mischung aus Zwölfhundert-Franken-Stilettos, Vintage Couture von Pucci oder Cardin und Secondhandladen-Accessoires. »Sieht aus wie Carrie Bradshawlovsky«, pflegte Lauren zu derartigen Erscheinungen zu sagen, und Oskar grinste, als er daran denken musste. Außerdem waren zahlreiche Hoch- und Mittelglanzjournalisten anwesend, die hierher geladen waren für »redaktionelle Unterstützung«, was in diesem Milieu der Fachausdruck war für: »Ich gebe dir ein Goodie Bag, und du schreibst freundlich über mich.«

Oskar unterhielt sich mit einer Dame, die so viel Make-up trug, dass man ihr Gesicht kaum finden konnte. Er wusste, dass er die Dame kannte, hatte aber vergessen, woher. Oder wie sie hieß. Das passierte ihm häufiger. Er erinnerte sich bloß daran, dass ihm Livia Hegtaler mit Bezug auf die Person erklärt hatte: »Ihr Psychotherapeut ist Millionär. Aber sie ist phantastisch dünn.« Auch das passierte Oskar häufiger – dass er sich an Kommentare besser entsann als an Namen. Die Dame erläuterte ihm soeben, dass die traditionelle chinesische Selbstmassage ein schöner Weg zu innerer Ruhe und zur Förderung der Ausgeglichenheit sei. Es gibt ja Menschen, die sich auch innerlich kleiden, wie es die Mode heischt, und so erschöpfte sich diese Gesellschaft mit Vorliebe darin, dass sie ihr Innenleben nach den Vorschriften des Zeitgeschmacks peinlich beobachtete und über diese ihre Beobachtungen sich zu unterhalten liebte. Dazu vollführte die Dame eindrucksvolle Gestikulationen und begleitete sie mit lieblichem Gesichtsausdruck. Die Worte kamen klar und abgesetzt von ihren Lippen, und so keimfrei, als wären sie soeben alle einzeln mit Borsäurelösung geschrubbt worden.

»Ich weiß nicht«, erwiderte Oskar, »ist Valium nicht ein schönerer Weg?«

Alsbald wurde die Gesellschaft von den spärlich bekleideten jungen Damen auf lächerlich kleinen vergoldeten Ballsaalstühlen mit blutroten Samtpolstern platziert, worauf, wie von einem Windchen herbeigeweht, weitere junge Damen in Dessous und mit Tabletts erschienen, auf denen winzige, aber hochkalorische Häppchen arrangiert waren, die selbstverständlich niemand anrührte. Bis auf Victoria Husselbladt, die beherzt ein klitzekleines Pain au Chocolat ergriff, es sehnsuchtsvoll ansah – und dann seufzend an Oskar weitergab. Worauf das Licht ausging.

»Es geht los! Bist du auch so aufgeregt wie ich, Schatz?«, fragte Victoria.

»Ich fürchte nicht«, erwiderte Oskar wahrheitsgemäß und verschlang das Schokoladenbrot.

Die Models taten ihre Arbeit. Sie warfen sich in Posen, die man für Dessous-typisch hielt, und fanden in regelmäßigen Abständen irgendeinen Fixpunkt in mittlerer Distanz, auf den sie einen harten, vakanten Blick richteten. Das glatt und fest an den Kopf geklebte Haar ließ die Gesichter trotz der mit Reizwäsche bekleideten Körper, auf denen sie saßen, nonnenhaft leer und nichtssagend erscheinen. Die meisten der vorgeführten Lingerie-Modelle trugen Namen von kommerzieller Ironie wie »Minnie« oder »Suzi«, und zwischen Fifi und Kiki bemerkte Oskar plötzlich, dass nahezu direkt gegenüber von ihm Thorsten Dussling saß, ein Meister der redaktionellen Unterstützung. Er saß dort, hager und schmal und mit an den Leib gedrückten Armen an einen Gefesselten erinnernd. Sowie mit unübersehbar beginnender Hinterkopfglatze, wie Oskar, der in dieser Hinsicht ausgezeichnete Anlagen hatte, zufrieden registrierte, als Dussling den Kopf drehte.

»Vielleicht sollte ich ihm eine Haartransplantation von Doktor Vumva in Belgien vorschlagen«, überlegte Oskar, »die Adressen von Schönheitschirurgen austauschen ist ja sozusagen ein Sport in dieser Gesellschaft.«

Selbstverständlich hatte Dussling ihn bemerkt, aber er sah ein wenig gezwungen starr geradeaus, gerade an Oskar vorbei, was Letzterem sehr recht war. Oskar seinerseits spähte auf die roségoldene Panerai-Uhr seines Nebenmannes, um die Zeit abzulesen (er hatte im Laufe der Jahre eine perfekte Routine darinnen entwickelt, in Gesellschaft diskret die Zeit von anderer Leute Uhren abzulesen, so musste er nie auf seine eigene Uhr schauen, was schließlich sehr unhöflich gewesen wäre). Höchste Zeit für seinen Lunch mit der Konsulin. Glücklicherweise hob in diesem Moment der Schlussapplaus an.

»Wenn ich irgendetwas in Mailand gelernt habe«, wisperte Oskar Victoria ins Ohr, »dann ist es, dass man unbedingt sofort nach Ende der Show aufzuspringen und augenblicklich zu gehen hat.«

»Okay«, erwiderte Victoria und sprang auf, »ich habe sowieso einen Augenbrauentermin bei Ludmilla. Die ist verdammt schwer zu kriegen.«

Am Ausgang wurden die Goodie Bags verteilt. Die Gesellschaft stürzte sich darauf wie eine Horde Drag Queens auf Perücken im Ausverkauf.

Oskar war zum Mittagessen mit seiner Freundin Marita de Tiesbourg verabredet. Marita, genannt Tita, amtierte als Konsulin eines kleinen Landes, das nur reiche Leute kannten (die es auch im Wesentlichen finanzierten). Oskar war seit Jahren mit Tita befreundet und traf sie regelmäßig einmal im Monat zum Mittagessen im Restaurant Heugümper hinter dem Paradeplatz. Genau genommen trafen sie sich zu dem, was man in Oskars Kreisen als TML bezeichnete, und das stand für: Three-Martini Lunch.

»Liebes«, sagte Oskar zur Begrüßung und hielt Tita die Agent-Provocateur-Präsenttüte entgegen, »du siehst fabelhaft aus!«

»Danke schön«, erwiderte die Konsulin, ergriff die Tüte,

warf einen Blick hinein und fügte an: »Ich weiß zwar nicht, wann ich jemals Duftkerzen oder Brustwarzencrème mit Teerosenaroma gebrauchen können sollte, aber dennoch: Herzlichen Dank! Wie wars?«

»Schwer zu sagen«, erklärte Oskar, indem er sich setzte, »Frauen, die wie Windhunde gebaut waren, gingen unter in einem Nebel von Chanel N° 5 und Serotonin.«

»Immer noch besser als der übliche Geruch nach Selbstbräuner und Zahnweiß.«

»Da wir von Gerüchen sprechen: Offenbar bedeutet ›Glamour Green‹ neuerdings, dass man die eigenen Fäkalien kompostiert. David Rothschild macht das. Angeblich.«

»Fabelhaft!«, behauptete die Konsulin und hob ihr Martini-Glas.

»Womit ich die Sache nicht schlechtreden will«, sagte Oskar. »Die Gesellschaft, meine ich, nicht den Kompost. Das Milieu hat seine Vorzüge. Jede Klasse unterhält ja ihre eigenen Pathologien, und wenn also dieser Klasse auch entschieden die Gaben der Vorstellungskraft und Empathie fehlen –«

»Du willst doch diesen Haufen nicht als Klasse bezeichnen?«

»Gut, sagen wir: Sphäre. Oder: Welt. Eine Welt, in der Highballs offenbar ein akzeptables Surrogat für Muttermilch darstellen. Und im Grunde ist diese Welt nicht weit entfernt von jenem Conférencier –«

»Also«, unterbrach Tita, indem sie den Martini von den Lippen absetzte und etwas ruckartig abstellte, wobei der eidechseneigroße kanariengelbe Diamant an ihrem Ringfinger mit leisem Knall gegen den Rand des Glases schlug, »also ich gebe ja Clochards nur Geld, wenn sie mich *nicht* siezen.«

»Nicht Clochard. *Conférencier.*«

»Was? Was für ein Conférencier?«

»Ach, so eine Art Alleinunterhalter, den ich am Flughafen in Berlin gesehen habe. So ein auf fröhlich gedrilltes, recht trübseliges und verzweifeltes Menschlein. Das war ein … irgendwie schockierender Anblick.«

»Das ist bloß Selbstmitleid!«, konstatierte die Konsulin lakonisch und warf einen flüchtigen Blick in die Speisekarte. »Wie wärs mit Crawfish Etouffée? Lass uns Weißwein trinken.«

In Oskars Sphäre trank man vorzugsweise trockenen Weißwein, nicht zuletzt, weil es sich hierbei um eine der tiefstkalorischen Formen der Alkoholzufuhr handelte.

»Wie geht es Christian?«, fragte Oskar.

»Pendelt täglich mit dem Eurocopter zwischen der Isle of Man und dem Heliport in Battersea«, erwiderte die Konsulin.

»Und wie geht es eurer Ehe?«

Tita seufzte geräuschvoll.

»Vielleicht trennen wir uns«, sagte sie, »wegen unüberwindlicher Meinungsverschiedenheiten in fast allen Lebensbereichen.«

»Das ist doch kein Grund zur Trennung!«, entgegnete Oskar.

»Ich selbst sehe es wie folgt«, erklärte die Konsulin, wobei sie zwei Fingerspitzen der Diamantenhand gegen die weichgepuderte Schläfe presste, »die Liebe betrachte ich vor allem als Bedürfnis meines Organismus; sie ist ein bisschen gemein und schädlich für meinen Geist; man muss sie mit Überlegung befriedigen oder aber völlig darauf verzichten, sonst trägt sie in unser Leben ihre gefährlichen, verwirrenden Elemente und Experimente hinein. Damit die Liebe also ein

Genuss ist und keine Quälerei, ist sie leidlich zu verbrämen und mit einer Menge von Illusionen auszustatten. So wie du es berufsmäßig tust, Oskarlein. Nur unter solchen Voraussetzungen gelingt es uns, einander auf jene perfide und rührende Art zu täuschen – um nicht zu sagen: zu betrügen –, dass wir vermeinen, zu lieben und glücklich zu sein. Und jetzt höre ich auf. Ich klinge ja schon wie ein russischer Schriftsteller. Oder wie irgendein Altenkrankenpfleger, der auf Kleinkunstbühnen Chansons vorträgt.«

»That's funny«, sagte Oskar und grinste – und wenn es möglich gewesen wäre, hätte er die Stirn in Falten gelegt, obschon er gar nicht besorgt war, sondern weil er sich diesen Ausdruck nicht abgewöhnen konnte, obschon Doktor Feingarten das nicht gerne sah.

Dann fragte er: »Gibt es den Eurocopter nicht mit einer speziellen Ausstattung von Hermès?«

»Ist es nicht furchtbar, dass man solche Sachen weiß?«, fragte die Konsulin zurück, seufzte erneut und hob ihr Glas. »Das ist übrigens auch die Ansicht meiner Augentrainerin.«

»Augentrainerin?«

»Ja. Ich sehe jetzt verschärft dreidimensional.«

»Ist das nicht unangenehm?«

»Für die anderen vielleicht.«

»Darf ich mal was ganz anderes fragen?«, erkundigte sich Oskar, nachdem der Crawfish serviert war.

»Nur zu.«

»Glaubst du an das Böse?«

»An das Böse als Prinzip oder als Personifikation?«

»An das eine wie das andere.«

»Hm«, machte Tita und lehnte sich zurück, »zufällig habe ich mich neulich über dies Thema mit einem Koordinator bei Interpol unterhalten. Zuständig für die Bekämpfung von Drogen und Menschenhandel. Der glaubte nicht an das Böse. Bloß an Anreize.«

»Die Ansicht scheint ziemlich weit verbreitet zu sein«, erwiderte Oskar, »– und du? Was ist mir dir? Woran glaubst du, Tita?«

»Ich glaube nicht an Schuld.«

»Wenn es keine Schuld gibt, dann gibt es auch keine Vergebung. Was bleibt dann?«

»Liebe!«, sprach die Konsulin emphatisch und nahm mit einer gewissen Entschiedenheit einen kräftigen Schluck Martini. »– Und Dings, ich meine: Jesus – Jesus natürlich. Jesus als perfektes Leben.«

»Ich weiß nicht«, sagte Oskar, »hätte Jesus nicht etwas sorgfältiger sein sollen in der Auswahl seiner Freunde?«

»Dies gilt schließlich für uns alle!«, befand Tita resolut und nahm mit derselben Resolution einen weiteren Schluck Martini, bevor sie einen erneuten, wissenden Seufzer aus der Tiefe ihres Busens entließ und mit sehr viel weicherer Stimme fortfuhr: »Aber – oh, die Liebe! L'amour, l'amour! Das kann man nicht zwingen, das kann man nicht erwerben, nicht erkaufen, das kann man nicht erschmeicheln, das kann man nicht bezahlen. Das ist Gnade. Ich war, weiß Gott, immer eine schwache Christin, die die Welt durch ein Martini-Glas betrachtet; aber *falls* wir doch vielleicht von da oben stammen und, wenn es hier vorbei ist, in unsere himmlische Heimat zurückkehren, zu den Sternen am Firmament oder noch drüber hinaus – dann auf den Flügeln der Liebe! Verzeih mir die Rührsal, sei so gut. Willst du meinen Fisch? Ich habe keinen rechten Appetit. Genau genommen seit 1973 nicht mehr. Was solls. Ich weiß es nicht, ich will es auch nicht wissen. Die Liebe? Das Böse? Das ist doch alles rettungslos verworren, um uns und miteinander. Ich jedenfalls hätte wohl nichts gegen einen Satan, der mitunter Rosen bringt. Meinetwegen auch Teerosen.«

Als Oskar am Nachmittag zurück nach Hause kam, wurde er bereits von seiner Assistentin erwartet.

»Ich habe in der Zeitung von der Herzattacke im Schauspielhaus gelesen«, sagte Kelly, »furchtbare Sache.«

»Weiß Gott«, erwiderte Oskar – und erschrak dabei, was Kelly nicht bemerkte.

»Apropos Zeitung«, fuhr diese ohne Umschweife fort, »könnten Sie bitte Ihre Gattin erinnern, dass sehr gewünscht wird, dass sie am Dienstag zusammen mit Ihnen für ein Bild posiert.«

»Dienstag?«

»Dienstag ist *Style Your Life*. Und es ist besser, wenn Sie selbst Ihre Frau daran erinnern. Ich kann da nichts ausrichten.«

»Ich auch nicht. Jedenfalls wahrscheinlich nicht ohne Eisenketten und ein Betäubungsgewehr.«

»Versuchen Sie es. Mir zuliebe. Und dann habe ich hier noch eine Einladung zur Premiere der aktuellen Ausgabe von *Gentlemen's Monthly Style* bei The Corner, Französische Straße, Berlin-Mitte.«

»Oho«, sagte Oskar, »ein Shop-Anlass im neuen Berlin.«

»Das nennt man jetzt *Store*«, verbesserte Kelly und begann andeutungsweise mit der Hand auf der Schreibtischplatte Klavier zu spielen, »*Concept Store*. Besonders im neuen Berlin. Möchten Sie dahin?«

»Lassen Sie mich nachdenken«, erwiderte Oskar, um seine

Assistentin ein bisschen zu piesacken, »ich war doch gerade neulich bei The Corner, und zwar mit Daggi von Raute, nach dem Borchardt. Das ist ja grad um die Ecke. Dann hat Daggi da versehentlich ein paar Marc-Jacobs-Plastikarmreifen für soundso viel hundert Euro sich entgleiten und auf den Boden fallen lassen, worauf die kaputtgingen. Das ist doch schlechte Qualität. Könnten Sie aufhören, hier wie wild auf den Tisch zu trommeln, Kelly, das macht mich wahnsinnig.«

Worauf Kelly abrupt das Trommeln einstellte und in einer Art den Blick zur Decke richtete, dass Oskar ein bisschen rot wurde und schleunigst seiner Assistentin die Entscheidung überließ.

»Gut«, resümierte diese, »ferner hat Ihnen ein Rentner aus München-Bogenhausen ein Romanmanuskript zur Begutachtung übersandt. Es trägt den Titel ... Moment, ich muss schnell nachsehen ... *Gretchen auf Lesbos*.«

»Freundich absagen.«

»Okay. Dann die Versteigerung für UNICEF. Sie haben ein signiertes T-Shirt gespendet. Wir müssen kontrollieren, wie die Gebote sich entwickeln, und gegebenenfalls selbst unter irgendeinem Alias den Preis in die Höhe bieten. Sonst ist das peinlich. Wir haben darüber gesprochen.«

»Nein.«

»Dann habe ich mit jemand anderem darüber gesprochen.«

»Muss ich das wissen?«

»Im Grunde nicht. Ich kümmere mich darum. – Außerdem habe ich hier noch die GPF.«

»Die was?«

»Die Guest Preference Form. Für das Twelve Apostles Hotel in Kapstadt. Sie werden dort im Mai drei Nächte verbringen. Sie erinnern sich?«

»Natürlich.«

»Wollen Sie eine Pilates-Matte im Zimmer?«

»Nein, danke.«

»Duftkerzen?«

»Nein.«

»Rosenblätter auf dem Fußboden?«

»Kelly, das ist ein Pressetermin, keine Hochzeitsreise.«

»Aber Ihre Gattin begleitet Sie.«

»Zum Glück.«

»Wie wäre es mit Reservationen für Restaurant und Spa?«

»Sprechen Sie am besten mit Lauren darüber.«

»Brauchen Sie einen Personal Trainer?«

»Ich habe einen Personal Trainer.«

»Aber nicht in Kapstadt. Möchten Sie außerdem Ihre Lieblingsfarbe und Ihren Lieblingscocktail angeben?«

»Schluss! Ich hab gar keine Lieblingsfarbe!«

»Ich würde eher sagen: Sie haben keinen Lieblingscocktail.«

»Wie meinen Sie das?«

»So wie Judy Garland keine Lieblingstabletten hatte.«

»Haben Sie noch irgendwas Relevantes auf der Liste?«

»Bloß noch das hier«, antwortete Kelly und übergab Oskar ein wattiertes Couvert.

Oskar öffnete es und fand darinnen Bilder von einer Fahrt mit der neuen Mercedes-Hybrid-S-Klasse durch Paris, die er für das Automagazin *Race* unternommen hatte. Dessen Fotoredaktion schickte ihm die Aufnahmen zur Autorisierung.

»Wieso haben Sie das nicht einfach aufgemacht, Kelly?«, fragte er.

»Der Absender war so seltsam. Ich dachte, es sei vielleicht privat.«

Oskar drehte den Umschlag um. Auf dessen Rückseite war mit Kugelschreiber ein Prankenkreuz gemalt und darunter eine Banderole, in die in Grossbuchstaben gesetzt war: DEUS LO VULT.

Oskar wunderte sich kurz darüber, warf dann das Couvert in den Abfall und ging an die Arbeit.

Er schrieb an seinem Essay, ein paar spielerische Sätze gegen die Aufhebung der kategorialen Grenze zwischen Kunst und Nicht-Kunst, wobei er eben diese Aufhebungsbemühungen zur zentralen Tendenz der feuilletonistischen Mittelklasse erklärte. Daneben habe die Mittelklasse eine Fülle weiterer Überzeugungen, schrieb Oskar, zum Beispiel jene von der Wichtigkeit einer geregelten Verdauung, zu deren Förderung man vorzugsweise probiotische Milchprodukte zu sich nehmen sollte, oder jene von der erhebenden Wirkung eines guten Gesprächs bei einem guten Glas Wein, oder jene, dass man keine zweite Chance für einen guten ersten Eindruck hätte. Dann klopfte es, und Lauren trat ins Arbeitszimmer.

»Kleines!«, sagte Oskar und blickte auf. »Wie geht es dir? Was macht Leona aus Sydney?«

»She's terrific«, erwiderte seine Frau, indem sie sich in den crèmefarben lackierten Louis-quinze-Fauteuil mit schneckenförmig aufgerollten Armlehnen und Polstern aus himmelblauer Atlasseide fallen ließ, der linker Hand von Oskars Schreibtisch stand und aus dem Hause seiner Großeltern stammte.

»Wie waren die Dessous?«

»Das Übliche.«

»Und die Leute?«

»Triple B.«

»Ist das eine Bewertung oder eine Abkürzung?«

»Eine Abkürzung. Für Botoxed Beyond Belief.«

»Ich werde alt«, stellte Lauren fest, »zu meiner Zeit stand das noch für *Boring* Beyond Belief. – Konntest du heute Morgen noch ein bisschen schlafen?«

»Ja, danke, Kleines, ich hab mich wieder hingelegt, nachdem du gegangen warst. Da träumte mir, ich wäre in diesem Hotel in Houston, wo wir damals waren, erinnerst du dich, und ich würde an einem Skript für einen Katastrophenfilm arbeiten, in dessen Schlüsselszene man hinter den zugezogenen Vorhängen eines Fensters die Konturen eines brennenden Flugzeughecks vom Himmel stürzen sieht. Worauf ich ans Fenster trete und den Vorhang zurückziehe, und in diesem Moment stürzt ein brennendes Flugzeugheck vom Himmel. Nachdem gerade vorher jemand sagte: ›Sieht aus wie ein brennendes Flugzeugheck, was da vom Himmel stürzt.‹«

»Mein Gott«, sagte Lauren, »das ist ja langweiliger als *Quincy*! Sweetness, du weißt, dass ich es wahnsinnig uninteressant finde, wenn mir andere Menschen von ihren Ferien oder ihren Träumen erzählen, und einmal mehr wird mir auch klar, wieso.«

»Aber du bist auch aufgetreten in diesem Traum, Lauren. Noch während des Traumes hast du zu mir gesagt, man sollte diese Doppelbödigkeit unbedingt in das Drehbuch einbauen, also einen Katastrophenfilm schreiben über jemanden, der einen Katatrophenfilm schreibt, und wir hatten auch schon gleich einen Filmtitel zur Hand, den wir großartig fanden: *Rear End*.«

»Ja, im Traum. Im richtigen Leben würde ich sagen: Das klingt wie ein Schwulenporno«, erklärte Lauren und griff nach dem silbernen Papiermesser, bevor sie fortfuhr: »Ich habe in der Zeitung von dem Herzanfall im Schauspielhaus gelesen.«

»Da wir von Zeitungen sprechen«, erwiderte Oskar, »und bevor ich es vergesse: Du musst mit auf die Fotos. Wenigstens auf eines. Please.«

»Was für Fotos?«

»Dienstag ist *Style Your Life.* Mit dem *Sonntagsblatt.*«

»Und ohne mich.«

»Lauren, *please.* Es ist gut fürs … Branding.«

»Branding-Schmanding. Sag ihnen einfach, ich erholte mich gerade von einem rhinoplastischen Eingriff und stehe deswegen leider nicht zur Verfügung.«

»Was muss ich tun, damit du mit aufs Bild kommst? Und bitte hör auf, mit dem Messer herumzufuchteln.«

Lauren warf den Kopf zurück, begleitet von einem leisen, aber deutlich hörbaren Ausstoßen der Luft durch Mund und Nase.

»Ganz einfach«, antworte sie dann und tippte mit der Spitze des Papiersäbels auf die polierte Schreibtischplatte, »paktier nicht mit dem Teufel. Natürlich würdest du mir für mein Auftauchen in der Sonntagspresse noch ein paar andere Sachen schulden als bloß die Unterlassung dieses Feierabend-Deals mit Satan … aber der Abbruch deiner Geschäftsbeziehungen zur Hölle steht doch momentan an erster Stelle der Gegenleistungen, wenn du mich fragst.«

»Ich habe doch gar kein Geschäft geschlossen«, wandte Oskar ein, »das Ganze läuft nur auf Probe.«

»Auf Probe? So wie der Führerschein von Consuela?«

Oskar erzählte nun die Geschichte des gestrigen Abends, den Hergang seiner Begegnung mit dem Leibhaftigen, und seine Ehefrau warf dabei gelegentlich den Kopf nach hinten oder verzerrte abwehrend das Gesicht. Als Oskar mit seinem Bericht zu Ende war, blickte Lauren ihn einen Moment lang an, ernst, kühl und beinahe geringschätzig. Sie legte das alberne Papiermesser zurück auf den Schreibtisch und sagte: »Ich darf das also noch mal zusammenfassen: Im Austausch für ein paar schöpferische Verzückungsspitzen und ein paar Reklamationen weniger bei Hästens wegen fehlender Schabrackenlänge hast du dich auf Probe dem Teufel verschrieben …«

»Ich habe mich niemandem verschrieben«, entgegnete Oskar, »niemandem außer dir. Bei der Sache mit dem Teufel handelt es sich um ein genau umrissenes Geschäft; ein Geschäft, das mir vollkommene Konzentration auf meine Arbeit erlauben würde und mir in Aussicht stellt, dass sozusagen in jedem kleinsten Moment meines zukünftigen Lebenslaufes etwas Sublimes, Hehres und Inspirierendes meinen Weg kreuzen kann. Dass mein Leben zu einem Strom ästhetischer Augenblicke werde, zu einer sanften Kaskade jener verfeinerten Reize und Glücksatome, den Himmelfahrten des Gefühls, die allen Kampf und alle Not aufwiegen.«

»Hast du 'nen Knall?«, erkundigte sich Lauren. »Was redest du? Kampf? Not? Welche Not? Du sitzt hier, umgeben von Aubusson-Teppichen und Kurland-Porzellan, und erzählst mir was von Kampf und Not und dem Erfordernis vollkommener Konzentration? Als sei gerade dein elendes, verwahrlostes Leben an deinem inneren Auge vorbeigezogen? Are you out of your friggin' mind? Alle Beseligungen, sämtliche Intensitäten und Genüsslichkeiten, die sich nach landläufiger Auffassung ans Jenseits heften, konsumierst du doch bereits im Hier und Jetzt, und dabei bist du produktiv und verkaufst Bücher, und zwar nicht gerade wenig – also wozu brauchst du Satans Visitenkarte? Das ist doch gar nicht nötig! Das ist doch purer Übermut! You have every reason for happiness.«

»Except happiness.«

»Das brauchst du nicht. Das kannst du gar nicht. Glück ist, sich selbst zu vergessen – or rather to remember oneself without constraint, und das dürfte dir schwerfallen. Das ist gar nicht Teil deines Selbstmodells. Ist nicht deine Art. Ist auch nicht nötig. Hybris! Himmelfahrten? Dass ich nicht lache! Ha!«

»Lauren«, sagte Oskar und griff nach ihrer Hand, »du solltest dein falsches Lachen trainieren. Das klingt ja grauenvoll. Und was soll ich dir sagen, ich weiß ja selbst nicht, wieso er ausgerechnet mich gefragt hat; er hat darauf bloß ausweichend geantwortet – wie auf alles, eigentlich – und etwas gesagt wie: Die Versuchung müsse zum Charakter passen. Die Stipendien der Hölle werden offenbar nicht nach Bedürftigkeit vergeben. Aber langsam dämmerts mir womöglich. Weshalb sie auf mich gekommen sind, meine ich. Es … es ist dieser Zwiespalt. Der Zwiespalt zwischen Künstler- und Menschentum …«

»Wie bitte? Ich verstehe kein Wort«, konstatierte seine Ehefrau.

»Lauren, du weißt, dass die Kunst oder die Befassung mit der Kunst oder, sagen wir, mit dem Ästhetischen selbst bei klösterlicher Stille des äußeren Daseins, von der in unserem Fall wahrlich nicht die Rede sein kann, auf die Dauer einen Grad an Reizbarkeit erzeugt, der jedes Erleben zu einem Erleiden macht, eine Verwöhntheit, Überfeinerung, Müdigkeit und Neugier der Nerven, wie ein Leben voll ausschweifender Leidenschaften und Genüsse sie kaum hervorzubringen vermag …«

»Naja. Yadayadayada. Dagegen gibts Tabletten.«

»Mag sein. Aber die einzige wirkliche Waffe, die der Reizbarkeit des Dichters gegeben ist, um sich der Erscheinungen und Erlebnisse auf schöne Art zu erwehren, ist der Ausdruck, die Bezeichnung.«

»Worauf willst du hinaus, Tasso?«

»Ich erfasse die Dinge, ohne an ihnen teilzuhaben, das ist wie … wie bei einem kleinen Gott … aber ich gebe kein Leben, ich nehme es quasi, indem ich aus jedem brauchbaren Gebilde der Welt und des Traumes mit durstiger Gier sein Eigenstes, seine Essenz herausschlürfe, wie die Kerze den Sauerstoff aus der Luft auffrisst. Das Ganze ist natürlich, wie du weißt, ein bisschen pathologisch oder maniakalisch …«

»Unbedingt.«

»… es hat etwas an sich vom gräßlich blinden Um-sich-Fressen einer Manie, etwas Finsteres und Beschränktes. Und doch ist mir gerade so, als seien alle Bedenklichkeiten und Beschränkungen verschwunden, als wäre jedes Wort am richtigen Platz.«

»Wundervolly«, erwiderte Lauren und legte Oskars Hand auf den Schreibtisch, »und für diese seltsame sorgenfreie Totalität willst du ein Leben unter Betäubung? All needs provided, all anxieties tranquilized, all boredom amused? Kleines, vor dir sitzt eine einfache Frau, die höchstens die Hälfte von diesem Dichtergequassel versteht, und ich will hier jetzt auch gar nicht darüber diskutieren, ob man Universalien eine ontologische Existenz beimessen kann oder nicht –«

»Was?«

»– aber eines weiß ich immerhin: Mit Hilfe des Höllenfürsten zur Erfüllung zu gelangen, was für eine vermeintliche Erfüllung es auch sei, das ist ein cheap high und ein Widerspruch in sich. So wie ›deutscher Comedypreis‹ oder ›Damentennis‹ oder ›Metropole an der Isar‹.«

»Aber ich merke es doch schon!«

»Was?«

»Dass … dass spirituelle Energien im Irdischen zirkulieren … so eine Art Pleroma …«

»Pleroma? Aus der Hölle?«

»… ich meine … dieser Augenblick, wenn etwas Höheres in das Leben einbricht und der Einzelne sich zur Entscheidung aufgerufen fühlt, den Sprung in … in das Unbedingte zu wagen.«

»Wer bist du – Søren Kierkegaard?«

»Du hast recht. Es hört sich lächerlich an. Und trotzdem schreibe ich anders, scheint mir, irgendwie … berauscht, nein, das ist zu viel, eher: wie … angeschoben, entbunden, freigesetzt, ich weiß es nicht, ich könnte mich häuten, würde ein anderer sein …«

»Ich will keinen anderen«, stellte Lauren fest und zündete sich eine Zigarette an.

Es trat ein Schweigen ein.

»Was ist mit der Hölle?«, fragte Lauren schließlich lapidar.

»Wieso? Was soll damit sein?«

»Nun, es steht doch wohl fest, dass eine der Spät- und Langzeitfolgen dieses eng umrissenen Geschäftchens die der ewigen Verdammnis sein dürfte.«

»Davon hat er nichts gesagt.«

»Wahrscheinlich, weil sich das von selbst versteht.«

»Du tust so, als würde man durch einen kleinen Deal mit dem Teufel automatisch in die Hölle kommen.«

»Wodurch denn bitte sonst?«

»Das klingt reichlich entschieden für eine Frau, die gerade

gestern noch behauptet hat, jeglicher Sinn fürs Jenseits sei eigentlich nichts weiter als ein hektisches Neuronengewitter im Temporallappen hinter dem linken Ohr!«

»Sweetcakes, ich versetze mich nur auf deine Warte, um dir alle Aspekte dieses kleinen Handels vor Augen zu führen. Und was bitte soll ich dann machen?«

»Wann?«

»Wenn du in die Hölle kommst. Soll ich dann vielleicht die Ewigkeit allein verbringen? Vom Fegefeuer wird man nämlich nicht suspendiert.«

»Doch. Yves Saint Laurent ist suspendiert worden. Wie damals vom Militärdienst.«

»Oh, bollocks!«

Schweigen.

Lauren senkte den Kopf und hielt ihn zwischen den geschlossenen Händen.

Dann seufzte sie, blickte auf und sagte: »Ich hätte nicht gedacht, dass ich diesen Satz je über die Lippen brächte, aber: Ich finde, es ist zu teuer.«

»Was meinst du?«

»Es ist zu teuer«, wiederholte Lauren, »die Illusion der Endlosigkeit aufzugeben für ein bisschen Komfort, für ein wenig Dichterweihe, Lorbeer und Poeten-Unmoralität – das ist ein rip-off auf Damien-Hirst-Niveau! Und es wundert mich, dass ich dir als Ökonom das sagen muss.«

»Wieso? Du hast es doch vorhin selbst noch als cheap high bezeichnet.«

»Und du weißt, wie ich das gemeint habe. Es ist nicht legitim. Aber der Preis ist natürlich schlimmer als die Todesstrafe, besonders, weil er tückischerweise nach nahezu nichts klingt. Sweetie, du weißt, dass ich im Grunde nichts von der

Ewigkeit halte, Unsterbliche existieren meiner Auffassung nach höchstens in der Französischen Akademie – aber das hat ja nichts damit zu tun, dass ich die Wichtigkeit der *Illusion* anerkenne … und die geht den Bach runter, wenn du vor der Zeit vom Schluss erfährst. Ein niederträchtiges kleines Experiment! Wie würde das wohl auf dich wirken, das Ende nicht nur als abstrakten Horizont, sondern als dicke fette Linie auf der Aschenbahn zu sehen? Nein, Oskar Canow, du bist kein Kandidat für die Endlichkeit, für die vollkommene, grausame Sicherheit! Du nicht. Du denkst doch schon bei jedem Huster, du hättest Tuberkulose! Und jetzt dämmert *mir*, weshalb du gefragt worden bist! Sie brauchten jemanden wie dich, und, glaub mir, viele gibts nicht von dieser Sorte in deinem Metier: jemanden, der behaglich lebt, jemanden, der sich in einer Gesellschaft bewegt, deren Koketterie und Oberflächlichkeit für zarte Nerven irritierend sein können. So einen wollten sie, jemanden, der sich aus purer Neugier auf sie einlässt, einen Ironiker, der sich auf die ästhetische Freiheit, das Über-den-Dingen-Schweben versteht, für den die Freiheit von der Determination ein selbstverständlicher Teil seines verwöhnten Wesens ist und der aus Spielfreude, aus prinzipiellem Unernst heraus gerne mal versuchen möchte, wie es sich wohl anfühlte, aus seiner enthemmten Überreflexivität zum elementaren Gefühl, zu einer sorg- und bedenkenlosen zweiten Naivität durchzubrechen, nur so probeweise und auf Zeit … Und dann lassen sie ihn mit Teufelslist einen Preis zahlen, der nach nicht viel aussieht, aber sich wie ein Gift in ihm einnistet, ein Gift, das an ihm nagen und reißen wird, mehr und mehr, mit jedem Tag, mit jeder Stunde, das ihm den Boden wegzieht und langsam das Fundament zersetzt, in einer grausamen Erschütterung, die sich in kleinen Schritten vollzieht, genauso wie die Arbeit in deinem Leben, Oskar Canow! Von wegen Zwiespalt zwischen Künstler- und Menschentum! Du bist eine Ratte im Käfig, Sweetness, nichts weiter! Du bist der Gegenstand eines Höllenexperiments, für das du ganz gezielt herausgepickt worden bist, denn du, of all people, du brauchst die Vorstellung, dass es weitergeht. Und die nehmen sie dir. Ein wahrhaft teuflischer Versuch, das Teuerste preiszugeben, um sich einzukaufen in die unmenschliche Herrlichkeit des Schaffens.«

»Willst du damit sagen, dass glückliche Menschen von der Einbildung leben?«

»Komische Frage für einen Schriftsteller.«

Wiederum trat Stille ein. Bis auf eine schreiende Eule vor dem Fenster.

»Okay, noch was«, erklärte Lauren mit einer resoluten Handbewegung, indem sie sich im Sessel aufrichtete, »noch was, denn ich lasse ja nichts unversucht: Hast du schon mal daran gedacht, dass das gar nicht der Teufel war, sondern, was weiß ich, irgendein Verrückter?«

»Nein«, erwiderte Oskar erstaunt und wahrheitsgemäß, »das ist mir gar nicht in den Sinn gekommen.«

»Hat er irgendeinen Beweis produziert?«

»Beweis?«

»Ja. Ein kleines Höllenwunder, irgendeinen nigromantischen Taschenknalleffekt, was weiß ich.«

Oskar überlegte.

»Nein«, antwortete er dann, »nein, nichts dergleichen. Vielleicht … bis auf … den Herzanfall des Privatdozenten gestern Abend.«

»Den kann man genauso gut mit dem Heisenberg-Prinzip erklären«, erwiderte Lauren.

»Ich meine, er wusste einiges über mich«, sagte Oskar, »aber vielleicht hat er das Interview in *Mode* gelesen.«

»Ich bin überzeugt, der Teufel liest *Mode*!«, erklärte Lauren und drückte ihre Zigarette in einem quadratischen Kurland-Aschenbecher aus. »Aber trotzdem. Vielleicht war das Ganze auch – bloß eine Art Einbildung. Wie diese Nebelkrähe mit der Melone. Eine out-of-body experience, eine Halluzination, weil bei dir in der letzten Dekade ein paar Gehirnzellen abgestorben sind.«

»Nein«, sagte Oskar, »wie sich das anfühlt, weiß ich.«

»Aber du bist doch sonst nicht so naiv! Ich meine, wissenschaftlich gesehen –«

»Komm mir jetzt nicht mit der Wissenschaft! Die Wissenschaft ist wie ein Schwätzer, der einem jedem Film kaputtmacht, indem er erzählt, wie er endet.«

»Das Gleiche will nun der Teufel dir erzählen, Kleines. Ohne dafür was zu bieten, was du nicht auch ohne ihn kriegen könntest.«

»Aber das spricht doch bloß dafür, die Probezeit abzuwarten! Er wird sich wieder melden. Du wirst ihn sehen. Du kannst ja dann mit dem Tintenfass nach ihm werfen, um zu prüfen, ob er echt ist. Aber pass auf, dass du nicht einen der Aubussons damit ruinierst.«

»Very funny. Ich habe einfach kein gutes Gefühl bei der Sache«, sagte Lauren und erhob sich, bevor sie mit etwas hellerer Stimme und dunkel blitzenden Augen hinzufügte: »Und ich habe nicht vor, dich an den Herrn der Finsternis zu verlieren. Du musst mich über jeden Schritt informieren, über jeden Schritt, jedes Gespräch, jede Verlockung und jede Heimsuchung, die von ihm ausgeht, versprich mir das.«

»Na klar. Er hat mir übrigens aufgetragen, dich zu grüßen.«

»Das ist ja reizend!«, behauptete Oskars Frau und warf den Kopf zurück. Dann beugte sie sich über ihren Mann, gab ihm einen knallenden Kuss auf die Stirn und flüsterte: »Nighty night, Kleines. Sweet dreams. Arbeite nicht zu viel. Und – ich mag zwar vielleicht nicht recht an die Ewigkeit glauben, und die Mächte des Himmels und der Hölle sind ganz sicher nicht der vorzüglichste Konversationsgegenstand in jenem oberflächlichen, konsumorientierten, überartikulierten Nur-eine-Falte-und-du-bist-tot-Leben, das wir glücklicherweise führen. Ich bin also keine Theologin oder so was, aber eines weiß ich: Der Mensch ist unlöslich gebunden an das Gesetz seines eigenen Wesens. Alles Geschehen fügt sich wie gezahnte Räder. Man hat bloß seinen Anteil zu leisten. Später dann erkennt man: Alles halb getan, halb passiert. Das größte Glück und das höchste Unglück sind, wie das außerordentliche Talent, nur kleine Abweichungen vom Gewöhnlichen. Und deshalb finde ich, man sollte der Zukunft die Gelegenheit geben, sich aus sich selbst heraus zu entfalten.«

»Na ja«, erwiderte Oskar, »wahrscheinlich hast du recht. Ich meine, warum sollte ich nicht dem Urteil einer Frau trauen, deren beste Freundin überlegt, sich in Vietnam einen Riesendarmegel einsetzen zu lassen, um so dünn zu werden wie Teri Hatcher? Nighty night, Kleines. Sweet dreams.«

Damit ging Lauren zu Bett. Oskar aber arbeitete noch ein wenig, und zwischenzeitlich sah er in der nächtlichen Wiederholung des Privatfernsehens eine Dokumentation über das Dilemma einer selbständigen Nageldesignerin aus Kassel, die ihren Großbildfernseher übers Internet versteigerte, um sich einmal Fettabsaugen leisten zu können. Zum Glück war es nur ihr Zweitfernseher.

Gegen vier Uhr morgens wollte Oskar, wie es seiner Gewohnheit entsprach, schlafen gehen, und als er auf dem Weg zu seinem blau-weiß karierten schwedischen Bett an dem hohen Biedermeier-Spiegel aus dem Hause seiner Großeltern vorbeikam, sah er gewohnheitsmäßig hinein – und erstarrte. Dann fuhr er sich mit der Hand übers Gesicht wie einer, der soeben erwacht ist. Denn ihm war, als könnte er sich im Spiegel nicht sehen. Sein Bild war nicht drin. Das war ihm noch nie passiert, nicht einmal damals, im Carlton in Cannes, als er an der Seite der Nebelkrähe mit Brille und Melone durchs Klinker-Klunker-Land geflogen war. Unheimliche Sache …

7. KAPITEL

Best Day Ever

Fünf oder sechs Tage waren vergangen, es war inzwischen kurz vor Ostern, das heißt: Es war Frühling, das verheißungsvollste Kapitel im Jahresmärchen! Die Natur war dabei, ihre freundlichen Schätze voll zu entfalten, und das Leben wurde, wie stets um diese Jahreszeit, merklich angenehmer. Wer jetzt allein war, würde es nicht lange bleiben. Köstlich fächerte die milde Luft, die ein herrliches Gewürz hatte, die Erde dampfte erquickenden Geruch, überhaupt meldeten sich Düfte und Klänge zurück, die geradewegs aus der Mitte der Welt zu kommen schienen, die Büsche grünten im Lenzesschmucke, und irgendeine nervtötende Singdrossel jauchzte mit silberhellem Ruf einen langatmigen Jubelhymnus hinaus in die Szene. »Es will Frühling werden«, so redeten sich die empfindungsvollen Menschen auf der Straße an, und besonders fühlige Charaktere spürten, wenn sie über weiche und biegsame Wiesen hinschritten, das Blühen und Regen der Blumen. Selbst die Häuser der Stadt Zürich, hübsch und friedlich am nördlichen Ende des nach ihr benannten Sees gelegen, in einer idyllischen Talkammer, einer

Krone gleich von Gipfeln umfasst, selbst die Häuser der Stadt Zürich also bekamen einen gewissen Duft, eine glänzende Frische und sattere Farbe. Fahnen und Wimpel flatterten von den Dächern und Türmen, und es machte den Menschen Vergnügen, sie flattern zu sehen; die Sinne, die Köpfe, die Gedanken, alles bewegte und belebte sich. Uh, wie traulich sah sie aus, die Limmatstadt! Wie zur Labsal und Erquickung müder Herzen hingezaubert sah sie aus, mit ihren windschiefen Häuslein, verträumten Gässchen und malerischen Ecken und Winkeln. Und wie prachtvoll sah sie aus, die Zwinglistadt, mit ihren steinernen Schmuckstücken von europäischem Ruf: den stolzen Münstertürmen, den altererbten Zunfthäusern und hoheitsvollen öffentlichen Gebäuden, den Monumenten, Brunnen und Anlagen, den Straßen und Plätzen, welche die Namen von verdienten Staatsmännern und ausgezeichneten Bürgern tragen. Gott selbst scheint unseren Landstrich bevorzugt zu haben. Der Vater aller Menschenkinder schaut mit einem Lächeln auf Zürich (obschon man gerade hier ein eher sachliches und gewissermaßen neutrales Verhältnis zu ihm pflegt). Ja, der große Vorsitzende im Himmel straft diesen gesegneten Erdenwinkel weder mit ägyptischen noch mit gewöhnlichen Plagen. Keiner seiner Bewohner hat je irgendwelche furchtbaren Zeichen am Horizont gesehen; niemand erinnert sich an feurige Kugeln oder plötzlichen Sonnenschwund; kein giftiges Geschmeiß lässt sich blicken, Heuschrecken sind, außer in Zoohandlungen und gewissen Restaurants, unbekannt; es kommen, abgesehen vom schmucksamen Wappentier, weder brüllende Löwen noch schleichende Tiger noch hirnaussaugende atomare Monster-Roboter vor. Und auch keine Wiedergänger, Werwölfe und Waldschrate. Nee, nichts dergleichen. Höchstens

Ratten. Und ein paar Flusskrebse. So ist Zürich, ein auserwählt beschaulicher und arkadischer Zipfel der Welt, wo Stille und ungestörte Zufriedenheit herrschen in den Sitten der Menschen. Ein Ort, an dem immer alles gutgehen müsste. Und dem an jenen herrlichen Frühlingstagen in keinster Weise anzumerken war, dass er nur einen Steinwurf von der Hölle entfernt lag.

Kehren wir zurück ins Arbeitszimmer von Oskar Canow, der soeben bei der täglichen Besprechung seiner Assistentin Kelly gegenübersaß. Oskar hatte ein paar äußerst zufriedenstellende Tage hinter sich; eine deutsche Produktionsfirma hatte ihm die Entwicklung einer Sitcom angeboten, sein Roman *Nachtwind* war in der Literaturrunde des Schweizer Fernsehens besprochen worden, und Laurens Vater war dabei, sich den Erbvorbezug noch einmal durch den Kopf gehen zu lassen. Beziehungsweise durch die Köpfe seiner Anwälte. Und heute war Dienstag, der Tag für *Style Your Life*.

»Ich hoffe nur, ich muss nicht wieder die ganze Zeit so Flight-Attendant-freundlich lächeln«, sagte Oskar, »ich habe immer noch Grinsekatzmuskelkater von dem Termin neulich für die *Bunte Welt*.«

»Immerhin«, erwiderte Kelly, »waren Sie seinerzeit noch in der Lage, darauf hinzuweisen, dass Sie sich einen Winkeladvokaten besorgen und alle Beteiligten verklagen würden, für den Fall, dass Sie auf den Bildern fett aussähen.«

»Ja. Wir sollten das eigentlich als Standardklausel mit in den Vertrag aufnehmen. Kirstie-Alley-Klausel.«

»Hervorragende Idee. Soll ich Doktor Martersteig anrufen?«

»Meinen Therapeuten?«

»Ihren Anwalt. Und das war ein Scherz. Was ist mit dem Set? Sind Sie zufrieden?«

»Wie bitte?«

»Mit der Ausstattung der Räume, die fotografiert werden.«

»Ich weiß nicht. Was ist überhaupt freigegeben?

»Drawing Room, Esszimmer, Küche.«

»Aber nicht mein Arbeitszimmer.«

»Nein, das ist wie immer tabu.«

»Gut. Ist Consuela mit der Arbeit fertig?«

Nun schlug Kelly sich unvermittelt mit der flachen Hand vor die Stirn.

»Ach du meine Güte!«, rief sie dazu. »Das erinnert mich an was! Consuela ist gerade vorhin hier aufgetaucht und –«

»Oh Gott, sie wollte doch nicht etwa, dass wir den Holzteller ins Bild bringen?«

»Welchen Holzfäller?«

»Teller. Holz*teller.* Dieses Meisterstück bolivianischen Kunsthandwerks, das uns Consi neulich aus ihrer Heimat mitgebracht hat und das wir seitdem immer treu aus der Schublade ziehen, bevor sie ihren Dienst antritt, und gut sichtbar auf der Kommode im Esszimmer platzieren und anschließend ebenso zuverlässig wieder verschwinden lassen.«

»Das ist ja süß. Nein. Davon hat sie nichts gesagt. Aber sie hat mir eine Hermès-Decke unter die Nase gehalten und behauptet, die wäre voller Tintenflecken und das würde sie höchstens mit Kerosin wieder rauskriegen. Wenn überhaupt. Wahrscheinlich aber gar nicht.«

»Ach.«

»Ja. Komisch, nicht? Was haben Sie mit der Decke bloß gemacht?«

»Das ist doch völlig egal, Kelly, dann verzichten wir eben auf die Decke.«

»Wir brauchen aber die Decke! Hier auf dem Call Sheet steht: ›Take zwei Schrägstrich Set Dressing Doppelpunkt stimmungsvoll. Mit Decke auf dem Sofa.‹ Die Decke ist jetzt ein *prop.* Ich kenne Stylisten. Die sind emotional so stabil wie ein Haufen Ratten in einem brennenden Crack-Labor! Was glauben Sie, was los ist, wenn die Decke fehlt?«

»Keine Ahnung.«

»Die Hölle.«

»Kelly«, sagte Oskar mit einem schnellen, eindringlichen Kopfschütteln, wozu er auf den Tisch pochte, »was soll das? Was wissen Sie denn bitte von der Hölle? Sie waren doch, soweit mir bekannt ist, noch niemals in der Hölle und können daher Ihre Ansichten über dieselbe nur aus Anekdoten und schlechten Romanen schöpfen. Also reden Sie nicht davon!«

»Nanu!«, erwiderte die solcherart Angefahrene. »Was sind Sie denn so echauffiert? Das ist doch bloß eine Redensart.«

Oskar seufzte.

»Ja«, sagte er, »verzeihen Sie. Ich werde schnell eine neue besorgen. Eine neue Decke, meine ich. Wie viel Zeit habe ich?«

Kelly sah auf die Uhr.

»Gut zweieinhalb Stunden«, antwortete sie, »sind Sie sicher, dass das jetzt das Richtige für Sie ist? Ich könnte für Sie gehen. Ich müsste allerdings meinen Termin bei Doktor Blantersteg verschieben. Da wollte ich schnell zwischendurch vorbei.«

»Bei meinem Therapeuten?«

»Nein. Bei meinem Tierarzt. Meine Katze hat heute Morgen eine Hüttenkäse-ähnliche Substanz erbrochen.«

»Dieselbe Katze, mit der Sie letzten Monat eine Kurzfassung von *Annie Get Your Gun* aufführen wollten?«

»Das war *42nd Street*!«

»Okay. Okay, ich werde gehen. Es ist sowieso gut, wenn ich noch mal vor die Tür komme. Heute ist so ein herrlicher Tag. Haben Sie das bemerkt?«

»Ich? Na klar! Und ich habe noch was anderes bemerkt: Sie sind in letzter Zeit so … wie soll ich sagen … beinahe romantisch.«

Oskar lächelte.

»Ja«, sagte er, »das stimmt. Wissen Sie, Kelly, ich fühle mich … eigenartig. Ich meine … verstehen Sie … wie nennt man das schon wieder, wenn man sich umsieht und nicht das Gefühl nagender Wut oder lästiger Sorge in sich hat?«

»Einigermaßene Zufriedenheit?«

»Das ist es! Das ist es wohl. Eine Art besonderer, guter Laune. Ich habe gute Laune – und das habe ich selten, ohne dabei völlig unsympathisch zu wirken.«

»Wem sagen Sie das.«

»Das habe ich nicht gehört«, behauptete Oskar, »weil heute so ein herrlicher Tag ist!«

Und das war es! Man kann die Stadt Zürich zu jeder Jahreszeit mit Gewinn und Genuss besuchen, aber im Frühling ist sie wirklich über die Maßen schön. Das Wasser des stillen, fischreichen Sees, beschirmt von majestätischen Bergmassiven am Horizont, glänzte so warm und heiter, und die Brücken, die sich über den Fluss schlangen, schienen einen kühneren Schwung bekommen zu haben. Die Sonne trieb die Leute in Reihen und Gruppen auf die funkelnde, saubere Straße, wo sie erst stehen blieben und den Kuss der Wärme begierig fühlten und dann in seliger Trägheit vorüberschlenderten, Arm in Arm gefasst, halb matt von der süßen Stimmung. Betört sahen die Spaziergänger nach den sprießenden Knospen empor oder drehten lustig den Kopf nach irgendeinem prächtigen Busen oder appetitlichen Hinterteil rechts oder links. So quoll und drang der Frühling, der die Kunst durch Lenzgedichte zuweilen fördern soll.

Oskar Canow lief die reich bestellte Bahnhofstrasse hinab, die nach all den Jahren und all den Plätzen immer noch eine der liebsten Zeilen der Welt für ihn war. Als er den Paradeplatz überquerte, traten in gutsitzenden Anzügen ein paar Angehörige des höheren Gelddienstleistungswesens aus einem der profanen Bankpaläste in den Frühlingssonnenschein. Obschon das Finanzwesen im Grunde immer noch ein goldenes Gewerbe war – und immer noch der Kern von Helvetiens Wirtschaft, deren weltweite Bedeutung den hohen Kulturstand unserer kleinen Nation in jedem Winkel des Erdballs zu Geltung und Ansehen brachte und bringt –, so waren seine Exponenten, die Herren des Geldes, doch die Sündenböcke der Zeit. Denn sie handelten mit Immateriellem, mit Abstraktionen, und wiewohl die Zeit sonst sehr auf immaterielle Werte zu achten schien, so verteufelte sie doch diejenigen, die in Form von Verbriefungen und Papieren damit ihr Geld verdienten, hielt sie für gierig, rücksichtslos und feinerer Impulse und Zeitvertreibe nicht fähig. Man behauptete, dass diesem Typus in seiner tölpischen Grobheit die feineren seelischen Essenzen wie Behutsamkeit, Güte und Form fehlten, dass jede Bestrebung zum Edlen dem Financier nur eine Sprosse auf der Leiter seines armseligen Ehrgeizes wäre, dass unter seinen Händen das Heiligste auf den Erwerbssinn geeicht und das Unberührbare zur abgegriffenen Münze würde, mit der er sich falschen Anwert kaufte. Solches ungefähr sagten die Leute sich beim Anblick der Anzüge; Leute, die sich für aufgeklärt und fortschrittlich hielten und von Ökonomie natürlich nicht die geringste Ahnung hatten.

Oskar teilte diese Auffassung nicht. Er hatte in ganz anderen Milieus, namentlich dem literarischen, Charaktere erlebt, bei denen jedes moralische Zentrum fehlte; Langweiler, die immer dieselben Redewendungen und Denkformen benutzten und dazu im Gegensatz zu den vermeintlichen Krämerseelen noch nicht mal die Anzüge wechselten. Noch nicht einmal einen Anzug *besaßen*. Viele der Vertreter des sogenannten Literaturbetriebs, etwa der Schriftsteller Gion Küngels, waren für ihn Gestalten ohne Erheblichkeit, von Natur mäßig, durchschnittliche Ansichten über Gott und die Welt haltend – und sich dabei leidlich komfortabel bewegend in jenem von Engstirnigkeit eingepferchten Feld einer geistigen Mittelklasse, wo jeder Stumpfsinn geadelt, jede Nichtswürdigkeit verziehen ward, nur kein Charakter.

Oskar Canow wäre der Letzte gewesen, der geleugnet hätte, dass der Künstler unter Menschen fremd und isoliert ist, doch er war der Auffassung, dass dies die Menschen ja nicht unbedingt sofort zu merken brauchten – und dass im Übrigen nicht jeder Soziopath deswegen ein Künstler sei. Oskar Canow wusste ebenfalls, dass es massenweise Gründe geben mochte, Geschäftsleute nicht zu mögen; er kannte etliche Repräsentanten jener Sphäre, die man Corporate Life nennt, und nicht wenige davon waren, egal, wie viel sie verdienten, pathetisch, langweilig und in vielerlei Hinsicht verarmt – aber gesellschaftliche Qualitäten gehörten, im Gegensatz zu Schriftstellern, auch nicht zu ihrer Qualifikation. Zu ihrer Qualifikation gehörte vielmehr der effiziente Umgang mit Ressourcen, das Rechnen um Vorteil und Nutzen, und deshalb dachten sie in Geld, wie der Maler in Farben, der Musiker in Tönen, der Dichter in Worten, der Bauer in Strichen Landes denkt. Davon abgesehen kannte Oskar ebenfalls ein paar ausgesprochen großzügige und ausgesprochen umgängliche Geschäftsleute, neben Viktor Hasenclever zum Beispiel den Hedge-Fonds-Manager Patrick Beregger, mit dem er sich regelmäßig in der Kronenhalle-Bar auf ein paar Prince-of-Wales-Cocktails traf, wobei er nach ihrem letzten Treffen die geflügelt gewordenen Worte gesprochen hatte: »Patrick, fahr den Bentley rechts ran, ich muss brechen!«

Aber ungeachtet seiner freundlichen Indifferenz diesem Schlag gegenüber konnte unser Held doch eine kleine Anwandlung von Poetenhochmut nicht unterdrücken, als er nun die Gruppe von Finanzmaklern auf den sonnenüberfluteten Paradeplatz hinaustreten sah, dessen funkelnde Asphaltierung vermutlich eine große Unratsgrube zudeckte – da also dachte Oskar Canow: »So ein Bankgebäude ist doch ein dummes Ding im Frühling!«

Denn es war ein herrlicher Tag! Die Sonne ging blassrot schimmernd durch den groben Stoff eines gewaltigen, träge schaukelnden Schweizerkreuzes neben dem Peterhof-Gebäude, das im frühen zwanzigsten Jahrhundert im historistischen Imponierstil errichtet worden war, von jeher das Modehaus Grieder beherbergt hatte und heute der Credit Suisse gehörte. Die Luft war feuchter und weicher als noch vor ein paar Tagen, die Narzissen dufteten, Drosseln schluchzten, Kinder jauchzten, Greise standen aus Rollstühlen auf. Und man fühlte sich fabelhaft! Man blickte zum Himmelszelt empor, und für einen Moment, für die Dauer eines Glücksatoms endlich sah man ein, dass wir alle eine große Sippe bilden; duldende, strebende, handelnde Kreaturen, die wir sind und immer waren und sein werden, verbunden durch dies Erdenleben, unter uns und mit allem, was da kreucht und fleucht und knospt und keimt. Freude regte sich in Oskars Herzen, und er blieb sogar einige Augenblicke stehen, um Atem zu schöpfen. Und um bei Starbucks einzukehren und sich einen Iced Triple Venti Latte zu besorgen. Dabei dachte er daran, wie ihm seine Ehefrau vor ein paar Tagen in Erinnerung gerufen hatte, dass die Vergangenheit mit der Gegenwart und auch mit der Zukunft durch eine ununterbrochene Kette von Ereignissen verknüpft sei, von denen sich eins aus dem anderen ergebe, und dass Lauren damit natürlich vollkommen recht gehabt hatte. Oskar aber schien es in diesem sonnigen Moment auf der Zürcher Bahnhofstrasse, in dem er zuerst auf die heimatliche Stadt und dann gen Süden blickte, wo als ein schmaler Streifen über dem See der Horizont stand, als habe er soeben die beiden Enden dieser Kette gesehen – und berührte er das eine Ende, da erzitterte das andere. Und ein Rausch von Macht und Glück durchfuhr ihn.

»Alles Geschehen fügt sich wie gezahnte Räder«, dachte er, während er sich bei Starbucks in die Warteschlange einreihte, »ein Laster greift in eine Tugend, Ränkespiel treibt Couragiertheit vorwärts, Gutes, Böses, Sünde, Steigerung stülpt sich über Steigerung, und trotzdem ist es wohl so, dass die Ideale von Wahrheit und Schönheit, die das menschliche Leben seit Anbeginn geleitet haben, sich ununterbrochen bis heute fortsetzten und offenbar die Hauptsache bildeten in der Kultur, dem Dasein und überhaupt auf Erden. Aber wilder und wirrer werden die Pflichten und Ansprüche, und da ist es gut zu wissen, dass mir das Schicksal einen geheimen, unsichtbaren Glücksring an den Finger gesteckt hat, so dass mir wohl nichts Schwerwiegendes zustoßen kann.«

Ein Gefühl der Jugend, Gesundheit und Kraft und die unaussprechlich süße Erwartung des Glücks, eines unbekannten, geheimnisvollen Glücks, übermannten unseren Helden, und das Leben schien ihm bezaubernd, wunderbar und von einem tiefen Sinn erfüllt. Derart ward er umgaukelt vom Frieden dieses beschaulichen Fleckchens Erde, mit der typischen Disposition des Dichters, der symbolischen Gewalt auch unscheinbarer Dinge zu unterliegen; er sah alle Formen und Farben, alle Schatten und Halbschatten und Harmonien der Welt überhaupt nur mehr als Negativ, in einem geheimen, nur ihm begreiflichen Bezug auf sich selbst und sein Werk, so wie er seit jeher in das Auf und Nieder aller menschlichen Seelen das Spiegelbild seiner eigenen Ekstasen und Abspannungen hineinzudeuten gewusst, und auf diese Weise also hielt sich Oskar Canow die süße Fülle der Möglichkeiten des Lebens vor Augen, an jenem herrlichen Lenzestage, dem es in keiner Art anzumerken war, dass er den Auftakt zu einer Kakophonie häßlicher Ereignisse bilden würde. Es war Frühling, die Jahreszeit, in der die meisten Menschen Verse schreiben. Man war allgemein ergriffen von der Kraft des Wortes und der Regsamkeit der Liebe. Und da tippte Oskar jemand auf die Schulter.

Oskar dreht sich um – und erstarrte.

Dann wisperte er ungläubig (und gar nicht so besonders leise): »Theodor W. Adorno?«

Denn niemand anderes als der einst berühmte Philosoph und Musiktheoretiker aus Frankfurt am Main schien da vor ihm zu stehen – beziehungsweise hinter ihm, in der Warteschlange bei Starbucks an der Zürcher Bahnhofstrasse: ein kleiner, dicklicher Herr mit wulstigem Nacken, großen Ohren und runder Glatze, der eine ebenso rundliche Brille trug, hinter deren blau getönten und ziemlich undurchsichtigen Gläsern die feucht-dunklen, schwach bewimperten und etwas geröteten Augen schimmerten, von denen das eine ein bisschen tiefer stand … Selbstverständlich war es vollkommen unmöglich, dass es sich tatsächlich um Herrn Adorno handelte, denn dieser war seit vierzig Jahren tot.

»Schtt!«, machte die Gestalt und vollführte eine beschwichtigende Geste mit der dicklichen, plumpfingrigen Hand. »Ich bin es.«

»Sie?«

»Ja, ich. Sie haben recht: Das ist eine uralte Aufmachung. Die Brille ist auch schon ganz klapprig. Aber der Vorteil ist: Niemand erkennt mich. Ich bin längst aus der Mode. Adorno ist aus der Mode, meine ich. Jedenfalls mal sicher auf der Zürcher Bahnhofstrasse.«

Und der Teufel ließ ein gieksendes Kichern hören, wobei er seine kleinen, scharfen und spitzen Zähnchen entblößte. In der rechten Hand hielt er einen ziemlich albernen, mit eiserner Spitze versehenen Spazierstock, welchen er schräg gegen den Boden stemmte und auf dessen Krücke er, bei gekreuzten Füßen, die Hüfte lehnte.

»Heeh Oskar, wie läufts?«, sagte in diesem Moment Daniel, der junge Mann hinter der Kasse, der mit einem Starbucks-typischen Euphemismus als Barista bezeichnet wurde. »Ich hab dich neulich im Fernsehen gesehen.«

»Das ist ja süß!«, erwiderte Oskar, der sich immer freute, wenn die Leute ihn ansprachen, und der außerdem das halbe Starbucks-Personal in Zürich kannte.

»Iced Venti Latte?«, fragte Daniel.

»Ja, bitte. Triple. Und wenig Eis, bitte«, antwortete Oskar. Worauf er sich zum Teufel drehte mit den Worten: »Und für Sie?«

»Was denn? Ich? Herrjemine, das ist gar nicht so einfach!«, stammelte der Herr der Finsternis ein wenig überrumpelt und starrte durch seine getönten Brillengläser auf das an der Wand angeschlagene Getränkeangebot. »Nun, was solls – ich nehme das Gleiche.«

»Also bitte zwei Iced Triple Venti Latte, Dani«, bestellte Oskar, »zum Mitnehmen.«

»Aber meinen als Decaf!«, quäkte der Teufel.

»Du hast es gehört, Dani.«

»… und Nonfat!«

»Da würd ich bei dieser Figur auch zu raten.«

»Wissen Sie«, erklärte der Teufel, nachdem er sich artig für die Einladung bedankt und zusammen mit Oskar die Getränke in Empfang genommen hatte, »genau das ist einer der Gründe, warum ich hier bin. Nur falls Sie sich wundern sollten, warum ich gerade jetzt aufkreuze. Ich meine, ich wollte mich natürlich auch nach dem Fortgang unseres … Geschäftchens erkundigen und hören, ob Sie zufrieden sind … aber … aber da ist noch eine andere Sache …«

Und hier nun schien Satan tatsächlich etwas verlegen zu werden, indem er sich selbst unterbrach und geräuschvoll seinen geeisten Kaffee durch den Strohhalm schlürfte, währenddessen er offenbar angestrengt nachdachte und sich die richtigen Worte zurechtlegte. Worauf er mit sonorer, geschulter Stimme fortfuhr: »Nun, es ist ja quasi unsere zweite Verabredung, und unsere zunehmende Vertrautheit verstattet mir wohl … verstattet mir wohl, Sie um einen kleinen, einen winzigen Gefallen zu bitten. Sie gelten ja in gewissen Kreisen als … als Instanz in Geschmacksfragen, und Sie schreiben die Modekolumne in *Gentlemen's Monthly*, und völlig zu Recht haben Sie die Unangemessenheit meines bisherigen Auftretens moniert, kurz, vielleicht könnten Sie mir helfen …«

»Sie möchten, dass ich mit Ihnen einkaufen gehe.«

»Ja. Woher wussten Sie das?«

»Sie sind nicht der Erste.«

»Das ist zwar ein neues Gefühl für mich, macht es mir jedoch leichter. Umso besser! Lassen Sie uns gehen, und zwar sofort!«

Und aufgeregt zupfte der Teufel Oskar am Arme, während sie zurück auf die Bahnhofstrasse traten.

»Das geht nicht«, sagte Oskar, »ich habe überhaupt keine Zeit. Ich habe gleich die Leute von der Zeitung bei mir zu Hause und muss noch schnell –«

»Ich *bitte* Sie«, sprach der Teufel eindringlich, und sein Griff um Oskars Arm wurde fester, »sehen Sie mich an! Ich sehe aus wie irgendein versprengter Salonkommunist aus den sechziger Jahren – und das letzte Mal, als wir uns gesehen haben, sah ich aus wie ein Kaschmir-Strizzi vom Anleger in Portofino! Ich brauche dringend was … Frisches. Lassen Sie uns wenigstens schnell nach Hosen gucken gehen, Hosen sind ja immer was vom Schwierigsten, aber trotzdem wird das nicht länger als eine halbe Stunde dauern, ich verspreche es, Sie werden überrascht sein, wie entscheidungsfreudig ich bin!«

»Das habe ich gerade bei Starbucks gemerkt.«

»Ich bitte Sie inständig. Ich muss bei Donatella Versace vorbei und will was Ordentliches zum Anziehen haben.«

»Warum fragen Sie nicht Donatella?«

Der Teufel ließ Oskars Arm los und winkte ab.

»Zu flamboyant!«, sagte er. »Da kann ich mich ja gleich im Liberace-Museum eindecken!«

»Ich hätte nie gedacht, dass der Teufel so schwule Sachen sagen würde«, murmelte Oskar.

»Ich bin flexibel.«

»Das dachte ich mir.«

»Ich kann mich einfach nicht mehr auf Hilda vom Garderobendepartment verlassen! Sie ist wahrscheinlich zu lange im Dienst. *Sie* hingegen – Sie sind streng, Sie verabscheuen jede Form von Versagertum, bei Ihnen haben Männer schon verloren, wenn ihnen die Haare ausgehen, Sie sind genau der Richtige für mich!«

»Aber mich friert in Ihrer Nähe … und mir wird dauernd schlecht!«

»Sie werden sehen, lieber Freund, dass das von Mal zu Mal besser wird. Außerdem werde ich Ihnen nicht zu nahe kommen, das verspreche ich. Nun seien Sie doch so gut! Wir sind in Zürich, und Sie leben lang genug vor Ort, um zu wissen, dass in dieser Stadt körperliche Schönheit inbrünstiger angebetet wird als in South Beach! Hier wäre die Nike von Samothrake ein Aschenbrödel! Sie können sich also mit mathematischer Sicherheit ausrechnen, Herr Canow, welch zerstörerische Wirkung ein Auftritt in irgendwie ungünstigen Hosen für mich haben würde! Ich würde Sie nicht so dringend darum bitten, wenn das Ganze nicht gewissermaßen ein Notfall wäre. Ich meine, Sie sprechen hier mit jemandem, den sich die meisten Leute mit roten Strümpfen und 'ner Mistgabel vorstellen!«

»Ich weiß«, sagte Oskar und blieb stehen, denn ihm war etwas eingefallen, »– aber Sie wollen doch nicht mit dieser

Figur etwas anprobieren? Für Adorno-Bundweiten müssten wir in ein Spezialgeschäft.«

»Stimmt!«, erwiderte der Teufel, blieb ebenfalls stehen und pikte Oskar mit seinem plumpen Zeigefinger in die Brust.

»Warten Sie!«, sagte er dann, drehte auf dem Absatz um und ging schnurstracks in den Louis-Vuitton-Laden, vor dem sie zufällig haltgemacht hatten. Als Nächstes hörte Oskar einen Schrei. Es war ein mühsam unterdrückter Schrei des Verzückens, abgegeben von einer zufällig vorbeilaufenden, nicht mehr taufrischen Dame. Eigentlich war es eher ein sehr lauter Seufzer.

»Cameron!«, seufzte die Dame.

»Cameron Alborzian? Mit Versace-Sonnenbrille?«, sagte Oskar zu Luzifer, der in dieser neuesten Aufmachung soeben Louis Vuitton verlassen hatte und nun vor ihm stand. »Wo leben Sie – in den frühen neunziger Jahren?«

»Okay, okay!«, entgegnete der Teufel beschwichtigend, während plötzlich eine Krähe laut krächzend nah über seinem Kopf vorbeizog. »Es war nur ein Versuch –«

Worauf er auf einmal begann, Oskar taxierend zu mustern, den Kopf schief legte, mit den kleinen spitzen Zähnen auf die Unterlippe biss und zischelte: »Wie wäre es, wenn ich einfach als Ihr Zwilling aufträte?«

»Das verbiete ich!«

»Oder – oder ich nehme einfach Ihre Figur, dann können Sie mich schließlich auch am besten beraten, und irgendeinen unauffälligen Kopf, zum Beispiel den Kopf von … Ray Romano?«

»Das verbiete ich ebenfalls.«

»Menno.«

»Wissen Sie was«, sagte Oskar, »anstatt hier irgendein Fabelwesen herzustellen, nehmen Sie doch gleich Ray Romano von Kopf bis Fuß, das ist von der Statur her eine sehr praktische, unauffällige Durchschnittsfigur für einen Mann in den mittleren Jahren – oder jedenfalls für einen mittelalten Millionär aus Beverly Hills. Und das Gesicht ist hier auch nicht allzu bekannt.«

»Hervorragend. Dann treffen wir uns in drei Minuten im Grieder. Gehen Sie schon mal vor.«

»Zu Grieder?«

»Ja, das ist doch praktisch! Wir stehen gerade davor.«

Tatsächlich waren Oskar und der Fürst der Finsternis im Verlaufe ihres kurzen Gesprächs die Bahnhofstrasse ein Stückchen zurückgelaufen und standen nun also vor dem im neugotischen Mischmasch-Stil errichteten Gebäude des Modehauses Grieder.

»Was solls«, murmelte Oskar, indem er sich folgsam auf den Weg in das Geschäft machte, »ich kriege da ja möglicherweise zwischen all den Duftkerzen und den Glencheck-Button-downs auch irgendeine Decke …«

Doch Oskar kam gar nicht bis zu den Glencheck-Button-downs, weil ihm wieder jemand auf die Schulter tippte. Diesmal war es Ray Romano. Mit schwarzer Wayfarer-Sonnenbrille.

»Gut geworden!«, stellte Oskar fest.

»Nicht wahr?«, erwiderte der Teufel zufrieden. »Ich sehe durchschnittlicher denn je aus, jedenfalls in den getönten Spiegeln hier in diesem Kaufhaus, was übrigens ein ganz famoses Kaufhaus ist –«

»Concept Store«, verbesserte Oskar.

»… mit diesen prachtvollen Holzvertäfelungen, die so herrlich mit dem leuchtenden Weiß überall kontrastieren!

Wowzers! Das wird ein Spaß! Das wird ausnahmsweise mal kein Wettbewerb, sondern nur ein lustiger Zeitvertreib, und am Ende gibts einen Gewinner! Wenn wir das schaffen, schaffen wir alles! Soll ich Ihnen was sagen? Ich lebe richtig auf! Wenn ich Gott wäre, würde es im Himmel so aussehen wie hier!«

»Sie waren wohl lange nicht mehr vor der Tür.«

Fünfzehn Minuten später trat der Teufel aus einer mit crèmefarbenen Leinendraperien verhangenen Umkleidekabine. Er trug eine Jeans der Marke 7 For All Mankind. Oskar saß auf einem breiten Sofa im Vorraum der Kabine, blätterte in der neuesten Nummer von *Fancy Living* und sah auf, als Luzifers Schatten auf ihn fiel.

»Na?«, machte der Teufel erwartungsvoll, und als Oskar zunächst keinen Ton von sich gab, wiederholte er die Silbe etwas eindringlicher: »Naaah?«

»Hui!«, erwiderte Oskar. »Eine solche Jeans habe ich zuletzt an Gianna Nannini gesehen, bevor meine Mutter dazwischenkam und den Fernseher ausschaltete. Das war so in den frühen achtziger Jahren.«

»Was soll das heißen?«, fragte der Teufel verunsichert. »Wie sehe ich aus?«

»Wie eine Gefahr für die ganze Gesellschaft. Das gibt dem Wort *Verblendungszusammenhang* einen ganz neuen Sinn!«

»Na ja … mit den richtigen Schuhen … dann fallen die Beine ganz anders … vielleicht – Stiefel?«

»Mit Stiefeln zu diesen Hosen sehen Sie aus wie Sandokan! Und wenn Sie bei den Beinen schon Zweifel haben, dann warten Sie erst mal ab, bis Sie Ihren Hintern sehen! Die Hose ist nichts für Sie! Sie schlägt Falten und wirft Beulen.

Die Hose sieht aus, als wäre sie bereits dreimal in der Hölle gewesen.«

»Wie meinen Sie das?«

»Ich meine, Sie sollten was anderes anprobieren … vielleicht Flanell? Das würde auch die Kälte dämmen.«

»Potz hundert Gift!«, rief der Teufel, der soeben einen Blick auf das Preisschild geworfen hatte. »Das kostet ja das Weiße aus den Augen!«

»Sind Preise nicht egal für Sie?«

»Bin ich vielleicht allmächtig?«

Ein Verkäufer betrat den Vorraum. Im Modehaus Grieder gibt es noch Herrenkonfektionsverkäufer der alten Schule. Dieser hier hatte eine Figur wie eine Termitenkönigin.

»Gut, dass Sie kommen!«, stellte Oskar fest. »Wir brauchen einen Stapel Flanellhosen. Und vielleicht noch ein paar Chinos.«

»Selbstverständlich«, erwiderte die Termitenkönigin, »welche Größe?«

»52!«, schätzte Oskar mit einem taxierenden Blick auf den Teufel.

»48!«, sagte der Teufel.

»Kenne ich Sie nicht?«, fragte der Verkäufer.

»Nein!«, antworteten beide.

Der Verkäufer verschwand, der Teufel ebenfalls, und zwar in die Kabine, während Oskar wieder auf dem Sofa Platz nahm.

»Sind das hier Western-Ziernähte auf den Jeans?«, rief Luzifer aus der Kabine. »Ich dachte, das wäre mit den frühen Achtzigern gestorben.«

»Die Mode wiederholt sich«, rief Oskar zurück, ohne von *Fancy Living* aufzusehen.

»Eigentlich wollte ich ja was in Weiß«, reflektierte der Teufel, »das passt zu allem.«

»Ja. Wenn man der Papst ist. Oder Tom Jones.«

»Wer?«

Der Verkäufer erschien mit einem Stapel Hosenkandidaten, der ihm bis unters Kinn reichte.

»Glauben Sie mir, es gibt kein schöneres Gefühl als doppelt gerauten Flanell!«, versicherte er etwas gepresst.

»Glauben Sie mir, mir fallen spontan mindestens acht schönere Gefühle ein«, erwiderte Oskar und begann den Stapel zu sondieren: »Zu blass, zu grell, zu dick, zu eng, zu aufregend, diese hier geht, die auch, die bitte für mich zurücklegen, zu bunt, viel zu bunt, würde höchstens Eddie Izzard anziehen …«

Der Teufel kam aus der Kabine. Er probierte eine modische Ganzjahreshose in schillernder Sandfarbe.

»Wie sehe ich aus?«, fragte er erwartungsvoll.

»Wie eine Figur aus einer tschechischen Fernsehmärchenserie zu Zeiten des Eisernen Vorhangs«, erwiderte Oskar. »Ist das Cord?«

»Kabelcord«, präzisierte der Verkäufer.

»Wieso?«, maulte der Teufel. »Dieses Wüstengelb ist doch eine hübsche Farbe.«

»Die Farbe heißt *gobikhaki*«, korrigierte der Verkäufer.

»Die Wahl des falschen Farbtons hat schon Karrieren gestoppt«, sagte Oskar.

»Da mache ich mir keine Sorgen«, erklärte der Teufel.

»Der Stoff ist aus beinahe hundert Prozent indischer Baumwolle, von Betrieben in Umstellung auf kontrolliert biologischen Anbau«, erläuterte der Verkäufer in einem Ton, als sage er ein Gedicht auf, »mit schwermetallfreien

Textilfarben behandelt und im Rahmen einer Solidaritätskette vom Anbau bis zum Verbraucher umweltgerecht verarbeitet –«

»Im Rahmen einer *was*?«

»Solidaritätskette. Im Rahmen einer Solidaritätskette.«

Der Teufel wandte sich mit einem leeren Gesichtsausdruck zu Oskar und fragte: »Verstehen Sie das?«

»Ein gemeiner Werbeschwindel«, antwortete Oskar.

»Und was ist der Rest? Was ist mit dem Rest?«

»Wovon?«

»Von den hundert Prozent.«

»Stretch«, erklärte der Verkäufer, als handle es sich dabei um die Lösung aller Probleme, »die Hose ist mit einer ganz leichten Stretchbeimischung versehen.«

»Wie praktisch!«, seufzte der Teufel zufrieden, drehte sich zu Oskar und fragte: »Was würde wohl dazu passen?«

»Die Frisur von Glenn Close in *Fatal Attraction*«, erwiderte Oskar, »drehen Sie sich mal um!«

»Was?«

»Wie kann man sich so anstellen? Wollen Sie nun meinen Rat oder nicht? Umdrehen.«

Widerwillig drehte der Teufel sich um.

Pause.

Oskar räusperte sich.

»Was?«, machte der Teufel. *»Was?«*

»Nichts. Ich habe mich bloß geräuspert.«

»Ein Räuspern stellt die nonverbale Vermittlung eines Zweifels dar!«, rief der Teufel aufgebracht. »Das wissen Sie ganz genau!«

»Meine Kehle war trocken«, erklärte Oskar.

»Seh ich fett aus? Ist die Hose zu eng?«

»Nicht, wenn Sie in einer Boyband sind.«

»Sie ist also zu eng! Oder ich bin zu fett! Das ist mir vorhin schon aufgefallen. Meine Figur, ich bin irgendwie so asymmetrisch …«

»Kein Wunder bei einem Bocksfuß.«

»Sehr lustig!«, zischte der Teufel und trat mit einem hochmütigen und kurzsichtig zwinkernden Blick noch einen Schritt näher an den Spiegel heran, vor dem er einen Moment lang die ohnehin kleinen Augen zusammenzukneifen schien. »Versuchen Sie hier, lustig zu sein? Das bringt uns auch nicht weiter. Sagen Sie mir lieber, ob ich in diesen Hosen fett aussehe. Seh ich fett aus?«

Oskar verlor für einen Augenblick die Geduld.

»Lassen Sie's mich mal so sagen«, erwiderte er, »ich habe einfach gewisse Zweifel, dass eine viel zu enge Kabelcordhose Ihnen den dringend benötigten zeitgenössischen Hauch von Klasse verleiht. Sie sollten sich vielleicht mal überlegen, welche Botschaft Sie der gesamten restlichen Welt mit diesem Beinkleid übermitteln, nämlich: Ja, ich gebe auf! Ich kann nicht mithalten mit der normalen Gesellschaft. So ungefähr. Und vielleicht sollten Sie beim Anprobieren die Sonnenbrille abnehmen.«

»Sie wissen ganz genau, dass das unmöglich ist. Sie dürfen mir nicht in die Augen sehen.«

»Er ist definitiv kurzsichtig«, dachte Oskar, »er ist kurzsichtig und will es nicht zugeben.«

»Wollen Sie eher was Formelles?«, mischte sich nun der Verkäufer ein, der offenbar von einer stoischen Berufsauffassung alter Schule getragen wurde. »Oder lieber eine Freizeithose?«

»Ich hab keine Freizeit«, erwiderte der Teufel.

»Wir brauchen was Zeitlos-Robustes«, erklärte Oskar, »so eine Art Allzweck-Ganzjahreshose.«

»Vielleicht sollten Sie's eher beim Fachhandel für Berufsbekleidung versuchen«, empfahl der Verkäufer.

»Wir steuern hier auf eine Situation zu, mit der ich möglicherweise nicht fertig werde«, ächzte der Teufel.

»Wem sagen Sie das!«, murmelte Oskar.

Er warf einen Blick auf den Teufel und stellte fest, dass dieser ziemlich erschöpft aussah. Offenbar erlitt der Sohn der Verdammnis einen kleinen, momentanen Fassungsverlust, eine mit der beredten, beinahe liebenswürdigen Frisch-ans-Werk-Gesinnung, die Oskar inzwischen an ihm gewohnt war, unvereinbare Augenblicksexaltation.

»Herr Canow«, seufzte Luzifer, »ich *bitte* Sie! Ich bin auf der Suche nach Lösungen! Aber diese Diskussion hier wird langsam etwas belastend. Und ich werde mit Belastungen schlecht fertig.«

»Ich würde eher sagen: Sie sind unzugänglich für Hilfsangebote«, stellte Oskar nüchtern fest.

»Alles in Ordnung?«, erkundigte sich der Verkäufer.

»Was soll denn hier in Ordnung sein?«, röchelte der Teufel mit asthmatischer Stimme. »Die Probleme stehen doch Schlange! Und das dringlichste davon ist: Ich bin fett!«

»Man ist nie zu dick, um sexy zu sein«, lispelte Oskar diabolisch.

»Sind Sie verrückt?«, quiekte der Teufel hysterisch. »Ich bin doch dicker als Khloe Kardashian! Ich schwöre, mein Bauchnabel hat sich gerade von innen nach außen gestülpt!«

»Okay, das reicht!«, ächzte Oskar. »Das wird in Zukunft Beth Ditto aus meinen Alpträumen verdrängen.«

Gleichzeitig dachte er: »Ich muss ihm Mut machen. Das

setzt mich allerdings unter immensen Druck. Ich bin nicht sehr gut in Notfällen.«

»Also«, erklärte Oskar nach einer weiteren unangenehmen kleinen Pause, »ich will auch nicht, dass Sie fett aussehen. Weil ich mich dann fühle, als ob Sie mich mitzögen, und das hasse ich. Also. Wir tun jetzt so, als ob wir beide ganz souverän wären. Sie probieren jetzt *sofort* eine Hose an! Irgendwas Klassisch-Gepflegtes, etwas Traditionelles, denn mit etwas Traditionellem liegt man niemals falsch, ist es nicht so?«

Mit diesen letzten Worten, die an den Verkäufer gerichtet waren, der kaum heftiger hätte zustimmen können, zerrte Oskar irgendeine Hose aus dem Stapel und hielt dieselbe auffordernd dem Teufel entgegen. Es handelte sich zufällig um ein maulwurfsgraues Modell, das Lauren als Flanell-Tanker bezeichnet hätte und ungefähr jenen Beinkleidern ähnelte, die Oskar vorhin bei den Anlageberatern auf dem Paradeplatz gesehen hatte. Der Teufel indes nahm es wortlos entgegen und verschwand gehorsam in der Kabine.

»Verzeihen Sie meinen Begleiter«, sagte Oskar zum Verkäufer, »er hat ein wenig Angst vorm Dunkeln. Und vor Licht. Und hat gestern bei uns auf dem Küchenfußboden übernachtet, weil er dachte, der Geist seiner Katze würde ihn verfolgen.«

»Ich verstehe«, sagte der Verkäufer.

»Potz Stern!«, rief eine girrende Stimme aus der Umkleidekabine. »Das sieht gar nicht schlecht aus!«

Der Teufel trat in den Vorraum.

»Dreifach gewalkt«, sagte der Verkäufer begeistert zu Oskar, »die beste Qualität. Hier, fühlen Sie mal.«

»Nein, danke.«

»So was wird heutzutage eigentlich gar nicht mehr hergestellt.«

»Ich muss sagen«, stellte Oskar anerkennend fest, »ich bin überrascht, wie fabelhaft Ihnen ausgerechnet diese Hosen stehen … ausgerechnet in Maulwurfsgrau.«

»Die Farbe heißt *taupe*«, verbesserte der Verkäufer.

»Well, well«, entgegnete der Teufel mit quieksendem Kichern, »was an einem Menschen degoutant ist, kann an einem Teufel relativ angenehm und kleidsam sein. Dafür ist er ein Teufel.«

»Sie haben nichts gehört, Smitty!«, befahl Oskar dem Verkäufer.

»Ich heiße nicht Smitty«, erwiderte dieser.

»Wir nehmen die Hose«, erklärte Oskar. »in drei Größen. Und dann noch ein Paar Chinos. Und packen Sie für mich noch ein paar Ralph-Lauren-Boxershorts dazu.«

»Pffft!«, machte der Teufel, indem er im Umkleideraum verschwand. »Ralph Lauren. Das ist so *middle class*.«

»Ich Glücklicher!«, sagte Oskar. »Ich bin mit Karl Lagerfeld einkaufen! Und nun darf ich mich verabschieden. Es war sehr lustig. Wieso wiederholen wir das nicht irgendwann, in ein paar Jahren? Oder nie?«

»Ich hätte erst übernächste Woche wieder Zeit«, sagte der Teufel durch den Vorhang.

»Erst übernächste Woche«, wiederholte Oskar, »großartig. Das ist wie eine aufgeschobene Hinrichtung! Auf Wiedersehen!«

»Halt!«, sagte da jemand mit schnarrender Stimme und griff ihn am Arme, nämlich der Höllenfürst, der plötzlich neben ihm stand, »– einen Augenblick noch. Wir haben doch über die Hauptsache noch gar nicht gesprochen.«

»Was? Was ist die Hauptsache?«

Luzifer kicherte mit Grübchen, als sei dies die lustigste Erkundigung der Welt.

»Wie geht es Ihnen?«, fragte er dann. »Wie fühlen Sie sich? Glücklich?«

»Glücklich?«, wiederholte Oskar. »Nun ja … es gibt Momente. Aber die Abstände sind mir noch zu groß.«

»Haha!«, kreischte der Teufel begeistert. »Witzig wie immer! Sie wissen ja: Das Paradies auf Erden kommt mit einem Minimum an Intervention aus.«

»Der Teufel als Liberaler. Genau wie viele Menschen sich das vorstellen.«

Hiermit aber schien Oskar einen wunden Punkt berührt zu haben. Jedenfalls echauffierte sich der Herr der Finsternis ein wenig.

»Na und?«, zischte er. »Wer behauptet denn, der Teufel sei ein Phänomen zersetzender Kritik? Sie verwechseln mich wohl mit Erscheinungen wie diesem gräulichen Junggesellen aus Königsberg, über den Sie Ihre Doktorarbeit geschrieben haben.«

»Ist der auch in der Hölle gelandet?«

»Verleumdung! Nichts als üble Nachrede! Ich will Ihnen mal was sagen, lieber Freund, gestatten Sie, dass ich Sie nun ins Vertrauen ziehe über mich und meine Verfassung, es ist nämlich so: Wenn der Teufel etwas hasst, wenn ihm in aller Welt etwas konträr und zutiefst zuwider ist, so ist es die zersetzende Kritik. Die geht mir noch mehr gegen den Strich als geistlose Oberflächlichkeit! Nein, was ich will und spende, das ist gerade das triumphierende Über-die-Kritik-hinaus-Sein, die prangende Unbedenklichkeit, getreu dem schönen Grundsatz: Man hat in seiner Sphäre zu bleiben. Man hat das Prinzip zur Geltung zu bringen, das –«

»– das man darstellt, ja, danke, ich weiß, das hat meine Großmutter auch immer gesagt.«

»Eine gute Frau. Ich kenne sie. Was aber jetzt Sie angeht, lieber Herr Canow, so freut es mich, Sie in so guter Stimmung zu finden, schnurstracks auf dem Weg in eine schöpferische Heiterkeit, die das Leben als großes Spiel versteht, ohne Besorgnis, Fallen und Haken … na gut, mit jeder Menge Haken, aber die kann man ignorieren, denn: Was spricht gegen Weglaufen, wenn einen die Probleme nie einholen?«

»Sie sollten mal mit meiner Frau reden.«

»Gerne. Ich wollte sowieso vorbeikommen.«

»Darf ich Sie zur Kasse begleiten?«

Diese letzten Worte hatte der Verkäufer mit der Figur einer Termitenkönigin gesprochen, der in den Vorraum zurückgekehrt war, und als Oskar, davon zwei Sekunden abgelenkt, sich wieder umwandte, war der Teufel – fort. Ebenso der Verkäufer – fort. Oskar verließ das Modehaus Grieder. Draußen kreiste die Krähe. Direkt vor Oskars Nase liefen drei Wertpapierhändler mit zielsicherem Schritt die Bahnhofstrasse hinab; möglicherweise waren es die von vorhin, vielleicht auch nicht, einer trug eine Flanellhose, wie Oskar sie gerade dem Teufel ausgesucht hatte. Und übrigens fiel ihm erst zu Hause ein, dass er die Decke vergessen hatte.

8. KAPITEL

Gott ist kein Dichter

Namentlich fiel Oskar sein Versäumnis ein, als er zu Hause seiner Assistentin Kelly gegenüberstand.

»Sie haben die Decke vergessen?«, wiederholte Kelly ungläubig. »Wie kann das sein? Und wo, bitte, waren Sie so lange?«

»Ich war mit dem Teufel Hosen kaufen.«

»Gewiss. War die Elster mit dem Zylinder auch dabei?«

»Was für eine Elster?«, erkundigte sich die Redakteurin des *Sonntagsblatts*, die soeben aus dem Drawing Room trat, worinnen die Vorbereitungen für die Fotositzung in vollstem Schwunge waren. Nach den Geräuschen zu urteilen, wurden Möbel verschoben und allerlei Gerätschaften aufgestellt. Die Dame vom *Sonntagsblatt* war jung, schlank und rehäugig, und irgendeine ehrgeizige Coiffeuse hatte aus ihrem kastanienglänzenden Haar eine imposante Haube erbaut, die allerdings ein wenig zu schwer wirkte im Verhältnis zu ihrem rundlichen, zartknochigen Gesichtlein mit dem bleichen Teint.

»Was für eine Elster?«, wiederholte die Redakteurin.

»Lucinda, die ehrwürdige Königin des Planeten Rosniak«, antwortete Kelly.

»Ich kann Ihnen sagen«, erwiderte Oskar, indem er die Redakteurin eilig und sanft beim Arme auf die Seite zog, »off the record, natürlich: Einmal zu viel Vicodin – und niemand nimmt Sie mehr ernst. Sogar wenn Ihnen der Leibhaftige über den Weg läuft.«

»Wo ist die Frau?«, rief in diesem Moment ein Wesen mit Palästinensertuch und Drainpipe-Hosen, das ebenfalls aus dem Drawing Room trat – oder besser: schneite, so dünn und nervös, wie es war. »Wo ist die Frau? Wir müssen anfangen!«

Das Wesen hatte einen stark hervortretenden Adamsapfel sowie lange, gelbe Fingernägel und sah insgesamt aus wie eine Randfigur aus einem Roman von Dostojewski.

»Sind Sie der Assistent?«, fragte Oskar.

»Ich bin der Fotograf«, verbesserte das Wesen, »wir wären dann bereit für Ihre Frau.«

»Wo ist eigentlich Ihre Frau?«, fragte die Redakteurin.

In diesem Augenblick klingelte es.

»Das wird sie sein«, stellte Kelly fest, »ich gehe mal aufmachen.«

»Lauren würde doch nicht klingeln!«, rief Oskar ihr hinterher.

»Ich liebe Ihre Bücher«, behauptete die Redakteurin.

»Das ist sehr nett«, behauptete Oskar, »und ich hoffe, es ist nicht schlimm, dass wir nun doch keine Decke mehr auf dem Sofa haben …«

»Ach du liebe Güte!«, rief der Fotograf. »Wir haben keine Decke mehr? Ich muss mit dem Stylisten reden!«

Worauf er verschwand.

Dafür erschien Kelly.

»Das war nur ein Kurier an der Tür«, erklärte sie, »der die neue Schabracke brachte, von Hästens. Modell *König von Schweden.*«

»Das wird den Stylisten freuen«, sagte Oskar.

»Auf Herrn Canows Bett befindet sich im Augenblick versehentlich *Astrid Lindgren*«, erläuterte Kelly der Redakteurin.

»Ach so«, erwiderte diese.

»Oh mein Gott!«, entfuhr es Oskar.

Was sich darauf bezog, dass Luella im Türrahmen erschienen war.

»Oskardarling!«, sagte Luella.

»Luella«, erwiderte Oskar.

»Schätzelchen«, sagte Luella, »ich liebe dieses T-Shirt immer mehr, je öfter ich es an dir sehe.«

Luella, Laurens Freundin aus ihren Public-School-Tagen in Frensham Heights, war eine Erscheinung, die von den meisten Menschen in ihrer Gesellschaft als »larger than life« apostrophiert wurde. Für Oskar schien sie seit jeher vor allem aus Haaren und Zähnen zu bestehen. Sie trug eine gewaltige Frisur aus ondulierten blonden Locken, scharfkantig und trocken wie Sägespäne, und dazu im Mund das, was man in Oskars Kreisen die volle Hollywood-Garnitur nannte, also eine Phalanx makelloser, quadratischer, vollkommen regelmäßig stehender Zähne, deren leuchtendes Weiß mit der ebenso tiefen wie falschen Bräune des Gesichts kontrastierte. Dessen Haut wurde mit allem erdenklichen Aufwand straff gehalten, doch nichts, keine Kunst, kein Mittel, auch die lästigen und widerlichen nicht, hatte zu hindern vermocht, dass auch dieses Gesicht die Stigmata seiner Sphäre trug: seine

Wangenzüge, diese beiden Furchen des Hochmuts und der Langeweile, prägten sich bei ungünstiger Beleuchtung auf wahrhaft groteske und grimassenhafte Weise aus, um sich erst bei Bewegung der Muskulatur in der Konversation wieder ein wenig zu glätten. Denn wie für alle Typen ihrer Sphäre, so war auch für Luella die Unterhaltung das einzige Mittel, das ihr auf der Flucht vor sich selbst zu Gebote stand.

»Oh«, machte die Redakteurin, »ist das Ihre Frau?«

»Gott bewahre!«, entfuhr es Oskar.

»You just spray sunshine, huh?«, wehte da, kühl wie mentholisierter Rauch, die Stimme seiner Gattin an sein Ohr, und Lauren erschien neben Luella.

»Lauren«, seufzte Oskar erleichtert, »du bist da! Und, erm, du hast Luella mitgebracht!«

Womit Oskar sich zur Redakteurin des *Sonntagsblatts* drehte, auf seine Gemahlin deutete und sagte: »*Das* ist meine Frau. Und diese charmante Dame dort mit der Feldarbeiterbräune ist Luella van Osburgh, eine alte, alte Freundin der Familie.«

»Oh«, machte die Redakteurin wieder, »möchte die Dame auch mit aufs Bild?«

»Nein«, sagte Oskar.

»Ich danke Ihnen, dass Sie sich auch fotografieren lassen«, sagte die Dame vom *Sonntagsblatt* zu Lauren.

»Ich bin bloß hier durch eine unnatürliche Folge von Zufällen plus eine kleine Spur angedrohter Erpressung«, erwiderte diese.

»Ja«, sagte die Redakteurin verwirrt, »es wird wohl das Beste sein, wenn ich drinnen mal nach dem Rechten sehe.«

Mit welchen Worten sie im Drawing Room verschwand.

»Ich hätte jetzt gern einen Scotch«, stellte Luella fest, »und zwar einen Scotch, der alt genug ist, seinen eigenen Scotch zu bestellen.«

Worauf Kelly erschien und Oskar fragte: »Soll ich Astrid Lindgren von Ihrem Bett nehmen?«

Dieser seufzte.

»Ich bitte euch alle«, sagte er dann, »nur für heute Nachmittag, wenn es geht, ansatzweise normale Menschen vorzutäuschen. Wir müssen diesen kleinen Fototermin hinter uns bringen. Das haben wir vorher schon geschafft, und wir werden es wieder schaffen. Lauren, ich gebe dir alles, was du willst, wenn du jetzt mit mir da reingehst und so tust, als wenn wir ein völlig durchschnittliches Ehepaar wären.«

»Das sind wir doch.«

»Eben.«

»Dann hast du sicher nichts dagegen, wenn Luella mit aufs Sofa kommt?«

»Was?«

»Just kidding. Das ginge wohl gar nicht. Luella ist ein bisschen eingeschränkt; sie hat drei Ambien genommen und kann ihre Arme nicht mehr koordinieren.«

»Ich könnte sehr wohl –«

»Halt die Klappe, Luella! – Luella ist nur schnell mitgekommen, weil ich ihr versprochen habe, ihr dieses Weltraum-Abdeckpuder aus der Doktor-Niehans-Das-ist-echt-nie-passiert-Linie zu geben. Ich hab das neulich geschenkt gekriegt und jetzt irgendwo in einer Küchenschublade.«

»Gut, aber danach verstecken wir sie in der Bibliothek.«

»Very well, Killjoy!«

Womit Lauren und Luella Richtung Küche verschwanden. Im selben Moment klingelte es erneut.

»Kelly!«, rief Oskar.

Aber Kelly war verschwunden.

Also machte Oskar selbst auf.

Vor der Tür stand der legendäre Hollywood-Produzent Robert Evans. Und zwar in typischer Robert-Evans-Manier alle Toilettenkünste des Showgeschäfts aufbietend: mit Paschmina-Rollkragenpullover, crèmeweißem Blazer mit Goldknöpfen und Pattentaschen, Senkelkrawatte um den Hals, geglätteter, orangefarbener Haut, perlgrauem Hochglanzhaar und braun getönter Sonnenbrille.

»Da bin ich schon!«, sagte er.

»Was denn – Sie schon wieder?«, flüsterte Oskar, der inzwischen die Stimme sofort erkannte. »Sie scheinen ziemlich viel freie Zeit zur Hand zu haben!«

»Menno!«, machte der Teufel. »Ich wollte Ihnen ja nur mal die neuen Hosen im Kostüm vorführen.«

»Robert Evans war die richtige Wahl für grauen Flanell«, erwiderte Oskar anerkennend.

»Taupe!«, verbesserte der Teufel. »Die Farbe heißt *taupe.* – Sie gestatten?«

Und er schickte sich an, einzutreten.

»Das passt im Augenblick schlecht«, wandte Oskar ein, indem er dennoch füglich zur Seite trat, um Luzifer hereinzulassen, »wir haben gerade die Leute von der Zeitung hier.«

»Ich weiß, ich weiß«, erwiderte der Teufel jovial, »es ist ja nur für ein Momentchen. Wie läuft der Essay?«

»Okay«, antwortete Oskar, der sich aufgrund eines kindlichen Aberglaubens nie allzu gern über laufende Arbeiten unterhielt und im Augenblick sowieso nicht die Muße dazu verspürte.

»Ich wette«, sagte der Teufel kokett, »es wird ein Meisterwerk! Ein Meisterwerk, ein Triumph der Form! Die Strenge, das kalte Ebenmaß wird über das Ungemach, die Beleidigungen des Lebens triumphieren! Aber es wird ganz und gar nicht kalt dabei zugehen, im Gegenteil, Ihre Schöpfung wird jene Beschwingtheit, sogar Weichheit und Musikalität an sich haben, die sie immer schon auszeichnete, jenen Liedzauber, den Hauch und Farbenstaub von Melodie, bloß jetzt noch ein bisschen gesteigert um diese süße –«

»Noch fünf Minuten!«, rief Kelly, die den Kopf aus der Tür des Drawing Room steckte, »wo ist Ihre Frau? Hier soll gleich mit dem Einleuchten begonnen werden!«

»Ich hole sie!«, erwiderte Oskar schnell, indem er, nachdem Kellys Kopf wieder verschwunden war, den Teufel bei den Schultern durch die nächste Tür in die Bibliothek bugsierte mit den Worten: »Verzeihen Sie, das ist jetzt ein wenig unglücklich, wenn Sie sich einen Moment gedulden möchten …«

»Aber –«, protestierte der Höllenfürst, doch weiter kam er nicht, denn Oskar schloss die Tür.

Im selben Moment erschienen Lauren und Luella aus der Küche.

»Gottseidank«, seufzte Oskar, »auf Wiedersehen, Luella!«

»Nicht so hastig«, sagte Lauren, »wir müssen noch einen Augenblick warten. Luella hat einen Schluck von der Duftkerze genommen –«

»Was?«

»Yes«, seufzte Lauren und betrachtete ihre Freundin ein wenig skeptisch, »ich weiß auch nicht, wie das passieren konnte, I mean … I'm all for responsible, yet heavy drinking – aber das war eine *Duftkerze*, Schätzchen! *Fleurs du Mal* von Diptyque.«

»Tja«, erwiderte die Betroffene achselzuckend, »ich dachte, das wäre Scotch.«

»Anyways, es war nur ein kleiner Schluck, allerdings wollte Luella anschließend unbedingt ein Abführmittel nehmen, und jetzt kann sie natürlich unmöglich vor die Tür, nun, eben, was solls, sie kann ja noch einen Moment in der Bibliothek warten –«

»Nein!«, rief Oskar und ergriff die Hand, die Lauren ausgestreckt hatte, um die Tür der Bibliothek zu öffnen.

»Was –?«, machte Lauren konsterniert.

»Da drinnen wartet schon jemand!«, sagte Oskar schnell und mit gepresster Stimme.

»Wer?«

»Na … – Dings.«

»Dings?«

»Du weißt schon.«

»Ich habe nicht die geringste Ahnung, wovon du redest, Kleines!«, stellte Lauren fest und öffnete mit beherztem Schwunge die Tür zur Bibliothek. Worauf ihr mit einem quiekenden »Hopplaaah!« beinahe der Teufel in die Arme fiel, welcher sich seinerseits, offenbar vertieft in die Autobiografie von Tallulah Bankhead, von innen gegen die Türe gelehnt zu haben schien.

»Robert Evans?«, flüsterte Lauren einigermaßen fassungslos.

»Nicht ganz«, flüsterte Oskar zurück, »eher Gottes unvollkommener Gehilfe.«

Lauren straffte sich.

»Ich verstehe«, sagte sie, bot Luzifer die Hand und ergänzte mit konventioneller Manierlichkeit: »Es ist mir ein besonderes … Unterfangen, so einen wichtigen Mann wie Sie kennenzulernen.«

Nun aber geschah etwas Seltsames: Nicht nur, dass der

Teufel die dargebotene Hand verschmähte – dies hatte er bei Oskar zuvor immerhin auch schon getan –, nein, er wich gar reflexartig für einen Augenblick zurück, als flöge ihn jäh eine Furcht an. Dies jedoch bloß für den Bruchteil eines Moments; dann fing er sich wieder.

»Es ist mir ein Vergnügen!«, behauptete er, mit einem seltsam schrillen Ton, als hätte er zu hastig aus seinem Repertoire an Stimmlagen ausgewählt, ohne Zeit für die treffende Note. Darauf richtete er die Sonnenbrille rasch auf Luella und fragte: »Und mit wem genieße ich hier den Vorzug?«

»Oho, Sie meinen dies scheue kleine Wesen hier im Hintergrund«, erwiderte Oskar unter einer ausholenden Handbewegung, »nun, das ist unsere alte Freundin Luella, ein Geschöpf voll dionysischer Weisheit … und meistens voll mit Scotch. – Luella, darf ich vorstellen: die archetypische Vaterfigur, der Teufel persönlich! Sag guten Tag!«

»Reizend!«, konstatierte der Teufel, immer noch mit Blick auf Luella.

Diese aber lachte nur.

»Sie müssen unsere kleine Freundin entschuldigen«, sagte Oskar, »sie hat soeben eine Duftkerze ausgetrunken und ist in gewissen Kreisen auch als Mülleimer des Satans bekannt. Es wird stark bezweifelt, dass sie lesen und schreiben kann.«

»Reizend!«, wiederholte der Teufel.

»Ha-haa!«, machte Luella. »Sie wollen also der Teufel sein? Wie finde ich denn das? *Zu* komisch finde ich das! Sie sind ja 'ne Marke! Nun, es freut mich, Sie kennenzulernen. Wie geht es Ihnen?«

»Danke«, erwiderte der Teufel, »man dauert. Ich bin weit

über tausend Jahre alt und kann neuerdings keine Milchprodukte mehr aufspalten.«

Luella schrie auf.

»Ich könnt mich wegschmeißen!«, jauchzte sie. »Lauren, Liebes, wieso hast du mir euren fabelhaften kleinen Bekannten hier nicht schon viel früher vorgestellt? Das ist mal was anderes als das übliche Gerede über Mittelmeervillen und Polo-Handicaps! So, der Teufel wollen Sie sein? Da haben Sie sicher viel mit der Hölle zu tun?«

»Ach, wissen Sie«, seufzte Luzifer mit einer wegwerfenden Handbewegung und verzog ein wenig leidend das Gesicht, »das ist auch nicht so faszinierend, wie man häufig denkt. Das meiste sind ja doch langweilige, banale Fälle, bei denen nicht das Geringste herauskommt, die wir quasi nur so mitlaufen lassen, gewissermaßen um die Quote zu erfüllen, Sie wissen schon, Diktatoren, Schwerverbrecher … aber dann …« (Und hier nun hellte sich Luzifers Miene sichtlich auf.) »… dann gibt es auch Leute, mit denen wir eine Geschäftsbeziehung unterhalten, die wir von uns aus angestrebt haben, einen Special Deal, sozusagen. Sie würden überrascht sein! Wenn ich Ihnen jetzt ein paar meiner Arbeiten und laufenden Projekte aufzählte, könnte ich halbwegs sicher sein, dass Sie diesen die rückhaltlose Bewunderung, die sie verdienen und in die sich gar wohl ein leiser Schauder mischen dürfte, nicht versagen würden. Natürlich ist die Hölle eine Klassengesellschaft, der Himmel übrigens auch. Wie diese Lokalitäten überhaupt wahrscheinlich nicht so ohne weiteres zu unterscheiden sind –«

»Oh, Luella kennt sich aus mit der Banalität des Bösen«, warf Oskar ein, »und übrigens muss sie nun gehen. Bevor die Abführmittel zu wirken beginnen.«

»Entschuldigen Sie bitte die bisweilen ruppige Art meines Mannes«, bat Lauren den Teufel, »er hat damals im Carlton in Cannes mit Ach und Krach eine Vicodin-Überdosis überlebt, die, um es frank und frei zu sagen, schlimme Spuren hinterließ.«

»Sweetness«, sagte Oskar, »könntest du bitte wenigstens vor dem Leibhaftigen so tun, als ob wir ein völlig durchschnittliches Ehepaar wären?«

»Das sind wir doch.«

»Eben.«

»Wir wären dann so weit«, meldete die Dame vom *Sonntagsblatt*, die in diesem Moment ihren Kopf durch die Bibliothekstür steckte.

»Einen Augenblick«, erwiderte Lauren und schloss die Türe, so dass die Dame gerade noch ihren Kopf zurückziehen konnte.

»Ach, die Presse«, seufzte der Teufel, und in der Klangfarbe seiner Stimme lag etwas von der Nostalgie einer alternden Filmdiva, »ich glaube, es war Saul, der gesagt hat, dass Künstler heutzutage mehr bewundert würden als Millionäre …«

»Saul?«, fragte Luella.

»Bellow«, antwortete der Teufel, »– und, wenn ich mich recht erinnere, sagte er nicht: bewundert, sondern: *beneidet*, genau: Künstler würden heutzutage mehr *beneidet* als Millionäre.«

Lauren warf den Kopf zurück und stieß leise die Luft durch Mund und Nase.

Dann sagte sie: »Mag sein. Aber bestenfalls *sind* sie Millionäre.«

»Bellow?«, fragte Luella.

»Nanu«, quäkte Luzifer, vergeblich bemüht, den Wohlklang in seiner Stimme zu halten, indem er sich zu Lauren drehte, »– warum denn so spitzzüngig?«

»Das will ich Ihnen sagen«, sprach Lauren, indem sie einen Schritt auf den Leibhaftigen zutrat, der sofort um dieselbe Distanz zurückwich, »ich habe gewisse Zweifel –«

»Wir können Ihre Freunde gerne mit aufs Bild nehmen«, unterbrach die Redakteurin, die just ihren Kopf ebenso tapfer wie hartnäckig wieder durch den Türrahmen gesteckt hatte.

»Hervorragende Idee«, sagte Oskar, »das Motiv können wir dann gleich an eine Diane-Arbus-Retrospektive ausleihen.«

»Ach, nein«, wehrte der Teufel sichtlich geschmeichelt ab, »ich bin auf Fotos nie so gut zu sehen …«

»Hitze und Schwefel sind wohl schlecht für die Haare?«

»Ich war kürzlich auf der Titelseite von *Dame und Pudel*.«

»Wie schön für dich, Luella.«

»Ich habe doch jetzt diesen schwarzen Pudel.«

»Wie schön für dich, Luella. Fehlt nur noch die Dame.«

»Er ist mir zugelaufen.«

»Daran bist du ja gewöhnt.«

»Ich hab ihn allerdings sofort umfärben lassen. Hell gefiel er mir besser.«

»Ihr Vater ist am Telefon!«, meldete Kelly, deren Kopf neben dem der Redakteurin im Türrahmen auftauchte.

»Mein Vater?«, sagte Oskar. »Ausgeschlossen. Eher friert die Hölle zu.«

»Du liebes bisschen«, sagte der Teufel, »erinnern Sie mich nicht daran.«

»Nein, nein«, sagte Kelly, indem sie in Richtung von Lauren gestikulierte, »*Ihr* Vater, gnädige Frau.«

»Seien Sie so nett, Kelly, und nennen Sie mich nicht *gnädige Frau*«, erwiderte Lauren, »– danke, ich rufe später zurück.«

»Bestimmt gute Nachrichten!«, quiekte der Teufel und klatschte in die etwas plumpfingrigen Hände.

»Also«, erklärte Luella, »*mein* Vater hat immer gesagt: ›Als ich ein Kind war, sprach ich wie ein Kind und dachte wie ein Kind, aber als ich ein Mann wurde, nahm ich das Kind mit in den Wald und habs abgeknallt!‹«

»Wundervoll«, sagte Oskar.

»War Ihr Vater bei den Roten Khmer?«, fragte der Teufel.

»Nein«, erwiderte Luella, »er hat Küchengeräte verkauft.«

»Bemerkenswert!«, stellte der Teufel fest.

»Okay«, sagte die Dame vom *Sonntagsblatt*, die immer noch zwischen Tür und Angel steckte, ein kleines bisschen strapaziert wirkte und sich soeben eine Zigarette anzündete, »ich steh ja normalerweise voll auf so zwischenmenschliches Zeug, aber wenn Sie nichts dagegen hätten, könnten wir vielleicht langsam mit dem Einleuchten anfangen, denn … denn …«

»… denn das Palästinensertuch dreht sonst durch«, beendete Kelly.

»Selbstverständlich!«, versicherte Lauren, schloss die Türe vor Kelly und der Redakteurin, drehte sich mit einem kleinen Schwung direkt zum Teufel herum und tippte denselben mit ihrem sorgfältig manikürten und dschungelrot lackierten Zeigefingernagel auf die Brust, indem sie erklärte: »Lassen Sie mich Ihnen ganz unverstellt mitteilen, dass ich Ihnen nicht über den Weg traue, und es ist mir egal, wie viele Leute hier noch drum rumstehen.«

»Nanu«, zischte Luzifer und wich schaudernd zurück, »hier weht plötzlich so ein eisiger Hauch!«

»Das ist mal was anderes, nicht wahr?«, erkundigte sich Lauren, indem sie drohend einen weiteren Schritt in seine Richtung unternahm.

»Was denn«, quiekte der Teufel ein wenig überrumpelt, »glauben Sie nicht an Höheres?«

»Ich glaube an höhere Gerechtigkeit«, erwiderte Oskars Ehefrau, »und zwar schon im Diesseits. Ich glaube daran, dass das Leben im Einzelfall das korrigiert, wovor menschliche Instanzen versagen.«

»Nun«, erwiderte Luzifer, der seine Modulation wiedergefunden hatte, »dass es den Teufel gibt, heißt noch lange nicht, dass es auch Gott geben muss. Sie können an mich glauben und trotzdem Atheistin sein. Sie wissen ja, meine Liebe: Es gibt nur einen Weg zu Gott, keinen Beweis.«

»Mal was anderes, dass der Teufel Thomas von Aquin zitiert«, stellte Lauren fest, »und wie dem auch sei und weil Sie vom richtigen Weg sprechen: Ein falscher Schritt, ein Schritt zu weit, mein Herr – and I'm gonna be all over you like a nun sandwich!«

»Ah«, machte der Teufel mit einer ausladenden Geste, »– the beauty of toughness!«

Lauren warf den Kopf zurück und verengte die Augen zu Blitzen.

»Jedenfalls«, sagte sie nach einer kleinen Pause (und ihre Stimme wurde eine Idee heller), »jedenfalls werde ich Ihnen auf den Fersen sein. Ich werde Ihnen wie Ihr Schatten folgen, als der Ihnen aufgestellte Gläubiger, und wenn Ihnen auch ein Gewissen völlig abgehen mag, so werde ich Ihnen doch im Falle der kleinsten Übertretung meinen Wechsel so lange präsentieren, bis Sie ihn auf Heller und Rappen bezahlen!«

»Was für eine Woge von Metaphern«, seufzte der Teufel – doch der Seufzer klang ein wenig schüchtern. Zudem war Lauren noch nicht fertig. Der metallische Glanz ihrer Augen erlosch, die wundervollen kleinen Gruben in ihren Wangen höhlten sich zu Furchen, und ihr stolzer, herber Mund erschien jählings scharf und schmal. Sie sah recht furchterregend aus, und in einem Tonfall beinahe grausamer Leichtigkeit flüsterte sie: »Jedenfalls werden Sie, Robert Evans, hier keine Seele anrühren, damit wir uns verstehen. Sonst hängt Ihr Ledersenkel an meinem Rückspiegel!«

»Wir rühren Seelen grundsätzlich nicht an«, behauptete der Teufel betont unbeteiligt und schnipste sich ein Stäubchen vom Ärmel, »Seelen sind Eigentum Gottes.«

»Es gibt Streitfälle. Zum Beispiel Faust.«

»Kenn ich nicht. Wer ist das?«

Auf diese letzte Replik des Teufels hin ließ Luella ein irres Lachen hören, während Oskar dem Wortwechsel zwischen Luzifer und seiner Frau mit wachsendem Unbehagen gefolgt war. Der Teufel indes schien Lauren durch seine braun getönten Brillengläser ein Weilchen zu fixieren, wobei er den Kopf schief legte und mit seinen kleinen spitzen Zähnen auf die Unterlippe biss, als ob er versuchte, das richtige Maß anzulegen.

Darauf sagte er: »Sie wollen einen Beweis, nicht wahr? Dass ich's wirklich bin. Ich seh es Ihnen an, dass Sie mich danach fragen wollen.«

»Beeindruckend. Aber diese phänomenale hellseherische Gabe reicht mir auch noch nicht als Zeugnis Ihrer jenseitigen Herkunft.«

»Nun gut«, sprach der Teufel, wozu er sich einer Intonation bediente, als werde jetzt ein Entschluss ohne jedes

Wenn und Aber gefasst, »wohlan – bitte sehr: Wünschen Sie sich was.«

»Wie belieben?«

»Wünschen Sie sich was. Aber ich will hinterher keine Beschwerden hören. Oder –« (Und hier drehte sich der Teufel plötzlich schlagartig zu Oskar und stach mit seinem plumpen Zeigefinger in dessen Richtung.) »Oder, noch besser, wünschen *Sie* sich was, um Sie gehts hier schließlich, also los, nur zu, keine falsche Scham, wenn ich bitten darf!«

»Was …«, stammelte Oskar, »– ich?«

»Genau. Sie! Nur zu! Und keine Bange, Sie brauchen uns Ihren Wunsch gar nicht mitzuteilen, es ist wahrscheinlich sogar besser, wenn Sie dies nicht tun, wünschen Sie also ganz ungestört, ungehemmt und ganz für sich im Stillen.«

»Kann ich mir auch was wünschen?«, fragte Luella.

»Davon würde ich abraten«, erwiderte Lauren.

Die Türe öffnete sich und Kelly erschien.

»Wir sollten jetzt anfangen«, erklärte sie mit einer gewissen Bestimmtheit, »sonst kommt es zu einem Schlamassel.«

»Ich liebe absehbares Unheil!«, quiekte der Teufel und kicherte unschön.

Luella betrachtete ihn daraufhin abwägend von der Seite.

»Sie verbergen es zwar gut«, stellte sie fest, »aber Sie sind ein eigenartiger Mensch.«

»Sind Sie nicht Robert Evans?«, erkundigte sich Kelly.

»Nein«, erwiderte der Teufel wahrheitsgemäß.

Es klingelte erneut.

»Wer kann das wohl sein?«, fragte die Dame vom *Sonntagsblatt*, die immer noch hinter Kelly stand, mit losem Interesse und zog an ihrer Zigarette.

»Ich weiß es nicht«, antwortete Oskar wahrheitsgemäß, »aber der Höllenfürst nimmt viele Formen an. Kelly, würden Sie bitte mal aufmachen?«

»So«, entschied daraufhin die Dame vom *Sonntagsblatt* und drückte ihre Zigarette in einem großen quadratischen Kurland-Aschenbecher aus, »wir müssen jetzt anfangen.«

»Selbstverständlich«, erwiderte Lauren. Darauf küsste sie Luella auf die Wange und sagte: »Auf Wiedersehen, Lovey. Wirst du okay sein?«

»Was, wieso, natürlich, wegen dieses Schlückchens von der Duftkerze? Da hab ich schon ganz andere Sachen verdaut.«

»Gut«, sagte Lauren und schickte sich an, den Raum zu verlassen, wobei sie im Vorbeigehen dem Teufel zuraunte: »Wir sprechen uns noch.«

»Ich hoffe es«, schnarrte Luzifer, aber dies klang nicht sehr überzeugend.

»Du hast gerade dem Leibhaftigen einen Schrecken eingejagt«, flüsterte Oskar seiner Frau zu.

»Das war leicht«, flüsterte Lauren zurück.

Ziemlich überzeugt hingegen klang das, was der Teufel zu Oskar sagte, nachdem die Türe hinter Lauren ins Schloss gefallen war: »Ihre Gattin … mein lieber Schwan … ein ziemlicher Charakter!«

Worauf sich die Türe sofort wieder öffnete. Kelly steckte ihren Kopf in die Bibliothek.

»Verzeihung«, sagte sie, »da ist jemand, der über die Bibel reden möchte.«

Worauf Oskar und der Teufel gleichzeitig herumfuhren und mit dem gleichen leichten Entsetzen in der Stimme dasselbe sagten, nämlich: »Wo?«

»Vor der Tür.«

»Haha«, grölte Luella, »zieh dir 'ne Hose an, Jesus, da steht jemand vor deiner Tür.«

»Luella, Liebes, bist du sicher, dass du nur das Wachs getrunken hast?«, fragte Oskar.

»Ist es Jesus?«, fragte der Teufel und klang nicht eben erfreut.

»Nein«, antwortete Kelly, »es sind die Zeugen Jehovas. Die muskulöse Form des Christentums.«

»Ach du Schande!«, trompetete Luella. »Gottes kleine Querulanten!«

»Luella«, erkundigte sich Oskar, »wolltest du nicht nach Hause gehen, wo immer das ist?«

Und zu Kelly sagte er: »Bitte sofort abwimmeln! Sagen Sie, ich hätte gerade den Teufel zu Besuch.«

»Bloß nicht!«, quiekte der Teufel dazwischen. »Sagen Sie was anderes. Sagen Sie, dass Herr Canow nicht zu Hause wäre, weil … weil sein Personal Trainer ihn als Schiedsrichter für einen regionalen Bauchmuskelvergleich im Zürcher Unterland verpflichtet hat.«

»Ja, genau, Kelly. Sagen Sie das. So. Danke schön. Und du, Luella, du nimmst jetzt dein Astronauten-Puder und gehst schnurstracks nach Hause.«

»Na gut«, maulte Luella und fuhrwerkte mit den Fingerspitzen in ihrer Frisur herum, »kann ich überhaupt so vor die Tür? Wie sehe ich aus?«

»Nach Happy Hour.«

»Wir müssen mal zusammen ausgehen, Teuerste«, sprach der Teufel zu Luella, »zum Beispiel zum Dinner. Ich akzeptiere kein Nein.«

»Keine Sorge«, sagte Oskar, »das tut Luella auch nicht.

Wenn die ein Nein akzeptieren würde, wäre ihr Pudel noch schwarz.«

»Vielleicht Social Siberia?«, fragte Luella.

»Wie belieben?«, fragte der Teufel zurück.

»Ich meine, wir könnten ins Social Siberia gehen, dieses neue Restaurant oberhalb vom Bellevue. Die haben da irgendwelche ganz wilden Gerichte und Busboys aus Malaysia. Ich meine, wann würde ich sonst einen Mann aus Malaysia kennenlernen? Gott bewahre, ich würde dieses Land niemals betreten.«

»Gern. Ich melde mich«, versprach der Teufel.

»Fabelhaft«, sagte Oskar, »am besten Sie fragen draußen Miguel mit dem Laubstaubsauger nach Luellas Nummer.«

»Du bist zu drollig, Schätzelchen«, konstatierte Luella, indem sie die Türe öffnete und plötzlich einen Moment lang innehielt und ihre schlanken Finger ausstreckte nach einem kleinen, in brandrotes Saffianleder gebundenen Büchlein mit Goldschnitt, das auf einem Biedermeier-Spieltisch lag, als habe es jemand vorübergehend dort deponiert.

»Uhh«, machte sie, »wem gehört dieses rote Büchlein von Smythson?«

»Danke, das gehört mir!«, zischte Luzifer, der schlagartig neben dem Spieltischchen stand und das Buch packte. »Darinnen müssen die Leute unterschreiben.«

»Was?«

»Nichts. Wiedersehen.«

Nachdem Luella verschwunden war, zog Oskar, um sich zu sammeln, rasch die Luft durch den offenen Mund ein, indem er das Kinn auf die Brust drückte, und sagte dann zu Luzifer:

»Ich bin nicht begeistert, wenn Sie hier einfach so auftauchen. Das ist … ein wenig kompromittierend.«

»Ach!«, erwiderte der Teufel jovial, mit listigen und gar ein wenig schmachtenden Augen und ohne direkt auf Oskars Vorwurf zu reagieren. »Ihr Leben ist ja fabelhaft! Man könnte direkt neidisch werden! Glamour, Frauen, Antiquitäten … und zwischendurch wohl dann und wann ein Schauer jenes köstlichen Grausens vor sich selbst, wenn einem die eigenen Möglichkeiten und Befähigungen unfasslich scheinen; ein göttliches Untier! Famos!«

»Sie müssen nun gehen.«

»Keine Sorge. Ich bin gleich weg. Ich bin weg, bevor Sie ›Purgatorium‹ sagen können. Dies ist eigentlich nur mein vorgeschriebener Standard-Erinnerungsbesuch, denn die Probezeit neigt sich dem Ende zu, deshalb bin ich hierher gekommen, zur ausdrücklichen Bekräftigung unter vier Augen und zum festen Rezess über Leistung und Zahlung. Wie Sie sehen, lieber Freund, ist alles im feinsten, verheißungsvollen Gange; aber was sag ich, Sie spüren's ja selbst, Sie sind so inspiriert und beschäftigt wie selten, wie nie zuvor, Barcelona regelt sich, das neue Werk regelt sich, die Presse interessiert sich für Sie und Ihr Zuhause, niemand stört, kein Kleingeist fällt Ihnen auf die Nerven, und die Glocke ist schon halb gegossen, quasi …«

»Wie bitte?«

»Vergessen Sie nicht«, wisperte der Teufel mit hoher Stimme und kam ganz nah an Oskar heran, so dass dieser seine Kälte spürte als stünde er neben einer offenen Gefriertruhe, »wir erst bieten das Rechte und das Wahre: Inspiration, urtümliche Begeisterung, von Kritik, lahmem Interesse, tötender Verstandskontrolle ganz unangekränkelte Begeisterung, heilige Verzückung! Das augenblickliche reizende Dahinplätschern Ihres Daseins mag Ihnen bloß als – wie sagt man? – glückliche Fügung erscheinen, als besonders angenehme Phase eines ohnehin angenehmen Lebens; doch das, verehrter Herr Canow, ist es eben nicht. Es kommt von uns. Und alles Übrige – ist Elaboration, ist Sitzfleisch, das muss ich Ihnen nicht sagen. Ich müsste Ihnen eigentlich gar nichts sagen, denn wir verstehen uns, nicht wahr, ist ja so traulich, heimliche Welt, in der wir zusammen sind, Sie und ich, hihi. Ich brauche nur noch eben Ihre Unterschrift in meinem kleinen roten Büchlein hier, und –«

»Apropos traulich«, unterbrach Oskar und unternahm einen Schritt zur Seite, »da Sie ja nun hier sind – und obschon ich eigentlich überhaupt keine Zeit habe –, will ich doch sicherheitshalber noch mal was fragen: Bedeutet eigentlich dieser Deal, sollte ich ihn abschließen, bedeutet das, jenseits des verabredeten Preises, dass … na ja, dass man automatisch in die Hölle kommt?«

Der Teufel zog hinter seinen getönten Brillengläsern die Brauen hoch, als würde ihn diese Erkundigung unsäglich verwundern. Des Weiteren sagte er zunächst mal: gar nichts, weshalb Oskar also noch ein bisschen weiterredete.

»Sie haben mir eine hübsche Reklamerede über die Quality Time aus dem Stundenglas gehalten, die Sie im Angebot haben, und auch von den Schmerzensanzahlungen, die fürs hohe Leben anfallen und sich sozusagen in Migräne erschöpfen; Sie haben ebenfalls von dem einen Preis geredet, den, auch wenn man wohl geteilter Meinung darüber sein kann, ich augenblicklich nicht unsäglich hoch finde – aber nicht vom Ende. Davon haben Sie geschwiegen. Von dem, was nachher kommt, Sie wissen schon, der ewigen Tilgung.«

Der Herr der Finsternis, dessen Miene bei Oskars letzten Worten in ein gewissermaßen phrasenhaftes Bedauern abgerutscht war, schien vorsichtig zu lauschen, wobei er sich kaum bewegte, wie um keine Silbe zu verlieren, während er beide Mittelfinger ineinandergehakt hielt wie Kettenglieder, eine eigentümliche Gebärde, die habituell zu sein schien und vielleicht aus einsamen Grübeleien stammte.

Dann antwortete er: »Och, damit hat es Zeit, nahezu unabsehbare Zeit, lieber Freund, davor kommt so viel Aufregendes und Erhebendes, dass Sie anderes zu tun haben werden, als ans Ende zu denken oder auch nur auf den Augenblick achtzuhaben, wo es Zeit werden könnte, ans Ende zu denken. Vermutlich aber hat Ihre Gattin bereits daran gedacht, so wie ich sie kennenlernen durfte, hab ich recht? Doch will ich Ihnen die Antwort nicht verweigern. Bei Ihrer Gattin ist Vorsicht geboten, das spüre ich. Wenn ich Ihre Frage richtig verstehe, dann möchten Sie wissen, ob Sie in der Hölle landen. Allerdings ist die Hölle … wie soll ich sagen? … schwer zu beschreiben. Die Hölle, die Hölle, ich meine, was unterscheidet die Hölle – zum Beispiel von Hildesheim?«

»Nichts«, erwiderte Oskar spontan.

»Sehen Sie!«

»Hildesheim? Dann wird nichts draus!«

»Haha!«, quiekte der Teufel begeistert. »Sie sind mir ja ’ne Nummer! Wie naiv Sie sein können! Das war ein Scherz, mein Lieber, ein Scherz, obgleich, wenn ich nun sagte, wobei mir etliche Leutchen gewiss beipflichten möchten, die Hölle sei wie Los Angeles, würde das dann für Sie attraktiver klingen?«

»Allerdings«, antwortete Oskar schnell und etwas verwirrt.

»Das dachte ich mir!«, jubelte Satan und schlug sich vergnügt mit der Hand auf den Oberschenkel. »Und jetzt noch eine weitere Frage: Wer hat Ihnen überhaupt gesagt, dass Sie in der Hölle landen werden? Hm?«

»Nun, dahin zielte ja gerade meine Frage.«

»Und haben Sie«, frug der Teufel weiter, ohne auf den Einwand einzugehen, »haben Sie überhaupt eine Vorstellung davon, wie es da *oben* aussieht? Haben Sie? Haben Sie eine Vorstellung vom Himmel? Vielleicht erschiene es Ihnen da oben ja noch unangemessener, hm?«

»Ich …«, stotterte Oskar konfus.

»Immerhin sind wir laut Apostel Paulus alle zur Heiligkeit berufen!«, krakeelte Luzifer, indem er einen triumphierenden, gewissermaßen schreienden Blick auf Oskar richtete.

Die Türe ging auf, und Kellys Kopf wurde sichtbar.

»Herr Canow«, sagte sie streng, »was ist denn jetzt? Wir warten alle auf Sie, Ihre Gattin kriegt schon schlechte Laune, und umziehen müssen Sie sich auch noch!«

»Augenblick, bitte«, erwiderte Oskar, »ich verhandle gerade über mein Seelenheil.«

Kelly drehte die Augen zur Zimmerdecke.

»Drei Minuten«, bat Oskar.

»Ich hoffe es«, erwiderte Kelly und schloss die Tür.

»Nun denn«, sprach der Fürst der Finsternis, »ich sehe, es drängt wohl ein bisschen, und deshalb will ich mich kurzfassen.«

Dieser Ankündigung zum Trotz ließ er nun dennoch wieder eine kleine Pause verstreichen, und dazu schmatzte er genießerisch mit den Lippen, offenbar im Vorgeschmack von etwas Angenehmem.

»Die Hölle ist«, fuhr er schließlich fort, »wie gesagt,

schwer zu beschreiben, darin besteht gerade ihre geheime Lust und Sicherheit, ungefähr wie in Bel Air, wo es bekanntlich keine Bürgersteige gibt, womit ich allerdings nicht sagen will, dass die Hölle ein Platz auf Erden wäre, wobei wiederum Worte wie ›unterirdisch‹ oder ›Vergessenheit‹ oder auch ›Rettungslosigkeit‹ gleichfalls nicht sehr aussagekräftig sind, sondern auch nur schwache Symbole, mit denen man sich allerdings begnügen muss, wenn man von der Hölle spricht, denn dort hört alles auf, ja, dies ist sogar ihr hauptsächliches Charakteristikum, das dem Neuankömmling sozusagen gleich entgegenschlägt.«

»Wie in Hildesheim.«

»*Andererseits*«, zischelte der Teufel, und dieses Wort betonte er besonders geschickt und eindringlich-hypnotisch mit seiner professionell geschulten Stimme, »andererseits hat Ihnen ja auch niemand gesagt, wie es droben, im elysischen Haine zugeht; es ist letztlich, wie soll ich sagen, immer eine Frage der Gesellschaft, an die Sie gewöhnt sind. Ich meine, was Schandvergnügen, Hohn, Schmach, Heulen und Zähneklappern angeht, um hier nur die geläufigsten Höllenklischees zu zitieren, das Girren, Gejauchz und Getriller, entlockt von der ewigen Zufügung des Unglaublichen und Unverantwortlichen, so können wir nicht mal mit einem durchschnittlichen Abend im Grill Royal mithalten; es ist leider so, wir sind längst von der Menschheit überholt und in den Schatten gestellt worden, dies muss ich zugeben, an schnödem Fingergezeig, übler Rede und wieherndem Gelächter übertrifft uns jede Fashion Week, um ein weiteres Beispiel anzuführen, das Sie kennen. So viel zu Exitium und Pernicies! Pah. Big deal. Was soll denn daran bitte so Besonderes sein, dass die Hölle weder Anfang noch Ende hat? Ich meine, ist das wirklich eine Qual? Ich bitte Sie! Die Ewigkeit haben Sie schließlich auch da oben.«

Hier wies er mit dem Zeigefinger seiner plumpen Hand Richtung Zimmerdecke, wo die Kristalle des Waterford-Leuchters in eisigem Hauche erzitterten. Oskar war verwirrt und unwohl, und natürlich fror er bis ins Mark, wovon der Teufel wie immer nichts zu bemerken schien, als er weitersprach: »Es ist allerdings stellenweise ziemlich dunkel. So dunkel, dass weder Schein noch Glanz da ist, aber wieder frage ich Sie: Ist Finsternis wirklich eine Qual? Sehnen wir uns nicht nach dem Schatten und der Kühle? Nun, kühl ist es vielleicht auch nicht gerade, und es riecht auch hier und da ein bisschen streng, obschon wir Duftkerzen einsetzen, aber das bleibt bei dem Geschäft nicht aus: Schwefel, siedendes Pech und hitzige Metalle, Sie wissen schon.«

»Hallo?«, sagte Kelly, die ihren Kopf durch die Tür steckte. »Haben Sie Ihr kleines weißes Kaninchen mit der Uhr verloren? Die drei Minuten sind längst um!«

»Kelly, gut dass Sie da sind«, erwiderte Oskar, »könnten Sie freundlicherweise kurz veranlassen, dass im Drawing Room die Verdunkelung runtergelassen wird? Ich möchte beim Fotografieren nicht unnötig blinzeln. Wegen der Augenfalten.«

»Sie schinden Zeit, nicht wahr?«

»Nein, Kelly, *Sie* schinden Zeit. Denn dafür bezahle ich Sie.«

»Sehr wohl«, stellte Kelly fest und war im Begriffe, die Türe zufallen zu lassen, als sie sich selbst abfing und den Kopf erneut ins Zimmer steckte.

»Da wäre noch was«, sagte sie, »Küngels macht Ärger.«

»Wer?«

»Gion Küngels. Wegen seines vermeintlichen Auftauchens als nur dürftig kaschierte Schriftstellerfigur in *Nachtwind*. Er hat sich nun einen Winkeladvokaten genommen, der droht, uns zu verklagen. Der Brief war heute in der Post.«

»Es ist frappant, wie verbittert und miesepetrig manche Leute sind«, bemerkte der Teufel.

»In der Tat«, sagte Oskar, »Kelly, rufen Sie Doktor Blantersteg an!«

»Meinen Tierarzt?«

»Meinen Anwalt.«

»Sehr wohl. Und nun sollten wir bald die Fotos machen.« Und damit schloss Kelly geräuschvoll die Tür.

»Ich muss jetzt wirklich gehen«, sagte Oskar.

»Oh, das verstehe ich«, entgegnete der Teufel, »und außerdem sehe ich Ihnen an, dass ich konkreter werden sollte, und die Zeit drängt, also noch Folgendes: Sie können sich jeden Ort als die Hölle vorstellen, Sie können sich die Sache im Grunde vorstellen, wie Sie wollen, denn die Hölle ist ihrem Wesen nach gestaltlos, wie ich selbst. Allerdings hilft es für den Alltag oft, sich das Ganze wie folgt zu visualisieren – und Sie als Dichter mit Ihrer lebendigen Phantasie können mir da gewiss mühelos folgen: Eine Klippe zum Beispiel, stellen Sie sich eine Klippe vor, oder einen Felsen oder ein Riff, hoch, spitzig und rau. Und rot, natürlich, blutrot. Und je höher der kleine Mensch aufsteigt, desto tiefer muss er herabfallen, in den Schlund und Rachen, der nicht zu sättigen ist, sondern immer noch gähnt nach mehr, nach den Seelen, die verführt und verdammt werden mögen …«

»Das klingt ja entsetzlich!«, keuchte Oskar.

»Haha!«, schrie der Teufel. »Mein Gott, wie naiv Sie sind! Glauben Sie, ich wüsste nicht, was Sie vorhaben? Ich habe

Sie durchschaut, und zwar längst! Sie *wollen* sich fürchten! Sie wollen sich die Hölle als einen Ort ausmalen, in dem die Verdammten klagen über die unleidliche Kälte, über das unauslöschliche Feuer, über die unerträgliche Finsternis und den Gestank, über die Gesichter der Teufel und über die Verzweiflung alles Guten! Wo ein Satan in roten Strumpfhosen herrscht über entnervte Fellachenmassen, die er als Schlachtvieh traktiert; als Ort und Hort einer Elendsauslese, die nun abermals destilliert werden soll, Extrakt vom Extrakt; wo die verstoßenen Seelen in Gottes Zorn und Ungnade brennen, ewig darinnen bleiben und verharren, da nimmer keine Hoffnung zu glauben ist! Sie wollen sich fürchten, mein Lieber! Weil Ihr Gewissen schwächelt, brauchen Sie die Furcht, einen kleinen Schuss Contritio Cordis, im Voraus, damit Sie den Schritt nicht tun, von dem Sie kein Vernunftgrund mehr abhält, weil es keinen gibt! Nur die Furcht könnte Sie noch aufhalten; die Möglichkeit brennender Zerknirschung vor dem, was Sie für eine Sünde halten, die Aussicht auf Hoffnungslosigkeit und die Unmöglichkeit einer Gnade, für die selbst die unendliche Güte nicht ausreichen kann … allein, mein Herr, ich muss Sie enttäuschen, die Angst bringen Sie gar nicht auf, in Ihrem extravaganten Dasein, Ihrer exponierten Existenz, aus der man nicht mir nichts, dir nichts ins Mittelmäßig-Heilsame zurückfindet und in die Schreckbilder des Konfirmandenunterrichts! Sie wissen im Grunde, dass dies unmöglich ist, und deshalb geschieht es lediglich, um Ihnen die Angst zusätzlich tüchtig zu verderben, wenn ich Ihnen nun sage, dass Ihnen denn auch die Hölle nichts wesentlich Neues, sondern nur das mehr oder weniger Gewohnte zu bieten haben würde. Sie ist im Grunde lediglich eine Fortsetzung des extravaganten Daseins. Das ist quasi ihre Pointe. Deshalb ist es ja schließlich auch nicht so einfach, überhaupt hineinzukommen, viel schwieriger als ins GreenGo in Gstaad oder ins Pure in Caesar's Palace, wo Sie ja auch schon waren; nein, unsere Zulassung ist strikt, wir litten längst Raummangel, wenn Hinz und Kunz hineinkäme.«

»Wieso«, warf Oskar ein, »ich denke, das meiste in Ihrer Kartei – oder in Ihrem roten Büchlein – sind langweilige, banale Fälle, bei denen nicht das Geringste herauskommt, die Sie nur so mitlaufen lassen, um die Quote zu erfüllen. Das haben Sie doch vorhin selbst gesagt.«

»Das widerspricht sich ja nicht!«, krähte der Teufel übermütig und fügte ein quiekendes Kichern an, bevor er jählings wieder sehr nah an Oskar herankam, sich beinahe anschmiegte und mit funkelnder Modulation in der Stimme wisperte: »Und – außerdem, wenn wir schon dabei sind, bei langweiligen Fällen und Contritio Cordis: Haben Sie sich mal überlegt, lieber Freund, dass sie durch einen kleinen Handel mit uns auch für die Gegenseite interessanter werden könnten? Es sind nämlich nicht die Heiligen, für die man sich da oben interessiert, und auch nicht die alltäglichen Sünder, die eben nur mäßig lohnenswert erscheinen, denn da ist der Gnadenakt doch bloß eine matte Betätigung. Im Gegensatz zum Fall wohl heilloser Sündhaftigkeit und verworfenster Schuld, der doch für die Güte am allerunwiderstehlichsten sein dürfte, denn daran kann man ein Exempel statuieren, und das machen die ganz gerne, da oben, nach allem, was mir zu Ohren kam, dort sucht man die Herausforderung, hihi, genau wie bei uns!«

So sprach Satan, und es war unübersehbar, dass ihm gerade sein letztes Argument – ob es ihm nun eben eingefallen war oder zu seinem Standardrepertoire gehörte – eine derartige Zufriedenheit verschaffte, dass er sich sicher genug fühlte, ein paar Schritte zurückzutreten und gleichsam in aller Behaglichkeit abzuwarten, wie Oskar neue Kräfte sammeln würde.

Doch dieser war (zu seiner eigenen Überraschung) augenblicklich zur Stelle.

»Sie sind recht gewieft«, sagte Oskar, »und machen mir deutlich, dass ich den Teufel zu Gedeih und Vollendung dringend brauche. Aber bevor Sie sich weiter in dialektische Unkosten stürzen, möchte ich eine ganz einfache Frage stellen: Was ist denn mit der Möglichkeit einer natürlichen – oder meinetwegen: göttlichen – Harmonie zwischen Talent und Moment, aus der heraus man schaffen kann, ohne Rückgriff auf die Hölle?«

Hierauf nun hüstelte der Teufel ein wenig verärgert, wobei seine Schultern mehrmals auf unschöne Art nach vorn zusammengezogen wurden.

»Aber das ist doch heutzutage gar nicht mehr möglich!«, krächzte er und spannte sich in dem Wunsche, den anderen zu überzeugen. »Wo doch schon alles gesagt worden ist! Die Menschheit taumelt künstlerisch am Rande der Erschöpfung, und Sie kommen mir hier mit Liebe und Harmonie als Urgrund der Inspiration! Das ist doch albern, so was! Das wissen Sie doch ganz genau! Denn wie, bitte, sollte der Dichter die Farben seiner Handlung, ob düster oder heiter, mit meisterlicher Kunst auftragen, ohne ein Arsenal der grausamsten Anregungen, die in Gottes Namen den Fruchtboden der Kunst bedeuten? Wie sollte der Dichter es vermögen, Strauchelnde aufzurichten, den Willensgelähmten unter die Arme zu greifen, den Irrenden den Weg zu weisen … ohne Throne, die er stürzen sah, Dämonen, die er lispeln hörte, Gifte, die ihm bitter schmeckten? Hm? Paläste wanken, Kolosse werden gefällt, Felle schwimmen davon, Mitmenschen werden vor den Kopf gestossen, auf Gefühlen wird herumgetrampelt, so ist das nun mal, mein Lieber. Erst kommt das Brot, dann die Moral? Unsinn! Ich sage: Die Kultur lebt nicht vom hausbackenen Brot allein, sondern nicht weniger von den Gaben und Giften aus der Apotheke.«

»Ja«, sagte Oskar, »damit kennen wir uns aus.«

Aber der Teufel hörte nicht zu.

»Was ist die Hölle?«, krähte er und hob die Arme. »– Inspiration!«

»Schhht!«, machte Oskar. »Nicht so laut!«

»Verzeihung«, wisperte Luzifer, trat einen Schritt zurück und stolperte dabei über das Kabel eines roten Telefons, das auf dem Spieltisch neben der Tür stand, worauf der Apparat krachend und klingend zu Boden ging.

»Was ist denn da drinnen los?«, rief Kelly durch die geschlossene Tür.

»Gar nichts«, rief Oskar zurück, »gar nichts! Ich habe gerade eine Ratte mit einem Tambourin erschlagen.«

»Verzeihung!«, flüsterte der Teufel noch einmal. »Meine Schuld. Ich verliere manchmal ein wenig die Beherrschung, woran aber Sie, mein Lieber, auch nicht unschuldig sind, denn Sie zwingen mich andauernd, Dinge vorzutragen, die Sie längst wissen. Sie wissen sehr wohl, dass kein Kunstwerk von Rang an sich was mit Liebe zu tun hat; Sie wissen, dass der Künstler kalt sein muss, und Sie wissen ebenfalls, dass eine mähliche Gesamterkältung Ihres Lebens und Ihres Verhältnisses zu den Menschen ja von Anfang an bereits in Ihrer Natur lag, dankenswert verstärkt durch die eisige Atmosphäre Ihres Elternhauses, besonders durch die Unzugänglichkeit Ihrer Frau Mutter, die sich hier Verdienste erworben hat, wenn sie auch sogar mir manchmal Angst machte …«

Und hier erschauderte der Teufel ein bisschen und schüttelte sich, zeitgleich mit unserem Helden, der äußerst kalt angeweht wurde.

»Im Moment geht die Kälte eher von Ihnen aus«, schlotterte Oskar.

»Sie wissen es. Also ziehen Sie sich hier jetzt nicht auf so was wie Liebe und Güte zurück. Reinheit in Liebe ist dem Leben im Fleische nicht gegeben.«

»Nein«, sagte Oskar, »das ist das Werk der Seele.«

»Und was, bitte«, zischte Luzifer böse, »was, bitte, soll denn das sein – *die Seele*?«

Bei den letzten beiden Worten hatte er Oskars Intonation nachgeäfft, und nun durchbohrte er unter gesenkten Brauen sein Gegenüber mit einem schroffen Blick durch die Gläser seiner Sonnenbrille. Und reckte anschließend den Hals wie eine Gans in einer parodistischen Geste übertriebenen Lauschens, damit ihm nur ja kein Wort der Antwort entginge.

Doch Oskar antwortete ohne zu zögern und ganz unbeirrt: »Die Seele ist eine vermittelnde und stark poetisch angehauchte Instanz, in der Geist und Trieb einander durchdringen und sich auf eine gewisse illusionäre Weise versöhnen.«

»Hören Sie mir auf«, winkte der Teufel ab, »hören Sie mir auf mit Literatenkauderwelsch. Das versteht kein Mensch – und übrigens schon gar nicht die Gesellschaft, in der *Sie* sich bewegen. ›Poetisch angehaucht‹ – dass ich nicht lache. Ha! *Sentimental* – das ist das richtige Wort dafür! Denn die sogenannte Seele wurzelt doch eher in einer ziemlich rührseligen Lebensschicht, in der Ihre Menschlichkeit sich recht wohl zu Hause fühlen mag, die aber nicht nach dem strengeren Geschmacke ist – besonders, wie gesagt, nicht nach dem Geschmacke Ihrer Sphäre, mein Lieber, wo man durchschnittlich nicht viel Seele hat. Wie übrigens andernorts auch. Diese Mär von der allgemeinen Beseeltheit ist nur eine weitere schmähliche Gleichheitslüge, in Verkehr gebracht von Pfaffen und Sozialisten, eine fixe Idee. Die Seele aber, lieber Freund, ist eine Sonderausstattung, die nicht alle mitkriegen. Denn um den gewöhnlichen, denkenden und fühlenden Menschen ist es folgendermaßen bestellt: Er ist von keiner ausgeprägten Art, hat keine höheren Gaben, er lebt schlicht – und mehr oder weniger fleißig – dahin. Worauf er stirbt. Und zwar eines gewöhnlichen Todes. Ein wenig wie Pflanzen, die an Orten wachsen, wo keine Sonne scheint. Eine mehr oder weniger sympathische Dutzendperson, die zwar keinerlei jenseitige Verbindungen aufweist, einem das Leben nichtsdestotrotz täglich zur Hölle machen kann, wenn sie sich an der Expresskasse vordrängelt oder als Politesse arbeitet oder mit geschicktem Griff die Tasche ihres Nächsten leert. Sie wissen, was ich meine. Sie kennen die Type. Entgegen rührseligen Lügen gibt es solche zeitlosen Existenzen. Und zwar milliardenfach. Wo wären wir, wenn es anders läge!«

So sprach der Teufel, und dabei schienen seine Augen ununterbrochen auf Oskars Kinn zu starren, was Oskar außerordentlich unbehaglich war, so ungefähr, als ob ein zu niedriges Maß an ihn angelegt würde. Vielleicht aber war Luzifer auch einfach nur kurzsichtig

»Jetzt reden *Sie* wie ein Literat«, sagte Oskar.

»Seis drum. Ich muss gehen. Im Gegensatz zu gewissen anderen Figuren merke ich immer, wenn ich ungelegen komme. Wir sind im Vertrag und im Geschäft, lieber Freund, und dieser mein Besuch gilt im Grunde nur der Konfirmation –«

»Was? Wie? Sind Sie irre?«

»Der Preis ist so gering«, fuhr der Teufel leicht irritiert lispelnd fort und hob bedeutsam den Zeigefinger, »so lächerlich gering. Und außerdem stehen Sie im Grunde schon in unserer Schuld, denn wir hatten ein sorgendes Auge auf Sie und haben dann und wann dieses und jenes eingefädelt; die Gegenseite natürlich auch, so geht das Spiel –«

»Was für ein Spiel? Was für eine Gegenseite? Also ist das doch ein Wettstreit? Eine Hiobswette?«

»Vorsicht«, zischelte Luzifer leise und ließ ein schreckliches Lächeln sehen, »in dieses Gestrüpp kann nur ein ganz abgebrühter Mensch eindringen, ohne sich den Hals zu brechen. – Aber trotzdem stehts fest: Zeit haben Sie von uns genommen, genommen und beansprucht, geniale Zeit, hochtragende Zeit, fruchtbringende, angenehme Zeit, und also sind Sie uns quasi versprochen und verlobt, und natürlich haben wir unsererseits nichts dagegen, die gegenwärtige Bindung fortzusetzen …«

»Danke, das ist nett. Aber darf ich Sie daran erinnern, dass wir eine Probezeit vereinbart haben? Das alles hier läuft im Moment auf Probe, nicht mehr und nicht weniger.«

Worauf der Teufel grässlich durch die Nase lachte.

»Ach«, seufzte er leutselig und blickte Oskar wohlmeinend an, »ach, fromme Narrheit, ja, nun gut, auf Probe, so wars abgemacht. Und ich verstehe, dass Sie – und nicht zuletzt auch Ihre Gattin, der Sie mich bitte aufs Freundlichste empfehlen mögen – vielleicht noch eines kleinen Beweises und Zeichens bedürfen. Ich komme wieder! Also nehmen Sie meinen Besuch diesmal nur als Hinweis, als einen Fingerzeig darauf, dass die Uhr immerhin umgekehrt und die Frist dabei ist, auszulaufen. Die Frist läuft aus. Wenn Sie mich entschuldigen würden. Ich finde hinaus.«

Damit schlug die Türe zu, und der Teufel war fort.

9. KAPITEL

Not-So-Good Friday

So vergingen ein paar weitere Tage, das Osterfest nahte, und am Karfreitag erwachte Oskar frühmorgens durch stechende Migräne. Er verharrte in qualvollem Dämmer, fuhr sich schließlich mit der Hand übers Gesicht und erhob sich, um eine doppelte Portion Aspégic einzunehmen, wonach Besserung eintrat. Allerdings blieb jene pochende Benommenheit des Bewusstseins, die mit der Migräne häufig einhergeht – eine Benommenheit, die wie eine schlechte Kopie jener angenehm abtaubenden Mattigkeit wirkt, mit der die Jugend durchwachte Nächte bestraft. Aber Oskar war nicht mehr jung im strengen Sinne (höchstens noch für einen Schriftsteller), auch wenn er dank Doktor Feingartens Bemühungen bei Starbucks in der Regel noch geduzt wurde. Und als er nun, den Steuben-Tumbler mit dem aufgelösten Aspégic in der Hand, den großen bekrönten Biedermeier-Spiegel passierte, stellte er fest, dass er übermüdet und besorgt aussah. Wobei zumindest die Müdigkeit kein Wunder war, immerhin war er gestern auf den Beinen gewesen bis in die sogenannten kleinen Stunden. Denn gestern hatten die Bittenhumplers, die sich auf Durchreise in der Stadt befanden, Gesellschaft gegeben und ins Baur au Lac zum Abendessen eingeladen. Millvina Van Runkle war da gewesen, wie immer viel zu bombastisch gekleidet, in schillernder Seidenrobe mit Spitzenhang und langen Handschuhen, die unter den gepufften Ärmeln nur je einen Streifen ihrer elfenbeinfarbenen Oberarme hatten sehen lassen; außerdem Erni und Evchen Wohlgemuth, Kunstsammler aus Zollikon; ferner Gwendolyne Rosenstock, deren Gesicht mittlerweile einem Konterfei glich, das jemand auf einen Luftballon gemalt hatte, und Lady Cressida, die offenbar ein bisschen zugenommen hatte. (»Fünfzehn Pfund allein an ihrer Kehrseite, Schätzchen«, wie Millvina vertraulich feststellte, »ich sage nur: Die Kohlenhydrate haben sie gefunden! Na ja, sie kann es später für Eigenfettinjektionen benutzen.«) Sowie schließlich irgendein exilierter italienischer Graf mit kompliziertem Titel, sehr starkem Bartwuchs und unwahrscheinlich hohen Wangenknochen, der eine verwöhnte und selbstbewußte Art hatte, ungefragt seine Sympathien und Abneigungen kundzugeben, sie gleichsam gnädigst zu verteilen …

Oskar erinnerte sich nur in Bruchstücken an die Unterhaltung; er hatte in jahrelanger gesellschaftlicher Schulung die Gabe zur Vollendung gebracht, seiner eigenen Unterströmung von Gedanken zu folgen und dabei den Eindruck zu erwecken, auf der Höhe der Konversation zu sein. Die meiste Zeit hatte, wie üblich, Millvina Van Runkle doziert, eine Person, die dem Verlauf der Saison folgte wie jemand, der überall dabei war, und sich in dieser Position zu Vergleichen und Verallgemeinerungen berufen fühlte, wie sie grundsätzlich nur der Zuschauer, nie aber der Teilnehmer zustande bringt. Mit besonderer Vorzüglichkeit und bebenden Puffärmeln widmete sich Millvina dem Wandel und der Wechselhaftigkeit des sozialen Aufsteigertums, heutzutage, wo die Gesellschaft keine Instinkte mehr besaß, keine Widerstände durch Training und Geschmack, nur einen Rest überlieferter Skrupel und Blindheiten. So konnten ganz neue Parvenüs an die Oberfläche gelangen. Und bei all den von ihr rekapitulierten Geschehnissen und Personen, ihren Entwicklungen und Verstrickungen war es ganz erstaunlich, wie Millvina sämtlichen Begebenheiten eine rückschauende Sinnhaftigkeit verlieh, indem sie, wenn sich wieder ein Schicksal erfüllt zu haben schien, gewissermaßen dessen Fazit zog mit den Worten: »Das hab ich gleich gewusst.«

Lauren war mit ihrem Vater verabredet, also frühstückte Oskar allein. Die Sache mit dem Erbvorbezug machte ausgezeichnete Fortschritte, wie überhaupt sämtliche Angelegenheiten in letzter Zeit. Bloß die Kopfschmerzen wurden nicht besser. Doch Kopfschmerzen, wenn auch vielleicht in jüngster Zeit etwas heftiger und anfallartiger, waren nichts Ungewöhnliches für Oskar, und jene postmigränale Benommenheit konnte ihn deshalb jetzt nicht davon abhalten, ein wenig an seinem Essay weiterzuarbeiten, weil er durch das ungewohnt frühe Aufstehen vor seiner Verabredung zum Lunch noch etwas Zeit hatte. Dieser Aufsatz über Kunst und Leben machte im Übrigen ebenfalls fabelhafte Fortschritte, und Oskar forderte darinnen immer leidenschaftlicher – doch stets mit vernünftiger Begründung – die Trennung von Kunst und Nicht-Kunst, die Achtung der Tatsache einer außerästhetischen Wirklichkeit. Selbstverständlich, so schrieb Oskar, selbstverständlich gebe es eine Sphäre jenseits der Kunst, und dies sei zuerst und zuvorderst die Sphäre des Politischen, von der man die Kunst aufs Schärfste zu trennen hätte, denn die Sphäre der Politik ist die des Praktischen, des Machbaren und Gewöhnlichen, ihre Pfeiler sind Ausgleich und Moderation, und damit hat die Kunst nichts zu schaffen. Die Kunst ist an Extremen interessiert, die für sie das erste, für die Politik jedoch das letzte Mittel sein sollten. Die Kunst sei, so schrieb Oskar, wenn auch in ihren Formen unbedingt Handwerk und Arbeit, so doch ihrem Wesen nach radikal, sie erwärme sich ohne weiteres für den Abgrund, für Traum, Tanz und Gehenlassen, und scheue nicht den Umgang mit dem Gefährlichen, Bösartigen, Zerlebten, keinem Ding, keiner Seele, keinem Gott verbunden. Der Künstler sei der Verräter am Trieb und Renegat von der Wurzel her und das Schöne tatsächlich nichts als des Schrecklichen Anfang, weshalb das politisch Gebotene und Vernünftige höchst selten ästhetisch interessant wäre. Deshalb sei Kunst mit politischem Anspruch nicht lebendig, sondern bestenfalls langweilig, meist aber schlecht, wie alles Doktrinäre.

So schrieb Oskar, mit der üblichen Disziplin, Abwägung und Akkuratesse, wenn auch dies Mal, das muss gesagt werden, befeuert von einem seltsamen Eifer, beinahe so, als wäre dies Werk, dieser Essay, sein letztes – oder sein erstes; so als würde er damit dieses Mal auch in besonderem Maße an sich selbst arbeiten, als würden ihm in der Arbeit alle Qualitäten und Eigenschaften an der Welt frisch und neu sich enthüllen, als würde alles glücklich und endlich zusammenkommen.

Zum Lunch war Oskar verabredet mit Roger Wyss, Leiter des Gesellschaftsressorts beim Nachrichtenmagazin *Chronik*, für das Oskar manchmal schrieb, weshalb seine regelmäßigen Mittagessen mit Wyss im Restaurant Terrasse offiziell als

Themenbesprechungen deklariert wurden. Diese liefen ungefähr so ab, dass Wyss zwischen marinierter Brunnenkresse und gehackter Leber kettenrauchend erklärte: »Selbstbräuner für Männer? Fabelhaft, das machen wir. Ich sage Pia, sie soll Samples von Biotherm, Givenchy und Clarins bestellen. Sugar Mummies? Machen wir auch. Louis-Vuitton-Eröffnung Champs Elysées? Was solls, da kann man ja mal hingehen und dann weitersehen.«

Roger Wyss, den Oskar seiner bodenständigen und trotzdem geistreichen Art wegen gernhatte, gehörte, wie Gitta Blankenburg, zu jenen Charakteren, mit denen er sich hartnäckig siezte, obschon weder aufgrund einer besonderen Altersdifferenz noch gar einer unüberbrückbaren gesellschaftlichen Distanz wegen dazu Veranlassung bestand. Oskar bewegte sich ja ohnehin in einer Sphäre, wo gesellschaftlicher Abstand meist rein gar nichts mit der Form der Anrede zu tun hatte. Im Übrigen muss man wissen, dass Roger Wyss nicht nur für ein Nachrichtenmagazin arbeitete, sondern darüber hinaus eine lebendige Zeitung war und Oskar, der überhaupt nichts dagegen hatte, stets den gesamten Klatsch aus der großen und kleinen Welt in seiner ersten Frische zutrug. Heute erfuhr Oskar über Hechtschaumpastete und Juwelenbarsch, dass Marcel Kippel, Chef der *Neuen Woche*, den beiden stellvertretenden Chefredakteuren der *Magazin*-Beilage des *Lokal-Anzeigers* gleichzeitig ein Ressortleiter-Angebot unterbreitet hätte, worauf die beiden Herren unabhängig voneinander zu ihrem bisherigen Chefredakteur gegangen wären und gesagt hätten: Ich habe ein Angebot von Kippel, und wenn du willst, dass ich hier bleibe, solltest du den anderen Stellvertreter rausschmeißen.

»Nun«, resümierte Wyss, indem er sein Bierglas schwungvoll abstellte, »es endete damit, dass Kippel schließlich sagte: ›Ich will nur Peter Tricksen.‹ Colina hatte also das Nachsehen. Beziehungsweise blieb beim *Magazin*.«

Wyss hatte eine scharf geformte Nase und streng konturierte Lippen, aber lockiges Haar und ein sehr weiches Kinn, mit einem Grübchen darin. Manchmal, wenn ihn etwas verstimmte oder irritierte, hoben sich seine Brauen, so dass auf seiner Stirn eine tiefe Kerbe erschien. Nun hielt er plötzlich inne, fixierte Oskar, stieß den Rauch seiner Zigarette in die Luft, hob die Brauen und erkundigte sich: »Wie sehen Sie denn aus?«

»Ich habe schlecht geschlafen.«

Worauf Roger Wyss kurz in seiner Armani-Tasche wühlte und Oskar anschließend einen Stanniolstreifen mit zwölf Tabletten entgegenhielt.

»Modasomil«, sagt er, »nehmen Sie nur, ich hab massenweise davon.«

»Danke«, sagte Oskar, nahm den Streifen und steckte ihn in seine eigene Armani-Tasche, »übrigens habe ich neulich von Thommie Blattler gehört, dass Colina sich selbst bei der *Neuen Woche* beworben hätte und daraufhin versuchte, diese Bewerbung als Druckmittel einzusetzen, indem er zu Kehl, dem Chef vom *Magazin*, ging und behauptete, er hätte ein Angebot von Kippel. Worauf Kehl bei Kippel anrief und der sagte: ›Ich hab hier bloß eine Bewerbung vorliegen.‹«

»Möglicherweise war es auch so«, sagte Wyss, »ist ja egal. Was ist los mit Ihnen? Sie wirken ein bisschen erschöpft und angespannt.«

»Ach, ich arbeite nur viel. Und vielleicht trinke ich zu viel Kaffee.«

»Haben Sie ein Angebot? Ist irgendein Deal im Busch?«

»Ja und nein«, erwiderte Oskar. Obschon seine Verabredung mit dem Teufel ja im engeren Sinne keine Verschwiegenheitsklausel beinhaltete, war ihm jetzt nicht danach zumute, die Sache zu erörtern. Er war zu müde und sein Kopf drückte. So übte er sich in einer der absonderlichsten Tugenden, die die abendländische Menschheit erfunden zu haben glaubt, in jener beredten Verschwiegenheit, die man in der Sphäre der Rechtsanwälte *Diskretion* nennt. Ein leichter Krampf verzerrte dabei sein Gesicht, er presste die Fingerspitzen gegen die pochenden Schläfen, dachte einen Moment lang, die Migräne würde wieder aufsteigen und er müsse sich womöglich auf der Stelle übergeben, wandte Roger Wyss seine zweifellos entzündeten, rotgeäderten Augäpfel zu, seufzte und sagte: »Ich kann nicht im Einzelnen darüber sprechen, aber ich habe ein Angebot für eine Position, in der ich alles durchsetzen könnte und die Welt gleichsam nach meiner Pfeife tanzen würde. Ja, ich denke, so kann man es ausdrücken, das ist nicht übertrieben.«

»Oh, das klingt fabelhaft!«, erwiderte Wyss und musterte ihn prüfend eine kleine Weile lang, die er verstreichen ließ, um zu sehen, ob noch weitere Erläuterungen folgten.

»Denken Sie nur an all die Trottel, denen Sie's heimzahlen könnten!«, sagte er dann, als weitere Erläuterungen ausblieben. »– Ich meine, von den künstlerischen Möglichkeiten natürlich ganz abgesehen. Aber denken Sie nur an all die Deppen! Dieses hysterische Männchen, dieser verkrachte deutsche Primarlehrer, der den sogenannten Kulturteil beim *Lokal-Anzeiger* leitet, wissen Sie noch, wie der Ihnen kürzlich bei dieser Podiumsdiskussion im Kaufleuten aus dem Publikum einen Vogel gezeigt hat?«

»Na klar«, antwortete Oskar, »ich habe ihn ja daraufhin

gebeten, auf die Bühne zu kommen. Aber er hat sich nicht getraut.«

»Natürlich hat er sich nicht getraut«, sagte Wyss, »er ist ein kleiner Angsthase, das gehört zur Sorte. Deshalb schreibt die Sorte ja. Mein Gott, wie herrlich, wenn man denen zeigen könnte, wo sie hingehören! Denken Sie nur! Denken Sie nur an Dennis Bleck, Jabba the Hutt der feuilletonistischen Mittelklasse, Sie haben ihn ja in Klagenfurt kennengelernt, oder Gion Küngels, diesen erbärmlichen Dussel! Ach, Rache ist süß!«

»Wir bevorzugen das Wort *Genugtuung*«, entgegnete Oskar lächelnd, »und, wissen Sie was, das sind doch am Ende des Tages alles unerhebliche Episodenfiguren, und ich war eigentlich davon ausgegangen, dass nach all den Jahren im Geschäft der Gedanke an … Ausgleich und … eben: Genugtuung sich irgendwie leer, reizlos und hohl anfühlen würde … – aber nein. Ich muss Ihnen gestehen: Das ist nicht der Fall.«

»Natürlich nicht«, erklärte Wyss, und seine Brauen hoben sich verächtlich, während er sich eine neue Zigarette anzündete, wobei sein wohlausgebildetes, weich gespaltenes Kinn in seltsamer Erregung zitterte, »ich sage Ihnen, falls sich Ihnen tatsächlich die Möglichkeit bietet, ein bisschen korrigierend einzugreifen ins Geschehen, in dieses korrupte, eitle und oberflächliche Geschäft, das wir täglich betreiben, und auch nur ein paar Stümpern, Schwätzern und Dilettanten ihren Platz zu weisen – dann haben Sie, wenn Sie mich fragen, geradezu die *Pflicht*, das zu tun! Ich bitte Sie, Herr Canow! Nur keine falsche Scham! Triumph – das ist ein natürliches Hochgefühl, wie Selbstlosigkeit, Marathonlaufen oder Farbverdünner schnüffeln! Bloß keine Scheu! Nur nackt serviert ist Rache köstlich!«

»Sie erinnern mich an jemanden«, stellte Oskar fest.

»Ich muss übrigens aufbrechen«, bemerkte Wyss nach einem Blick auf seine Panerai, »in einer halben Stunde werden im Kaufleuten die Miss-Schweiz-Kandidatinnen vorgestellt. Wir sehen uns in drei Wochen. Alles auf Spesen, wie immer. Übrigens sehen Sie schon viel besser aus. Auf Wiedersehen, lieber Freund!«

Nach einem Besuch im Gym, wo Oskar auf dem Cross-Trainer einen Augenblick dachte, es ginge mit ihm zu Ende, weil die Maschine einen Puls von zweihundertfünfzehn meldete, bis einer seiner Kraftraumfreunde auf dem benachbarten Gerät ihn darüber aufklärte, dass die Anzeige defekt und völlig erratisch wäre, fuhr Oskar bis zum Central und lief dann durch die feiertäglich geschmückte Stadt Richtung Paradeplatz, wo er mit seiner Freundin Tita verabredet war.

In Zürich, von Lauren liebevoll Züritown genannt, einer Kapitale und Mutterstätte des Protestantismus, beging man religiöse Feste wie Ostern zurückhaltend und mit der sprichwörtlichen Neutralität. Dennoch waren die Gässchen und Häuser, die Brunnen, Straßen und Plätze lieblich herausgeputzt, um den Frühling zu begrüßen und die Wiedergeburt zu feiern, und als Oskar hinter dem Modehaus Grieder auf der Höhe des fröhlich plaudernden Junobrunnens über den Züghusplatz Richtung Savoy-Hotel lief, klingelte sein Telefon. Es war Daggi von Raute.

»Schätzelchen, du musst mir helfen«, sagte Daggi, »ich versuche hier gerade, diese Runde im Hotel de Rome zusammenzufassen, bei der ich dich auch dabeihaben wollte, Hase, aber du konntest nicht, du weißt schon, für die Kolumne in *Task*. Hallo? Bist du noch da? Also, ich les mal vor:

›Zwölf Leute, Künstler, Galeristen, Journalisten, Verleger und Werber. *Task* tauft es den *Club de Rome.*‹«

»Fabelhaft, Daggi!«, sagte Oskar und setzte sich auf eine Bank neben den Brunnen.

»›Es gab Lachs und Rotwein‹«, las Daggi weiter, »›in Berlin-Mitte hält man auf Figur‹.«

»Wieso Figur«, sagte Oskar, »dann würde man Weißwein trinken.«

»Siehst du! Genau deswegen rufe ich dich an!«

»Ich habe auch noch eine Doktorarbeit über den transzendentalen Idealismus geschrieben«, sagte Oskar, mehr zu sich selbst.

»Ich les mal weiter: ›Der Künstler Andreas Slominski sitzt neben Verlegerin Angelika Taschen. Taschen trägt Schuhe mit hohem schwarzem Schaft von Marc Jacobs, zum Prada-Rock, und sagt: ‚Leni Riefenstahl war eine großartige Frau, die nicht anders konnte. Die hat zufällig den Auftrag bekommen, den Reichstag zu filmen. Die hätte alles gefilmt.‘‹«

»Du meinst: Reichs*partei*tag«, verbesserte Oskar.

»Ja, natürlich. Danke. Es geht weiter: ›Slominski sagt: ‚Heute sind zig Kameras in den Kaufhäusern.‘ – ‚Was Gustaf Gründgens und Riefenstahl gleich macht‘, sagt Gründgens-Neffe Gregor Gründgens, ‚ist, Verführte zu sein. Dennoch, Frauen sind mehr Opfer, Männer bleiben Täter. Mein Großvater hatte wenigstens noch dieses Schillernde.‘‹«

»Thank God, dass ich nicht da war«, sagte Oskar.

»Was?«

»Nichts. Wieso Großvater? Ich denke, dass ist der Neffe?«

»Halbneffe, glaube ich. Oder Halbgroßneffe.«

»Was ist das denn?«

»Schatz, ich guck das später nach. Ich les jetzt mal weiter:

›Anna Jill Lüpertz, unlängst zurück von der Kunstmesse Art Basel Miami, spült den Jetlag mit Champagner herunter. ‚Ich liebe das Licht, das mich in Berlin begrüßt', sagt sie. ‚Ich will auch ein bisschen einsam sein', sagt Concept-Store-Inhaber Josef Voelk und fügt hinzu: ‚Wer nicht allein sein kann, kann nicht zu zweit sein.'‹«

»Genau«, murmelte Oskar, »das ist das Geschäft, das wir täglich betreiben.«

»Wie bitte?«, rief die Baronesse.

»Nichts«, sagte Oskar, »Daggi, ich muss leider auflegen, meine Verabredung wartet auf mich.«

»Okay, Hase«, rief Daggi, »dicke Umarmung! Ich ruf dich wieder an!«

Oskar lief quer über den Paradeplatz in Richtung der Confiserie Sprüngli. Diese verfügte im ersten Stock über ein Café, das in einer Mischung aus Landhaus- und Zuckerbäckerstil ausgestaltet war, mit kupfernen Kuchenformen an den Wänden, die glücklicherweise sämtliche Innenarchitekten überstanden hatten. Dort oben war es auch im Hochsommer angenehm kühl, weil sonst die Schokolade schmolz. Augenblicklich allerdings war nicht Sommer, sondern Frühling, und Tita, mit der Oskar hier verabredet war, saß ganz gerne draußen, und so suchte sein Blick die Terrasse nach ihr ab. Schon von weitem entdeckte er ihre hohe Figur, eine Gestalt, die er aus Tausenden herauskennen würde. Er erkannte außerdem, dass am nächsten Tisch, rechts neben Tita, dieser halb den Rücken zuwendend, eine verhutzelte drogerieblonde Alte hockte, die er schon öfter hier gesehen hatte. Die Hutzel, die arg ramponiert und übermalt aussah, tauchte mit einer mageren, von einer weichen Samtmanschette halb bedeckten Hand einen Krankenzwieback in ein Glas Champagner. Sie hatte Trauerränder unter den Nägeln und trug ein samtenes Ensemble mit Leopardenmuster zu kniehohen Stiefeln. Übrigens wirkte sie insgesamt erschreckend verlebt, und dies bei lauter, vordringlicher Sprechweise, die sich deutlich machte, wenn sie ihre Begleitung anredete, eine walkürengestaltige Matrone, die sich ein psychedelisch gemustertes Polyesterkleid stehen ließ und die Fersenriemchen ihrer Slingbacks auf deren Hacken heruntergetreten hatte.

An dem Tisch zu Titas linker Seite saß jener Herr mit dem weichen, kurz gehaltenen Haar und dem beträchtlichen Krawattenknoten, der Herr, den Oskar neulich am Flughafen in Berlin gesehen hatte und auch sonst von irgendwoher zu kennen meinte, es wollte ihm nur nicht einfallen, woher. Der Herr löffelte in seinem Kaffee und rauchte eine leichte Zigarre mit mausgrauem Deckblatt und einem kräftigen blauen Leibring; er wirkte gesetzt, besonnen und fromm wie ein alter Mann und saß ganz korrekt, doch ein wenig unglücklich da, manchmal einen beliebigen Passanten zupackend musternd mit seinen hellen Augen unter den zackigen Brauen, deren eine er offenbar nachdenklich hochzuziehen liebte. Oskar dachte: »Ich kenne ihn. Ich erinnere mich an das plastische Muttermal auf dem Scheitel des linken Tränensacks, an die lange, schmale Oberlippe mit dem korrekt gestutzen Bärtchen, an das weiche, ovale Kinn und die doch recht großen Ohren, ja, ich kenne ihn, ich kenne ihn, wenn ich nur wüsste …«

Doch er kam nicht weiter, denn Tita erhob sich, ihn zu begrüßen, und zeitgleich näherte sich die Serviertochter, um die Bestellung aufzunehmen. Sprünglis Serviertöchter waren verdientermaßen berüchtigt für einen ganz eigenen Charme, der all denjenigen Besuchern bekannt vorkam, die, wie Oskar, alt genug waren, einst Ost-Berlin besucht zu haben.

»Ich muss mich entschuldigen«, sagte unser Held, als er Tita umarmte, »ich bin zu spät.«

»Was ist passiert?«, fragte Tita. »Hast du dein kleines weißes Kaninchen mit der Uhr verloren?«

Worauf (aber wohl durch eine Bemerkung der psychedelischen Matrone veranlasst) die Hutzel rechts nebenan derart kreischend lachte, dass über ihnen ein paar Sperlinge aus den Lindenkronen abstrichen. Sowie, offensichtlich, eine ziemlich große Krähe.

»Ich hatte Migräne«, antwortete Oskar, »und vielleicht hätte ich nicht ins Ausdauertraining gehen sollen, das macht eine Kopfschmerzneigung üblicherweise noch schlimmer.«

In diesem Augenblick brach die Sonne durch die Wolken und strahlte durchs fächernde Blätterwerk, so freudvoll schillernde Lichtlein und Reflexe auf die Szenerie werfend, als habe jemand eine gigantische Spiegelkugel sanft in Bewegung versetzt.

»Das tut mir leid«, versetzte Tita, »ich komme eben vom Boot. Es ist ausgesprochen schön auf dem See, aber für Migräne flimmert es zu sehr. Wie läuft das Geschäft?«

»Nicht übel«, sagte Oskar, »das deutsche Frühstücksfernsehen hat mich eingeladen. Ich werde so zeitig aufstehen müssen wie schon lange nicht mehr.«

Die Serviertochter, laut Namensschild ein gewisses Fräulein Brülisauer, die aussah wie die Tochter von Breschnew, stellte die Getränke auf den Tisch, wozu sie deren Bezeichnung mit einer etwas quäkenden Stimme ansagte. Anschließend unterhielten sich Tita und Oskar über gemeinsame Bekanntschaften und geteilte Befindlichkeiten, während der

Herr am Nachbartisch langsam seine Zigarre ausdrückte. Seine Hände mit den manikürten Nägeln waren nicht sehr schmal, eher schon kräftig, aber schlankfingerig und benetzt mit Altersflecken. Dabei warfen seine hellen Augen Blicke wie Tentakel in die arglos treibende Menge.

»… und beinahe beneide ich diese Leute um die ewige Ruhe ihres Lebens, ihren Mangel an Bewegung und jeglichen wirklichen Ängsten«, sagte Oskar gerade, »diese Leute leben in einem Milieu, wo die Freiheit des Wortes niemals den Witz erreicht und die Freiheit der Tat niemals die Liebe. Nie haben sie etwas gehört von Menschen, die quälende Sorgen im Herzen tragen, aus irgendwelchen Gründen von einem Winkel zum anderen über das Antlitz der Erde gejagt werden oder ihr Leben einer ewigen, nicht zu bewältigenden Aufgabe widmen.«

»Was – wie die Pfandflaschen wegzubringen?«

Am Nebentisch erhob sich die Matrone. Dabei erkannte Oskar aus dem Augenwinkel, dass ihr Kleid eigentlich tailliert gedacht war, jedoch am konsiderablen Bauch des Hünenweibs scheiterte, den es nur mit Mühe umspannte. Um aber schlanker auszusehen, hatte die Alte listig noch einen schmalen Gurt um ihr Ränzlein geschnürt, den sie absichtlich ein wenig herunterhängen ließ, bis etwa kurz unter den Nabel. Und, da wir gerade vom Nabel sprechen: Es fiel Oskar manchmal schwer, sich vorzustellen, dass schlechterdings jeder Mensch Eltern haben müsste, etwa auch die Polyester-Matrone dort drüben am Nebentisch, die doch eher wirkte wie auf die Welt geworfen oder aus irgendeiner dämonischen Kralle entlassen.

Titas Nideltörtli wurde serviert, und Oskar betrachtete einen Moment lang gedankenversunken die gestickten Arabesken der Tischdecke, die Linien dieses Motivs mechanisch studierend, worauf er sich auf seine Kaffeetasse konzentrierte, auf deren Grunde sich bereits das beliebte Enzian-und-Edelweiß-Muster aus den Süddeutschen Keramiken Hessreiter & Sohn zeigte. Dann sagte er mit leiser Stimme und ohne den Blick von der Tasse zu lösen: »Glaubst du, Tita, es gibt einen höheren Ausgleich? Ich meine, es laufen doch so viele Trottel rum, kleine, verschmierte, tückische Charaktere, denen in ihrer katastrophalen sinnlichen Apathie ebenjene leise Dosis von Irrationalem fehlt, die erst dem vernünftigen Menschen den inneren Halt gibt.«

»Selbstverständlich«, erwiderte seine Freundin, »der Ausgleich, Oskarlein, ist die Empfindungsfähigkeit. Bei deren Verteilung herrscht geradezu eine romantische Gerechtigkeit. Wobei Empfindungsfähigkeit freilich auch gern und sogar vorzüglich von Trotteln für sich reklamiert wird. Das Kennzeichen eines Trottels ist es ja geradezu, davon auszugehen, dass alle *anderen* Trottel sind. – Übrigens, da wir dies Thema behandeln: Hast du gesehen, dass Gion Küngels jetzt mit seiner Frau so eine Art Ehepaar-Kolumne schreibt?«

»Zum Glück nicht«, erwiderte Oskar, »aber Roger Wyss hat mir erzählt, dass Thorsten Dussling überall rumerzählt, er würde nach Punta del Este fliegen, um Mouna Ayoub zu interviewen.«

»Eine unmögliche Person.«

»Mouna?«

»Dussling.«

»Ja«, sagte Oskar, »Dussling zählt zu jenen Gestalten, die Lauren als *Undesirables* zu bezeichnen pflegt. Er ist in der Tat painful. Nun, falls er nach Uruguay will, muss er durch die tropische Sturmzone fliegen. Good riddance!«

Tita warf ihrem Freund einen prüfenden Blick von der Seite zu.

»Warum bist du so angespannt?«, fragte sie dann. »Ich meine, *wenn* es irgendeine ordnende Vorsehung gibt, irgendein höheres Gesetz, dann doch wohl das: Gott selbst hat seine Lieblingskinder, bei denen er ein Auge zudrückt, und du, Oskar, du bist eins von ihnen.«

»Ja, ich weiß, alles sieht prima aus. Ich weiß außerdem, dass du das ein wenig albern finden magst, und ich höre auch gleich auf. Ich wollte nur sagen: Auch in den glücklicheren Fällen, wo alles prima aussieht, ist die Verlockung eines anderen Lebens manchmal groß, beinahe überwältigend groß. Jedenfalls für meine Sorte. Denn um ein unnötig verstiegenes, für das Leben zu kränkelndes oder zu abstruses Menschenwesen zu schildern, braucht ein Schriftsteller doch nur sich selbst zu geben – unter Weglassung der schöpferischen Gabe, die ihm selber Stütze und Stab ist, ihn selbst auf dem Pfade des Lebens weiterlockt und ihn zu einem Lebensvollender macht. Jedenfalls in den glücklicheren Fällen.«

Tita hielt mit ihrem Urteil zurück. Stattdessen biss sie von ihrem Nideltörtli ab.

Oskar jedoch war in voller Fahrt, pochte auf die gestickten Arabesken der Tischdecke und setzte mit herrlicher Betonung hinzu: »Jedenfalls, Tita, so viel steht fest, jedenfalls habe ich, auch wenn es womöglich nicht so scheint, manch Wirrsal durchschritten, gerade in letzter Zeit, und mir einige Testate des Leidens verdient, und … und da gibt es trotzdem noch so vieles, wovon ich nichts verstehe –«

»Ja«, versetzte Tita, »zum Beispiel alles, was man sich vorstellt, wenn man sagt: das Elend in der Welt.«

»Well, little do you know«, erwiderte Oskar mit einer lebhaften Bewegung des Unterkiefers und einem schnellen, eindringlichen Kopfschütteln, »ich weiß, du wirst es albern finden, doch ich darf von mir behaupten, dass ich auf meine Art des Lebens Strenge, sein schmallippiges Antlitz, wenn ich mich so ausdrücken darf, vielleicht besser kenne als mancher, der sich auf Progressionsskala oder Krankenhausgraus oder sonst irgendein einzelnes Gebiet versteht. Den Willensgelähmten, Erfolglosen und Beschädigten gilt meine brüderliche Teilnahme und Sympathie – aber sein will ich nicht wie sie.«

Tita schien sich verschluckt zu haben. Sie schob den Teller mit Enzian-und-Edelweiß-Muster und dem Rest des Nideltörtlis von sich und erklärte: »Ich bin meiner Anlage nach keine besonders metaphysische Person, ich verstehe auch nur ungefähr die Hälfte von dieser Psychologie für Verrückte oder vom Wesen des Dichters oder wie immer du das nennen möchtest, und noch viel weniger von Höherer Gerechtigkeit oder Höchster Mathematik, diesem Aufrechnen von Vergebung und Vergeltung. Es ist mir unheimlich, es ist mir fatal, ich habe auch keine Lust, es zu verstehen, und der Himmel behüte, dass wir uns damit befassen sollen. Gott wirds schon irgendwie deichseln. Ich weiß nur, dass schöpferische Besonderheit, die hoch zu Ross die Hindernisse nimmt, tausendmal dem Leben lieber ist als die zu Fuß watschelnde vermeintliche Gesundheit. Aber man muss sich hüten. Man hat sich nicht einzumischen. Man hat in seiner Sphäre zu bleiben. Sei lauter in Handel und Wandel und nimm deine Zuflucht zu Gott und so weiter. Und nun muss ich gehen. Ich habe eine Faceforming-Sitzung. Kommst du auch?«

»Du bist sehr süß«, sagte Oskar und küsste Tita auf die Wange, »wenn es dir nichts ausmacht, bleibe ich noch einen Augenblick sitzen und esse das Nideltörtli auf.«

Oskar sah seiner Freundin nach, deren schlanke Gestalt sich auf hohen Hacken weiter und weiter entfernte, sich mit elegantem Schwunge ihrer gigantesken Vintage-Alligator-Kelly-Bag den Weg bahnend. Er nahm einen Bissen von Titas Törtli, verschluckte sich und hustete. Ein zeitunglesendes amerikanisches Ehepaar, das mittlerweile an jenem Tische Platz genommen hatte, wo vorhin die blond gefärbte Hutzel gesessen, blickte von der Lektüre hoch. Die Gatten lächelten einander zu, brachen das Lächeln automatisch wieder ab und lasen weiter. Oskar hatte genug und stand auf. Das heißt: Er wollte eben zum Gehen sich erheben – da hörte er das Geräusch. Ja, es gab ein Geräusch – doch mit »Geräusch«, sogar auch mit »Lärm«, ist wenig gesagt. Es war dies ein Laut, der sich sofort als unbedingt ungut kennzeichnete, etwas Zerstörerisches, Malmendes, Böses; ein in sich abscheulich krachender splitternder Stoß, und von solcher Gewalt, dass der Himmel erzitterte und die allgemeine Aufmerksamkeit sofort in seine Richtung gelenkt wurde. Zugleich ein Schrei, ein Schrei von der Art, gegen die, wenn überhaupt, eigentlich nur das Gemüt eines Arztes gewappnet ist. Dabei war keine Zeit zur Besinnung. Was sich dann anschloss, war jener sprichwörtliche Augenblick der Totenstille, die allen Katastrophen zu folgen pflegt, bevor sich die Welle erhob. Eine Lautwelle. Sie begann zaghaft irgendwo hinten am Paradeplatz beim Credit-Suisse-Gebäude, schwoll dann donnergleich, schwankte, wuchs wieder an, und auf ihrem Kamm brodelten wie Gischt auf einer Meereswoge Stöhnen, Zetern und Heulen. Vereinzelte, das Dröhnen übergellende hysterische Frauenschreie mischten sich mit dumpfen Bestürzungsrufen von Männern. Aufgeregte, verwirrte, entgeisterte Menschen rannten über Sprünglis Terrasse und riefen durcheinander.

Oskar dachte etwas sehr Einfaches: »Das war was Böses, das war was Böses, hier kommen Übel und Unheil.« Wörtlich so. Außerdem dachte er: »Halt! Halt! Halt!«, als könne er das Geschehen zum Stillstand bringen, doch dies stille und inbrünstige Kommando kam zu spät, das Geschehen fügte sich mit der mechanischen Unerbittlichkeit gezahnter Räder. Etwas war passiert, hatte sich manifestiert in diesem grässlichen Geräusch. Neben sich hörte Oskar eine Stimme »Hilfe! Hilfe!« kreischen, und, kein Zweifel, es war die unangenehme, durch Angst noch keifender klingende Stimme der Hutzel im Leopardenmuster, die vorhin am Nebentisch gesessen und nun im wilden Aufruhr gellend durch die Menge stob. Dies alles war das Werk eines Augenblicks, weniger Sekunden, die Oskar, wie es bei solchen Vorfällen die Regel zu sein pflegt, ins Unendliche gedehnt erschienen, er spürte seinen Schrecken, eine Starrheit des Blicks, eine gewisse Schwäche im Rücken, eine vorübergehende Unfähigkeit, hinunterzuschlucken. Zunächst war überhaupt nicht zu sehen, was eigentlich passiert war, sehr wohl aber, wo Kern und Zentrum des Geschehens lagen, denn die Menge verdichtete sich an der gegenüberliegenden Seite des Paradeplatzes, und aus diesem Kern und Zentrum des Geschehens, zwischen dem Kiosk und den Fahrplänen und Bänken hervor sprang ein dunkler runder Gegenstand über den Asphalt, hüpfte über die Straßenbahnschienen und landete auf Sprünglis Terrasse, direkt vor Oskar Canows Füßen, die mit Vintage-Nike-Air-Force-Ones bekleidet waren.

Es war der abgetrennte Kopf von Gion Küngels.

10. KAPITEL

Intelligent Design

Der Augenblick geht vorbei, und du kannst nichts machen. Ob der Augenblick günstig oder grausig sei – die Zeit bringt und holt die Dinge, von sich aus, es ist nicht nur so, dass wir Taten und Phänomene in die Zeit hineinstellen. Ein einziger Augenblick, ein bestimmter Zeitpunkt ist bisweilen für eine Möglichkeit verantwortlich, mag sie günstig oder grausig sein, und ist er vorbei, kannst du nichts mehr tun, du lässt die Hand am Gewehr sinken, und am anderen Tag reist du nach Afrika und lässt dich im Twelve Apostles Hotel nieder, weil du den Moment verpasst hast oder weil der Moment dich verpasst hat. Dabei fallen diese Phänomene ebenso wie das Gewöhnliche in den ehernen Zusammenhang der Dinge. Es liegt bloß an unserer Unkenntnis, dass wir ihre gesetzlichen Beziehungen mitunter nicht verstehen. Eigentlich verstehen wir die so gut wie nie. Und deshalb richten wir im scheinbaren Durcheinander der Schöpfung ab und zu den Blick gen Himmel, denn wir glauben mit kindlichem Zutrauen an die betreffende Regie da oben. Wir sind ganz sicher, dass der freundliche alte Herr Zebaoth unsere Gebete hört, selbst wenn manchmal ein Nein die Antwort ist. Man soll Gott auch nicht hetzen. Er greift vielleicht nicht immer dann ein, wenn man dies gerade dringend wünscht. Aber er kommt rechtzeitig. Wenigstens nach afrikanischem Verständnis.

Oskar Canow saß wie aus Stein vor dem abgetrennten Kopf von Gion Küngels, unter dem langsam eine Blutlache hervorkroch, dunkel glänzend im Schein der Frühlingssonne dieses Freitags, dem Höhepunkt der Karwoche. Ein paar Mal versuchte er, aufzustehen, aber die Beine gehorchten ihm nicht, eine Art Lähmung hatte ihn befallen. Lediglich eine mechanische Drehung des Kopfes gelang ihm, und er blickte sich aus irgendeinem Grunde, den er nicht zu benennen vermochte, suchend nach dem Herrn mit dem Schnurrbart und der vollen, weich konturierten Unterlippe um. Doch der Herr war fort. Oskar sah den blauen Leibring seiner Zigarre im Aschenbecher des benachbarten Tisches flattern, und er wusste, dass er dies blaue Stückchen Papier sein Lebtag nicht vergessen würde, dass es in sein Gedächtnis eingesunken war wie heißes Eisen in eine Wachsplatte, so wie man ja manchmal im Leben und im Traum bei katastrophalen oder wundervollen Geschehnissen einen Fleck auf dem Revers oder einen eingerissenen Fingernagel als das Charakteristikum dieses Geschehnisses vor allem in Erinnerung behält.

Dann fiel das Nideltörtli zu Boden, mitsamt dem Teller mit dem beliebten Enzian-und-Edelweiß-Muster aus den Süddeutschen Keramiken Hessreiter & Sohn, der mit einem kleinen Knall zersprang, unweit von Küngels Kopf, und dies nun brachte Bewegung in Oskar. Er erhob sich langsam und sorgfältig, Menschen strömten auf ihn zu, die Terrasse belebte sich, die Tische und Stühle fingen an zu flüstern, die Menschen erstarrten, Gruppen lösten sich auf und blieben wieder wie angebleit stehen, nur der Wille zitterte noch leise in ihnen. Die Damen neigten die Köpfe zur Seite, blinzelten rasch mit verstörter Miene und rangen nach klassischer Manier die Hände, indes die Herren langsam nickten und sich in ihre Schnurrbärte bissen, um auf männliche Art ihre Ergriffenheit zu bemeistern.

Indes hatte ein tückisches Schicksal (War es das Schicksal? Wir sind nicht sicher.) den Knoten des Unheils gleich mehrfach geschürzt, denn als Oskar eine hilflose, pathetische Anstrengung unternahm, die Reste des Backwerks aufzuklauben, schlug ihm jemand leutselig auf den Rücken, als ob das hiezulande Sitte wäre. Es war besagter Tim Colina, stellvertretender Chefredakteur der *Magazin*-Beilage des *Lokal-Anzeigers*. Übrigens waren derartige Jovialitäten für Colina durchaus nicht die Regel, es musste die besondere Dramatik der Situation gewesen sein, die ihn zu einer solchen Annäherung veranlasst hatte; üblicherweise konnte er nicht mal grüßen. Er gehörte zu jenen Leuten, von denen Oskar irgendwann kontaktiert worden war, die ihn unbedingt hatten treffen wollen, bei diesem Treffen dann diverse Projekte und Unterfangen andeuteten, von denen sich im Folgenden so gut wie nichts realisierte. In Colinas Fall war eine kleine Glosse von Oskar für das *Magazin* dabei herausgekommen, für die man ihm übrigens bis heute drei Viertel des Honorars schuldete. Von dieser Sorte also war Tim Colina, nicht angenehm, aber zu vermeiden, eine arriviertere Variante jener Filmemacher oder Dramaturgen oder Schauspieler-Schrägstrich-Regisseure-Schrägstrich-Autoren-Schrägstrich-Produzenten, die regelmäßig an Oskar gelangten mit dem Anliegen, sich an ihrem neuesten Unterfangen zu beteiligen, und denen Oskar regelmäßig freundlich zu erklären pflegte, dass er viel zu teuer sei. (Oskar sagte nie ab, dazu war er zu höflich, sondern er regelte Absagen stets über seine Honorarforderungen, wozu hatte er schließlich Ökonomie studiert.)

Colina war also zu vermeiden, wenn er einem nicht gerade auf den Rücken schlug und nun vor einem stand, belebt, wichtig und angeregt, eine schmächtige, anämische Gestalt mit einem bleichen, wässrigen Mädchengesicht und kleinen kalten bösen Augen unter seltsam farblosem Haar. Er trug einen Blazer mit soutachiertem Revers, was dandyhaft aussah, und führte einen Dalmatiner an der Leine, wozu Oskars bereits erwähnte Großmutter nach Sichtung von Herr und Hund wohl festgestellt hätte: »Davon wird man auch nicht interessanter.«

»Ganz schönes Spektakel, was?«, sagte Colina, dem überhaupt nicht aufzufallen schien, dass er in unmittelbarer Nähe von Gion Küngels Kopf stand, um den sich seltsamerweise noch niemand gekümmert hatte. »Furchtbare Sache, das. Einfach so vom Tram überrollt. Das war dieser Kater, riesengroß wie ein Eber, sag ich, pechschwarz, plötzlich aufgetaucht, wie aus dem Nichts, das Tier, regelrecht gestoßen hat es ihn, den armen Kerl. Na ja. Schicksal. Ich muss gehen.«

»Schicksal«, sagte Colina mit einer wilden Vernichtungsgebärde und zog die Nase kraus. Und sein Ton bedeutete Oskar, dass man hier nichts machen könne, außer einer kleinen Lokal-Meldung, vielleicht, und dass man doch ansonsten bitte froh sein sollte, mit heilen Gliedern davongekommen zu sein.

Schicksal? Das wird auch der Trost der Weizenkörner sein, während sie gedroschen werden, und ob aus hingemähten Seelen himmlisches Brot gebacken wird, das ist noch die

Frage. So dachte Oskar. Es war ihm unklar, was mit ihm geschehen würde, was überhaupt geschehen solle. Morboser Zustand. Nervös erregt und halb krank. Lauter Fragen und Beklemmungen. Er steuerte offenbar geradewegs auf den Nervenzusammenbruch zu. Kleine Strudel bildeten sich vor seinen Augen. Gestaltloses Missbehagen ergriff ihn, seine Gedanken verwirrten sich. Schicksal. Schicksal. – Und dann, jählings und mit einem Schlage, schien Oskar Canow wie eine weiße Stichflamme eine Erkenntnis zu durchzischen; er wurde fahl und stand für einen Augenblick so reglos gebannt, wie man nur vor seinem Dasein zu stutzen vermag. Mit einer Sicherheit und Ruhe, wie man eben nur die Klarheiten des Lebens erkennt, sprach er zu sich ein einziges Wort, einen Namen: »Dussling!«

Und der Instinkt, dieser ans Wunderbare grenzende sechste Sinn, der feiner und genauer ist als der Geruchs- oder der Gesichtssinn, erwachte in seinen Nerven und trieb ihn an, sich zu bewegen, er durchschritt die Menge, bahnte sich mit wilden Püffen einen Weg durch den Strom der Passanten und Schaulustigen und durch die ungeheuerliche Zumutung dieses entgleisten Frühlingstages, dem alles Frühlingshafte und Frische abhandengekommen war. Alles Schwebende, Zarte, Unschuldige, das ihm eigen gewesen, war verschwunden, wie eine blühende Landschaft verschwindet, wenn ein Eisenbahnzug in einen Tunnel fährt. Oskar aber lief. Niemand hinderte ihn, manche zeigten und wisperten oder riefen etwas, aber Oskar nahm ihre Worte nicht auf. Insgesamt war es ruhiger geworden. Das hysterische Frauengekreisch war verstummt, die Sirenen hatten aufgehört zu heulen, die Feuerwehr war aufgefahren und auch die Sanität, obschon nichts mehr zu retten war, und das Blaulicht warf in stummer Rotation seine

Kegel über den Paradeplatz, blau wie der Leibring der Zigarre. Der Kegel traf die Menschen, die dort standen und schwatzten und gestikulierten und sich verbrüderten gelegentlich des Unheils, aufschnitten und sich wichtig machten. Zwei Sanitätswagen fuhren alsbald davon: Der eine transportierte den enthaupteten Körper nebst abgetrenntem Kopf ins Leichenschauhaus, der andere brachte ein paar Patienten mit neurogenen Schocks in die Notaufnahme. Der Ordnungsdienst räumte die Scherben weg und schüttete die Blutlache mit Sand zu; die Polizei war ebenfalls eingetroffen, und alles umdrängte den Tramfahrer, der mit betonfarbenem Gesicht auf dem Asphalt stand. Normalerweise ist der Kondukteur ja eine quasi amtliche Person, jedenfalls in Zürich, da ist er sogar amtlich, wenn er den Fahrgästen ganz allgemein einen schönen Tag wünscht, aber siehe, der Mann war gesprächig unter diesen Umständen, er ließ seine zwinglianische Sachlichkeit dahinfahren, das große Ereignis löste seine Zunge, wenngleich auch er, äußerlich bis auf die Blässe nicht beschädigt wirkend, etwas abbekommen zu haben schien, jedenfalls stammelte er entsetzensbleich mit roten Augen andauernd etwas von einem Kater, der Kater seis gewesen, riesengroß und mächtig, pechschwarz, mit gewaltigem Schnurrbart, plötzlich sei er da gewesen, der Kater, ganz so, als habe er ins Tram einsteigen wollen, und dann seis passiert …

»Ich hab den auch gesehen!«, mischte sich ein hageres Fräulein ein, das aussah wie die Assistentin eines zweitklassigen Bühnenzauberers – und das brach nun den Damm für jede Menge Meldungen und Bezeugungen. Man sprach von einer alten Frau, die angefaucht worden sei, aber niemand hatte sie gesehen, man debattierte den Farbton des Katers, doch ganz ohne Zweifel groß wie ein Eber sei er gewesen, mit gewaltigem, geradezu verwegenem Kavalleristenschnurrbart, trotzig aufgesetzt, wodurch seine Mundwinkel wie sein Kinn einen geradezu verachtungsvollen und willensstarken Ausdruck gewonnen hätten – ein seltsames Tier!

»Als ob er ihn gestoßen hätte!«, sagte ein vertrocknetes Männchen, die graue Baskenmütze flott aufs Ohr geschoben, wobei es eine schmerzliche Grimasse nicht unterdrücken konnte.

Der Tramwagen selbst stand fest in den Schienen, von Trümmerwüste keine Spur, vielleicht eine kleine Beule vorn, vielleicht war die auch schon vorher da gewesen. Ein klarer Fall für die Polizei! Für Autorität und Vater Staat! Vater Staat: Man verkehrt nicht gern mit ihm, er ist streng, er ist wohl gar rau, aber Verlass, Verlass ist auf ihn, auf Vater Staat, besonders in Helvetien, wo der Staat ja vom Volke getragen wird, von der Bürgerschaft, die hierlands von jeher ein Schutz-und-Trutz-Bündnis gegen die Gebirgsnatur und die Arglist der Zeit bildet, vereint im Kampf für hohe Güter wie menschliches Glück, Selbstbestimmung und eigenen Herd. Alle sind, gewissermaßen, die Hausmeister im gemeinsamen Schweizerhause. Manche übertreiben ein klein wenig, zum Beispiel jene anonyme Anwohnerin, die Oskar immer handgeschriebene Verwarnungen unter den Scheibenwischer seines Mercedes klatschte, wenn er ihrer subjektiven Auffassung nach nicht ganz korrekt vor dem Haus geparkt hatte. Und die beiden Polizeibeamten, die nun auf dem Paradeplatz ein wenig unwirsch und breitbeinig sich ihres von Staats wegen verliehenen Auftrags mit kühler Geläufigkeit zu entledigen versuchten – sie waren wohl auch ein wenig überfordert mit dieser Störung des Rechtsfriedens, mutmaßlich verursacht durch einen überdimensionierten Kater. So beließen es die

Ordnungsorgane dabei, füglich und wachsam festzustellen, dass jedenfalls der Kondukteur völlig korrekt gehandelt und größerem Unglück vorgebeugt hatte, indem er im letzten Augenblick die Notbremse gezogen hatte. Sonst, sagte man, hätte es unweigerlich eine allgemeine Entgleisung gegeben und weiß Gott was für eine Katastrophe. Preiswürd'ger Zugführer! Sein Ruhm verbreitete sich wie ein Lauffeuer über den Platz, und alle lobten ihn.

»Der Mann«, krächzte das Männchen mit der kessen Baskenmütze und wies mit einer ausholenden Geste weit um sich, »der Mann hat uns alle gerettet!«

Und ein jeder nickte dazu.

Und mehr und mehr kam etwas wie Ordnung in die Sache, und der Staat, unser Vater, gewann wieder Haltung und Ansehen. Man hatte telefoniert, organisiert, protokolliert, und bevor man sich auflöste, verharrte man der guten Ordnung halber noch einen Augenblick vor der gleichmachenden Majestät des Unglücks, die imstande war, aus denkenden Menschen für Minuten begriffloser Vergessenheit fühlende Tiere werden zu lassen.

Wer aber betrat in diesem Finale die Szene, gestützt auf zwei Feuerwehrmänner? Die drogerieblonde Hutzel im Leopardenkostüm. Sie stampfte mit dem kniehohen Stiefel auf, lachte kreischend und rief wie von Sinnen: »Das ist das Ende! Das Ende! So stirbt man also!«

Oskar indes war längst weitergelaufen. Er lief mechanisch und doch mit gewaltiger Willensanstrengung, vorbei an Leuten, die ihm hinterherstarrten oder grollten, wenn er sie anrempelte. Der Strom der Passanten hatte sich normalisiert, und Oskar war schon beinahe am Ende der oberen Bahnhofstrasse angelangt, mit ihrer Öffnung zum Bürkliplatz und zu den Gestaden des Zürichsees. Über der Straße hing ein riesiges Schweizerkreuz in seinem herrlich neutralen Format und beschirmte die Oskar wohlbekannten Fassaden, die vor allem den historistischen Mischmasch-Imponierstil der vorletzten Jahrhundertwende widerspiegelten, erhalten durch die Gunst einer friedvollen Geschichte. Links und rechts gingen die Menschen der Muße nach oder, selbst am Karfreitag, Geschäften, bei denen man sich nicht schmutzig machte, in unaufdringlichen Nadelstreifen von Lanvin oder dunkelblauen Deux-Pièces von Donna Karan, das Mobiltelefon am Ohr. Ansonsten waren die Leute hier ganz vernünftig, machten sich nett zurecht und kümmerten sich um ihren eigenen Kram. Die Stille in Zürichs öffentlichen Verkehrsmitteln, deren Benutzung klassenlos ist, gilt als legendär. Öffentliches Drama würde man mit diesem Ort und seinem Schlag, dem Homo Turicensis, so wenig assoziieren wie Hyperinflation, Fundamentalismus oder Monarchie. Und doch war nun mit zermalmender Plötzlichkeit alles aus den Fugen geraten, jedenfalls für Oskar Canow, unseren Helden, dem die Verwirrung und Erschütterung in den Sinnen wühlte und agitierte Gedanken durch den Kopf jagten, während er lief.

»Ich bin angekommen!«, dachte Oskar. »Neunter Höllenkreis, unterste Höllentiefe, Sitz von Luzifer. Die Hölle auf Erden.«

Dann blickte er, wie man das beim Laufen eigentlich nicht tut, zufällig auf seine Füße und sah, dass seine Air Force Ones voller Blut waren. Hierauf musste Oskar brechen. Es war ein bisschen peinlich, aber er musste brechen. Es hat immer etwas Selbstbezogenes, wenn einem bei Blut übel wird, besonders aber bei fremdem Blut, weil es vom Leid der anderen wieder auf das eigene umlenkt. Nun muss zur Ehrenrettung unseres Helden gesagt werden, dass Oskar, der üblicherweise bei solchen Sachen eben überhaupt kein Held war und dem ansonsten schon bei Filmblut der Kreislauf absackte, die Angelegenheit in dieser Beziehung bisher erstaunlich gut überstanden hatte. Jetzt aber hielt er sich an der lebensgroßen, aus rostigen Stahlplatten zusammengesetzten Nashornskulptur vor dem Hauptsitz der Zürcher Kantonalbank fest und übergab sich auf die Bahnhofstrasse. Einige Passanten wichen ein wenig zur Seite, aber ansonsten wurde der Vorfall ignoriert. »Zum Glück«, dachte Oskar. »Zum Glück fotografiert mich jetzt niemand mit seinem Telefon. Zum Glück bin ich ein Meister des dezenten Brechens. Zum Glück habe ich im Bentley geübt.«

Dann setzte er seinen Weg fort, die Finger rot vom Rost, die Füße rot vom Blut. Es ging ihm nicht schnell genug. Vor ihm lief in einem schweren Zickzackkurs, der Überholen unmöglich machte, eine breite Dame, unter deren Kommando sich offenbar ein bebrilltes spätes Mädchen zu beugen hatte, das sich träge und ungelenk bewegte und zudem beim Laufen die Füße nicht hob, was Oskar wahnsinnig machte. Er glaubte, nichts anderes mehr zu hören als das Schlurren der Füße des späten Mädchens auf dem Trottoir. Es klang, wie wenn der Wind in schlaffe Segel fuhr und sie flattern machte. Endlich, am Bürkliplatz, direkt am Anleger, von dem aus die weiße Flotte der Zürichsee-Schifffahrtsgesellschaft in See sticht, gelang Oskar der Überholvorgang. Einsam wehte dort das blauweiße Banner der Limmatstadt, und der Ausblick war dank des klaren Wetters vortrefflich. Der Blick von Bürkliplatz und Utobrücke über den stillen, fischreichen Zürichsee bis auf die eisigen Dome der Gletscher der Innerschweizer Alpen, quasi auf die Ewigkeit, die im getürmten Gestein und in den Runen des Eises sich ausdrückt, in der Gewaltigkeit des Gebirges, den zackigen Graten, von denen Geröllhalden abfallen wie graue, moosbesetzte, langschleppige Geisterkleider – dieser Blick gehört zu den schönsten Aussichten der Welt. Allerdings hatte Oskar jetzt gar kein Auge dafür; seine Sicht war beengt, sein einziger Fokus war sein Ziel: nach Hause. Sein gesamtes Bewusstsein schien wie unter einem Blendlicht der Erkenntnis auf dieses Ziel zusammengeschrumpft, gleich der Pupille, die sich in einem autonomen Reflex bei einem Blitz zusammenzieht, nach Hause, nach Hause, das war sein Begehr, er hastete, Passanten anrempelnd, voran, wurde mehr oder weniger diskret beschimpft, schob frech eine aufquietschende Frau beiseite, beschleunigte den Schritt. Es kam ihm vor, als sei sein ganzes bisheriges Leben meilenweilt von ihm entfernt, als wäre der Faden der Kontinuität durchgeschnitten, und nun ging es um Leben und Tod, keine Frage, er sah ein Flugzeug im tropischen Sturme niedergehen, und er selbst ging nieder, er stürzte und schlug sich das Knie auf, zerriss sich die Hosen, rappelte sich hoch und fiel in schlanken Trab, mit schmerzendem Knie, nach Hause, nach Hause, es ist alles verloren, meine Arbeit, meine Planung und Einteilung, die Bedachtsamkeit und Umsicht, alles zum Teufel, die Mühen und Aufwendungen, der ganze in Jahr und Tag zusammengetragene, erworbene, erhorchte, erschlichene, erlittene Schatz von Material und Verbindungen, es ist beim Teufel, aber nicht zu spät, es ist nicht zu spät, ich werde von vorn beginnen, mit der Zähigkeit eines tiefstehenden Lebewesens, dem man das wunderliche und komplizierte Werk seines kleinen Scharfsinns und Fleißes zerstört hat, es lässt sich wiedergutmachen, denn so ist der Plan, ich beginne von vorn, und vielleicht würde es diesmal ein wenig leichter gehen …

So lief Oskar Canow bis nach Hause, weit, aber nicht so weit, denn Zürich ist eine kleine Stadt. Sein Herz stach, alles stach, die Türe schlug hinter ihm zu, und manchmal in Notzeiten verhält es sich ja so, dass unser dringendster Wunsch sich erfüllt, als ob jemand wüsste, wie bedeutsam die Erfüllung in diesem Moment für uns ist, und so ist der eine Mensch da, den man möchte und braucht: Lauren.

Lauren stand in der Küche und rauchte.

»Jeez!«, sagte sie, als Oskar ihr buchstäblich vor die Füße fiel. »Kleines, was ist los? You scared the living daylights out of me!«

Sogar in diesem Moment entging es Oskar nicht, dass heute einer dieser Tage war, an dem seine Frau besonders hübsch aussah. Einer dieser Tage, wo sie so hübsch war, dass das im Grunde völlig ausreichte, und alles, was sie sonst noch zu bieten hatte, war eine freundliche Zugabe. Grazie ist das körperliche Gegenstück zum Geist, und wie dieser ist Anmut keine fixe Qualität, sondern ein Fluidum, ein Element, dass jede Äußerungen zu einer Form von Schönheit bildet.

»Küngels ist tot, geköpft!«, keuchte Oskar, hoch atmend noch vom Lauf, und hielt sich an der Kühlschranktüre fest.

»Wer?«, fragte Lauren behutsam. »Wer ist tot, Sweetie?«

»Gion Küngels.«

»Dieser Schriftsteller?«

»Ja. Vom Tram überfahren.«

»Das ist ja grauenvoll.«

»Ja. Und ich bin schuld.«

»What?«

Oskar schwieg und blickte Lauren von der Seite an. Sie war erstarrt, erkaltet. Die Zigarette brannte ihr zwischen den Fingern ab, und sanft fiel die Asche auf den polierten Granitfußboden.

»Du hast Blut an den Schuhen«, sagte sie leise.

»Ich habe es mir gewünscht«, flüsterte Oskar.

Lauren warf den Kopf zurück, stieß hörbar die Luft durch Mund und Nase und fragte kühl: »Du hast dir gewünscht, dass Küngels unters Tram kommt?«

»Nicht direkt.«

»Wie denn sonst?«

»Lauren«, sagte Oskar, beinahe flehentlich, und ergriff seine Frau beim Arme, »du kennst das. Man wünscht sich doch dauernd solche Sachen, in der Art wie, dass diese oder jene Person endlich verschwinden oder die Klappe halten möge … und wenn das jemand falsch versteht oder interpretiert –«

Lauren löste sich von Oskar, denn sie musste zwei Schritte tun, um die Zigarette in einem großen quadratischen Kurland-Aschenbecher auszudrücken. Dabei sagte sie keinen Ton. Aber ihre Augen wurden zu blitzenden Ritzen.

»Möglicherweise zählt so was vor höheren – oder tieferen – Instanzen gar nicht als offizieller Wunsch«, sprach Oskar weiter, »keine Ahnung. Ich meine, man wünscht sich täglich dies und das, und woher soll man … woher soll ich wissen, was daraus … möglicherweise vom … vom Teufel ausgelesen und in welcher Form erhört wird? Keine Ahnung. Wer soll den Teufel verstehen? Hm? Du weißt selbst, Lauren, dass er sich gern bildhaft und verschnörkelt ausdrückt, und nach einiger Zeit kriegt man nicht mehr alles mit, es ist wie ein rauschender, tosender Zug, an mir vorbei –«

Oskar sah, wie seine Frau angewidert das Gesicht verzog. Dann sagte sie: »How funny.«

»Funny?«

»Ja, Chickie. Rotten-in-the-state-of-Denmark funny. Dieser erbärmliche, trübselige Nichtsnutz.«

»Wie bitte?«

Lauren aber, die Oskar nun unverwandt ansah, wurde ein wenig weiß. Und ihre Stimme zwei Ideen heller.

»Dieser trübselige Nichtsnutz«, wiederholte sie, »diese Spottgeburt aus Dreck und Feuer! Er spielt mit dir das Spiel, er gaukelt dir was vor, er verspricht dir die Freiheit von der Determination, er lockt dich mit der vollkommenen Entbindung, die alten Tricks, er benutzt immer noch die alten Tricks, es ist nicht zu fassen, er testet dich, und so fängt er deine Seele, und wenn links und rechts Leute dabei draufgehen, na ja, das sind die Späne, wo gehobelt wird – jedenfalls wenn die Hölle den Hobel ansetzt!«

»Aber er hat gesagt, er hätte kein Interesse an meiner Seele.«

»Und genau das ist der älteste Trick von allen, Sweetie. Erinnerst du dich, wie du neulich bei Armani diese moosgrüne Strickjacke gekauft hast, nachdem der Verkäufer sagte, er könne dir einen Discount geben? Das ist ungefähr dasselbe. Übrigens, speaking of discounts: Wenn du schon unbedingt den Teufel testen musst, musst du dann gleich aus Dichterneid irgendeinen Amateurliteraten köpfen lassen? Kannst du dir nicht einmal was Praktisches wünschen, so wie die Frau von dem Fischer? Ein paar Klumpen Gold oder so was?«

»Ich habe es mir doch nicht wirklich gewünscht!«, insistierte Oskar und fügte hinzu: »Davon abgesehen wollte ich den Teufel nicht wie einen Flaschengeist benutzen, das wäre mir irgendwie unhöflich vorgekommen.«

»Do you even know how many things are wrong with this sentence?«

»Der Teufel mag der Teufel sein«, beharrte Oskar, »aber ich will mich nicht über sein Handwerk lustig machen. Er tut auch nur seine Arbeit, und er ist eine notwendige Ergänzung und Vervollständigung zu Gottes Herrlichkeit im Himmel.«

»Congratulations! I think you just found the world's thinnest argument! Ist das die Art und Weise, wie du neuerdings deine Dealings mit der Hölle rechtfertigst? Die Aussicht aufs Fegefeuer als Adrenalin-Erlebnis – mit dem einzigen Nachteil, dass man dort möglicherweise Princess Margaret über den Weg laufen könnte? Damit hilfst du dir nicht, Oskar. Was sagt eigentlich das Muppet mit Fat Pants und Scooter-Haaren dazu?«

»Wer?«

»Dein Gewissen.«

»So stellst du dir mein Gewissen vor?«

»Ich schlage nur vor, dass du mal einen Blick in deine Seele wirfst. It's still there, you know. Right next to your vanity.«

»Vielen Dank, Lauren, aber hast du mal daran gedacht, dass *du* eventuell der Auslöser gewesen sein könntest? Ich meine, *du* hast immerhin einen Beweis verlangt!«

»Genau, Kleines, jetzt schieb's auch noch mir in die Schuhe, well done! Ich habe lediglich einen Beweis verlangt, weil ich den Teufel gerade zur Hand hatte und weil *du* mir ein bisschen zu schnell davon überzeugt warst, hier auf einmal das angenehmste Leben aller Zeiten zu führen, bloß weil die Arbeit vorangeht und du dir einen neuen Schreibtisch bestellen kannst und weil sich die Sache mit dem Erbe zu regeln scheint und ich befördert werde –«

»Du wirst befördert?«

»Yes, big news, Kleines, vor dir steht die neue Vizepräsidentin des Legal Department. Mein Vorgänger hat sich plötzlich nach Caracas versetzen lassen.«

»So, so«, sagte Oskar gedehnt, »– *plötzlich*.«

»Plötzlich – und unerwartet«, erklärte Lauren entschieden, »und zwar aus familiären Gründen. Seine Frau ist süchtig nach Internet-Poker. Und in Caracas ist da kaum ranzukommen. Oder wasweißich. Jedenfalls braucht es gewiss mehr als einen Dienstwagen und Waschraum-Privilegien, um mich auf die Seite des Teufels zu ziehen.«

»Du kannst nicht abstreiten, dass die letzte Zeit ganz angenehm verlaufen ist.«

»Angenehm? Du nennst die letzten Wochen angenehm? Gosh, ich kann es dir bei deinem gesellschaftlichen Umgang nicht verdenken, aber mir scheint, Oskar, du bist einmal mehr blind für den Unterschied between looking good and feeling good! Fein. Dann werde ich dir mal erzählen, wie ich sie erlebt habe, die letzten Wochen: Eigentum wurde zerstört, Fehlschlüsse wurden gezogen und Mitmenschen vor den Kopf gestoßen, Dämonen lispelten, auf Gefühlen wurde herumgetrampelt, ein armer Mensch erlitt eine Herzattacke auf offener Bühne, und gestern hat Consuela beim Putzen den Chivas Regal runtergeworfen. Achtzehn Jahre alter Whisky auf dem Fußboden! Eins kommt zum andern, ein Laster greift in eine Lüge, Ränkespiel treibt Feigheit vorwärts, Steigerung stülpt sich über Steigerung, Seelen werden im Großhandel verscherbelt, unbeteiligte Drittpersonen am helllichten Tage enthauptet, ein Pandämonium scheint um mich erstanden, and I lie awake at night wondering what fresh hell tomorrow will bring.«

»So what else is new?«

»So much for *angenehm*, Sweetness. Und das alles ändert nichts an der Tatsache, dass die tatsächlichen Annehmlichkeiten wohl auch ohne Höllenpakt passieren können, deshalb habe ich den Beweis verlangt, insbesondere, da doch andererseits die kleinen Unannehmlichkeiten – und eigentlich, Sweetie, lebst du doch nur mit solchen – auch nicht gerade verschwunden sind. Zum Beispiel hat Consuela gestern beim Putzen den Chivas Regal runtergeworfen. Erwähnte ich das schon? Achtzehn Jahre alter Whisky auf dem Fußboden! Ein Jammer! Außerdem hat Consuelas Mutter sie an ihrem Geburtstag betrunken aus Bolivien angerufen, weil sie Geld wollte. Wie sie mir erzählte. Ich musste die ganze Zeit so tun, als wäre ich beschäftigt, um die Geschichte nicht zu Ende zu hören.«

»Natürlich«, erwiderte Oskar, »und das war ja im Grunde völlig legitim, einen Beweis vom Teufel zu verlangen, denn schließlich läuft die ganze Sache, wie du weißt, momentan nur als Test, in der Probephase, quasi im Labor, ein Versuch ohne Opfer –«

»Ich bitte dich. Ein Mann ist gestorben.«

»Schön: *ein* Opfer. Das niemand leiden konnte.«

»Was soll das heißen? Mord und Totschlag sind zulässig, wenn das Opfer so richtig unattraktiv ist?«

»Es war ein *Unfall*, Lauren! Ich meine … ich meine: Gion Küngels war eine furchtbare Nervensäge, we certainly had our differences, and then … he died. That *is* kind of funny.«

Lauren atmete hörbar aus.

»Wer bist du?«, fragte sie leise, immer noch in jenem gefährlich hellen Ton, zu dem sich ihre metallisch gesprenkelten Augen verschatteten. »Ich kenne dich nicht wieder, Oskar

Canow. Ich muss dich warnen. Kein Los ist so verdient wie das von der Hybris geschaffene.«

Nun aber war es an Oskar, auf die polierte Granitplatte zu pochen.

»Kleines«, sagte er ebenfalls leise, und er sprach mit lebhafter, beinahe stoßweiser Bewegung des Unterkiefers und einem schnellen, eindringlichen Kopfschütteln, »für dich mag Luzifer nur ein lästiger unberufener Einmischer sein – aber was ist, wenn du ihm im Grunde gar nichts entgegenstellen kannst, wenn es in deiner Welt nur den Teufel gibt, und keinen Gott?«

»What?«

»Ich will dir nur sagen, Lauren, dass gerade du dich vor dem Teufel besonders in Acht nehmen musst, womöglich viel mehr als ich, denn die stolzeste Geistigkeit steht dem nackten Trieb, der rohen Urnatur des Bösen, am allerunvermitteltsten gegenüber, ist ihm am allerschnödesten preisgegeben. Der verweigerndste Hochmut, der feinste Dünkel der Ironie muss der Natur seinen Zoll entrichten, so dass man nur hoffen kann, diese Demütigung ins Menschliche möge sich nach Gottes Willen in der schonendsten Form vollziehen. Du wappnest dich besser mit Respekt vor dem Bösen, auch wenn es für dich lediglich aussieht wie Princess Margaret.«

Nun jedoch verwandelte sich Laurens Antlitz in einer Art, wie Oskar es noch nie gesehen hatte. Es bekam einen harten, angespannten und beinahe maskenhaften Ausdruck, wie bei einem Menschen, der einen starken Schmerz unterdrückt. Sie wischte den Einwand mit einer Geste beiseite, die dessen Schwäche deutlich machte, und sprach: »Ich will dir mal was sagen, Kleines. Denn wenn du hier schon mit Respekt vor dem Bösen argumentierst, so solltest du Folgendes wissen: Das bloße Hineinpfuschen ins Teuflische, ohne es zu was Reellem zu bringen, ohne ebenbürtig eingereiht zu werden in die große Gesellschaft der Verneiner, das bloße menschlich-mesquine Möchtegern-Abgebrühtsein anstelle des höllischen Feuers, das bringt gar nichts, davor steht man nicht in poetischem Schauder, das ist kein Marinelli, das ist gar nichts, hörst du, Sweetums: gar nichts, das ist Posse, Schmierentheater! Und vielleicht habe ich deswegen in letzter Zeit das Gefühl, mein Leben fiele von einem Freakzustand in den nächsten, als hätte ich mich im Kraftfeld irgendeiner Dämonie verfangen und sei in das Räderwerk von Ereignissen geraten, die mich im Grunde nur insofern angehen, als ich zufällig mit dir verheiratet bin, und die mich doch in kürzester Zeit schon massenhaft Nerven gekostet haben und von denen ich im Übrigen ziemlich sicher bin, dass sie ins Nichts führen, in die Verzweiflung, in einen Bankrott ohne Beispiel, dass sie in eine von donnernden Flammen umtanzte Höllenfahrt münden werden! Wenn du aber so weitermachst, Sweetcakes, weil du lächerlicherweise glaubst, nur durch diese billige, falsche, Schmierentheater-Genialisierung dein nächstes Werk vollenden zu können – dann kannst du dies Werk gleich deiner Ex-Frau widmen who couldn't take your crap any longer! Denn die Sicherheit der Form, Liebling, ist die Sicherheit des Todes. Und der Mensch soll um der Liebe und Güte willen … you know. Verzeih mir die deutlichen Worte, I don't know how to put this delicately, du weißt, ich liebe dich von Herzen, jedoch ist Deutlichkeit jetzt offenbar notwendig, weil um dich herum in letzter Zeit die Menschen Herzanfälle bekommen und geköpft werden und wie die Fliegen sterben, was ja wohl als Indiz dafür gewertet werden kann, dass hier irgendwas außer Kontrolle geraten ist, und dies ist die zurückhaltende Umschreibung für: *it's one jolly big fat big-titted mess*, and you better fix it, Cabbage, you better fix it *now.*«

Als seine Frau so weit gekommen war, wozu sie beim letzten Teil ziemlich heftig gestikuliert hatte, wurde Oskar von einem spezifischen Unbehagen ergriffen, einer Mischung aus Schwächegefühl, Widerstreben und Selbstmisstrauen, mit der gewisse Naturen reagieren, wenn sie einer plötzlichen Überdosis moralischer Kraft ausgesetzt werden. Unser Held hatte es in Gesellschaft oft genug erlebt, dass Konstellationen von hoher potenzieller Explosivität sich glücklich in Harmlosigkeit auflösten, dies war in seiner Welt sogar die Regel, schien aber jetzt nicht mehr der Fall zu sein, und diese Aussicht begeisterte ihn ganz und gar nicht. Er war stets sehr gewissenhaft, wenn es darum ging, die eigene Erscheinung sich selbst gegenüber aufrechtzuerhalten, seine Verwöhntheit und Penibilität in Bezug auf Äußerlichkeiten hatte ein moralisches Äquivalent, und wenn er dann und wann einen kleinen Inspektionsrundgang durch sein Gemüt unternahm, so gab es dort gewisse Türen, die er lieber verschlossen ließ. Deshalb akzeptierte er nun den Mahnruf seiner Frau mit der Nüchternheit eines unparteiischen Beobachters. Warum hätte er widersprechen sollen? Es war die Stimme seines eigenen Gewissens, auch wenn Lauren weiß Gott kein Muppet mit Fat Pants und Scooter-Haaren war.

»Du hast vollkommen recht«, seufzte Oskar mit ein wenig mühevoller Resolutheit, »wir müssen gegen die Flutwelle des moralischen Verfalls ankämpfen, die ich aus Versehen in Gang gesetzt habe, es ist noch nicht zu spät dafür, das weiß ich, und deshalb müssen wir sofort zu Dussling.«

»What?«

»Thorsten Dussling.«

»Zu diesem Gecken? Was hat der denn damit zu tun?«

»Das kann ich erklären.«

»Ich bitte darum.«

»Und zwar im Auto, Lauren, for once, I'm begging you, ich erkläre dir alles im Auto, wir haben keine Zeit, und du musst mitkommen, ohne dich schaffe ich's nicht – wo willst du hin?«

»Darf ich mir noch eben ein Vikunjatuch überwerfen?«, rief Lauren aus dem Korridor. »Wenn ich schon überfallartig aus dem Haus gezerrt werde. I'll be there in just a tick.«

Oskar folgte ihr.

»Bitte beeil dich«, sagte er und lehnte sich gegen den Türrahmen des Ankleidezimmers, »die Sache ist die, dass ich vorhin – es kommt mir vor wie eine Ewigkeit – zufällig mit Tita über Dussling gesprochen habe, der im Begriff ist, nach Punta del Este zu fliegen, um Mouna Ayoub zu interviewen, wie ich von Roger Wyss hörte –«

»Eine unmögliche Person.«

»Wyss?«

»Nein, Mouna. No class and no neck.«

»Anyways, jedenfalls habe ich zu Tita gesagt, wenn Dussling nach Uruguay wolle, müsse er durch die tropische Sturmzone fliegen, und dann habe ich wohl auch noch etwas wie ›Good riddance‹ angehängt, und, wer weiß, jetzt denkt vielleicht der Teufel, ich wolle Dussling womöglich irgendwie loswerden …«

»Was ist das«, seufzte Lauren und öffnete ein paar Schranktüren, »*Wünsch Dir Was – the perfect hell edition*?«

»Ich weiß. Es ist eine Zumutung. Aber heute ist genug

passiert. Wir müssen zu Dussling und ihm die Reise ausreden. Du musst mitkommen, Kleines! Ohne dich schaffe ich das nicht.«

»Keine Sorge. Ich bin dabei. Ich glaube selbst, dass es besser ist, wenn ich an deiner Seite stehe. Allerdings habe ich überhaupt nichts zum Anziehen«, stellte Lauren fest, die vor dem weit geöffneten achttürigen Kleiderschrank stand, auf dessen mit blaugrauem Taft drapierten Bügeln eine endlose Reihe von Kleidern hing.

»Ich hasse alle meine Anziehsachen«, stellte sie anschließend fest und stemmte die Arme in die Hüften, und eine Armee von Spiegelbildern, welche durch die in den verschiedensten Winkeln stehenden verspiegelten Schranktüren entstand, tat es ihr gleich. »Und außerdem habe ich Consuela schon hundert Mal gesagt, sie soll die Sachen nach Saison ordnen und nicht nach Farbe!«

Oskar barg sein Gesicht in den Händen.

Draußen ertönte ein Donnerschlag.

»Was ist das?«, fragte Oskar in seine Handflächen.

»God is upset«, konstatierte seine Ehefrau, »und auch für mich scheint das nicht gerade der beste Tag zu werden. I mean, it may not be the worst day of my life, but it's gonna make top five. Ich bin fertig, Sweetie, worauf warten wir? Und wo willst du überhaupt hinfahren?«

In der Tat hatte Oskar sich über die genaue Ausgestaltung ihrer Expedition gar keine vorbereitenden Gedanken gemacht, aber konfrontiert mit Laurens Erkundigung, war er nicht im Mindesten unsicher, denn er bildete sich plötzlich ein, er würde Thorsten Dussling ganz bestimmt in seiner Wohnung antreffen, wohin Oskar einmal eingeladen gewesen war. Es handelte sich um irgendein Apartment in einem

Block bei der Seilbahn Rigiblick, und er würde den Ort wieder finden, daran hatte er nicht den leisesten Zweifel. Überhaupt waren sämtliche Zweifel wie weggefegt, seine Exaltation und Verwirrung von vorhin hatten (wie viele Stimmungen bei Oskar) nicht lange vorgehalten; man könnte sagen, die Unbesonnenheit seines Benehmens war auf irgendeine inkohärente Weise kombiniert mit einer erstaunlichen Entschlossenheit in der Vermeidung von dessen Konsequenzen. Natürlich hätte man Oskar fragen können, wie er darauf kam, das Dussling ausgerechnet zu Hause aufzuspüren wäre und nicht irgendwo anders, doch niemand fragte. Und niemand fragte, was Oskar sich dabei dachte, als er, bevor er Lauren bei der Hand nahm und sich eilig Richtung Garage begab, eine kleine hölzerne byzantinische Ikone (die er bei einem fürchterlichen Aufenthalt in Istanbul erworben hatte, den er ansonsten weitestgehend im Ritz Carlton verbracht hatte) aus dem Regal in seinem Arbeitszimmer nahm und in seine Hosentasche gleiten ließ.

II. KAPITEL

Höllensturz

Vor der Tür war es bereits ziemlich dunkel. Es herrschte jenes unangenehme Zwielicht, das die Gegenstände in einem freudlosen Einerlei versinken lässt und vermeintliche Tatsächlichkeiten rücksichtslos verwischt. Die untergehende Sonne flammte noch schwach in den Fenstern und machte sie zu müden Augen, die starr und böse in die Ferne blickten. Unten lag die Stadt, ins Tal gebreitet wie ein flimmernder Teppich. Die Abendglocken klangen herauf, der See ruhte schwarz und schwach gezeichnet, und Nebel stieg auf; durch die freundlichen Badeanlagen und sorgsam gekämmten Uferräume kroch eine schleimige, brodelnde, alles verschluckende Masse den Berg hinan, aus Rauch und Wasser gemischt, bewegt und zäh, fett und übelriechend. Jedoch schien ein Gewitter aufzukommen. Angenehm fächerte die sich erkühlende Luft, erfrischend roch bereits der Staub, den die ersten Regentropfen netzten, und ein paar letzte Anlageberater am Paradeplatz, unterwegs in die Kronenhalle-Bar, knipsten sich gleichgültig ein Tröpfchen vom Kammgarn. Gott war vielleicht verärgert, aber sie wussten es nicht, das heißt, sie nahmen es nicht wahr und nicht an; sie waren in jenem verhängnisvollen Sinne unschuldig, die Anlageberater, wie es viele aktive Naturen sind, deren äußere Leistungsfähigkeit die seelische weit übertrifft, so dass das Getriebe leer geht und sich abnützt.

Dann allerdings, auf dem Weg zur Garage, setzte schräger Regen ein, schräger Strichregen, unaufhörlich und lästig.

»Das geht sicher schnell vorbei«, sagte Oskar, wobei nicht ganz deutlich wurde, worauf er sich bezog.

»Man sollte besser auf Prophezeiungen verzichten, wenn man nicht einmal in der Lage ist, die Gegenwart zu enthüllen«, erwiderte seine Frau.

Ansonsten sprachen sie nicht. Lauren befand sich in einer irritablen Stimmung, für die sie üblicherweise zu umsichtig war, wissend, dass derartige Gefühlsaufwallungen ihre Spuren hinterlassen – im Gesicht und im Charakter. Jetzt aber verursachte sie mit ihren Vintage-René-Mancini-Stilettos einen gewaltigen Widerhall im betonierten Gewölbe der Garage; sie warf sich ins Auto, lehnte sich zurück in die luxuriöse Luft des Unbehagens und sprach: »Ich habe ein schlechtes Gefühl.«

»Vielleicht ist das ja auch alles Gottes Plan?«, versuchte Oskar.

Doch Lauren winkte ab.

»Weißt du, Sweetums, in den letzten Tagen, so verwirrend sie waren, habe ich immerhin eines kapiert: dass nämlich der wildeste Götzenglaube feuerländischer Insulaner reine Mathematik ist gegen *deine* metaphysische Konstruktion des Universums. Ich meine, look at us, wir befinden uns quasi auf dem direkten Weg in die Hölle, vielleicht noch mit Zwischenhalten in Bittertown, Regret City, Disappointment

Central und Shattered Dreams Parkway – mein Gott, ich liebe diese Haltestellenmetapher!«

»Ich weiß.«

»Aber schlußendlich steht im Augenblick *Disgraceland* auf dem Zug, in dem wir sitzen, also: die Hölle, hell, the worst place on earth! Käfige, Dämonen, zerlumpte Kleidung, und die Hitze, mein Gott, die Hitze! Was aber machst du? Du vermutest hinter dieser ganzen korrupten Komödie die Erfindung der Syphilis durch den Teufel auf Wunsch des lieben Gottes, der die Menschen ihre Abhängigkeit fühlen lassen will ad suam maiorem gloriam! Das ist beinahe komisch.«

Oskar zuckte mit den Achseln und erwiderte: »Gott erhebt den Menschen metaphysisch und prüft ihn praktisch.«

»So wie *du*, Kleines. Du prüfst mich auch praktisch, besonders gerade jetzt.«

»Keiner versteht Gott.«

»– und ist das nicht praktisch für Ihn!«

»Fair enough. Wenn ich Gott wäre, würde ich mir die Arbeit auch so angenehm wie möglich machen, weil das Ganze sowieso schon eine undankbare Aufgabe ist.«

»Du solltest bei der Seelsorge arbeiten.«

»Lauren, wir haben die Chance, alles zum Guten zu wenden, sogar wenn wir im Augenblick in eine Art Wettbewerb von Gut und Böse geraten zu sein scheinen –«

»Wie bitte? Du meinst, das sei wie mit den Sharks und den Jets in *West Side Story*? Botschafter von Himmel und Hölle, die um deine Seele ringen? Nun, wenn das so ist, dann muss ich sagen: Forty-love fürs Fegefeuer! Ich fürchte, der Teufel hält augenblicklich alle Trümpfe in der Hand – äh, im Hufe. Whatever.«

»Hattest du nicht gesagt, du wolltest eine unterstützende Einstellung zeigen?«

»Well, it comes and goes, I wouldn't trust it. Ich weiß nur, dass ich offenbar bis zur Kehle in den Strudel irgendwelcher dämonischer Ereignisse gezogen worden bin, und wenn dies auch vielleicht hinlänglich bedeutungslos sein mag im Rahmen der allgemeinen Weltgeschehnisse, in denen alles private Schicksal spurlos zergeht wie eine Handvoll Salzkörner in einem grundlosen Wasser, so bleibt es doch eine Tatsache, göttlicher Wille oder nicht, dass ich hier zu unwirtlicher Stunde im Auto sitze und, weil mein Ehemann sich für den Gegenstand einer Hiobswette hält, zu Thorsten Dussling fahren darf, einer Figur, die in maßgeblichen Kreisen mit dem Prädikat ›unmöglich‹ versehen worden ist und sich vorzugsweise mit Sonnenbrille fotografieren lässt, obschon Thorsten Dussling mit Sonnenbrille aussieht wie Herman Munster on vacation!«

»Don't be so judgemental, Lauren.«

»It's not called judgemental when you're right. It's called right. Mein Gott, dieser Mensch hat in der Jury irgendeiner drittklassigen Casting-Show des Provinzfernsehens gesessen. *Pathetic!*«

»Ich weiß, dass du ihn nicht leiden kannst. Keiner kann das. Aber du hast selbst gesagt, dass das kein Grund für einen Anschlag der Hölle sein darf. Wir fahren da jetzt hin, und erklären … einfach … wir erklären einfach, dass wir aus sicherer Quelle wüssten, dass ein paar radikalisierte Splittergruppen des Leuchtenden Pfads eine Drohung für Flüge nach Südamerika ausgeprochen hätten …«

»Kommt es mir nur so vor, Cabbage, oder bestehen deine Pläne immer aus riesigen Lügen und waghalsigen Phantasiegebilden? Ich habe jedenfalls schon wieder ein sehr schlechtes Gefühl. This is hideous. Like driving to Ohio.«

»No big deal«, erklärte Oskar und drehte den Zündschlüssel.

»Right, no big deal«, murmelte Lauren, »– in bizarro world!«

»Der Wagen springt nicht an«, meldete Oskar.

»Wie komisch«, sagte seine Frau, warf den Kopf nach hinten und zündete sich eine Zigarette an.

»Lauren, ich scherze nicht: Der Wagen springt nicht an.«

»Probiers einfach noch mal. Rüttel mal ein bisschen am Schlüssel. Schalt ihn aus und wieder ein.«

»Wie soll ich ihn ausmachen, wenn er gar nicht angeht? Er springt nicht an! Herrje! Ist das eine Strafe Gottes?«

»Du meinst, Gott hat unser Auto zertrampelt wie so ’ne Art Gottzilla? Bollocks. So viel Mühe macht Gott sich überhaupt nicht. Könnten wir jetzt bitte losfahren? Gott wird nur sehen, dass wir versucht haben, so einen Trottel wie Dussling zu retten, wird uns dafür auf der großen Tafel hinter unseren Namen ein paar Extrapunkte eintragen und sich dann wieder anderen Sachen zuwenden.«

»Er springt nicht an, Lauren, dammit!«

»Schön. Wir machen einen kleinen Check. Wo ist die Bedienungsanleitung?«

»Sieh mal im Handschuhfach nach, bitte.«

»Okay, very well, was haben wir hier … ein Päckchen Zanotab … eine Schachtel Euphorazine … Phlegmadon … Jesus, in diesem Handschuhfach sind genug Tranquilizer to down Robert Downey, Jr. Wo kommt das denn alles her?«

»Hier und dort. Die kann man im Internet bestellen.«

»Ist das nicht illegal?«

»Nicht in Mexiko. Und einigen Innerschweizer Kantonen.«

»›May cause dizziness, sexual nightmares, and sleep crime‹«, las Lauren von der Rückseite einer Schachtel.

»Lauren, please. Wir sind ein wenig in Eile.«

»Und was ist das hier für ein gräulicher Steinbrocken?«

»Das ist ein Stückchen von der Berliner Mauer. Das gabs mal als Werbegeschenk an einem Frédéric-Fekkai-Anlass bei Bloomingdale's.«

»Wundervoll. There you go! Die Bedienungsanleitung.«

Oskar und Lauren saßen in ihrem Mercedes SL Convertible, einem Wagen der legendären Baureihe R107 aus dem Jahre 1980, ein Hollywood-Auto von zeitloser Schönheit – und der Robustheit eines Traktors. Ob auf dem tiefverschneiten Julierpass vor St. Moritz oder in der Augusthitze auf der Croisette in Cannes: Der Mercedes hatte sie nie im Stich gelassen. Außerdem kam er mit fünf Knöpfen auf dem Armaturenbrett aus. Genau das Richtige für Oskar.

»Also«, begann Lauren, schlug das leicht vergilbte Büchlein auf und las: »›Schneide mit Hilfe eines Erwachsenen untenstehende siebenundzwanzig Punkte aus –‹«

»Das ist die Tankstellenaufklebersammelkarte für einen aufblasbaren Spongebob«, stellte Oskar fest.

»Gut. Weiter. Genau: ›Wir gratulieren Ihnen zum Kauf …‹ yadayadayada … – Fiddlesticks! Man muss Raketenforscher sein, um das zu kapieren!«

Womit Lauren das Büchlein wieder zuklappte und fragte: »Ist das ein Explosionsmotor? Mach doch mal die Haube auf.«

»Ich schau doch nicht in den Motor«, versetzte Oskar, »ein Gewirr von Rädern, Ketten, Kolben, Walzen, Armen und Zähnen! Nee, danke! Was glaubst du, was ich darinnen finde? Einen großen Ein-Aus-Schalter? Oder einen riesigen Reset-Knopf?«

»Okay-okay«, erwiderte Lauren, klappte die Bedienungsanleitung wieder auf, blätterte ungezwungen ein wenig darinnen herum, stieß hörbar den Rauch ihrer Zigarette in die Luft und fragte schließlich beiläufig: »Ist der Zahnriemen in Ordnung?«

»Was?«

»Der Sublimator?«, erkundigte sich Lauren weiter und tippte mit ihrem dschungelrot lackierten Zeigefingernagel auf die aufgeschlagene Seite der Bedienungsanleitung. »Das Plumpsventil? Die Steuerdüsen?«

»Lauren, das ist ein Auto, nicht die *Endeavour.*«

»Verdammter Reichsverbrenner! Ich dachte, wenigstens Autos bauen könnten die Deutschen! Elende Sauerkrautkutsche!«

»Vielleicht hat irgendjemand den Wagen manipuliert.«

»Hast du wieder frühmorgens eine Wiederholung von *Charlie's Angels* gesehen?«

»Du solltest lieber was Beruhigendes sagen.«

»Okay: Im allerschlimmsten Fall wirst du für das Ende von Thorsten Dussling verantwortlich sein – und gegebenenfalls auch noch für das Ende all jener unbeteiligten Drittpersonen, die zufällig mit ihm im Flugzeug sitzen. Sowie vielleicht von ein paar Leuten am Boden. Und das wird dich dann dein ganzes weiteres Leben lang verfolgen. Aber das ist wirklich nur der allerschlimmste Fall!«

Worauf Oskar einen Gesichtsausdruck produzierte wie die Figur auf Edvard Munchs bekanntem Bild *Der Schrei*, indes Lauren ausstieg und mit den Worten »Lass mich mal ans Steuer, Kleines!« ihren Ehemann zum Platztausch aufforderte. Sie setzte sich hinter das Lenkrad, drehte den Zündschlüssel im Schloss, und der Mercedes sprang an. Hoch sang der Anlasser, heiser röhrte der Motor, und die Traktion war kaum zu bremsen. So verließen sie donnernd und Wirbelschleppen hinter sich herziehend die Garage.

»Du musst beim Anlassen die Kupplung treten, Sweetness«, sagte Lauren, »aber was solls. Es ist wohl besser, wenn ich fahre. Und die Champagnerflaschen aufmache. Und die Viagra-Tabletten halbiere.«

»Yes, dear.«

Ansonsten wurde während der Fahrt wenig geredet. Oskars Gemahlin lenkte den Wagen rasant durch die Dämmerung, wild kämpften die Scheibenwischer gegen den stärker werdenden Regen, der von Windböen gegen die Scheibe gepeitscht wurde und in einem rasanten Stakkato auf das Verdeck trommelte.

»Wir sollten das Hardtop wieder aufsetzen lassen«, sagte Oskar, und dann fügte er hinzu: »Jesus!« – nachdem nämlich seine Frau kurz das Lenkrad herumgewirbelt hatte, um einem sorglosen und übrigens ziemlich großen schwarzen Kater auszuweichen, der unversehens auf die Fahrbahn sprang und sich dort fauchend sträubte.

»Den hätte ich überfahren sollen!«, murmelte Lauren, und als vom Beifahrersitz keine Erwiderung kam, drehte sie den Kopf besorgt nach rechts und fragte: »Oskar?«

»Noch da«, antwortete dieser, »ich bin nur gerade ein bisschen damit beschäftigt, mich am Armaturenbrett festzukrallen und um mein Leben zu fürchten. Ich wusste gar nicht, dass man mit Zehn-Zentimeter-Absätzen so fahren kann.«

»Manchmal«, sagte Lauren, »frage ich mich, wer von uns eigentlich die Frau ist.«

Die Fahrt war kurz. In jenem Moment, als Lauren und Oskar in der Nähe der Talstation der Seilbahn Rigiblick den Wagen abstellten und verließen, erschütterte ein mächtiger Donnerschlag die Luft. Der Boden wackelte ein bisschen, und die Büschlein raschelten ängstlich, bloß irgendeine verspätete, nervtötende Singdrossel jauchzte trotzig mit silberhellem Ruf einen langatmigen Jubelschrei hinaus in die Welt. Die Drossel ward sogleich von einem zweiten Paukenschlag übertönt, gab ein letztes Krächzen von sich und starb. Gleich! Gleich wird ein Blitz darniederzucken, Fanfaren werden erklingen, der Himmel wird in Flammen stehen …

»Wieso gewittert es eigentlich in letzter Zeit andauernd?«, fragte Oskar.

»Das möchte ich lieber nicht beantworten«, erwiderte Lauren, der soeben ihr Vikunjaschal durch einen Windstoß ins Gesicht flog, »– könntest du mir bitte sagen, Liebes, in welche Richtung wir gehen müssen. Ich stehe nämlich unmittelbar davor, zu einem geschmackvollen Haufen zusammenzubrechen.«

Tatsächlich lag etwas Aufgelöstes in Laurens Haltung, sie lief, als wären mit jedem Schritt schmerzhafte Widerstände zu überwinden, und nur flüchtig war mit Schultern und Haupt jene Distanz und splendide Reserviertheit angedeutet, die sonst auf der Straße ihre Gestalt umgab. Bedrängt, gehetzt und in Eile, hatte sie gleichsam nur ein wenig davon zusammengerafft, wie ein beinahe geschlagener König den Rest seiner Truppen an sich zieht, um sich mit ihm in ein letztes Gefecht zu werfen … Lauren warf sich den Schal um den weißen Nacken mit einer etwas operettenhaften Geste, die an Oskar nicht verschwendet war, der Menschen mochte, zu denen dramatische Haltungen passten, auch wenn er im Moment eigentlich ganz andere Sorgen hatte. Es wurde plötzlich dunkel wie unter einem Hut. Riesige schwarze Wolken, die sich brodelnd über die Erde wälzten, wie es nur bei Weltkatastrophen zu sein pflegt, verdüsterten die Szene. Am Himmel flogen blitzende Meteore vorüber. Gott sah heute auf Zürich. Und Gott war *upset*. Das Verhängnis raste und rauschte über der Limmatstadt, und besonders raste und rauschte es anscheinend nah der Talstation der Seilbahn Rigiblick. Gleich! Gleich wird der Taumel der Richtstatt zutreiben. Wolken ballten sich zusammen, Blitze zerfetzten das Firmament, und es sah aus, als würde man jeden Augenblick von oben strafend eingreifen in die Kämme des Weltgetriebes, wo Einflüsterung und Zuträgerei gedeihen, Verderbtheit und Unmoral das Zepter schwingen und Scharen von Banausen und bösen Schwächlingen mit ihren Rücksichtslosigkeiten paradieren. Gleich!

»Oopsiedaisy!«, machte Lauren. »Ich glaube, ich habe gerade eine Heuschrecke zertreten.«

Sie erreichten das Haus, in dem Dussling wohnte, einen aus der Mode gekommenen Apartmentblock, den Oskar tatsächlich ohne große Mühe wiederfand, nur zwei Mal verliefen sie sich ein wenig, weil die Nachbarblöcke gleich aussahen. Sie fanden Dusslings Namen, und Oskar drückte auf die Klingel.

»Sweetie, please, bleib bei unkomplizierten Lügen«, raunte Lauren ihrem Mann zu, während sie warteten, »wenn du ausschmückst, führt uns das ins Chaos. Denk dran, wo wir endeten, als du neulich dieser Politesse erklärt hast, wir hätten das Auto vor dem Lieferanteneingang zum Opernhaus abgestellt, weil du eine Zusicherung gehabt hättest von einem

Kulissenschieber, der ein Monokel trug und einen dreibeinigen Hund …«

»Keine Sorge«, raunte Oskar zurück, »die Sache läuft bestimmt glatt. Ich meine, man muss ihn nur richtig anpacken. Ganz tief in diesem gemeinen, hageren Mann steckt vielleicht ein etwas weniger gemeines, hageres Kind. Man muss ihn nur –«

Dusslings Stimme kam durch die Sprechanlage.

»Oskar Canow«, meldete Oskar.

Die Blocktür öffnete sich.

Thorsten Dussling stand erwartungsvoll im Rahmen der Tür zu seiner Wohnung. Er sah einigermaßen überrascht aus. Was können wir noch sagen über Thorsten Dussling? Er war eine jener episodischen Figuren, die zum Beiwerk des Lebens gehören. Es war unmöglich, sich vorzustellen, dass der Klatschreporter Dussling irgendwann einmal selbst das Zentrum von Aufmerksamkeit und Aktivitäten gewesen wäre oder sein würde. Dussling wusste das, konnte es aber nicht verwinden, weshalb er, wie viele Leute, versuchte, sich eine Bedeutung durch andere Menschen zu verschaffen, und so war es ihm zu Beruf und Geschäft geworden, alles über alle zu wissen. Natürlich wusste er längst nicht alles, man hielt ihn auf Abstand, denn seine Idee von gesellschaftlicher Souveränität bestand darin, eine unangenehme Geläufigkeit mit den Gewohnheiten jener zu zeigen, von denen er wünschte, dass sie als seine Vertrauten galten. Ferner verfügte Dussling über das für eindimensionale Charaktere typische Talent der Berechnung sowie – da er anderen Menschen stets nur jene Antriebe zu unterstellen vermochte, die ihm selbst eigen waren – über ein bisweilen scharfsinniges Misstrauen.

Und mit ebenjenem Misstrauen reagierte er nun, als Oskar nach knapper Begrüßung umstandslos zur Sache kam und sprach: »Wie ich höre, fliegst du nach Punta del Este, um Mouna Ayoub zu interviewen. Übrigens gefällt mir dieses rostrote Hemd immer besser, je öfter ich es an dir sehe. Nein, wirklich. Die Farbe passt zu deinem Teint. Aber du solltest nicht fliegen. Nach Uruguay, meine ich. Es ist … zu gefährlich. Du weißt, ich schreibe die Reisekolumne für die *Zeit am Sonntag*, und wie ich aus sicherer Quelle erfahren habe, hat der Leuchtende Pfad gerade wieder sämtliche Flüge nach Südamerika auf seine To-do-Liste gesetzt …«

In dieser Form trug Oskar seine Warnung vor, die vertraulich klang, aber alles andere war. Man duzt sich in diesem Geschäft, auch wenn man sich nicht leiden kann. Dussling indes hatte ihn schon eine ganze Weile auf eine eher unleidliche Art angestarrt, mit hochgezogenen Brauen und ein wenig aus den Höhlen tretenden Augen. Bei Oskars letzten Worten verstärkte sich die Unbarmherzigkeit seines Blickes noch und ward gleichzeitig gemischt mit einem Ausdruck der Satisfaktion; Dussling vermerkte zufrieden, dass er um etwas gebeten wurde, und seine Sinne aalten sich in wohliger, vager Überlegenheit, durch die er Oskar und Lauren betrachtete wie durch einen angenehmen Schleier.

»Was für ein Zufall«, sagte er glücklich.

»Wie bitte?«, fragte Oskar.

»Dass du hier auftauchst.«

»Ja«, erwiderte Oskar perplex, »wenn du mit Zufall das unvermeidliche Eintreten einer Begebenheit und den Sieg des Guten über das Böse meinst, dann ist das wohl ein Zufall.«

»Dass ich diesen Termin mit Mouna Ayoub habe, ist dir

wohl nicht recht«, fuhr Dussling fort, immer noch glücklich.

»Für welches Blatt gehen Sie nach Punta?«, erkundigte sich Lauren.

»*Vanity Fair«,* sagte Dussling stolz.

»Welche Ausgabe?«

»Die deutsche.«

Lauren lachte laut und heiser.

Anschließend sagte sie: »Die Sache ist etwas peinlich. Aber wir wollen ja vorankommen. Unterbrechen Sie mich einfach, wann immer Sie möchten. Wissen Sie, mein Mann hat kürzlich den Teufel kennengelernt …«

»Aha«, machte Dussling und sein schmallippiger Mund verschloss sich schnappend wie die Bügel von Jean Paul Gettys Geldbeutel angesichts eines Bittstellers.

»Wir wollen gewissermaßen dem Teufel ein Bein stellen«, fuhr Lauren fort und zog eine Schachtel Kools aus ihrer Hermès-Handtasche.

»Würden Sie bitte hier nicht rauchen?«, unterbrach Dussling alarmiert.

»I'm having a not great day«, fuhr Lauren fort und zündete die Zigarette an, »so, please, just don't fly.«

»Thorsten«, sagte Oskar, der einen letzten Anlauf unternahm und sich bemühte, eindringlich zu klingen, »ich weiß sehr wohl, dass unser Auftritt dir seltsam vorkommen muss, ich weiß, wir hatten und haben unsere Differenzen, und ich kann jetzt nicht alles im Einzelnen erklären, es ist zu verworren und nicht von dieser Welt – aber, ich bitte dich, geh nicht nach Südamerika! Geh am besten in nächster Zeit überhaupt nirgendwohin! Glaube mir, die Bitte kommt zu deinem Besten, es steckt kein anderer Beweggrund dahinter als dein

Wohlergehen, nimm es so hin! Wir haben unsere Differenzen, doch wir sind uns wohl auch ähnlich, irgendwie … ich meine, natürlich bist du älter und dünnlicher und hast die winzigsten Hände, die ich je bei einem Mann gesehen habe –«

»You're losing it, Sweetness«, murmelte Lauren.

»Bedaure«, schnarrte Dussling beleidigt, »aber ich werde gehen.«

Und als Oskar in seine satten, kalten Augen sah, begriff er, dass diese geschlossene, völlig abgeriegelte Natur weder einen Gott noch ein Gewissen noch Gesetze kannte, und dass er, falls er hätte töten, brandstiften oder stehlen müssen, für Geld keinen besseren Helfershelfer als sie hätte finden können.

»Er wird übrigens wirklich kahl«, stellte Lauren fest, als sie wieder ins Auto stiegen.

Die Lichter der Laternen flackten wie Kerzen in stillen Stuben.

»Ja«, erwiderte Oskar, »es gibt einen Gott.«

***

Nachdem die Haustür hinter ihnen ins Schloss gefallen war, warf Lauren Tuch und Tasche auf einen Empire-Sessel im Eingang.

»What a waste of time«, seufzte sie, »then again: vielleicht auch nicht. Anyways, ich muss mich hinlegen. Ich habe morgen tausend Besprechungen im Zusammenhang mit meiner phänomenalen Karriere.«

Sie sah Oskar ernst ins Gesicht, indem sie ihm sanft mit Daumen und Zeigefinger ein wenig das Kinn anhob, und fügte hinzu: »Es tut mir leid, wenn ich den Claudia-Procula-Part ein bisschen zu dramatisch gegeben haben sollte … – hoffentlich schlafe ich wenigstens besser als sie. Wirst du okay sein, Kleines?«

»Not a problem«, antwortete Oskar, »ich werde noch ein bisschen wach sein. Danke, dass du mitgekommen bist. Nighty night, Chickie.«

»My pleasure. Try to sleep a bit. Nighty night.«

Doch an Schlaf war nicht zu denken. Oskar war zwar müde und erschöpft von der Endlosigkeit und Schrecklichkeit des Tages, und erdrückt von der Schwere der Geschehnisse, erfüllte ihn nur noch der eine Wunsch, sich, von aller Qual entladen, in irgendeinem Tau gesund baden zu können. Aber zugleich war er aufgewühlt, überreizt und exaltiert – sein Atem war heiß und ging schwer, er konnte die Beine kaum heben und hatte großes Verlangen, zu trinken; ein Verlangen, dem man in Oskars Sphäre stets nachgab. Die Hauptforce seines ganzen Lebens war immer der Kampf gegen die Langeweile gewesen, doch der Strudel der Ereignisse, in den er heute gerissen worden war, drohte Oskars Nerven zum Versagen zu bringen. Er hatte das Gefühl, in eine Erzählung verstrickt zu sein, die ihrem Ende entgegeneilte. Das tut alles. Alles drängt und stürzt dem Ende entgegen, in Endes Zeichen steht die Welt, und es schien unserem Helden, wenn er an morgen dachte, vollkommen unmöglich, gegen Wirrsal und Tumult seine Arbeit weiter tagtäglich durchzusetzen. Wo sollte er die Kraft hernehmen? Der Ausblick allein schien ihm schauervoll: Ein nächster schrecklicher Tag harrte seiner bereits in Wartestellung, und ihm auf den Fersen folgte eine endlose Kette ähnlicher Tage, die ihn zu überrennen drohten wie ein krakeelender, brandschatzender Mob. Oskar wollte diese Zukunft wenigstens für ein paar Stunden aussperren, wollte Vergeben und Vergessenheit, Absolution, ein Verschwinden im Wasser der Lethe … So wanderte er durch die düsteren Räume und hielt sich an einem Martini-Glas fest und versank in einen Zustand finsterer, stoischer Wut, einen schmollenden, selbstmitleidigen Groll gegen das Schicksal.

Schließlich trat er auf die Terrasse. Er lehnte sich gegen die von einer Glyzinie umwundene Balustrade. Das Wetter hatte sich beruhigt, es war trocken, die Witterung angenehm frisch, der Nebel hatte sich aufgelöst. Das Atmen fiel bedeutend leichter, und alle Geräusche klangen abendlich weich und beinahe zur vollkommenen Ruhe gedämpft. In diesem eigentümlichen, fast unnatürlichen Schweigen der Nacht, in der unheimlichen Schranke, die es gegenüber Leben und Bewegung errichtete, fühlte sich Oskar einmal mehr mit seinem Schicksal konfrontiert, denn die Stille und Leere der Dunkelheit schienen ihm für einen Augenblick geradezu seine Zukunft darzustellen, als wäre die Welt verlassen und er allein als fühlendes Wesen zurückgeblieben in einem toten Universum.

Oskar blickte auf die heimatliche Stadt und dann gen Westen, wo als ein letzter schmaler Streifen die kalte purpurne Abendröte glänzte, im Widerstreit bereits mit dem trüblich silbernen Lichte des Mondes. Er wurde umfangen von den matten Schattierungen und sanften Tönungen des Gartens, es wogten die samtenen Tannen, und der hauchzarte Duft erster Frühlingsblüten wirkte wie eine Emanation der friedvollen Szene. Aber Oskar nahm nichts davon auf.

»Wir müssen dringend die Terrasse neu möblieren«, dachte er, »augenblicklich sieht sie aus, als gehörte sie einem schwulen Friseur in Palm Springs.«

Unter ihm lag die Stadt Zürich, durchströmt von der reißenden Limmat und der niedlichen Sihl, in der langgestreckten Talmulde, welcher sich in weiter Ferne mit kristallgepanzerter Brust der Gletscher entgegenwarf, als habe er sein Hinaufstürmen in die Ewigkeit zu verteidigen. Dort lag die Stadt Zürich, eingebettet in die Starrheit der Ewigkeit und doch im Fluss, alles im Fluss, gestern alles ganz anders als heute, und sie schlief, denn Zürich ist keine Stadt, die niemals schläft. Sie sah friedlich aus, ein arkadischer Garten in frühlingshaftem Schlummer, ein elysischer Erdenwinkel, weder mit ägyptischen noch mit gewöhnlichen Plagen gestraft, kein Ort, dem am Jüngsten Tag die Vernichtung drohte; vielmehr ein Ort, an dem immer alles gutgehen sollte und wo man auf die Idee kommen könnte, die Diskussion müsse gar nicht darum gehen, ob Gott grundsätzlich existiere (denn dies wird ja schon dadurch bewiesen, dass Menschen auf seine Idee kommen), sondern darum, ob er nicht vielleicht nur für einige existiere. Ein wundervoller Ort. Da geht niemand wieder weg. Es sei denn, er wird ausgewiesen.

So aber sah Oskar die Stadt heute nicht. Er hatte möglicherweise, wie viele Schriftsteller, kein besonders intimes, ungebrochenes Verhältnis zu der ihn umgebenden Natur und Welt, keine Leidenschaft fürs Objektive, aber eine Passion für das Passende. Der Konflikt zwischen Gleichnis und Tatsächlichkeit war Oskars Denken fremd, für ihn war jede Landschaft Kulisse, Hintergrund ganz anderer Sensationen, für ihn war der Abendhimmel verfahlt und die Zürcher Idylle ein mit verschwenderischen Stickereien besetzter Vorhang, der, wenn man nur ein bisschen zupfte und lupfte, den Blick freigab auf Mistgabeln und Feuer. Die Furien mochten gelegentlich schlafen, aber sie waren da, in der Dunkelheit, zwischen den samtenen Tannen, und Oskar hörte das eiserne Geklirr ihrer Flügel. Und man konnte auf dem höchsten Haus des Zürichbergs leben und trotzdem weiter vom Himmel entfernt sein als je zuvor, vom Himmel, von wo der Herrgott, inmitten seiner unverlierbaren Schätze, ermattet und vergrämt von seinen Aufsichtspflichten, einen im Stich gelassen und dem grausamen Spiel von Verfehlung und Gnade überantwortet zu haben schien.

»Ich kann nicht denken«, flüsterte Oskar und wandte seinen Blick ab. Seine Gedanken schienen zu taumeln, und er versuchte, sein Bewusstsein auszuschalten, indem er die Hände zu Fäusten ballte und dann mit den Knöcheln voran gegen die geschlossenen Augen presste. Alles, was er sah, war dasselbe – und doch neu. Alles neu. Zwischen gestern und heute lag ein Golf, breiter als der Zürichsee, Oskar schien sich selbst ein Fremder – oder eher ein Doppelter, als wäre das Ich, das er kannte, unversehens seinem hässlichen Zwilling begegnet, an den es sich nun festgekettet fand. Alles in der Vergangenheit schien einfach, licht und leicht; und jetzt, heute … war man nirgends zu Hause, überall expatriiert, und Zürich war der geometrische Ort aller erdenklichen Schicksalsnöte, bloß einen Steinwurf von der Hölle entfernt, so dass man Folterjubel, Feuergejauchz und Giergetriller ja beinahe noch hören konnte, wenn man nur die Ohren spitzte.

So schaute Oskar auf die Stadt, die schimmernd und trutzig in den falben Abendhimmel ragte und dem entfernten Betrachter ihre begehrenswerte Seite zeigte, und bloß der, der näher hinsah, erkannte den verzweifelten Siebzehnjährigen, der am Helvetiaplatz seiner Familie mit blutiger Rache drohte, oder die Eifersüchtige, die in einem Hinterzimmer beim Belvoir Park der Nebenbuhlerin Vitriol ins Gesicht schüttete. Und wie er auf die Stadt sah, so blickte Oskar auf sein Leben: eine freundlich scheinende Flucht leichter Unterhaltungen, in jener Gesellschaft, die ihm der Teufel als oberflächlich vorgehalten hatte, die aber dafür sorgte, dass das Dasein sich selbst trug, im ewigen Spiel kultivierter, wohlerzogener Reziprozität, in dem jede Äußerung, jede Bewegung, jede Silbe sorgfältig zu den Emotionen ins Verhältnis gesetzt ward, die sie hervorrufen würde, und die Zurschaustellung von Gefühlen zu jenen Opulenzen gehörte, über die man die Nase rümpfte. So trug das Leben sich selbst, angetrieben durch Bedürfnisse, die unter der Oberfläche blieben, über welche Spekulation und Anspielung so leicht dahingleiten – bis der erste feine Riss das Geflüster zum Geschrei werden lässt. Wie anders Oskar diese Gesellschaft noch gestern erschienen war! Gestern noch stand die Gesellschaft für das, was er beeinflussen, gewinnen und beliebig nach Inspirationen abgrasen konnte; heute für etwas, was ihm aus purer Unlust abhandenzukommen drohte. Es war Oskar für einen Moment, als ertrüge er Schein und Spiel nicht mehr, die Fiktion, die Besessenheit von Details und Erscheinungen, die Zensur und Selbstherrlichkeit der Form. Die Sicherheit der Form, hatte Lauren gesagt, ist die Sicherheit des Todes. Und der Mensch soll um der Liebe und Güte willen … Sie wissen schon. Die kurze Sehnsucht nach einer direkten, unverklärten Sicht auf das Leben und seine Gestalten, seine Reize und Abscheulichkeiten flog Oskar an, ein Verlangen nach dem unverstellten Ausdruck, dem realen Augenblick, mit dem kein scheinhaftes Spiel mehr erlaubt war. Alles lief dem Ende entgegen; das Reich der Phantasie hatte ein Ende, und vielleicht war Oskar selbst sein letzter und abgedankter Fabelkönig. Vielleicht … er brauchte Klarheit, erflehte irgendeine

Befreiung, eine Erlösung, eine stürmisch erquickende Befriedigung, ein Zeichen!

»Herrgott, gib mir ein Zeichen!«, flüsterte Oskar und sah in den endlosen Nachthimmel. »Irgendwas, bitte, irgendwas! Meteore, Kometen, Wallfahrtsdrang, blutende Hostien, stigmatisierte Nonnen –«

Da ging direkt neben unserem Helden einer der großen schwulen Terrakotta-Pokale zu Boden, der einen dressierten Buchsbaum beherbergt und offenbar etwas wacklig auf seinem Piedestal gestanden hatte.

»Toll«, sagte Oskar, »und was soll das jetzt bedeuten? Abgesehen davon, dass es mich beinahe umgebracht hätte?«

Er verließ die Terrasse und ging in sein Arbeitszimmer, wobei er den Spiegel passierte, darinnen er zufällig sein Gesicht sah. Jetzt, wo nur das milchige Mondlicht darauf fiel, sah es beinahe geisterhaft aus. Der Mensch war eine Ruine geworden. Die Nase war eingefallen, der Mund hart verpresst. Es rührte sich kein Zug in seinem Antlitz, das starr und gespannt einem unendlichen Drucke zu wehren schien.

»Ich hätte bei dem Deal wenigstens noch Ewige Jugend mit rausschlagen sollen«, murmelte Oskar und betrat sein Arbeitszimmer.

Dort stand sein Schreibtisch, groß und verlässlich, die Alltagsstätte seines kalten und leidenschaftlichen Dienstes, und all die vertrauten Dinge waren in alter Weise auf ihm angeordnet: die Papiergewichte und die Fotografien, das silberne Messer, der schmucklose Leuchter aus dem Hause seiner Großeltern und die russische Zigarettendose, die Oskar für nützlich hielt, ohne sie je zu benutzen. Und natürlich war an und in diesen Dingen nichts Neues, aber Oskar verlor nie ein

Gespür für ihre Bedeutung und Besonderheit, und sie beruhigten ihn. Normalerweise. Heute nicht. Heute empfand Oskar für jene Gegenstände die gleiche Abneigung wie ein Inhaftierter für die Ausstattung seiner Zelle.

Auf der Schreibtischplatte hatte Kelly, die gestern Abend noch bei der Arbeit gewesen war, während Lauren und Oskar bereits im Baur au Lac beim Dinner gesessen und Millvina Van Runkles Vorträgen über den Verlauf der Saison gelauscht hatten, wie üblich kleine systematische Stapel von Zeitungsausschnitten und Korrespondenzen gebildet. Oskar sah in einer unbeteiligten und angespannten Manier über die Stapel hinweg und wollte sich eben mit seinem Martini-Glas in den Louis-quinze-Fauteuil fallen lassen, der linker Hand vom Schreibtisch stand – da verhakte sich sein Blick an einer bekannten Buchstabenfolge, einem Namen, der sich in sein Gedächtnis gesenkt hatte wie heißes Eisen in eine Wachsplatte, einem trivialen deutschen Namen, der für Oskar jedoch nichts Triviales bedeutete, sondern Unordnung und frühes Leid: Rudolf. Kurz: Rudi. Rudi Artsch. Kein hübscher Name, weiß Gott, aber ein bedeutungsvoller Name für unseren Helden, der diesen Namen, den er in einer weniger frequentierten Ecke seines Gedächtnisses aufbewahrte, jetzt zu seinem Erstaunen wieder sah, wieder las, und zwar im Ausdruck eines E-Mails ganz oben auf dem Stapel nicht geschäftlicher Korrespondenzen. Oskar nahm das Blatt und las: »Lieber Oskar, irgendwie fehlt mir in Deiner Biografie der prägendste Abschnitt … Ich freue mich auf Deinen nächsten Auftritt hier in München! Dein alter Freund Rudi Artsch.«

Neben der Zeile »Dein alter Freund Rudi Artsch« hatte Kelly ein Fragezeichen platziert.

Oskar lebte in einer Sphäre, wo man das Wort Freund bekanntlich sehr leichtfertig verwendete – und trotzdem musste er lachen. Aber es klang nicht freundlich. Es klang höhnisch und ein wenig verächtlich.

»Ja, right, alter Freund«, sagte er zu dem Blatt Papier, »du magst vieles sein, alt, meinetwegen, inzwischen, aber gewiss nicht mein Freund.«

Die Sache war die, dass Oskar in Rudolf Artsch einst verliebt gewesen war, damals in einem Internat in der westdeutschen Provinz, wohin er von seinen Eltern für ein paar Jahre geschickt worden war, weil sie ihn für schwererziehbar hielten (dies taten sie wahrscheinlich bis zum heutigen Tag). In einer bescheidenen und anspruchslosen Gegend hatte sich diese Lehranstalt befunden, in einem Krähwinkel und Abdera, wo das Schicksal Pause machte, wo die Zeiger aus der Uhr fielen, wo die Leute das Leben nicht anders verstanden denn als Ideal der Ruhe und Tatenlosigkeit. Harmonisch und gleichmäßig vollzog sich dort der Kreislauf von Jahr und Tag, und das Leben insgesamt spann sich durch diesen Erdenwinkel wie ein endloses, undurchsichtiges Gewebe, um ganz unbemerkt erst an der Bahre abzureißen. Manchmal brauchte man dort sehr lange, bis man merkte, dass jemand tot war.

Seine Eltern hatten Oskar auf dieses Internat geschickt, weil sie ihren Sohn schwierig und seltsam fanden, weil er abseits stand und von anderer Sorte war, so sonderlich und in Widerstreit mit allem scheinend, einsam und von innen verzehrt, hungrig und stolz, zerfallen mit den Lehrern und fremd unter den anderen Jungen, nervös, ein wenig bleich und zartbeleibt – und dennoch eine Kampfnatur, zäh und eigensinnig und übrigens aus seinem Standpunkt kein Geheimnis machend, nach dem er gemeiniglich dasjenige am wenigsten begriff, was alle Menschen leicht zu verstehen glaubten.

Als er bei diesem Punkte seiner Erinnerung angelangt war, lehnte sich Oskar, der inzwischen auf dem Sessel mit den schneckenförmig aufgerollten Armlehnen Platz genommen hatte, zurück, schöpfte tief Atem und presste die Fingerspitzen gegen die Schläfen. Es war spät, sehr spät, Mattigkeit und Überdruss waren immens und ihm schier unerträglich geworden – und doch waren dies nicht die Vorboten eines erquickenden Schlafes, sondern allesamt Anzeichen einer unermüdlichen Überreizung und abgespannten Aufgewecktheit, eines widersinnigen Gemütszustandes, unter dem Oskar – neben der Migräne – bisweilen litt, einer Helligkeit des Geistes, die jählings gigantische Schatten von Vergangenheit und Zukunft aufwarf, welche ansonsten angenehm entfernt und unbestimmt am Rande des Denkens existierten. Allerdings hatte auch Oskar eine derartige Multiplikation von überreizter Wachheit noch nicht erlebt, ihm war, als ob seine gesamte Vergangenheit sich selbst funkenstiebend an hundert verschiedenen Punkten seines Bewusstseins wieder inszenierte und entzündete, als ob ihm ein grausames Stimulans in die Adern gezwungen worden wäre … oder als ob in seinem Kopf ein Flutlicht angegangen sei, in dem sein armes, geplagtes Selbst sich erschrocken zusammenkauerte.

Oskar, der als junger Mensch die Auffassungen seiner Eltern stets geteilt hatte, weil er so erzogen war, fand sich als Kind und Teenager selbst schwierig und seltsam, und insofern liebte er Rudi Artsch nicht nur, weil dieser hübsch war, hübsch und wohlgestalt – oder Oskar mit seinen vierzehn Jahren jedenfalls so vorkam –, sondern auch, weil ihm Rudi in allen Belangen als sein eigenes Widerspiel und Gegenteil erschien. Rudi Artsch war ein frischer Gesell und ein Geist von solider Mittelmäßigkeit. Er fand die Lehrer nicht komisch, er schrieb kein Tagebuch und dachte nur Dinge, die man eben denkt und die man laut aussprechen kann. Er war ordentlich und einverstanden mit allem und jedermann und vertrieb sich die Zeit mit herrlichen Dingen wie Sport. Und Mädchen. Er segelte, turnte, schwamm wie ein Held und erfreute sich allgemeiner Beliebtheit. Man war auf seine Gunst bedacht. Niemals schien er sich mit irgendwelchen seelischen Aufregungen oder nebelhaften Fragen des Verstandes zu plagen. Menschen wie Rudi Artsch wirken fest in ihren Vorsätzen, deutlich in ihrem Wollen, beliebt in der Gesellschaft, mit allem, was sie umgibt, in Übereinstimmung. Sie sind Gesundheit, Frische, Einfalt. Ihr Wesen hat nicht den geringsten Einschlag von Exzentrizität, Problematik, Dämonie, Krankhaftigkeit. Es sind diese Menschen, deren Anblick das Glück der Glücklichen erhöht und die Unglücklichen zur Verzweiflung treibt. Diese Menschen sind von der Welt, wo Frohmut und Stolz herrschen, Glück, Rhythmus und Siegersinn. Und sie sind hübsch; sie verfügen über eine (nicht selten unbewusste) Anziehungskraft, die an Grazie mindestens heranreicht, und Grazie ist bekanntlich das körperliche Gegenstück zum Geist, ein Komplement, über das übrigens ohne weiteres auch völlig geistlose Menschen verfügen können. In der Tat treffen sich die beiden leider selten – Geist und Grazie, meine ich. Oder vielleicht ist das ein Glück. Womöglich wär das nur schwer auszuhalten. Wenn sie sich aber doch treffen, dann nennt man das: Charme. Der ging Rudi ab. Aber Oskar liebte ihn trotzdem.

So sah Oskar auf Rudi, so liebte er ihn, damals, mit einer neidvollen und auch ein wenig verächtlichen Sehnsucht, die oberhalb der Brust saß und brannte. Und in Oskars Liebe spielte seine distanzierte Art und Weise, sich selbst und sein Verhältnis zum Leben zu betrachten, eine wichtige Rolle, ja, eine Rolle, die mindestens so bedeutsam war wie die von Rudi, dem Objekt dieser Liebe. Oskar machte gar nicht erst den Versuch, zu werden wie Rudi Artsch, denn er wusste bereits mit vierzehn Jahren, dass dies gänzlich unmöglich und sozusagen verboten sei, denn schließlich hat man das Prinzip zur Geltung zu bringen, das man darstellt. Und damit war Oskar ganz einverstanden. Doch er begehrte schmerzlich, so wie er war, von Rudi geliebt zu werden, ihn auf seine Seite hinüberzuziehen, und er warb um Rudis Liebe auf seine Art, die zwar innig und auch ein bisschen wehmütig war, aber gar nicht ungeschickt und auch nicht ganz vergebens. Denn Rudi Artsch, der, wie alle mittelmäßigen Geister, nicht unempfänglich war für das Besondere, interessierte sich für Oskar, er achtete eine gewisse Überlegenheit an ihm, eine Gewandtheit des Blickes und des Ausdrucks, die Oskar befähigte, schwierige Dinge auszusprechen, Dinge, von denen Rudi, der sich aller seelischen Aufregung wie auch sämtlicher Literatur enthielt, zwar nur eine vage Ahnung vorschwebte, die ihn aber auf eine etwas exotische und fremde Weise ansprachen und faszinierten. Solange er nicht lieber segeln ging.

Und also warb Oskar nicht ganz vergebens, denn Rudi plagte sich zwar nicht mit etwaigen nebelhaften Fragen des

Verstandes und Gefühls, begriff aber durch natürliche Eingebung, dass hier eine starke und loyale Empfindung für ihn lebendig war, erwies sich dankbar für das, was er ahnungsmäßig erfasste, schrieb Oskar kleine Karten, fuhr mit ihm in die Ferien und bereitete ihm manches Glück durch sein Entgegenkommen – aber auch manche Pein der Eifersucht, der Enttäuschung und der vergeblichen Mühe, wenn nämlich Rudi genug von der Exotik hatte und stattdessen lieber segeln ging.

Und nun, ein Vierteljahrhundert später und Welten entfernt, saß Oskar Canow hier inmitten der Annehmlichkeit seines komfortablen Zuhauses und doch mutmaßlich von allen guten Geistern verlassen, und weil die Brüchigkeit seiner augenblicklichen Verfassung dem Vorschub leistete, wurden all die verschütteten und betäubten Empfindungen von damals für einen Moment wieder lebendig; weil kein Wächter auf dem Posten war, öffnete die Erinnerung das Gatter für ein Gedränge lange ausgesperrter Sensationen: die reuevolle Sehnsucht und eifersüchtige Wehmut, die tiefer und zehrender brennen kann als alle jähe Leidenschaftlichkeit; die Zurückweisungen, Berechnungen und Einbildungen, den Triumph des Hinüberziehens, der doch höchstens auf Augenblicke nur und auch dann bloß scheinbar gelingen konnte und kann, jenen Schauer und Rausch von Glück, wenn jene zwei Welten, zwischen denen die Sehnsucht hin und wider irrt, sich in einer kurzen, trügerischen Annäherung zusammenfinden … die niederschmetternden Enttäuschungen, die zu Üblichkeiten werdenden Gemeinheiten – kurz: all die selig machenden Nichtigkeiten und das schnöde Leid der Liebe, die ganze Frucht eines früh gebrochenen

Herzens. Wer am meisten liebt, ist der Unterlegene und muss leiden – diese schlichte und harte Lehre glaubte Oskar mit vierzehn Jahren bereits vom Leben entgegengenommen zu haben, und erst später begriff er, dass dem nicht so ist, dass diese schlichte und harte Lehre, wie die meisten schlichten und harten Lehren, ein Irrtum ist, tröstend für all jene, die sich durch ihre Sinne zu einem Allerweltsgefühl verurteilt finden, für dessen Tiefe und Gewalt sie vor sich selbst um Eigenwürde kämpfen, und das meist vergebens. Nein, wer am meisten liebt, ist wohl am ehesten gefeit dagegen, dass seine Seele höchst friedlich und ohne Störungen ersticken soll an Trägheit und Reglosigkeit, an Langeweile. So ist es richtig. Das ist die platonische Ironie, wonach im Liebenden der Gott ist und nicht im Geliebten. Vorausgesetzt, der Liebende hat Talent.

Natürlich war die Sache mit Rudi nicht glücklich ausgegangen – oder vielleicht doch, nämlich insofern, als Oskar von nun an alleine stehen konnte. Oskar Canow war, so viel wissen wir schon, zwar eine Kampfnatur, aber kein aufbrausender Held, dafür fehlte ihm das Unmittelbare, der Verlust von Kontrolle. Doch er hatte gelernt, allein zu stehen, wenn es sein musste, wenn das Prinzip, das er darstellte und zur Geltung brachte, dies verlangte, und es machte ihm nichts aus. Der Versuch, sein Selbstvertrauen totzuknicken, misslang. Dem Anschein nach fast nur durch einen Zufall, damals, in jenen heiklen Jahren, doch er misslang. Bisweilen dachte Oskar mit Schaudern daran, dass er um ein Haar als einer von diesen Teenagern geendet wäre, die sich in eine Ecke des Schulhofs verkriechen und pfundweise Schokolade in sich reinschlingen. Übrigens sollte Oskar das Nest alsbald verlassen und sich entwickeln; es begann das stetige Gedeihen und Keimen des eigentümlichen Ideengehalts bei ihm, das primär vielleicht durch einen Funken, eine Neigung und wohl auch durch glückliche Vererbung gegebene und dann mit unerschütterlicher Sicherheit bis zur Felsenhärte fortschreitende Anwachsen jener Ideen, jenes Glaubens, jenes geistigen Fixums, das sich eine eigene Welt unterwerfen würde – und das anderen Leuten bisweilen als Starrsinn und Selbstfixiertheit erscheinen mochte. Und das es Oskar ermöglichte, allein zu stehen. Hier lag der Punkt in seiner Psyche, wo er nicht zu überwältigen war. Was nicht bedeutete, dass er nicht wesentlich besser an der Seite seiner Ehefrau aufgehoben war. Oder dass er überhaupt eine Person gewesen wäre, die sich fürs Einsiedlertum geeignet hätte.

Zugleich nämlich hatte Oskar eine zweite Sache gelernt: dass er selbst ein Glückskind war, dass er auf seine Weise zu den Starken und Glücklichen, den vom Leben bevorzugten Exemplaren gehörte – nicht unbedingt, indem man frisch und tüchtig einherschritt, nicht auf die Art, dass man in Ordnung und glücklicher Gemeinschaft mit aller Welt lebte und stets auf eine wohlanständige und allgemein respektierte Weise beschäftigt war. Nein, man war ein Glückskind ganz anderer Daseinsart, nämlich aus dem problematischeren Bestand, der gemeiniglich dasjenige am wenigsten begreift, was alle Menschen leicht zu verstehen glauben. Das aber zugleich die Schwächen und Verfasstheiten der Menschen, wie seine eigenen, seltsam eindringlich durchschaut. Das so die Sehnsucht nach dem Menschlichen überhaupt, eine gewisse Melancholie dem Bedingten und Irdischen gegenüber, in Worte fassen kann und dafür geliebt und bewundert wird. Zu dieser Abteilung Glückskinder gehörte Oskar Canow seiner Anlage und Absicht nach, und er gehörte obendrein zu jener überaus kleinen Abteilung von Schriftstellern, die den Unterschied zwischen schönen und guten Menschen wie folgt versteht: Man kann böse Menschen bloßstellen, wenn man selbst gut ist; aber man kann hübsche Menschen nicht kritisieren, wenn man selbst sich nicht um Schönheit bemüht.

So war Oskar geraten, und auf diese Art ergaben sich die Dinge. Alles von innen und außen her geschehen als Fügung, Wachstum, Gesetz. Doch auch wenn sein Leben nach außen nahezu vollkommen erschien, so wusste Oskar, dass ihn stets nur ein kleiner Schritt von den Strauchelnden und Gefallenen trennte, nur ein kleiner Schritt von jenem pummeligen Teenager, der sich in eine Ecke des Schulhofs verkriecht und pfundweise Schokolade in sich reinschlingt und dessen einziger Freund ein humpelndes Mädchen namens Tina ist. Heute mochte Oskar einen guten Teil seiner Tage (und einen größeren Teil seiner Nächte) in einer Gesellschaft verbringen, die selbst der Teufel oberflächlich fand – aber er hatte nicht die Unwahrheit gesprochen, als er, es war wohl noch keine zehn Stunden her, kurz bevor Gion Küngels geköpft worden war, seiner Freundin Tita auf Sprünglis Terrasse erklärt hatte, dass im Grunde den Aussätzigen und Verstoßenen seine brüderliche Teilnahme gehörte. Und so galt die Gewogenheit seiner inneren Verwandtschaft nicht der faden Gradlinigkeit eines Rudolf Artsch, sondern jenen, die sich bemühten; allen, die ein bisschen anders waren, den Freaks, Verfemten und Unsicheren – natürlich nur, solange sie sich nicht auf Kleinkunstbühnen oder irgendein erbärmliches Podium unter die Anzeigetafel für die An- und Abflüge stellten und ihre Lebensweisheiten unter die Leute zu bringen versuchten.

Oskar nahm den letzten Schluck von seinem Dry Martini und lehnte sich zurück in die himmelblauen Seidenpolster. Er war verwirrt durch die Wiederaufnahme seines jünglinghaften Empfindens und Denkens, deren Eindrücke sich mit denen der jüngsten Gegenwart vermischten und in seinen Nervenbahnen eine oszillierende Erschütterung hinterließen. In diesem Zustand kostete er seine abstrakte Kameradschaft mit den Draußengebliebenen aus, eine Brüderlichkeit, die ihm schließlich nichts anderes bedeutete als die Kontinuität des Lebens, die ewige Fortschreibung von Typen, die offenbar die Hauptsache bildete im menschlichen Dasein und überhaupt auf Erden. Je enger aber Oskar sich den Beladenen verbunden fühlte, desto mehr steigerte sich seine Geringschätzung für Provinzgestalten wie Rudi Artsch, die nicht zu einem einzigen originellen Gedanken fähig waren und aus denen stets das Naheliegende wurde, das, was niemanden überraschen konnte, das, was eine böse Fee schon an ihrer Wiege gewispert hatte, das, was die fade Gradlinigkeit ihres Wesens schon immer vorherbestimmte, die ihnen keine Frage frei gab an das Schicksal.

»Dieser Trottel«, flüsterte Oskar vor sich hin, »hat die Chuzpe, mir zu schreiben. Wahrscheinlich leitet er heute irgendeine Kanalbaufirma und eilt mit steifem Nacken seinen Geschäften nach. Das ist tragisch … nein, nein, das ist nicht tragisch – das ist trivial. Wahrscheinlich ist er immer noch mit Schulkollegen von damals befreundet und beurteilt immer noch Leute danach, was sie anhaben …«

Ein Windstoß warf das Fenster hinter ihm auf, das Consuela wohl nicht richtig geschlossen hatte. Durch die Böe gerührt, schlug der schwere Stoff der Vorhänge ein kurzes, mahnendes Tremolo gegen den Fensterrahmen. Doch Oskar reagierte nur mit einer kurzen Drehung des Kopfes, zu sehr war er vertieft in die Einsicht, dass er diesen Leuten, die recht tumb waren und elastisch und taktfest einherschritten und Anderssein nicht gelten ließen, im Grunde wohl von Herzen alles Schlechte wünschte.

Und dann dachte er: »Moment, Augenblick mal, ich habe doch beste Beziehungen zur Hölle, da müsste sich doch was machen lassen –«

In diesem Moment allerdings schlug das Fenster hinter ihm mit einem donnernden Knall wieder zu und zersprang in tausend Stücke. Eine Fontäne von Splittern stob in den Raum und glich dem Hinstürzen unermesslich ferner Sterne, wie sie der südliche Himmel manchmal in Garben, in Schwärmen, in Katarakten aus dem Bodenlosen ins Bodenlose fallen lässt. Ein hohler Nachhall noch, wie ferner Äxtenschläge Schall, dann Stille.

Oskar war aufgesprungen. Ein kalter Schauer durchgraute ihn. Und jählings stand ihm sein Dasein kristallklar vor Augen, als sei ein gläsernes Gefängnis zerborsten, durch dessen unüberwindliche Wände sein verzweifelter Dämon mit grinsender Qual die Welt draußen liegen gesehen, die ganze Welt, über der er vor einem halben Tag noch gottgleich geschwebt hatte. Jetzt war alles klar. Der Künstler ist nicht ärmer als irgendeiner unter den Lebenden. Aber sein Schicksal ist nirgends als in seiner Arbeit. Er soll sich nirgends anders seine Abgründe und seine Gipfel suchen wollen und ansonsten, wie jeder ordentliche Mensch, um der Liebe und Güte willen dem Hass keine Herrschaft einräumen über seine Gedanken. Die Schicksale dort zu lesen, wo sie geschrieben sind, das ist alles. Die Kraft zu haben, sie alle zu sehen, wie sie sich selber verzehren, diese lebenden Fackeln. Sie alle auf einmal zu sehen, gebunden an die Bäume des ungeheuren Gartens, den ihr Brand allein beleuchtet: und auf der obersten Terrasse zu stehen, der einzige Zuschauer, und in den Saiten der Leier die Akkorde zu suchen, die Himmel, Hölle und diesen Anblick zusammenbinden – das ist der Dichter. Und Dichter zu sein, ist das beste Leben, das man kriegen kann, ohne kriminell zu werden.

»Jesus«, wisperte Oskar heiser, beinahe schluchzend, »wo bin ich hingekommen?«

Und noch einmal: »Wo bin ich hingekommen? Was fällt mir denn ein? Hier sitze ich und lebe gut und wünsche manchen Menschen das Schlechte – dabei sind die doch schon gebrandmarkt. Dafür braucht es keine Hölle, das übernimmt das Leben selbst. In ihrer Brust stecken die scharf geschliffenen Dolche und vergiftete Pfeile ihres Schicksals. Gott fordert von uns Geduld, Großmut, Selbstaufopferung – und da weigere ich mich, Demut zu üben, und will mein Leben durch fragwürdige Verabredungen und Geschäfte einrichten? Das kann doch wohl nicht angehen.«

Und hier und jetzt, inmitten eines Scherbenhaufens auf dem Zürichberg, besann sich Oskar Canow seiner Pflicht. Ja, er war eigentümlich und ausgeschlossen von den Ordentlichen und Gewöhnlichen, das war nun einmal die Idee, die Gott mit seinem Dasein verband, obgleich Oskar doch kein Zigeuner im grünen Wagen war, sondern ein redlicher Arbeiter des Geistes, zwar nicht vom Leben bevorzugt, aber von der Kunst, was möglicherweise das Zweitbeste ist, und obendrein hatte Oskar das Glück, nicht allein zu sein, denn er hatte Lauren, seine Ehefrau und Ergänzung, sein geliebtes anderes Ich, das gerade vorgestern in der Küche den Kopf in den Nacken geworfen und in einer Wolke von Mentholzigarettenrauch zu ihm gesagt hatte: »Sweetcakes, im Grunde ist es doch gar keine richtige Ehe, wenn nicht ein Teil von dir einfach nur weglaufen will!«

So also stand Oskar in seinem Arbeitszimmer, durch das sanft der Nachtwind wehte, und stellte für sich selbst nüchtern und gewissermaßen abschließend fest: »Ich bin ein Glückskind. Was brauch ich den Teufel!«

»Wie bitte?«, fragte jemand.

Oskar sah zur Tür. In deren Rahmen stand: Lauren. Barfuß, in einem weich fließenden Christian-Dior-Nachthemd aus dotterfarbener Seide mit Spitzenbesatz. Über ihrem Haupte stand das Licht des Korridors wie eine Gloriole. Und in der Hand hielt sie einen Tennisschläger.

»Was ist passiert?«, fragte sie und schwang den Schläger, als müsse sie jeden Augenblick einen Angreifer abwehren. »Bist du verletzt?«

»Nein, nein, nichts weiter«, antwortete Oskar erleichtert, »das Fenster ist zu Bruch gegangen. Es war wohl nicht richtig geschlossen. Es tut mir leid. Mach dir keine Sorgen, ich hab höchstens ein paar Schrammen. Es war nichts weiter … es ist nur … ich habe hier gesessen und … Rudi Artsch hat geschrieben …«

»Rudi who?«, erwiderte Lauren und setzte sich auf die Ecke des Schreibtischs, wobei sie den Tennisschläger griffbereit neben sich platzierte. »Artsch? Wer war das schon wieder … oh, Himmel, diese alte Geschichte? How weird is that?«

Oskar setzte sich auf den Schreibtischstuhl und ergriff ihre Hand. Sie blickte ihn ernst und forschend an und fragte: »Was ist es, Kleines? Wovor graust es dir? Was fürchtest du?«

»Wovor mir graust?«, wiederholte Oskar und biss sich auf

die Spitze seines Zeigefingers. »Was ich fürchte? Das, was jeder Mensch fürchtet: Preisgegeben zu sein und ungeschützt. So wie Heini Thyssen ohne seine Millionen. Blake Edwards ohne Julie Andrews. Larry ohne Cheryl. Karl Lagerfeld ohne Sonnenbrille. Marilyn Monroe ohne Margaret Hohenberg. Katie Price ohne Werimmerdasgeradeist. Oder wie deine Freundin Luella ohne eine Flasche Rotwein plus Schmerztabletten zum Frühstück …«

»Okay-okay«, seufzte Lauren, »ich glaube, ich weiß, was du meinst.«

Sie entzog sich ihm sanft und tätschelte beruhigend seinen Handrücken.

»Your obsessed devotion to your own neurotic needs is part of what makes you wonderful«, sagte sie dann, »und übrigens musst du dir keine Sorgen machen. Du bist nicht allein. Du hast mich. Die Show läuft ewig. Through all times.«

»Ich weiß«, erwiderte Oskar und lächelte.

Dann sagte er: »Ich will den Deal nicht mehr.«

»Thank God!«

Pause.

»Willst du nicht wissen, wieso ich mich so entschieden habe?«

»Entschuldige, Kleines. Wieso hast du dich so entschieden? Ist es, weil du nicht wissen willst, wann deine Zeit abgelaufen ist?«

Worauf Oskar seine Frau überrascht ansah.

»Nein«, antwortete er aufrichtig, »daran habe ich gar nicht gedacht. Nein, ich will es nicht, weil es mir nicht gemäß ist. Ich will es nicht, weil ich mich damit dem Anspruch versagen würde, der mit meinem Dasein verknüpft ist; ich würde nicht das sein, als was ich gedacht bin; ich würde meinem eigenen Sein nicht zustimmen. Und außerdem fange ich schon an, das Böse in meine Absichten miteinzubeziehen. Und das ist gegen mein Prinzip.«

»Wie nobel von dir, Sweetums.«

»Ich habe es mir nicht erkämpft, weißt du, es würde mir in den Schoß fallen, und das wäre ein fahler Triumph.«

»Das verstehe ich voll und ganz«, versicherte Lauren und schlug die Beine übereinander, »irgendwie vermasselt einem das alles.«

»Ich glaube zwar nicht daran, dass die schönen Künste ohne moralische Ideen den Geist nur stumpf und flach machen – doch ich glaube daran, dass Kunst bloß was taugt, wenn Arbeit dahinter steht«, fügte Oskar an, »– womit ich wiederum nicht sagen will, dass die Versuchung klein war …«

»Alright, alright.«

»Man kann keinen Ausgleich vermittels des Bösen herstellen.«

»Wie recht du hast.«

»Jetzt muss ich das nur noch dem Teufel beibringen.«

»Können wir bitte zu Bett gehen?«, fragte Lauren und ließ sich vom Schreibtisch gleiten. »My head is spinning, and not in a good way.«

Damit streckte sie die Hand aus und winkte Oskar mit deren Fingern zu sich heran.

»Komm ins Bett«, sagte sie.

Vor dem zerbrochenen Fenster (und vor den intakten Fenstern natürlich auch) ging die Sonne auf. Der Zeit, wird sie sich selbst überlassen und werden keine Ansprüche an sie gestellt, kann man bekanntlich nicht trauen. Üblicherweise trödelt sie, aber gerade wenn man sich auf ihre Bummelei verlässt, kann sie unvermittelt und wild in den Galopp fallen.

Und so verzogen sich draußen die Schatten der Nacht, und in purpurner Röte, von Gold umstrahlt, begann die Sonne sich im hohen Himmel zu erheben, um einen weiteren makellosen Tag in Zürich zu beleuchten. Erdkröten, Grasfrösche und Bergmolche erwachten aus ihrer Winterstarre, rieben sich mit ihren kleinen Händchen die putzigen Äuglein und machten sich auf, zu den Laichgebieten zu wandern. Ein paar wurden natürlich unterwegs breit gefahren. Oskar nahm Laurens Hand, und er fühlte, wie er sich beruhigte.

»Wir könnten eigentlich mal wieder Tennis spielen gehen«, sagte er, »wir waren schon lange nicht mehr auf dem Platz in Kilchberg.«

So sprach unser Held und spürte dabei mit sinnlichem Behagen die taktweise Verlangsamung des inneren Pochens, die sanfte Näherung der Ruhe, als ob eine unsichtbare Hand ein Zauberpulver über ihm aussäte, und gerade die Langsamkeit und Zögerlichkeit des Effekts erhöhten den Genuss. Er spürte das schrittweise Versiegen jedes rastlosen Impulses und fühlte, wie sein gesamtes Nervenkostüm in eine angenehm betäubte Wartestellung fiel, wie übermüdete Schildwachen, die eine nach der anderen auf ihrem Posten einschlafen, und schwach fragte er sich, was ihn eigentlich so aufgeregt und unangenehm berührt hatte. Eine behagliche Trägheit überkam ihn, und zugleich erstand in ihm neu das Gefühl der Jugend, Gesundheit und Kraft – er war erst neununddreißig Jahre alt und sah dank Doktor Feingarten aus wie zweiunddreißig –, und die unaussprechlich süße Erwartung des Glücks, eines zugleich vertrauten und immer auch unbekannten, geheimnisvollen Glücks, übermannte ihn, und das Leben schien ihm bezaubernd, wunderbar und von einem tiefen Sinn erfüllt.

»Warte einen Moment«, flüsterte Oskar, löste sich von Lauren, trat zurück an den Schreibtisch, griff einen Plastikkugelschreiber mit dem Reklameaufdruck »Botulinum Toxin Type A« aus der länglichen silbernen Schale, in der sich sein Schreibgerät befand, nahm das Mail von Rudi Artsch, faltete es einmal quer und schrieb für Kelly an den Rand: »Ignorieren«.

12. KAPITEL

Judgement Day

Am nächsten Tag war Ostersamstag, und es passierte gar nichts. Nur der Notfall-Glaser erschien und setzte ein neues Fenster ein. Dann kam der Ostersonntag und war ein herrlicher Tag. Der süße Anbeginn des Frühlings lag in der Luft und linderte jede Aufregung, jede Unschönheit. Ein warmer Wind verwischte sanft die Linien und warf mit einem feinen, delikaten Dunst von Gold und Grün einen milden Schleier über jede entmutigende Aussicht. Es war dies einer jener Tage, wo der Mensch von der Zuversicht beseelt ist, alles werde sich fügen und glücklich zusammenkommen, durch wunderbare Einsicht geleitet.

Lauren und Oskar waren am späteren Nachmittag zu Cocktails eingeladen, und zwar bei Millvina Van Runkle, die ein schlossähnliches Anwesen am Zürichberg bewohnte. Oskar, der es famos fand, dass Cocktailpartys wieder in Mode kamen und auf den Gesellschaftskalender zurückkehrten, sah dem Anlass mit Freude entgegen. Das würde ein bisschen Zerstreuung und Inspiration bringen, eine große Zahl von Menschen, die Klatsch und Gemeinplätze austauschten, das war genau das, was er jetzt zur Ablenkung brauchte! Und in dieser Stimmung freundlicher Erwartung betrachtete er aus wohlwollender Distanz die Besucher eines österlichen Gottesdienstes, die soeben die Neumünsterkirche verließen und deren Freitreppe hinabströmten, als er an der Seite seiner Ehefrau in die Allee einbog, die auf die Van-Runkle'sche Villa zulief.

Millvina Van Runkle war, so viel wissen wir schon, eine stattliche Erscheinung mit junonischen Schultern und Hüften wie im neunzehnten Jahrhundert – und nach Laurens Einschätzung ausgestattet mit den Oberarmen einer Schiffsschaukelbremserin. Ihr glatter, indifferenter Teint hatte knapp fünf Dekaden umtriebiger Tatenlosigkeit und gepflegter Indolenz ohne große Missbrauchsspuren überstanden – abgesehen von einer gewissen Eingeschränktheit des Mienenspiels. Darüber hinaus war es einigermaßen schwierig, den Kern von Millvinas Person irgendwie zu erfassen, außer in der Feststellung, dass sie eigentlich nur gesellschaftlich existierte, und zwar nicht infolge besonders stark ausgeprägter sozialer Instinkte, sondern schlicht weil sie das Leben allein nicht aushielt (was wiederum nicht bedeutet, dass sie nicht allein sein konnte, sondern nur, dass sie auch dafür Gesellschaft brauchte).

Lauren und Oskar wurden von Millvina empfangen wie Heimkehrende aus dem Krieg. Die Gastgeberin trug eine große, farbig funkelnde, gezierte Brillant-Agraffe, irgendwo seitwärts in der Nacht ihres Haares, das ihr ein Friseur in vielen Schnörkeln und Ausladungen zu einer umständlichen und hochgebauten Coiffure angeordnet hatte. Danach war er wahrscheinlich tot zusammengebrochen.

»Du siehst fabelhaft aus, Liebes!«, sagte Oskar, als er Millvina zur Begrüßung die Luft über ihrer Wange küsste, denn er wusste wohl, dass sie lange, sorgfältige Stunden an ihrer Schönheit gearbeitet hatte (sie schlief viel am Tage, wenn abends eine Gesellschaft bevorstand, und aß nur Eidotter) und dass ihr Lächeln und Grüßen voller Übung und Absicht war und dass ihr eigenes Herz nicht hochschlug, keineswegs, für nichts und niemanden.

»Schatz!«, konstatierte Millvina, und sie klang ein wenig atemlos. »Lieber Gott, ich bin so *froh*, dass ihr da seid! *Alle* reden über Küngels, diese grässliche Geschichte, oh, mein Gott, wie hätte er sich das zu Lebzeiten gewünscht – dass alle über ihn reden, meine ich –, und *jeder*, Oskarlein, will mit dir sprechen, weil du dabei warst, jedenfalls erzählen sich alle, dass du dabei warst ... da, die Vanderheisens sind da hinten, die haben schon zweimal nach dir gefragt!«

Der tiefe, stimmungsvoll verdunkelte Raum war voller Menschen, beschäftigt mit der rapiden Konsumation von Getränken und Gerüchten. Letztere reichten sie sich gegenseitig, während Erstere von angeheuertem Personal serviert wurden. Ungezählte Privatgespräche belebten die Szene. Alle Gäste sahen sich ähnlich und waren ähnlich angezogen – nur mit unterschiedlicher Motivation. Einige ließen ihre Garderobe verraten, dass sie wussten, dass sie reizlos waren, während andere mit ihrem Aufzug verkündeten, dass sie glaubten, sie wären attraktiv. Doch waren die Gäste nicht nur gekleidet, wie es die Mode vorschrieb, sondern sie hatten nach den Vorschriften der Mode auch ihre Mienen gestaltet. Oskar betrachtete den Ausdruck auf ihren Gesichtern: Entweder sie reckten sie ihrem Gegenüber willfährig und gierig entgegen, Ohr voran, wie einen leeren Teller, den es zu füllen galt; oder sie verrieten ihre Langeweile oder irgendeine kleine, geheime Reservation mit einem leichten Sprung in der dünnen Verblendung ihres Lächelns, das sich übrigens auf erschreckende Art verwandelte, wenn sie sich unbeobachtet wähnten, indem manch lebhaftes Antlitz plötzlich fratzenhaft, verdrossen, schlaff und hoffnungslos müde aussah wie das eines ausgeschöpften Greises.

»Nun ja«, dachte Oskar, »die Gattung der Hässlichen hat von jeher eine gewisse Attraktion ausgeübt – während die ehemals weitaus umfangreichere Kategorie der ganz und gar unhübschen Personen dank Blattgoldmasken und Kohlendioxid-Injektionen ausgestorben scheint, jedenfalls in diesen Sphären der Gesellschaft, was nun wohl bedeutet: Mit dem einstmals gepriesenen Zusammenhang zwischen Physiognomie und Charakter ist es wohl heutzutage Essig. Oder doch nicht? Setzt sich immer wieder der Zug des Menschlichen durch? Synthetische Schönheit ist wie eine Mauer; dies unterscheidet sie von der echten, die stets transluzent ist … Was bleibt? Die Stimme. Gut behandelte Damen, die bei richtigem Licht aussehen wie Mitte dreißig, und dann machen sie den Mund auf und haben die Stimme einer Siebzigjährigen …«

»Jeez Louise!«, sagte Lauren an dieser Stelle. »Alle Frauen hier haben die gleiche Figur: Two Paxils on an ironing board, dazu overprocessed hair und Zähne, die im Dunkeln leuchten!«

Und während Oskar und seine Ehefrau sich akklimatisierten vor einer Kulisse, die schwanger war von Parfüm und wirrem Gebrodel der Stimmen, Musik, Gelächter und den unhörbaren Seufzern der Aspiranten, standen beide einen Augenblick wie in einem unsichtbaren Kreidekreis im Raume – allerdings nicht lange. Denn Gwendolyne Rosenstock tauchte auf. Gwendolyne Rosenstock, deren Gesicht mittlerweile einem Konterfei glich, das jemand auf einen Luftballon gemalt hatte, Gwendolyne, mit all der Energie des Auges und Wortes, mit der Natur und Bildung sie versehen, küsste die Luft über Laurens Wangenknochen und sprach: »Du siehst fabelhaft aus, Liebes!«

»Danke schön«, erwiderte die solcherart Angegangene.

»Du natürlich auch, Schätzchen!«, erklärte Gwendolyne mit einer Drehung zu Oskar.

»Danke«, sagte Oskar, »das verdanke ich einer gefährlichen Mixtur aus Giften und Aufputschmitteln.«

»Mein Gott!«, quietschte Gwendolyne, indem sie einen schreiartigen Lacher vom Stapel ließ. »Du bist immer so witzig, Oskar; Lauren, Darling, wie hältst du das nur aus? Apropos, da wir davon reden, Ihr werdet's nicht für möglich halten, aber: Ich glaube, ich habe gerade den Teufel gesehen!«

»Was?«, rief Oskar in gesellschaftlich unangebrachter Lautstärke. »Wo?«

»Schscht!«, machte Gwendolyne und legte ihren schlanken Zeigefinger mit dem dschungelrot lackierten Nagel über ihre mit Hyaluronsäure gefüllten Lippen. »Da hinten. Ich meine Marla. Seht ihr Marla da hinten?«

Worauf Gwendolyne überaus diskret mit dem dschungelrot lackierten Daumennagel in eine unbestimmte Richtung wies und die andere Hand wie ein Vordach schräg über ihrem Mund platzierte, wozu sie wisperte: »I think she had some work done.«

»Is it finished?«, flüsterte Lauren zurück.

»Oh mein Gott!«, quiekte Gwendolyne und fächelte sich mit der Hand Luft zu. »Das ist ja *zu* komisch! Na ja, Marla, ihr kennt sie ja, sie hat gerade ihr drittes Gesicht gegen ein viertes getauscht, und zwar, so wie ich es sehe, in Kombination mit einem brandneuen Hinterteil. Und es scheint zu wirken, auf eine Art. Ich meine, habt ihr bemerkt, dass *alle* Ehemänner sie lieben? Alle bis auf ihren eigenen.«

In dieser Art also sprach die ununterdrückbare Gwendolyne Rosenstock, offenbar durch keine Konvention gehemmt, ihren Einschätzungen und Privatmeinungen freien Lauf zu lassen. Man musste bloß fragend mit dem Blick und hochgezogenen Brauen einer beliebigen Person folgen, die in der Art der Berühmtheit durch den Raum eilte, mit jenem fliegenden Schritte des Vorübergehenden, der sich beständig gegen Behelligungen und Zudringlichkeiten zu schützen hat. Worauf Gwendolyne, vertraut mit allen Buchhaltungs- und Boudoirgeheimnissen, wie eine professionelle Auskunftei ein Füllhorn von Namen, Lebensläufen, Erwerbungen, Triumphen und Niederlagen vor ihrem Auditorium ausschüttete. Und obschon sie sich zu Recht einer unvergleichlichen Familiarität mit den Stützen der Gesellschaft rühmen durfte, so hatte sie sich doch, gerade aufgrund mangelnder eigener Erfahrungen, die sie vollumfänglich durch fremde ersetzte, die Unschuldigkeit einer Konventvorsteherin bewahrt, die jede Art von Verruchtheit und Lasterleben ausschließlich im von ihr beaufsichtigten Gesellschaftsleben findet, niemals in der eigenen Wirklichkeit.

Oskar konnte sich von Gwendolynes Einzelheiten höchstens ungefähr ein Drittel merken, obgleich derartiges Wissen ihm naturgemäß sein Leben erleichterte. Aber er kannte diese Leute schließlich lange genug, um nicht zu glauben, was er sah; er wusste, dass sie ein Doppelleben führten, aber er setzte nicht voraus, dass sie dadurch interessanter wurden. Denn er glaubte nicht daran, dass sich das wirkliche und bezaubernde

Leben eines jeden Menschen heimlich, gleichsam wie unter dem Mantel der Nacht abspielte; er war stattdessen durch die Erfahrung gelehrt worden, dass die meisten Leute auch im Geheimen, wo sie sich mit dem befassen, was für sie tatsächlich von Wert oder auch nur notwendig ist, nicht viel faszinierender sind als in Gesellschaft, egal, ob sie im Geheimen aufrichtig denken oder immer noch sich selbst betrügen. Und obschon es richtig ist, dass jede persönliche Existenz sich durch ein Geheimnis hält (und vielleicht deshalb der kultivierte Mensch so leidenschaftlich bemüht ist, sein Persönlichstes für sich zu behalten), so ist es ebenfalls wahr, dass dieses Geheimnis banal, trostlos und langweilig sein kann.

Gwendolyne Rosenstocks Promiskuität war also rein gesellschaftlich – was auch bedeutete, dass sie jede Menge Bekanntschaften anzog, und so wurden Oskar und Lauren alsbald in einen Strudel bunter Unterhaltungen verwickelt. Sie erfuhren, dass man Zähne immer noch am besten mit Sonnenblumenöl strahlend weiß bekäme – oder war das ein Mythos? Sie hörten von den Segnungen der Trennkost und davon, wie totally easy es sei, Hase, einen Termin bei Doktor Arnold Klein zu bekommen. Sie sprachen über die neue Turmsuite im Hotel Dolder und über das Dienstbotenproblem und bekamen, da wir davon reden, Schatz, zwei Empfehlungen für ganz ausgezeichnete Hellseherinnen. Oskars neue Freundin Susie von den Wiesen von *Park Avenue* erzählte, wie sich Victoria Beckham auf der letzten Oscar-Party in Ermangelung eines Taschenspiegels andauernd selbst mit ihrem Mobiltelefon fotografiert hatte. Und Lady Cressida, die offenbar ein bisschen zugenommen hatte, sagte über Chateau Chantelle: »Wundervoll für die Ewigkeit, entsetzlich für ein Wochenende.«

Und wie immer schien jeder alles über jeden anderen zu wissen. Es war wunderbar hier. Oskar war vertraut mit diesen Leuten und ihren Ansichten, sie nahmen ihn als einen der Ihren an, und er unterstellte ihnen, dass sie sich dabei irrten. Doch ohne Widerwillen vermeinte er zu spüren, wie sich die Ideen der Gesellschaft an ihn heranstahlen, verlockend und verpflichtend, wie er zu einer Akzeptanz ihrer Urteile neigte und zur Verneinung der Dinge, an die sie nicht glaubte, wie denn überhaupt die Negation eventuell die höchste Qualität dieser Menschen war: ihr Vermögen, Anderes, Fremdes durch schlichte Nichtbeachtung inexistent werden zu lassen. Oskar konnte sich jedenfalls schnell beruhigen, falls er die Befürchtung gehabt haben sollte, die ganze Zeit über Auskunft über den Vorfall von Karfreitag geben zu müssen. Der Vorfall war hier gar nicht weiter von Belang. Denn für diese Gesellschaft, die Gion Küngels nicht kannte, war Karfreitag bloß eine Anekdote, ungefähr auf dem Niveau der Frage, wo Arrogantia Cutestory ihren neuen Koch gefunden hatte. Das war das Leben, so standen die Dinge. All die Gestalten wirbelten wie Atome auseinander in einem wilden zentrifugalen Tanz, den hier jeder für sich selbst zu bestreiten schien, geblendet durch den eigenen Glanz und blind für alles im Dunkeln, und in dieser Auflösung lag absurderweise gerade die Beständigkeit des Milieus, eine andere Kontinuität des Lebens. Oskar legte den Kopf in den Nacken und sah die hohen Decken mit den Stuckaturen und den Waterford-Leuchtern, und darunter die Menschen wie eine Unmenge riesiger, sich schnell drehender Räder, verbunden durch Treibriemen und bewirkt durch unsichtbare Hebel; er hörte das durchdringende Flüstern, das kreischende Gelächter, das Klirren der Gläser und das Schlagen der Herzen; er sah die bleichen, bemalten, glutroten oder vom Staub der Sünde geschwärzten Gesichter, den rauen Atem der Begierde, die verstohlenen Blicke und die schweißnassen Hemden, das Funkeln von Feuer, er schmeckte den Geruch nach Rauch und Lust und Schwefel und Parfüm, spürte den bald glühend heißen, bald eiskalten Wind – und all dies machte auf ihn den Eindruck einer Hölle. Ihm schien, als wären Manier und Umgangsform, diese Mechanismen des Sozialen, die Räder, Hebel und brennenden, zischenden Zylinder, bestrebt, sich von ihren Bändern und Sicherungen loszureißen, um die Menschen zu vernichten; die Menschen aber rannten mit unbesorgten, willfährigen Gesichtern und ohne einander zu hören plappernd hin und her und bemühten sich nicht im Geringsten, die furchtbaren Bewegungen der Maschinerie anzuhalten; nein, sie befeuerten sie durch Maßlosigkeit, Habgier, Trägheit, Hochmut, Wollust, Neid und Zorn, auf dass sie vorangetragen würden, die Drehbänke heulten, kreischten und pfiffen dabei, Feuergejauchz und Schandgetriller, und Oskar Canow wurde unwohl von diesem Lärm, und ihm war, als bohre man in seinen Ohren.

Es gibt ein Sakrileg auf der Welt, und das besteht darin, den Helden einer Kategorie mit den Maßstäben einer anderen zu messen, was meistens zu Lächerlichkeiten und Bosheiten führt. Manchmal zur Wahrheit. Oskar Canow war kein Held des Lebens, sondern der Gesellschaft – oder war es umgekehrt? Das war nicht klar, noch nicht. Fest stand, dass er hier stand, inmitten eines Milieus, wo die Freiheit des Wortes selten den Witz erreicht und die Freiheit der Tat fast niemals die Liebe; in einem Milieu, in dem alles verhandelbar war und Offensichtlichkeit für Distinktion durchging, wo die Saison keine Pausen und die Geschmacklosigkeit kein schlechtes Gewissen kannte. Hier hier stand er, umgeben von lächerlich teurem Essen und lächerlich billigem Geschwätz, und die schwingenschlagenden Furien von gestern waren heute nichts als Klatschbasen, deren Schrecken so seicht war wie ihre Vergnügungen. Außerdem gab es Aufmerksamkeiten und Schmeicheleien, die Oskar entgegennahm wie zerfledderte Geldscheine. Und er selbst teilte Artigkeiten aus und war gefällig, mit dem Quäntchen Mogelei, das der Teufel auch in die reinsten Absichten zu mischen pflegt, er sichtete das Geschehen mit einer gewissen Durchtriebenheit, die mitunter einen kleinen Stich ins Schamlose, Verächtliche und Indiskrete zu haben schien, doch er durfte nicht zimperlich sein. In Augenblicken wie diesen war Oskars einzige Verpflichtung sein Talent, das sein Verhältnis zur Wirklichkeit bestimmte, und so mussten ab und an die bürgerlichen Tugenden von Pietät und Diskretion ein wenig gedehnt werden für einen lehrreichen Blick in die Schründe der Menschenwelt, denn am farbigen Abglanz haben wir das Leben, bekanntlich. Nichts aber wäre missverständiger gewesen, als von der Rücksichtslosigkeit der beobachtenden Erkenntnis und der treffenden Unverschämtheit des Ausdrucks auf eine Bosheit in menschlichem Sinne und Feindseligkeit des Dichters gegenüber der Wirklichkeit zu schließen. Sogenannte künstlerische Rücksichten sind bekanntlich die einzigen, die der Künstler bei der Erledigung irgendeines Erlebnisses oder gleich der ganzen Welt walten lässt – und diese haben mit *Debrett's Guide to Etiquette* wenig zu tun.

Und so wäre wohl auch die Gelegenheit zur Beobachtung, die Beseelung der Wirklichkeit durch die Erkenntnis Oskars künstlerische Rechtfertigung gewesen, falls irgendjemand ihn gefragt hätte, warum er sich in dieser Gesellschaft wiederfand – aber es fragte niemand. Die Leute fragten ihn, ob er Grace Jones bei den *GM* Awards gesehen hätte (ja) und ob man mit der Hybrid-S-Klasse besser durch den endlosen Stau der Pariser Périphérique käme (nein) – aber nach dem Grund seiner Anwesenheit fragte niemand. Stattdessen pflegte Oskar mit etwa fünf aufeinanderfolgenden Bekanntschaften ein und dieselbe Unterhaltung über Kokain im Weißen Haus und Entzugskliniken in Malibu, über Carine Roitfeld und darüber, dass Facebook *so over* wäre (dies war jedenfalls Oskars Standpunkt, den er, wie viele seiner Standpunkte, von seiner Ehefrau übernommen hatte). Und hierbei verwandte Oskar rasch hintereinander ein paar Argumente und Ansichten, derer er sich von ähnlichen Konversationen her erinnerte und die er mit großer Geläufigkeit aussprach. Worauf er jeweilen eine gewisse, während des Gesprächs innerlich vorbereitete Wendung machte und einem der angemieteten Kellner ein Glas abnahm. Auf diese Weise trank er nicht wenig, und nur deshalb geriet er schließlich in eine Aussprache mit einem wunderlich eckigen Geschöpf namens Wetli, einem Redakteur des Schweizer Fernsehens, der sich wohl selbst gern als »Cineast« bezeichnet hörte (»Cineast« war eins von den Worten, die Oskar höchstens geringschätzig benutzte).

Der Mensch namens Wetli gehörte zu jenen Figuren, die alle unangenehm fanden, die aber trotzdem ständig anwesend waren, vermutlich eben nur, weil die meisten Menschen eine Hemmung haben, anderen Leuten mitzuteilen, wie unangenehm sie sie finden. So dass man im Grunde wirklich nur genug Unempfindlichkeit braucht, um gesellschaftlich vorwärtszukommen. Wie in den meisten Disziplinen. Bis zu einer gewissen Grenze, jenseits derer auch Unempfindlichkeit nicht mehr ausreicht. Wie in den meisten Disziplinen.

Auch bei näherer Betrachtung, zu welcher er mangels anderer Beschäftigung genötigt ward, konnte Oskar nichts Anziehendes an seinem Gegenüber finden; er betrachtete Wetlis dickliche, farblose, von trivialen Falten durchzogene Haut und, tief eingebettet darinnen, die trägen kleinen Augen, die obendrein hinter konsiderablen Brillengläsern saßen. Wetlis Haar war schlecht gefärbt, und wenn sein Friseur auch nur den dürftigen Rest eines Gewissens sein Eigen nannte, hatte er ihm diese Koloration ganz bestimmt mehr als einmal mit vorsichtig gesetzten Worten verwiesen – aber Wetli bestand offenbar mit Zähigkeit auf seinem Geschmack. Unangenehm. Zu allem Überfluss verströmte er ein impertinentes Modeparfüm.

Soeben erläuterte ihm Wetli seine Lieblingsfilme von David Cronenberg (in absteigender Reihenfolge), da sah Oskar: Dussling. Thorsten Dussling. Dieser hatte sich mit dem Rücken zu Oskar in unmittelbarer Nähe auf einem Corbusier-Sofa platziert, wohin Oskar ihn übrigens ebenfalls gesetzt hätte, denn er passte dorthin. Allerdings befand sich Dussling dort in einer merkwürdig unnatürlichen Haltung, mit verschränkten Armen und gesenktem Gesicht, die Stirn beinahe auf der Armbeuge, wie die achtlos weggelegte Puppe eines Bauchredners. Er wirkte, als hätte er etwas Unschönes durchgemacht. Beinahe rührte Oskar der schmale Nacken, der einem entschälten Aste glich. Hinwiederum konnte Dussling jeden Augenblick den Kopf heben, und dann wird er meiner ansichtig werden, so schoss es Oskar durch den Kopf, und der vakante Ausdruck seines Angesichts wird sich langsam ein winziges bisschen ändern, indem dies

Antlitz sich in einer kaum merklichen, entsetzlichen Verlegenheit verzerrt … Ich kenne die unerbittliche Mechanik dieses Rekognoszierungsvorganges, ich kenne sie auswendig, in- und auswendig, und würde mir das gern ersparen, besonders nach dem, was vorgefallen ist. Dazu Wetlis mefitisches Parfüm! Bestimmt einer dieser neumodischen Unisex-Riechstoffe, den er zu Weihnachten aus irgendeiner Import-Parfümerie bekommen hat und der wohl etwas Schwüles und Berauschendes haben soll, aber in seiner betäubenden, zweideutigen Übergänglichkeit recht eigentlich schon nicht mehr Duft zu nennen, sondern ohne Zweifel als Moschusgeruch anzusprechen ist … ich muss dringend weg, ich brauche rasch eine Abschiedsfloskel, irgendwas … *so help me God!*

Wetli seinerseits entwickelte soeben eine tiefgründige Theorie über die reiche Präsenz okkulter Phänomene in unserem Alltagsleben, eine Theorie, die in scharfem Gegensatz zu gängigen wissenschaftlichen Erkenntnissen stand. Es war eine förmliche Metaphysik. Er selbst zum Beispiel, führte Wetli aus, er selbst sei überzeugt, die letzten drei Monate hindurch ein erhöhtes mediales Fludium gespürt zu haben, was sicher auch mit seiner Hinwendung zur Zen-Kabbala während dieser Zeit zu tun gehabt hätte, woraus ihm, er versichere es, ganz persönlich geheime Ströme von Gesundheit und Lebenslust zugeführt worden wären. Dafür habe er Beweise. (Ich gebe diese Gedankengänge wieder, ohne sie gutzuheißen oder abzulehnen. Eine krisenhafte Lebensstimmung ist unschwer aus ihnen zu erkennen.)

»Ich muss hier weg!«, dachte Oskar und starrte auf Dusslings kahl werdenden Hinterkopf, und es schien ihm, als wäre dieser im Begriff, sich zu drehen, in seine Richtung, denn Dusslings Schulterblätter, ein wenig schief stehend von

Natur, verzogen sich auf eine linkisch-nervöse Art, verlegenheitsträchtige Entwicklungen bahnten sich an, und in diesem Moment sagte Wetli: »Ist das da hinten nicht Morty Vanderheisen, der in Ihrem letzten Buch aufgetreten ist?«

Derartige Unterhaltungen liebte Oskar gar nicht, und eine solche Erkundigung wurde auf der Stufenleiter seiner Abneigungen nur noch überboten durch jene andere Nachforschung, die Wetli auch sogleich anstellte, ohne eine Antwort auf seine erste Frage abzuwarten: »Was macht Ihr neues Werk?«

Wetlis Toilettenwasser war wirklich unerträglich. Oskar versuchte, die Luft anzuhalten, bis die Geruchsmoleküle zerfielen, aber bei jedem neuen Armwedeln seines Gegenübers ward eine frisch erwärmte Wolke Zibetkatzengeruch ausgestoßen.

»Sapperlot«, dachte Oskar, »fieser kann nichts sein als diese brütende Ausdünstung, die irgendwie auch ein bisschen an besonntes Gummi und muffige Polster erinnert; ich muss das Weite suchen, und zwar unverzüglich!«

Laut sagte er: »Mein neues Buch … oh, das wird Ihnen gefallen … wenn Sie das Alte Testament mögen.«

»Ich stelle mir vor«, behauptete Wetli mit geraffter Stirn, »dass Bücher doch ein bisschen wie Kinder sind.«

»Jaja, genau«, erwiderte Oskar, »wie Kinder, die man weggibt. Verzeihen Sie bitte. Ich habe meinen Hustenbonbon verschluckt. Ich muss rasch einen Schluck Fiji-Wasser trinken gehen. Halten Sie Ihren Gedanken fest!«

»Augenblick!«, nuschelte Wetli und starrte über Oskars Schulter. »Ist das da hinten nicht … Dings – Roberto Cavalli?«

»Was? Wo? Da? Da drüben? Lord, no, neinnein, das ist

meine alte Freundin Luella. Haben Sie mich erschreckt! Entschuldigen Sie mich für einen Moment.«

»Das schmeckt unglaublich gut. So als ob Gott mich mit einem Mund voller Scotch küssen würde«, erklärte Luella soeben nach Genuss eines valiumblauen Cocktails ihrer neben ihr stehenden Freundin Lauren, als Oskar, endlich befreit, zu den beiden trat.

»Du musst es ja wissen«, sagte er zur Begrüßung.

»Oskar, Liebling«, rief Luella und küsste ihn auf die Wange, »endlich sehen wir uns.«

»In der Tat. Ich hatte mich schon gefragt, wo du so lange bleibst. Normalerweise bist du doch viel schneller zur Stelle, wenn irgendwo Cocktails aufgestellt werden.«

»Ich musste auf mein Paket warten.«

»Paket?«

»Fed Ex Diet, Schätzchen. Ich kriege doch jetzt meine Mahlzeiten nach einem makrobiotischen Plan per Paket geliefert.«

»Reichen da nicht Briefumschläge?«

»Hahah!«, rief Luella und klopfte Oskar auf die Schulter. »Du bist zu komisch, Oskarlein.«

Lauren allerdings atmete hörbar aus.

»Verzeihung«, sagte Oskar, der das nicht überhört hatte, »ich bin vielleicht ein wenig angespannt. Ich hatte gerade die anstrengendste Unterhaltung. Lauren, wo warst du die ganze Zeit?«

»Glaubst du vielleicht, für mich ist das ein Zuckerschlecken? Zuerst musste ich um ein Total von ungefähr fünfzehn Garnelen ringen, und zwar mit fünfzig Möchtegern-VIPs, die seit einer Komparsenrolle in *Love Boat* an kein Meeresfrüchtebuffet mehr randurften. Dann war ich für unsägliche zwanzig Minuten den silikonverstärkten Schlüsselreizen Monique van Houtens ausgesetzt, die mir Vorträge gehalten hat über irgendwelche Schlammtherapien und Detox-Dämpfe im Capri Palace Hotel. Wovon sie offenbar, unter uns gesagt, zu viel eingeatmet hat. Dann ist glücklicherweise Luella aufgetaucht. – Mein Gott, diese einfältige Nymphomanin ohne Selbstachtung!«

»Luella?«

»Hallo? Ich stehe direkt hier. Ich kann euch hören.«

»Nicht du, Sweetie – Monique! Wusstest du, dass sie Madame Pommery genannt wird?«

»Klingt sympathisch.«

»Dann hat sie dieses Mädchen aus Afrika adoptiert und wollte es ›Chardonnay‹ nennen. Ist das zu fassen?«

»Nicht von mir.«

»Schließlich hat sie sich für ›Destoroyah‹ entschieden.«

»Dabei fällt mir ein: Habt ihr schon von dieser fabelhaften Garderobenorganisatorin gehört, Dings, Clarissa.«

»Wieso fällt dir das dabei ein?«

»Du meinst Melissa.«

»Ja, Schätzchen, genau: Melissa!«

»Lauren, können wir gehen?«, fragte Oskar.

»Was denn – schon?«, maulte Luella. »Ich bin doch eben erst angekommen. Denkst du, ich habs bequem – mit Elf-Zentimeter-Absätzen, einem Fischbeinkorsett und Nippel-Tape?«

»Nippel-Tape?«

»Ja, ich will keine Knöpfchen auf den Fotos, falls die Presse hier ist.«

»Natürlich können wir gehen, Kleines«, sagte Lauren,

»aber ich muss noch beim Schließfach vorbeifahren und die Juwelen für nächsten Freitag raussuchen.«

»Was ist Freitag?«

»Dieser ANF-Fund-Raiser.«

»Denkmalschutz? Menschenrechte? Armut?«

»Na ja. Ein bisschen von allem. Verarmter französischer Adel. L'Association d'entraide de la Noblesse Française.«

»Also so ne Art *Rettet die Reichen*? Und wer veranstaltet das – Marie Antoinette?«

»Madame Pommery.«

»Die Nymphomanin?«

»Ganz recht.«

»Okay, dann treffen wir uns zu Hause, wenn es dir recht ist.«

»That's lovely, Cuddles. Ich nehme an, du hast nichts dagegen, wenn ich das Auto nehme. – Luella, Liebes, kommst du mit zum Schließfach?«

»Kann ich mir den Kanari-Diamanten ausborgen?«

»Sicher.«

Und so wurde es beschlossen. Vorher aber zog Oskar seine Frau noch für einen Augenblick auf die Seite.

»Wir haben ein ungewöhnliches Problem, Lauren«, flüsterte er.

»Wieso, weil der Leibhaftige bei uns ein und aus geht und wir ihn nicht mehr loswerden?«

»Darüber macht man keine Witze, Kleines! Stop it, you're freaking me out! Ich muss die ganze Zeit daran denken. Ich muss ihm absagen – aber wie soll ich ihn erreichen?«

»Er wird sich melden. Das ist das Gute am Teufel: Er ist absolut zuverlässig.«

»Und was soll ich ihm sagen?«

»Sag ihm einfach, du könntest das Ende nicht ertragen – die Gewissheit über das Ende, meine ich. Das klingt völlig plausibel. Der Mensch braucht die Ungewissheit.«

»Oh Gott, Lauren, ich hoffe, du kannst dabei sein, wenn ich dies Gespräch durchstehen muss.«

Lauren zog in drei kurzen Zügen die Luft durch die Nase und legte die Stirn in Falten.

»Es riecht hier so«, raunte sie, »– hast du dich in Aashaftem gewälzt?«

»Nein, das ist vermutlich nur der Nachhall dieses grauenhaften Parfüms von Wetli, diesem Filmliebhaber, you know, mit dem ich mich vorhin unterhalten musste …«

»Gott, auch so eine furchtbare Figur.«

»Wieso kennen wir diese Leute?«

»Weil wir keine anderen kennen.«

»Das stimmt doch gar nicht, Lauren, wie kannst du so was sagen! Wir kennen andere Leute. Wir reden bloß nicht mit ihnen.«

»Haha! Well, vielleicht hat Luzifer ja recht und wir leben praktisch schon in der Hölle. Ich meine: Silikon und Alkohol am Nachmittag – klingt das nicht wie das Fegefeuer? Jawohl. Die Sanduhr wird umgekehrt. Und soundso viele AmEx Cards, Vicodins, Halcions, Personal-Trainer-Stunden und Schwarz-Weiß-Bälle später … ist … Ende. At least we're not alone. We have hundreds of backstabbing, two-faced, superficial friends.«

Pause.

Oskar ergriff seine Frau am Arm.

»Jeez, Lauren«, wisperte er, »ich will nicht einer dieser Typen werden!«

»Was für Typen?«

»Du weißt schon: – wie wir!«

Lauren lachte. Und durch dieses Lachen schien sie sich für Oskar für einen Augenblick völlig aus der Gesellschaft zu entfernen, von der sie übrigens ohnehin auch heute wieder besonders vorteilhaft abstach, durch hundert kleine, ungreifbare Schattierungen, die ihre Distanz mit besonderer Schärfe zur Geltung brachten, gerade in der Nähe von Personen, die sich in ihrem Stil versuchten.

»You're too funny, Dickie«, sagte sie und legte den Arm um Oskar, »they can all go to hell.«

Und so verließen sie den Anlass, verließen dies kalorienkontrollierte Botox-Babylon mit seinem toten und lebenden Inventar und etwelchen Phänomenen in der Grauzone und verabschiedeten sich von der Gastgeberin, die soeben Gwendolyne Rosenstock erklärte: »Oh, nein, Schätzchen, er ist nicht gestohlen worden, wir ersetzen Marc Quinn bloß im Moment mit Sarah Lucas, der Quinn wird bei Momart eingelagert, wir haben so viel gekauft an der letzten Frieze, dass wir rotieren, und für mich ist das sowieso alles das Gleiche.«

Lauren machte sich in Luellas Begleitung auf den Weg zur Juwelenreserve, und Oskar ging nach Hause. Es war ungefähr sieben oder acht Uhr, und der Abend war perfekt. Eine friedvolle Stille lag in der Luft, angenehm bewegt und temperiert durch einen hohen Wind, der das letzte Zwielicht zerstreute. Wohlig spürte Oskar die Frische und Fülle der dämmernden Nacht, und sein erster Atemzug auf den Stufen von Millvinas Anwesen war so berauschend wie das erste Luftholen des Gefangenen in Freiheit. Sein Geist aber war wach und klar, und so entging ihm nicht das finstere Rauschen am unsichtbaren Ende der Allee, die sich stumm und dunkel vor ihm ausbreitete, und er wusste, dass er noch nicht frei war – oder doch? Er nahm eine Figur wahr – war etwas Familiäres an ihren Umrissen? –, die, als er ins Taxi stieg, sich von der Ecke der Straße löste und alsbald in der Dunkelheit verschwand, vielleicht ein Gärtner. Und Oskar sah sich selbst zufällig im Rückspiegel des Taxis: ein konventionelles Grinsen klebte auf seinem Gesicht wie ein zermatschter Käfer auf einer Windschutzscheibe.

13. KAPITEL

Absolutely Flawless

Auf den Stufen zu Oskars eigenem Anwesen saß, trotz Dunkelheit mit einer großen Sonnenbrille ausgerüstet, die bekannte amerikanische Schauspielerin Meryl Streep. Genauer gesagt: Meryl Streep in ihrer Rolle als Madeline Ashton aus dem wundervollen Film *Death Becomes Her.* Und Meryl schien nicht bester Laune zu sein. Jedenfalls saß sie auf den Stufen mit einer Miene, als hätte man sie zur Strafe dorthin beordert.

»Das ist mal was anderes«, sagte Oskar zur Begrüßung.

»Ich warte nicht gern!«, schnarrte der Teufel zurück.

Er erhob sich und schien mit einem Male viel mächtiger zu werden; jedenfalls, was seine Gestalt anging, er wirkte übernatürlich groß, und seine gesamte Präsenz schien sich aus der Umgebung zu nähren, wie sich ein Vexierbild aus Versatzstücken speist, die augenscheinlich nichts mit ihm zu tun haben. Oskar war einen Augenblick lang überwältigt und verharrte in sprachloser Starrheit, während auch der Teufel selbst einen Moment innezuhalten schien, als wäre er in einen Ansturm von Erinnerungen versunken.

»Ich wollte erst den Bob tragen«, versetzte er schließlich todernst, »aber aus juristischen Gründen darf ich nicht mehr als Anna Wintour auftreten. Übrigens warte ich nicht gern.«

»Ich wusste doch gar nicht, dass Sie warten«, verteidigte sich Oskar.

»Pffft!«, machte Luzifer, womit dieser Punkt der Debatte für ihn abgeschlossen war. Jedenfalls leitete er umstandslos zum nächsten Punkt über: »Sie haben nichts dagegen, wenn ich für einen Moment mit hereinkomme?«

»Würde das was ändern?«

»Nicht wirklich.«

Und so betrat Oskar Canow mit einer leicht überdimensionierten Meryl Streep das Haus.

»Um es gleich vorwegzunehmen«, sagte Oskar mit ganz ungewisser Betonung, nachdem er den Teufel im Drawing Room platziert und ihn mit einer Diet Coke bewirtet hatte (»Saft? Wollen Sie mich umbringen? Wissen Sie, wie viel Zucker in Obst ist?«): »Ich kündige!«

Und ohne dass Oskar dies zu korrigieren vermochte, entstand nach diesen entscheidenden Worten aus gesellschaftlicher Konvention ein Ausdruck des Bedauerns in seinem Gesicht.

Im Antlitz von Meryl hingegen spiegelte sich blankes Missbehagen.

»Wie belieben?«, schnarrte der Teufel.

»Ich kündige, Madeline!«, wiederholte Oskar, und zwar zu seiner Zufriedenheit mit etwas festerer Stimme. »Oder wie immer Sie das nennen!«

Der Teufel lehnte sich in seinem Barcelona-Sessel ein wenig zurück, wobei sich Madeline Ashtons makellose Figur mit geradezu übertriebener Schlankheit von den dicken schwarzen Lederpolstern abhob. Er leerte sein Glas in einem Zuge und wartete mit seiner Erwiderung, bis er es abgestellt hatte.

»Aber wieso?«, fragte er dann. »Alles lief so wunderbar.«

Wenige Worte – aber gekonnt produziert. Oder *geliefert*, wie die Schauspieler sagen. Kurz und ruckartig, als wären sie widerwillig heraufgeschleift worden aus einem tiefen Bombentrichter der Indignation.

Dann aber schnellte Luzifer in seinem Sessel wieder nach vorn und richtete seinen sonnenbebrillten Blick unverwandt auf unseren Helden.

»Was immer Sie als Begründung liefern – ich glaube Ihnen nicht«, verkündete er und legte, die Sonnenbrille weiter auf Oskar gerichtet, den Kopf schief, »ich kann Sie lesen wie ein Buch. Und kein besonders gutes.«

Das war eine Herausforderung, und Oskars reizbares Temperament, das ihm gelegentlich in die Quere kam (ihm aber ebenso oft nützte), erzeugte einen kurzen Wirbel von Zorn und Verachtung, der alle Berechnungen von Umsicht und Diplomatie verschlang.

»Sie hätten sich die Sache mit Küngels vielleicht besser überlegen sollen!«, sagte er ungehalten und sah dem Teufel ins Gesicht.

Pause. Schweigen.

Die beiden musterten sich gegenseitig für einen Moment.

Hundert Zentimeter von mir entfernt der Verdammer, der Verderber, dachte Oskar, fleischgewordene Fügung, Herold und Knecht der Vorsehung! Alles Erlittene, alles Ergrübelte verdichtete sich in dieser Gestalt: die schlaflosen Nächte, die gepflegte Langeweile, die melancholischen Anwandlungen, die vertane Jugend, der Dienst am Schreibtisch, der ganze Raub des Lebens, verleiblicht in der einen Figur!

»Ich fühle mich dir so grauenhaft nah«, dachte Oskar, »und hoffe, du merkst es nicht. So fürchterlich nah, so nah, wie einem in den entsetzlichsten Alpträumen zuweilen der eingeborene Widersacher ist. Widerwirker und Verführer! Mit dir abzurechnen ist die Stillung eines seit beinahe vierzig Jahren unbewusst gehegten Verlangens. Das nennen Unglückliche, die ihr Leben in einem Blitz überschauen, ihr Verhängnis, inkarniert in der einen Gestalt – die im Moment allerdings aussieht wie Meryl Streep in *Death Becomes Her*, was die Sache nicht eben leichter macht.«

»Pffft!«, wiederholte indes der Teufel mit einem affektierten Wedeln der überdimensionierten Meryl-Streep-Hand. »Küngels? Schicksal!«

»Was soll das heißen – Schicksal?«

»Was das heißen soll? Das muss ich ihnen doch wohl nicht erklären. Es ist doch wohl eine altbekannte, ja, durch häufigen Ausspruch schon beinahe volkstümlich gewordene Tatsache, dass die bedeutsamsten Umschwünge im Leben sich regelmäßig in winzigen Momenten ereignen. Deshalb sollte man stets die Herrschaft über den Augenblick anstreben, aber, ach, das kann man gleich wieder aufgeben. Der Engel der Geschichte rutscht nämlich aus, bevor man ›Konstantinopel‹ sagen kann. Ein falscher Schritt, und man wird beispielsweise vom Tram überfahren und enthauptet. Kann uns allen passieren. – Well, *mir* natürlich nicht, hihi. Aber fragen Sie mal den Tod, wie viele solcher Fälle auf seiner Liste stehen, täglich, stündlich, minütlich. Übrigens verspüre ich einen leichten Appetit. Haben Sie Snacks im Hause?«

»Ich glaube, wir haben Grissini«, stammelte Oskar verwirrt.

»Wohlan!«, befand der Teufel zufrieden. »Ich nehme gern ein paar.«

Oskar presste sich die Handballen in die Augenhöhlen und ging in die Küche.

»Morbleu!«, hörte er den Teufel hinter sich herrufen. »Beruhigen Sie sich … das ist doch nichts … ein kleines Maleficium … irgendein Dämon zweiten Ranges – aber wenn Sie einen Sündenbock brauchen, nehmen Sie mich. Das bin ich gewohnt.«

Worauf Oskar abrupt im Türrahmen erschien, in der Hand ein paar Grissini, erhoben wie ein Rutenbündel, und einigermaßen aufgeregt einwandte: »Wir sprechen hier über Mord und Totschlag!«

»Pfft!«, machte der Teufel. Dann seufzte er ausgiebig und betrachtete, während Oskar in einem viel zu großen ovalen Servierteller mit blauem Chaîne-d'Ancre-Muster von Hermès die Grissini auf den Tisch stellte, seine makellos manikürten Fingernägel, als sähe er sie zum ersten Mal (was vielleicht sogar der Fall war).

»Ich weiß nicht, wie Sie … Dings … einschätzen«, begann er, ohne den Blick zu heben.

»Küngels«, sagte Oskar, »sein Name war Küngels, und Sie sollten sagen: *eingeschätzt haben*!«

»Küngels«, wiederholte der Teufel brav, »also, ich weiß nicht, wie Ihre Einschätzung lautet, obschon ich selbstverständlich eine Ahnung habe, aber in meinen Augen ist … oder war er, Klingels, dessen Charakter ich mit großem Wohlwollen geprüft habe … nun ja, lassen Sie mich's so ausdrücken: Möglicherweise ist der Mensch ja unschuldig daran, wenn die Grazien bei ihm ausgeblieben sind – was allerdings niemals zu seiner Entschuldigung angeführt werden darf –, allein sind die derart Verkürzten oft mit einem geradezu mörderischen Willen ausgestattet, diesem Mangel auf Teufel komm raus abzuhelfen – und das lässt sich ihnen vorwerfen. Und dann kommt er eben bisweilen tatsächlich raus, der Teufel.«

»Aber deswegen muss man sie doch nicht gleich umbringen.«

»Was ist das denn für eine miesepetrige Einstellung? Sapperlot, was soll das? Küngels war doch bloß eine flüchtige Bekanntschaft von Ihnen, nichts weiter; ein matter, nicht einmal halb interessanter Westentaschenliterat, sonst nichts. Er giert nach Darstellung, doch er ist schwach, schwach von Beginn an, er kröpelt so dahin an Leber, Niere, Magen, Herz und Darm, wird eines Tages stockheiser oder taub und kratzt, bestenfalls ein skeptisches Scherzwort auf den Lippen, nach einigen Jahren ruhmlos und irgendwie ab – was weiter? Ich weiß gar nicht, worüber wir uns hier überhaupt unterhalten. Sie kannten den Menschen doch lediglich gesellschaftlich.«

»Lediglicher gehts nicht.«

»Na also. Eben. Und in solchen Fällen sage ich immer: Wenn man seine Bremsen nicht reparieren kann, muss man die Hupe lauter stellen.«

»Ist das so eine Art beknacktes Sprichwort aus der Hölle?«

»Nun, die Bibel empfiehlt hier: Zahn um Zahn.«

»Ich brauche ganz gewiss keine Bibelstunde mit Madeline Ashton«, erklärte Oskar, »ich will wissen, ob Sie Küngels auf dem Gewissen haben.«

Der Teufel lächelte. Zum ersten Mal.

»Erstens«, sagte er in milder Modulation, »erstens habe ich, wie Sie sich vielleicht vorstellen können, überhaupt kein Gewissen. Und zweitens müsste ich erst nachsehen. Ich habe

Personal für so was. Das Ganze ist ein Apparat, verstehen Sie. Im Übrigen gilt für das Wirken der Unterwelt das Gleiche wie für die himmlischen Mächte: Wenn man etwas richtig macht, wissen die Leute nicht, ob man überhaupt etwas getan hat.«

»Ja«, erwiderte Oskar, »und möglicherweise gibt es da noch eine zweite Gemeinsamkeit: Jede Einmischung macht alles nur noch schlimmer.«

Der Teufel quiekte vor Begeisterung.

»Sie haben recht«, kicherte er, »ach, das wäre endlich eine Bibel, die auf keiner Seite eine Enttäuschung enthält!«

»Ich will es wissen«, beharrte Oskar, »ich meine: Ich weiß, dass Sie dahinterstecken. Aber ich will es hören. Von Ihnen.«

Nun aber schien der Teufel ernstlich schlechte Laune zu bekommen.

»Schon wieder!«, plärrte er und fuchtelte mit einem Grissino. »Sie tun es schon wieder! Sie bohren und fragen, um sich Angst machen zu lassen! Glauben Sie, dass das der erste Kulturmord gewesen wäre? Dass nach Missachtung des Tötungsverbots nun also die Gesellschaft in ihren Grundfesten erschüttert wird und der ganze materielle wie geistige Zivilisations- und Kulturkomfort den Bach runtergeht, alles zusammenbricht, Flüsse aus Blut durchs Land fließen und Nazis auf Dinosauriern durch die Gegend reiten? Die Phantasie geht mit Ihnen durch, mein Lieber. Das ist typisch für Ihren Schlag. Fassen Sie sich; die Welt dreht sich weiter. Und in Wahrheit sind Sie doch zur Angst gar nicht fähig! Ich meine, Sie fürchten sich vielleicht vor dem Älterwerden oder davor, dass am Flughafen der Tax-Return-Schalter geschlossen ist – aber vor der Hölle, vor Ihrer eigenen Künstler-Unmenschlichkeit? Pah! Dafür, mein Lieber, fehlt Ihnen naturgemäß jedes Schuldbewusstsein, denn Sie wissen im Grunde ganz genau, dass jede Kulturschöpfung die Blüte einer Missetat ist, naturgemäß und notwendig, dass Kunst auf dem Urgrund chaotischer Gärung und dem Morast niedriger Beweggründe erschaffen wird, die nach allgemeiner sittlicher Anschauung verachtenswert sind und auf tiefster Stufe stehen. Dazu zählt auch ungehemmte triebhafte Eigensucht. Und dieses leuchtende Zauberschloss, das Sie da täglich aufbauen aus unvergänglichem Material, meinen Sie, es hätte keine Verliese, in denen Gefangene einem langsamen Tode entgegenwimmerten? Hm? Aber nein, dafür bin dann selbstverständlich immer *ich* verantwortlich! Du liebe Zeit, wie satt ich das habe! Was ist mit der Geißel Gottes? Schon mal davon gehört? Ich jedenfalls bin kein Bestrafer, ich bin Verführer. Und Tatsache ist, dass Gott einige gar nicht beachtet. Ich aber kümmere mich um meine Schäfchen! Ich biete Ihnen ganz neue Ausblicke, eine höhere Warte, ja, gewissermaßen – eine höhere Moral!«

»Ich lach mich tot«, behauptete Oskar.

Der Teufel aber schien ihn gar nicht zu hören. Er sprach einfach weiter.

»Und was tun Sie? Sie löchern mich, Sie versuchen, mich auszufragen, um sich Bange machen zu lassen, Bange vor der Hölle. Damit ich sozusagen zu Ihrer Läuterung beitrage. Wie billig ist das denn! Denn der Gedanke an Umkehr und Rettung, an Ihr sogenanntes Seelenheil, lauert bei Ihnen im Hintergrunde, und Sie trachten danach, sich die Attritio Cordis, die Herzensangst vor dem Dortigen zuzuziehen, von der Sie wohl gehört haben mögen, dass durch sie der Mensch die sogenannte Seligkeit erlangen könnte. Bei Ihnen aber, mein Lieber, da helfen weder Angst noch Zerknirschung und auch nicht jene paradoxe Form der Gnade, deren Voraussetzung tiefste Sündhaftigkeit ist. Kommen Sie mir gar nicht erst damit! Versuchen Sie sich gar nicht erst in der Verworfenheit als Herausforderung an Gott. Gott ist schwierig. Ich kenne ihn gut genug … er hat bessere Tage und schlechtere …«

»Was auch kein Wunder ist«, gab Oskar zu bedenken, »wenn man dauernd belogen wird.«

»Darüber hinaus gibt es keine stärkere Bestrafung als Vergebung«, stellte Luzifer fest, ohne auf den Einwand einzugehen, »ich würde niemals irgendjemanden mir vergeben lassen. Und von Ihnen hätte ich etwas mehr Originalität erwartet. Sie sind ja genauso berechenbar wie die wütende Frau in einem Ibsen-Stück! Und das nach allem, was wir zusammen durchgemacht haben! So, und nun Schluss damit. Mein Bustier drückt. Vielleicht hätte ich mich doch für Janice Dickinson entscheiden sollen.«

»Dafür reichen die Grissini nicht.«

Pause.

»Wie dem auch sei«, sagte Oskar schließlich, »ob Höllenursache oder nicht – das passt alles nicht zu mir, das ist mir aufgegangen. Ich weiß … weiß noch, wie ich Ihnen damals zustimmte, dass ein Leben von der gegenwärtigen Annehmlichkeit des meinigen mir nicht genügen könnte – doch nun muss ich, nicht ohne Beschämung, Ihnen und mir eingestehen, dass es dies tut. Es genügt mir. Es genügt mir voll und ganz. Und also möchte ich zurücktreten. – Wieso lächeln Sie?«

»That's the smile I get when I'm secretly judging someone«, erklärte der Teufel in perfekter Madeline-Ashton-Modulation, »oh, for Christ's sake, at least lie quickly!«

»Was meinen Sie? Was soll das heißen?«

Der Teufel sprang auf und begann, vor Oskar wie auf einer Linie hin- und herzulaufen. Dabei bewegte er sich überraschend virtuos auf Zwölf-Zentimeter-Absätzen von Jimmy Choo.

»Sie sind also stark genug, der großen Versuchung zu widerstehen«, sagte er, »aber nicht den kleinen, gesellschaftlichen, was? Das hätte ich Ihnen vor zwanzig Jahren abgenommen. Früher, als die Gesellschaft noch Instinkte hatte, als die gesellschaftlichen Versuchungen noch reizvoll und was Exklusives waren, als es noch Geschmack, Erziehung und ererbte Skrupel gab! Keine Versuchung ohne Skrupel! Aber heute? Wie sieht die Gesellschaft heute aus? Ihre angequälten Manieren sind Firnis durch Dressur, ein mit Stacheln gefütterter Panzer, der zugleich jedes Aufkeimen höherer Gesittung verhindert. Die Geschmacklosigkeit bekommt ein gutes Gewissen, Sünden werden bloß gezählt und nicht gerechnet; na ja, was red ich, Sie kennen die Leute, Sie kennen das Milieu mit seinem Zubehör von Rausch, Freizügigkeit, Tugendfremdheit, Verspottung von Sitte und Takt, leicht getragenem bösem Ruf und aufschäumender Libertinage; ein Hort der Verkommenheit, durch und durch! Es gibt unverbesserliche Optimisten, die jede schlechte Eigenschaft und Leidenschaft als eine Kraft betrachten, die sich bei einiger Fertigkeit zum Guten lenken ließe, in Ihrer Sphäre aber, mein Lieber, wo man achthundert Franken für ein Badetuch bezahlt, funktioniert das nicht.«

»Sie hören sich an wie Millvina Van Runkle.«

»Von deren Einladung Sie eben zurückkommen. Wie wars? Lassen Sie mich raten: Ein weiterer Anlass, bei dem Sie umgeben waren von Banausen und bösen Schwächlingen, die mit ihren Rücksichtslosigkeiten paradierten und abwechselnd üble Nachrede und Selbstgerechtheit verbreiteten. Künstlich gelähmte Larvengesichter, die nichts zu sagen hatten und nicht einmal hübsch anzusehen waren. Eine im Grunde für jeden kultivierten Menschen unerträgliche Kombination. Und immer dieselben Knöpfchen, an die man rühren muss, um diese simple Maschinerie in Bewegung zu setzen, diesen trübseligen Haufen versnobter, unglücklicher Menschen …«

»Was soll das heißen, unglückliche Menschen? Die haben Geld, die haben Juwelen und Köche, und unter Winter verstehen die Ferien. Und was gut und böse ist, wissen sie, ohne nachzudenken.«

»Mein Gott!«, sagte der Teufel schockiert. »Sie sind furchtbar oberflächlich. – Wieso lächeln Sie?«

»Because that's rich coming from Madeline Ashton«, erwiderte Oskar.

Das war der falsche Ton, und er wusste es, indem er sprach. Im Gesicht des Teufels bildeten sich vor Ärger rote Streifen, die ebenso gut von einem tatsächlichen Peitschenschlag hätten stammen können, er blieb abrupt stehen, starrte Oskar durch seine Sonnenbrillengläser hindurch an, und unseren Helden verließ für einen Augenblick die Geistesgegenwart. Er war in seinem Leben oft genug in Situationen gewesen, wo ihm der elegante Florettstoß des Witzes einen manierlichen Ausweg ermöglicht hatte – doch er spürte mit der Kraft seines bebenden Herzens, dass die Fertigkeiten des Wortes hier nicht ausreichen würden, sogar dann nicht, wenn einer statt des eleganten Floretts die Keule primitiver Verunglimpfung schwang. Der Teufel hörte nicht auf, ihn durch die Sonnenbrille zu fixieren, dann beugte er sich sehr langsam nach vorne und nahm ein Grissino, das er sorgfältig ausgewählt zu haben schien, als wolle er durch die Betonung einer derart gewöhnlichen Geste seinem Gegenüber bedeuten, dass er sich durch Sottisen in keiner Weise beeinträchtigen ließe. Und dann biss Luzifer dem Grissino die Spitze ab und sagte in einem perfekt modulierten Ton, dessen Festigkeit und Konzentration Oskar viel mehr alarmierten als alle Aufregung zuvor: »Wir hatten eine Verabredung. Und zwar von nun an bis zur Unendlichkeit des Universums.«

Oskar, der sich die ganze Zeit über nicht gesetzt hatte, stand still, festgefroren auf seiner Position. Die letzten Worte waren entsetzlich gewesen, schlimmer als ein Hieb, und sie standen quasi noch im Raume und bedrohten ihn. Er spürte seinen Herzschlag durch den ganzen Körper – in seiner Kehle, seinen Fingerspitzen, seinen hilf- und nutzlos herabhängenden Armen. Seine Augen wanderten unruhig und hilfesuchend durch den Raum; allein, sie konnten nirgends sich festhalten. Da war er wieder, der unbändige Ekel, der ihn schon vorher gepackt und der ihn schüttelte, zusammen mit dem Strom von Frost und Eiseskälte, ausgehend von dem schwarz behosten, Meryl-Streep-artigen Phänomen dort drüben, das eine tief dekolletierte, stark taillierte Wickelbluse aus scharlachroter Seide trug – vermutlich von Diane von Fürstenberg – und sich gerade in aller Ruhe auf dem kalifornischen Sofa platzierte.

Oskar hatte die Eisigkeit zuvor, vielleicht aus Aufregung, vielleicht aus Gewöhnung, gar nicht wahrgenommen, und der nun ihn anwehende Schub war von derartiger Brutalität, dass ihm schwindelte, beinahe wie nach einem physischen Schlag. Er fühlte sich, nachdem er vorher seine Kräfte so umsichtig geordnet und tapfer gebündelt hatte, plötzlich unendlich schwach und ohne Verteidigung. Doch zugleich mobilisierte sich ein anderer Teil seines Selbst und ermahnte ihn zur Wachsamkeit, schärfte seine Sinne, flüsterte ihm zu, und zwar im Kommandoton, dass jedes Wort und jede Geste nun genau zu berechnen und abzuwägen seien, kein falscher Schritt, kein falscher Schritt! In diesem Widerstreite kämpfte Oskar Canow mit sich selbst, es war wie Ohnmacht, Taumel, Sinnesverlust, Ohrenrauschen, er schloss die Augen und öffnete sie wieder, in der Hoffnung, das Biest möge verschwunden sein, aber das Biest saß in seiner roten Seidenbluse ganz behaglich auf dem Sofa, zupfte ein wenig an den Schößchen und sagte: »Nanu? Ist Ihnen nicht wohl?«

Dazu reckte es, in der Art der Kurzsichtigen, spähend den Hals vor.

Und hier nun, aus irgendeinem Grund – war es Überdruss? Waren es Millvinas Margaritas? –, verlor Oskar momentan die Beherrschung, war alle Abwägung und Berechnung für die Katz. Mit den Worten »Ich glaube, dass Sie die Brille nicht abnehmen, weil Sie kurzsichtig sind!« unternahm er, vollständig bestimmt und überwältigt vom inneren Druck des Augenblicks, einen Satz nach vorn und riss dem Teufel das Gestell von der Nase.

Doch das hätte er vielleicht besser unterlassen. Oder vielleicht auch nicht. Denn für den nächsten Moment sah er in die Augen des Teufels. Die aber führten wie ein bodenloser Schacht in die Tiefen der Hölle. Nichts spiegelte sich in ihnen, sie hatten keine Farbe, keinen Ausdruck, keinen Glanz, keinen Reflex. Sie waren das Nichts. Nun ward Oskar vollends schauderös zumute. Jedenfalls litt er schlagartig unter demselben zusammenziehenden Gefühl in der Magengegend, das man verspürt, wenn man jählings vor einem tiefen Abgrund steht. Und noch etwas Merkwürdiges geschah: Die übliche Eiseskälte schien für einen Moment in sengende Hitze umzuschlagen.

»Sind Sie verrückt geworden?!«, keuchte der Teufel echauffiert, wobei er die Sonnenbrille Oskar bereits wieder aus der Hand gerissen und aufgesetzt hatte.

Und dann – sehr seltsam: Tränen.

Unter der Sonnenbrille liefen Tränen hervor.

Oskar war mit Tränen stets überfordert (nicht nur bei Meryl Streep), und wenn er zuvor beinahe übermannt gewesen war von Ärger, Verwirrung, Demütigung und der sehr unerfreulichen Notwendigkeit, zu beschwichtigen, wo er eigentlich lieber zurechtweisen wollte, so war er jetzt ziemlich schockiert durch diese unerwartete Wendung. Wohl hatte er vom christlichen Paradox eines leidenden Gottes gehört – aber Tränen des Teufels?

»Genau das meine ich«, schluchzte der Herr der Finsternis indes, »– keine Skrupel, kein Bedenken; Hoffnungen, die sich zerschlagen, wie zum Beispiel die Hoffnung auf eine Welt, die noch nicht bis zum Kern durchfault ist von der Lüge, noch nicht bis in die Adern hinein vergiftet von niederträchtigem Neide, der Raserei aller gegen alle; die Hoffnung auf eine Welt, wo das Wort noch was gilt, wo nicht gleich jeder Stumpfsinn geadelt, jede Nichtswürdigkeit verziehen wird und bloß Charakter ein Verbrechen darstellt … Zum Glück bin ich nicht verbittert! Wo war ich?«

Er hielt den Kopf gesenkt, und sein Geheul, das möglicherweise doch vor allem Wutgeheul war (und sich wohl deshalb so echt anhörte), verstummte für einen Augenblick, als er sich nämlich geräuschvoll in ein Kleenex schneuzte, das er ohne zu fragen aus einer Box gezogen hatte, die zufällig neben ihm auf dem kleinen Glastisch stand.

»Ich muss die Kleenex nachher verbrennen«, dachte Oskar.

Laut sagte er, besänftigend: »Aber –«

»Ich war noch nicht fertig!«, krächzte Luzifer und hob den makellos manikürten Zeigefinger. »Ich war noch nicht fertig! Wo war ich? Genau: Die andere Seite bietet Erlösung, Tilgung, Loskauf; wir bieten Verdammnis, was ist der Unterschied? Ich werde abserviert – wofür? Um der Liebe und Güte willen? Dass ich nicht lache! Ha-*ha!* Wann endlich wird der Mensch begreifen, dass die Liebe nur ein einfaches, simples, beinahe viehisches Bedürfnis wie Nahrung und Kleidung ist, dass man ein Wüstling, ein Verführer sein kann und dabei ein genialer und edler Mensch und dass man andererseits, obwohl man dem Liebesgenuss entsagt, ein dummes, böses Tier bleiben kann! Wann wird das endlich begriffen werden? Ich meine, alle Erfahrungen, die so eine Durchschnittsseele in ihrem Leben sammelt und die ihr in zahllosen Romanen und Dramen präsentiert werden, unterstreichen doch einhellig und unzweifelhaft, dass jede sogenannte Romanze, ja, selbst jeder Ehebruch und jede wilde Ehe bei anständigen Menschen, wie groß die vermeintliche Liebe anfangs auch sein mag, nicht länger als zwei, höchstens aber drei Jahre währt. Ist das so schwer zu kapieren? Und daher sind all diese Kapriolen, Aufwendungen, Veranstaltungen und Hoffnungen auf ewige Liebe und ewige Eintracht nichts anderes als der Wunsch, sich selbst und andere und vor allem aber *mich* zu betrügen! Darf ich die Herzogin von Windsor zitieren? ›You have no idea how hard it is to live out a great romance.‹ Schlußendlich dient diese ganze Übung wohl nur der Eigenliebe, sonst würde sie gar nicht mehr praktiziert, das muss man sich mal vorstellen, all der Aufwand für ein bisschen Amour-pro-ho-hoopre –«

Bei den letzten Silben, die ziemlich beleidigt klangen, fing der Teufel schon wieder an zu schluchzen und zog noch ungefähr sieben Kleenex-Tücher aus der Schachtel.

Oskar indes, dem, wie gesagt, vor Tränen graute, hörte dies reichlich selbstmitleidige Lamento überhaupt nur mit halbem Ohr. All die innere Aufruhr, die Übelkeit, seine leidenschaftliche Ablehnung waren wie weggefegt; ein gewisses Unbehagen hielt an, eine grundsätzliche Abneigung wohl auch und jedenfalls ein Misstrauen gegenüber der dort so bühnenreif wehklagenden Figur; allein, es wurden jene Vorbehalte perforiert durch die Wahrnehmung anscheinend mildernder Eigenschaften und Umstände, die Luzifer für sich geltend machen konnte: einer etwas unbeholfenen Großzügigkeit, einer wenn auch leicht kindischen Konsequenz und Prinzipientreue, gar einer Redlichkeit nach eigenen Maßstäben, die sich hier durch die harte Oberfläche materieller Ambitionen zu kämpften schien. Der Teufel kam Oskar vor wie jemand, der in seinen theoretischen Vorträgen für alles Starke und Rücksichtslose schwärmte, selbst aber durchaus keine Kraftnatur war, eher klein, lispelnd, zart und nervös.

Und so sagte Oskar beinahe tröstend: »Die jedem Menschen ureigene Vorstellung der Hingabe, der Hingabe zur Liebe und zum Guten, einem göttlichen Willen entsprechend, kann seine Lebenszweifel beseitigen, haben Sie davon noch nie was gehört?«

»Doch. Mir wird schlecht.«

Oskar, dessen Miene jetzt ein gewissermaßen phrasenhaftes Bedauern ausdrückte, stellte fest: »Ich kann Tränen nicht vertragen; sie entwaffnen mich.«

»Ich weiß«, erwiderte der Teufel und blinzelte listig hinter seiner Sonnenbrille, »mir gehts genauso.«

Und darauf lachte er eine halbe Minute lang mit dünnem Stimmchen und bebte dabei am ganzen Körper. Dann hörte er ruckartig auf und sagte mit nüchterner Stimme: »Okay. Fünf Jahre mehr.«

»Wie bitte?«

Der Teufel hob den Kopf und blickte Oskar an, und zwar so geradeheraus, so sehr gewillt, die Sache bis zum Äußersten zu treiben, und augenscheinlich so vollkommen gewandelt in Stimmung und Form, dass Oskar bloß noch fror.

»Ich verstehe nicht, was Sie meinen«, sagte dieser, indem er Luzifers Blick auswich. Er sagte das, um Zeit zu gewinnen, denn tatsächlich verstand er sehr genau, was hier vor sich ging.

Der Herr der Finsternis schüttelte den Kopf über so viel Naivität, und dabei rann eine letzte Träne unter der Sonnenbrille hervor. Doch Satan hatte anscheinend eine jahrhundertelange Übung in Selbstkontrolle, und so erklärte er im sachlichsten Verhandlungston: »Sie kriegen fünf Jahre mehr Lebenszeit. Ich schenke sie Ihnen. Verstehen Sie's als Bonus. Ansonsten bleibt alles beim Alten. Ihre Schöpfungen werden als Monumente Ihrer Könnerschaft erstehen und dermaleinst den kommenden Generationen von einem einzigartigen Virtuosentum künden. Und wie der Wanderer in Ehrfurcht erzittert und erstaunt über die Unverwüstlichkeit sizilianischer Säulen, die als Reste hellenischer Tempelpracht in den südlichen Himmel ragen, so sollen das mitlebende Geschlecht hingerissen und die Nachwelt gerührt werden durch das ewig lebendige Zeugnis Ihres Talents, dieses beständigen Zeichens von Herrlichkeit! Denn was wäre Kunst ohne Verherrlichung! Doch Sie müssen sich entscheiden. Gut, ich habe Fehler gemacht, ich habe Sie vielleicht verschreckt;

man stumpft ab mit der Zeit, wissen Sie, verliert ein bisschen das Gefühl für die eigenen Effekte, Sie kennen das. Seis drum. Die Entscheidung liegt bei Ihnen. Die Frist läuft aus, und es wird Zeit. Dass wir zum Ende und zum Beschluss kommen, wird Ihnen genehm sein. Ich habe Ihnen einige Mühe und Weile gewidmet, ich habe die Sache wieder und wieder mit Ihnen durchgesprochen, fürwahr und potz Stern, *wieder und wieder*, und ich hoffe, Sie wissen dies zu schätzen.«

»Freundlichen Dank«, sagte Oskar artig.

»Sie sind aber auch ein attraktiver Fall, das bekenne ich frei und habs immer bekannt. Von früh an hatten wir ein Auge auf Sie, auf Ihren geschwinden Kopf, Ihren abweichenden Starrsinn, Ihre eigenen, so altmodisch und konventionell scheinenden Ideen. Da haben wir Sie die Ökonomie studieren lassen, wie's Ihr Dünkel sich ausgeheckt, aber alsbald regten sich Widerstände in Ihnen gegen die plakative Rationalität des Wirtschaftens, das Denken in Kosten und Nutzen, also hielten Sie es hinfort eher mit der Philosophie, dem forschenden Streben nach Erkenntnis des letzten Sinnes, der Stellung des Menschen, des Zusammenhangs der Dinge in der Welt, denn nach dem Elementaren stand Ihnen der Sinn, selbstverständlich bei gleichzeitiger strikter Ablehnung der Breitcordhosen und Rotweinnasen, die sich üblicherweise professionell mit derlei Fragen zu befassen pflegen!«

Hier lachte der Teufel gieksend und abscheulich – und fing sich wieder, vielleicht weil er merkte, dass Oskar ihn anstarrte.

»Nun denn«, resümierte Luzifer ernüchtert, »das Elementare, das haben Sie nun also erfahren, und einige seiner Facetten haben Sie tüchtig erschrocken, denn Ihnen steckt, wenn ich so sagen darf, der Doktor Phil noch im Leib – aber das macht nichts, das ist sogar nötig, lieber Freund, und ändert jedenfalls nichts daran, dass es Ihrer Hoffart immer noch nach der Metaphysik verlangt, natürlich unter dem Mantel der Vernunft und Ironie, sonst könnten Sie das ja gar nicht ertragen. Denn so sind Sie gemacht, Sie können gar nicht anders, und wir wissen das, niemand weiß das besser als wir, glauben Sie mir, obschon wir nun wirklich nicht dafür verantwortlich sind; wir mögen für vieles verantwortlich sein, aber *dafür* nicht! Hier sitzen wir nun also, und jetzt sind Sie bei mir angekommen, oder ich bei Ihnen, was macht das für einen Unterschied? Es ist lediglich eine Frage der Betrachtung. Sie zögern, ich sehe, Sie zögern. Wohlan. Ich lege noch was drauf. Ausnahmsweise. Oder, genauer gesagt, ich drücke die Sache anders aus; vielleicht ists Ihnen so genehmer: Sie werden mindestens … fünfzig.«

Die ihm mittlerweile bekannte Neigung des Teufels, mit vielen Worten alles oder auch gar nichts zu sagen, hatte stets einen leicht narkotisierenden Effekt auf Oskar – doch Madeline Ashtons mit der typischen herablassenden Ungeduld gelieferter letzter Satz sorgte für eine abrupte Beendigung dieser Lähmung.

»Sind Sie verrückt geworden?«, rief er und ließ sich auf den Barcelona-Sessel fallen. »Fünfzig? Das werde ich wohl auch so, vielen Dank!«

»Fünfundfünfzig?«

»Vergessen Sie's!«

»Denken Sie daran, was manche Leute mit fünfzig schon geschafft haben.«

»Wer?«

»Lindsay Lohan.«

»Die wird doch gar nicht fünfzig!«

»Truman Capote.«

»Wissen Sie, wie der mit fünfzig aussah?«

»Gut. Ich sehe, dass wir so nicht weiterkommen. Ich habe gelernt, aussichtslose Wege nicht weiter zu verfolgen – was übrigens keine leichte Entwicklung war. Aber man muss ja lernfähig bleiben. Angeblich. Also sagen wir: achtzig. Das klassische Dichter-Alter – jedenfalls für bestimmte Dichternaturen. Thomas Mann ist achtzig geworden, Kerr und Fontane sind ungefähr achtzig geworden und Goethe sogar gut zweiundachtzig, trotz mutmaßlicher Syphilis, zu der ich hier aus juristischen Gründen nichts weiter sagen kann. Nur so viel: Nichts Unmenschliches ist mir fremd, wie Sie sich vorstellen können, hihi. Verzeihen Sie den kleinen Scherz. Doch ich habe immer das Gefühl: Wenn ich ernst bin, bin ich weniger glaubwürdig. Das hat mir auch mein Persönlichkeitstrainer gesagt. Von dem habe ich auch diesen Schwachsinn mit den aussichtslosen Wegen. – Oder, wissen Sie was, da wir hier wieder so nett und gemütlich beieinandersitzen, machen wir das so: Sie kriegen das volle Pensum. Wir ziehen nichts ab, keine Sekunde.«

»Was denn«, sagte Oskar entsetzt, »Sie wollten also doch was *abziehen*?«

»Und ich leg sogar noch ’nen friedlichen Tod obendrauf! Ich meine, ich muss dafür natürlich noch mit dem Tod sprechen, aber ich bin sicher, das lässt sich einrichten, wir haben gute Kontakte, denn erstens arbeiten wir ausgezeichnet zusammen, wie Sie sich vorstellen können, jedenfalls grundsätzlich, und zweitens schuldet der Gevatter mir noch was seit dieser Geschichte mit Nancy Reagan – just say no, Sie wissen schon, haha, sapperlot, wieso brauche ich eigentlich einen Persönlichkeitstrainer bei so viel Humor? Antworten Sie nicht. Das war eine rhetorische Frage.«

»Ist der Tod nicht wahnsinnig überarbeitet?«, fragte Oskar interessiert.

»Freund Hein? Ich bitte Sie! Der hat ein herrliches Leben, wenn das Wortspiel gestattet ist, gerade heutzutage, wo er sich, jedenfalls meistens, seines Besitzrechts sicher sein und also jede Maske und Erscheinung verschmähen und unmittelbar als er selbst, als die Auflösung an und für sich auf den Plan treten kann. Nein, mein Lieber, um den Tod müssen Sie sich keine Sorgen machen. Ich meine, er hört zwar viele Ausreden und Ausflüchte – und kriegt neuerdings immer mehr freche Antworten, so wie ich übrigens auch –, aber, glauben Sie mir, die schlimmsten fünf Minuten in seinem Tagesablauf wären für mich das Highlight eines Jahres! Wo war ich?«

»Bei dem Argument, dass die Illusion der Unbegrenztheit für den Menschen das Wichtigste ist.«

»Sind Sie irre? So 'n Quatsch erzählt einem jede besoffene Drag Queen nach dem dritten Appletini in Hunters Video Bar. Pah! Das ist genau die Art von Kalenderweisheit, die Durchschnittsseelen auf Knopfdruck hervorbringen, wenn sie sich zwingen wollen, etwas Ernsthaftes und Bedeutungsvolles zu sagen. Ich will Ihnen mal verraten, was für den Menschen das Wichtigste ist – oder jedenfalls für die Sorte Mensch, die das überhaupt ertragen kann: Freiheit! Es gibt kein größeres Glück als die Freiheit, und eben die biete ich Ihnen, lieber Freund: schrankenlose, unbegrenzte Freiheit – nicht bloß deren Illusion! Damit das Ganze etwas flinker vonstattengeht, weil ich nämlich noch ein paar andere Sachen zu tun habe, mache ich Ihnen jetzt noch eine unerhörte, letzte, einmalige Offerte: Völlig egal, was Gott geboten hat – ich verdopple!«

»Können Sie das ewige Seelenheil verdoppeln?«

Da wich der Teufel ruckartig hinweg.

»Die haben Ihnen ewiges Seelenheil geboten?«, fragte er, und es gelang ihm durchaus nicht, sein bodenloses Erstaunen zu verbergen.

»Nein«, erwiderte Oskar, »ich habe gar nicht mit Gott verhandelt. Ich meine: Ich habe keine Offerte von Ihm eingeholt. Das war nicht nötig. Wissen Sie, äh, Meryl … wir schleichen immer wie die Katze um den heißen Brei herum und können uns nicht über den wahren Kern einigen. Die ganze Sache ist die: Sie haben sich geirrt und wollen das nicht eingestehen. Sie haben sich getäuscht, das ist das ganze Geheimnis. Offenbar passiert das auch in der Hölle. Sie haben sich eingebildet, ich sei ein Held, in Ihren Kategorien, eine Ausnahme, jedenfalls ein Held für die Kunst, bloß weil ich künstlerische Allüren bei Schriftstellern nicht ausstehen kann, und ich hätte ungewöhnliche, himmelstürzende Ideen und Ideale und den unbedingten Willen zu deren Durchsetzung, aber bei näherer Prüfung hat sich herausgestellt, auch für mich selbst, dass ich wohl eher so eine Art … wie soll ich sagen … bürgerliches Wesen mit bürgerlichen Ansichten bin … oder vielleicht eher sogar eine Art Hochstapler, der Spross ebender Gesellschaft, über deren Hohlheit und Flachheit Sie sich empören und zu der ich im Übrigen auch stets in einer bürgerlichen Distanz stehen werde, falls Sie das beruhigt, die aber nun auf ihre Art dazu beigetragen hat, dass ich von unserem Geschäft zurücktreten will. Oder war das die Liebe? Wer will es wissen. Fest steht nur, geben Sie das doch zu und seien Sie gerecht: Sie haben sich geirrt.«

»Pffft!«, machte der Teufel.

Doch Oskar schien erst richtig in Fahrt zu kommen.

»Wissen Sie«, sagte er, »die sogenannte bessere Gesellschaft wird immer gescholten und der Welt des Geistes gegenübergestellt, Sie tun das ja ebenfalls. Ich persönlich habe meine Reservationen gegen beide Sphären, mit Kopf und Herz, aber würde man mir nahelegen, nach meinem Gewissen zwischen ihnen zu entscheiden, ich würde die Gesellschaft wählen, und das wäre keine Lüge oder Ziererei, denn meine ganze Zuneigung gehört ihr. Ich beobachte sie, ich schöpfe aus ihr, ich studiere an ihr das Menschliche. Es ist nämlich so, dass die Furcht vor dem, was man dort eine ›Szene‹ nennt, diesem Milieu eine Folgerichtigkeit verleiht, die selbst die größte Charakterstärke nicht hervorzubringen vermag, weil besagte Unerbittlichkeit und Konsequenz ganz ohne Erwägungen von Richtig oder Falsch auskommt. Was ich damit andeuten will, ist: Ich kann mich zwar nicht dem Elend von Rumäniendeutschen widmen, die nach dem Zweiten Weltkrieg zur Zwangsarbeit in die Sowjetunion deportiert worden sind; wohl aber kann ich das Elend auf Aubusson-Teppichen beschreiben, den gepflegten Vertreter der höheren Sphären und seine pathologischen Beimischungen, und das sind vielleicht die wahren luziferischen Katastrophen. Gott weiß, was es damit für eine Bewandtnis hat. Sie jedenfalls sollten sich nicht über mich, sondern über sich selbst entrüsten – denn Sie haben sich getäuscht.«

»Wie oft denn noch?«, seufzte der Teufel entnervt und mit einem demonstrativen Blick auf seine Tank Watch von Cartier.

Was Oskar nicht beeindrucken konnte.

»Sie haben sich geirrt«, wiederholte er, »Sie haben die Schwesternschaft der Kunst und des Bösen überschätzt.«

»Schön: dann hab ich mich eben geirrt«, fauchte Luzifer, »ich bin nun mal Idealist!«

»Und ich bin wohl nicht Ästhet genug, um mit einem schönen Stil alles entschuldigen zu können. Ich brauche kein Arsenal höllischer Anregungen.«

»Das ist enttäuschend«, sagte der Teufel.

»Sie klingen wie meine Mutter«, sagte Oskar.

Zu seiner Überraschung antwortete der Teufel darauf mit einem sprachlosen Starren. Es war, als ob mit der letzten Feststellung etwas in ihm erloschen sei, als ob die eisige Böe sich diesmal gegen ihren Urheber gekehrt und die Flamme erstickt hätte und nun bloß noch ein paar traurige schwarze Rauchschwaden auseinandertrieb, die den Blick freigaben auf die nackte, verkohlte Ruine eines Feuers, die den Entfacher fröstelnd und gedemütigt zurückließ.

Schließlich ließ der Herr der Finsternis ein tiefes Seufzen hören und murmelte mit etwas unklarem Bezug: »Wem sagen Sie das …!«

Pause.

Oskar realisierte halb bewusst, dass die Festigkeit seiner eigenen Überzeugung ihn in einen Vorteil gegenüber dem Teufel setzte, der einigermaßen perplex darüber zu sein schien, wie man überhaupt eines seiner Angebote zurückweisen konnte. Man hörte das leise Ticken der kleinen silbernen Tischuhr, und vor dem Fenster ließ, obschon es stockdunkel war, irgendein ordinärer Singvogel seinen Ruf hören. Vielleicht eine Amsel. Oskar hatte nicht die geringste Ahnung von Singvögeln.

»Es ist nur so«, flüsterte Madeline Ashton kaum hörbar und besah ihre Fingernägel, »– normalerweise krieg ich andere Reaktionen … – hab ich was falsch gemacht?«

»Sie haben Ihr Bestes gegeben.«

Im Salon fiel ein kleiner Gegenstand vom Tisch und zerbrach. Und wie aufgescheucht durch diesen diskreten Knall erhob sich der Teufel abrupt, zugleich hektisch abwinkend und eilig nuschelnd: »Na schön, was solls, man kann mir wohl einiges vorhalten, aber immerhin sehe ich ein, wenn eine Sache aussichtslos ist; für sinnlose Hartnäckigkeit ist ja wohl eher die andere Seite bekannt!«

Damit schnipste er sich ein imaginäres Stäubchen von der Bluse und schnarrte: »Wenn Sie mich also entschuldigen wollen, ich habe noch einen Termin in einer Mietvilla mit dreizehn Badezimmern in Holmby Hills … – meine Empfehlungen an Ihre Frau Gemahlin; sie hat mir tiefen Eindruck gemacht. Ich bin überzeugt, unter ihrer scharfzüngigen und bisweilen unnachsichtig erscheinenden Art verbirgt sich im Grunde … im Grunde …«

»– eine empfindsame zarte Seele?«

»Nein. Die aggressivste Person, die ich kenne.«

»Hab ich meinen Namen gehört?«

»Lauren! Wir haben gerade von dir gesprochen.«

Oskar drehte sich um und sah seiner Frau ins Gesicht, die soeben eingetreten war, Luella im Gefolge. Er war überaus froh, sie zu sehen. Er war sogar froh, Luella zu sehen.

»Ich habe euch gar nicht kommen hören«, sagte er.

»Du warst wahrscheinlich zu sehr beschäftigt, Kleines«, erwiderte Lauren, »zu beschäftigt damit, hier eine Runde Flaschendrehen mit dem Satan zu spielen.«

»Was, wieso, woher weißt du –?«

»Genau das meinte ich mit dem tiefen Eindruck!«, sagte eine Stimme hinter Oskars Schulter.

Dieser drehte sich ruckartig um, und, tatsächlich, da saß

wieder der legendäre Hollywood-Produzent Robert Evans mitten auf dem kalifornischen Sofa. Meryl aber war verschwunden.

»Was – wieso?«, stammelte Oskar.

»Ich sagte doch: Ich bin flexibel«, erklärte Evans und versuchte ein Lächeln, »ich achte auf den Ausgleich der Geschlechter. Das ist wichtig in der Gesellschaft.«

Lauren musterte den Teufel für einen Moment mit dem Blick einer übermüdeten Gastgeberin.

»Die Gesellschaft«, konstatierte sie, »scheint eines Ihrer Lieblingsthemen zu sein. Offenbar verbringen Sie einen guten Teil Ihrer Zeit in ebenjenem Element, das Sie im Grunde missbilligen.«

»Genau wie Sie«, erwiderte Luzifer schnippisch, »bloß dass es bei mir Teil meiner Stellenbeschreibung ist.«

»Well, little do you know.«

»Vielleicht mehr als Sie denken.«

»Oh, *Sie* sind es wieder!«, ließ sich da glücklicherweise aus dem Hintergrund Luella vernehmen, und es sprach für die Aufrichtigkeit ihres freudigen Gefühls, dass ihre Stimme genau den gleichen Klang hatte wie vorhin, als sie Millvinas Cocktails gelobt hatte.

»Keinen Schreck kriegen!«, sagte Oskar zum Teufel. »Das ist nur Luella. Sie erinnern sich doch an Luella, unsere älteste Freundin und psychosexuelle Hysterikerin, auch bekannt als Adams kesse Rippe?«

»Aber selbstverständlich«, schnarrte Luzifer und grinste dazu ein wenig schief und unbeholfen, wobei er seine spitzen Zähnchen entblößte, »ich bin überaus erfreut. So treffen wir uns wieder. Die Welt scheint kleiner und kleiner zu werden.«

»Das hat bestimmt mit dieser globalen Erwärmungssache zu tun«, mutmaßte Luella.

»Bitte entschuldigen Sie unsere Freundin«, sagte Oskar, »ihre Mutter hat sie als Säugling bei Freunden abgegeben, die sie gerade vorher in der Kneipe kennengelernt hatte.«

»Das war keine Kneipe, sondern Annabel's!«, protestierte Luella. »Und sie hat mich auch bloß ausgeliehen.«

»Eine beeindruckende Frau!«, girrte der Teufel.

»Ja«, sagte Oskar, »sofern man den Schnaps außer Acht lässt. Und die Tabletten. Und die Neigung zu Ladendiebstahl.«

»Es ist kein Ladendiebstahl, wenn man sich den Gegenstand grundsätzlich leisten kann und nur gerade kein Zahlungsmittel dabeihat«, korrigierte Luella.

»Haben Sie schon mal daran gedacht, sich professionelle Hilfe zu suchen?«, erkundigte sich der Teufel interessiert.

»Das fragt ja gerade der Richtige!«, warf Lauren ein.

»Allerdings!«, antwortete Luella. »Allerdings habe ich daran gedacht! Und dann hatte ich eine Affäre mit meinem Therapeuten. Der mir daraufhin mitteilte, dies wäre der schlechteste Sex seines Lebens gewesen.«

»Potz Stern! Danach war sicher noch mehr Therapie vonnöten.«

»Nein, nur die Einsicht: Ich werde Antihistamine und Daiquiris nie wieder mischen. Anschließend habe ich kurz erwogen, mich dem Glauben zuzuwenden.«

»Das wäre ja ein prächtiger Fang für Gott gewesen.«

»Für wen?«

»Gott! Der große plastische Chirurg im Himmel.«

»Du bist so lustig, Oskar. Ich stelle es mir traumhaft vor, mit dir verheiratet zu sein. Was immer. Jedenfalls habe ich dann etwas entdeckt, was man Phlegmadings nennt, Phlegmadon. Kleine blaue Pille. Die nehme ich abwechselnd mit Tranquilisan. Seither habe ich keine Launen mehr. Und kein Bedürfnis nach Höherem. Und keinen Appetit, was ebenfalls praktisch ist.«

»Und zur Not«, ergänzte Oskar, »hast du ja seit der letzten Internetbestellung in Argentinien immer noch die ganze Handtasche voller Stuka-Tabletten!«

»Meine Liebe«, krächzte der Teufel aufgekratzt, »Sie werden immer faszinierender! Ich kann Ihnen gar nicht sagen, wie froh ich bin, dass wir uns so rasch wieder über den Weg gelaufen sind. Ich wollte mich melden und hätte es getan – aber so ist es noch besser! Von jetzt an sollten wir keine Gelegenheit versäumen, unsere Bekanntschaft fortzusetzen. Haben Sie für den weiteren Abend schon Pläne?«

»Och, nichts Besonderes, ich wollte meine Pranayama-Atemübungen machen; ich bin ein wenig wetterfühlig.«

»Luella, ich bitte dich! Du bist nicht wetterfühlig. Du bist betrunken.«

»Das könnte der Grund dafür sein.«

Der Teufel erhob sich und reichte Luella den Arm.

»Würden Sie mir die Freude machen«, fragte er, »und heute Abend mit mir ausgehen?«

»Aber mit Vergnügen!«, erwiderte Luella. »Zufällig kenne ich eine ganz hervorragende provisorische Flüsterkneipe hier in der Nähe. Man muss nur einmal bezahlen und kann dann endlos trinken. Ich glaube, sie heißt: Garten der Lüste.«

»Garten der Lüste?«, wiederholte Lauren entsetzt.

»Sie riechen gut!«, grunzte der Teufel an Luellas Seite und sog hörbar die Luft durch die Nasenlöcher.

»Na ja«, sagte Oskar, »– wenn man die Mischung aus Camel Filters und Pheromonen mag.«

»Das ist *Happy* von Clinique«, erläuterte Luella.

»Dacht ich's mir doch.«

»Ich sage immer: Wenn du nicht daran schnüffelst, weißt du nicht, was es ist«, fuhr Luella fort, »und ich darf wohl behaupten: Es hat mich einen guten Teil meines Lebens und einen besseren Teil des Vermögens meiner Ex-Ehemänner gekostet, alles über den richtigen Duft zu lernen.«

»Ach«, machte der Teufel, »Sie waren verheiratet?«

»Das kann man wohl sagen«, bemerkte Oskar, »verheirateter gehts gar nicht. Sieben Mal. Deswegen nennt man unsere kleine Freundin hier in gewissen Kreisen auch ›Die sieben Pranken des Satans‹. Obschon sich da zwischen Gel-Pads und Wonderbra sicher irgendwo ein Herz versteckt.«

»Na, so was«, ächzte der Teufel mit aufrichtiger Verblüffung, »sieben Mal geschieden?«

»Nein«, verbesserte Lauren, »*gestorben*. Sie sind alle gestorben.«

»Sapperlot!«

»Ja«, sagte Oskar, »das ist unsere Luella! Sie ist wie die Schwarze Witwe, die sich paart, bevor sie tötet.«

»Stop it, Kleines«, empfahl Lauren.

»Okay, okay, ich verzichte auf die Schwarze Witwe! Sagen wir einfach: Luella ist so was wie der Knecht Ruprecht des Todes.«

»Egal«, erklärte die derart Bezeichnete abwinkend, »das ist doch unbedeutend. Wer redet, beweist damit nur, dass er vor der lakonischen Tautologie des Seins in die geschwätzige des Bewusstseins ausweicht.«

»Was sind Sie – Dadaistin?«

»Nun, Dadaistin oder nicht, unser Luellalein hat sieben Männer unter die Erde gebracht – sie müsste allein von dem leben können, was sie in deren Hosentaschen gefunden hat.«

»Would you shush it?«

»Du meine Güte«, murmelte der Herr der Finsternis und schien ein wenig fassungslos zu sein, »sieben Mal verheiratet …«

»Nur standesamtlich!«, beschwichtigte Luella. »Ich fühle mich unbehaglich, wenn ein Pfarrer anwesend ist.«

»Das geht mir ähnlich«, versicherte Luzifer, »und, übrigens – was solls! Sie sind … ein Prachtexemplar von einer Witwe! Die hielte wohl den Teufel selbst beim Wort! Glauben Sie mir, ich weiß präzise, was es bedeutet, von so vielen Menschen dämonisiert zu werden. Und nun lassen Sie uns gehen!«

Damit trat der Teufel eine schwungvolle Bewegung an – und stolperte beinahe über die riesige, pokalförmige Bodenvase aus preußischem Porzellan, die direkt hinter ihm stand.

»Oopsie!«, quiekte er und fing sich im letzten Moment. »Noch mal gutgegangen! Ich muss aufpassen. Wenn ich stürze, geht die Welt unter!«

»Haha!«, rief Luella. »Das muss ich mir merken! Sie sind ja 'ne Nummer! – Wie heißen Sie eigentlich?«

»Äh … Sam … Sammael … ich meine: Samiel. Samiel … Auerhahn. Genau! Das ist mein Name. Und nun auf! Lassen Sie uns ein paar Appletinis trinken im Garten der Lüste – und anschließend vielleicht etwas Kultur? Ich habe Karten für die Spätvorstellung der *Vagina-Monologe.*«

»Ein guter Weg, Angst und Schrecken zu verbreiten«, stellte Lauren fest.

»Kommen Sie«, girrte der Teufel, »ich entführe Sie auf meinem Zaubermäntelchen.«

»Was?«, erwiderte Luella. »Nein, danke. Da nehmen wir doch lieber den Mercedes. Kann ich den Mercedes ausleihen?«

»Solange du nicht selbst fährst, gern!«, antwortete Oskar.

»Wieso? Natürlich kann ich noch fahren!«

»Luella, Schätzchen, darf ich dich daran erinnern, wie wir dich letzten Monat nach derselben Aussage auf der Polizeiwache abholen mussten? In deiner Blutprobe wurden drei verschiedene Anabolika nachgewiesen und ein relativ harmloses Bullenberuhigungsmittel.«

»Können Sie fahren, Auerhahn?«, erkundigte sich Luella bei Luzifer.

»Nein.«

»Ich rufe ein Taxi«, sagte Lauren, »aber vorher, Luella, Liebes, lass mich dich fragen: Bist du sicher, dass du das willst? Eventuell wirst du es bereuen. Vielleicht nicht heute. Vielleicht nicht morgen. Aber möglicherweise sehr bald und dann bis an dein Lebensende.«

»Komisch«, quäkte der Teufel verärgert dazwischen und stach mit seinem etwas plumpen Zeigefinger in Oskars Richtung, »genau das Gleiche wollte ich Ihnen vorhin auch schon sagen!«

»Schätzchen«, sagte Luella und tätschelte Laurens Oberarm, »ich weiß nicht, wieso, aber deine Warnungen klingen überzeugend. Andererseits: Wenn ich jedem überzeugend klingenden Argument nachgeben würde, wäre ich jetzt hochwahrscheinlich gefangen in einer wilden Ehe auf einem abgetakelten Hausboot unter panamaischer Flagge, mit einem Wesen von unklarem Geschlechtsstatus namens Krindy Zentsman.«

Kleine Pause.

»Erm, genau!«, beschloss Oskar. »Und welche Art von Gott würde denn so was zulassen! Ihnen aber, lieber Herr Auerhahn, Ihnen empfehle ich für den Umgang mit unserer Tochter des Verderbens hier: Wenns zu viel wird – einfach auf den Boden werfen und tot stellen! Wie bei den meisten Bestien erlahmt ihr Interesse am Opfer dann bald und sie greift nicht weiter an.«

»Danke schön«, sagte Luzifer, »und leben Sie wohl!«

»Halt! Eine Frage hätt ich noch –«

»Ja?«

»Würden Sie Gott bitte eine Nachricht von mir überbringen?«

»Auf gar keinen Fall.«

»Kann man nicht mit allem zu Gott kommen?«

»Nein.«

»Liebt Gott mich, wie ich bin?«

»Wer bin ich«, fauchte der Teufel, »– Ruth Westheimer?«

»Oh«, sagte Lauren, »dabei fällt mir ein: Luella, wollten wir nicht morgen Vormittag zu Millvina zum Bridge?«

»Lass uns das auf nächste Woche verschieben, Schätzchen, da leben wir ja auch noch.«

»Da wäre ich nicht so sicher.«

Nach dieser letzten, von einem kurzen widerwärtigen Kichern gefolgten Bemerkung kassierte der Teufel von Lauren einen Blick, der in der Tat das Potenzial hatte, die Hölle zufrieren zu lassen.

»Nur ein Scherz!«, quäkte er darauf mit unsicherem Lächeln. »Nur ein Scherz! Und nun darf ich mich empfehlen. Zum Abschied jedoch möchte ich Ihnen gern noch Folgendes mit auf den Weg geben, werter Herr Canow: Es ist leicht,

Gott zu erzürnen, denn er ist ziemlich empfindlich. Andererseits neigt er auch zu unermesslicher Gnade. Allerdings ist er meistens wütend. Und ich darf sagen: Ich denke, niemand kennt ihn so gut wie ich. Ihnen hingegen, gnädige Frau, Ihnen werde ich jetzt einen Ratschlag geben, von dem ich mir gewünscht hätte, ich hätte ihn bekommen, als ich so alt war wie Sie –«

»Danke«, unterbrach Lauren, »ich verzichte.«

Und so stand der Herr der Finsternis einen Moment lang unschlüssig und ein wenig verlegen in einer kleinen Stille, die niemand brach. Was Oskar anging, so schienen seine Sinne leicht abgetäubt, beinahe wie in Trance, aber das war nicht unangenehm. Und während er aus gesellschaftlicher Konvention nach einer passenden Peinlichkeitsbrücke suchte, geschah etwas Sonderbares. Satan unternahm einen Schritt auf ihn zu und legte ihm die etwas plumpfingrige Hand auf die Schulter.

»Goodbye«, lispelte er, und als Oskar ihm mit seinem Oberkörper unwillkürlich ein wenig entgegenkam, beugte er sich vor und gab unserem Helden einen kleinen knallenden Kuss auf die Stirn.